KB046796

Twist

TWIST
by Delphine Bertholon

이 도서의 국립중앙도서관 출판예정도서목록(CIP)은
서지정보유통지원시스템 홈페이지(http://seoji.nl.go.kr)와
국가자료종합목록 구축시스템(http://kolis-net.nl.go.kr)에서 이용하실 수 있습니다.
(CIP제어번호: CIP2020023166)

델핀 베르톨롱
Delphine Bertholon
장편소설

유정애 옮김

문학동네

일러두기

1. 본문 중 주석은 모두 옮긴이주다.
2. 강조의 의미로 쓴 고딕체는 원서에서 이탤릭체로 표시된 부분이다.

아주 오래전부터 우리는 아무 말도 하지 않았다.

차례

1부

게타리

9월 9일

맑음, 18도, 바다에는 잔물결

사랑하는 딸에게

래리가 또 욕실에 오줌을 쌌어. 사방이 오줌 천지란다. 네가 봤으면 "정말 더러워 죽겠네!" 하고 한마디했을 거야! 잡지에서 읽었는데 식초를 뿌리면 고양이가 욕조에 얼씬도 않고 락스는 고양이를 제집으로 돌려보낸다고 하더라. 말이야 그렇지! 녀석이 욕실 수도꼭지에서 떨어지는 물 받아먹기를 얼마나 좋아하는지 도저히 못 말리겠구나. 게다가 얼마 전에는 문 여는 법까지 알아냈거든. 그래도 어쨌든 한번 시도는 해봐야겠어.

고양이 얘기만 내내 하고 있네, 우습구나. 내 꼴이 우스꽝스러워. 하지만 불행과 다르게 우스꽝스러움 때문에 죽는 사람은 없지. 그러니 별수 있겠니, 고양이에 대해 말하는 수밖에.

요사이 래리가 기가 죽은 것 같구나.

오늘 아침, 오랫동안 밖을 바라보며 앉아 있었어. 며칠 전부터 날이 눈부시게 화창해. 종종 그러듯 얼굴을 좀 불그스름하게 태웠단다. 그러면 좀 생기 있어 보이는 것 같아. 네 아빠 말이 그렇다는 거야. 등나무 안락의자를 꺼내다가 남쪽 거실 창문 앞에 놓았어. 이왕이면 넓게 트인 전망을 보려고. 나는 요즘 작은 일들에 관심을 가져보려 애쓰고 있단다. 큰 문제들을 덜 생각하려고. 그래서 지금 창문 앞에 자리잡고 주변을 바라보고 있어. 특히 하늘을 보고 있지. 하늘에서 일어나는 갖가지 변화가 정말 기가 막히는구나. 때로는 구름이 네 얼굴 같기도 하고, 고래나 동백꽃 모양이기도 해. 바람이 구름을 재빨리 몰아갈 때는 꼭 비행기 같기도 하고. 오늘은 구름이 잔뜩 거품을 낸 생크림 같구나……

아, 내가 말 안 했지. 커튼을 바꿨단다. 햇볕이 얼마나 강하게 내리쬐는지 커튼의 붉은 꽃무늬가 회색빛으로 바랬거든. 그래서 그런지 커튼을 젖힐 때마다 기분이 울적했던 것 같아. 아니, 어쩌면 할아버지의 비정상적인 상태 때문에 울적한 것인지도 모르지만. 아무튼 토요일에 아멜리 이모와 같이 시내로 커튼 천을 사러 갔단다. 개학 무렵이라 대형 마트에 사람들이 얼마나 많던지. 너무 많아서 다시 나와야 할 정도였어. 다행히도 네 이모가 나 대신 줄을 서서 기다렸지. 새 커튼은 진줏빛, 엷은 회색 면으로 아주 심플한 거야. 덕분에 실내의 빛이 바뀌었지. 거실이 더 넓어 보여. 그게 좋은 건지는 잘 모르겠다만. 난 요즘 자주 멍하니 있단다.

"당신, 아무것도 안 하고 거기 그렇게 앉아 있으면 뭐 닮았는지 알아?"

나는 창가에 있으면 시간개념을 쉬이 잊어버려. 그래서 소스라치게 놀라곤 하지. 네 아빠 라파엘이 습관대로 팔짱을 끼고서 문틀에 기대어 날 쳐다보고 있었어. 언제부터 거기 그렇게 서 있었는지는 모르겠지만, 갑자기 내 목덜미에 찌르는 듯한 아픔이 관통하는 것처럼 느껴졌어. 마치 그의 시선이 쏠리던 곳에 상처가 난 것 같았지. 나는 아무 대꾸도 하지 않았고, 그는 서재를 뒤적이기 시작했어. 아빠는 나에게 어떻게 말해야 할지 모를 때면 그림을 하나씩 고른단다. 언제나 그랬지. 물론 그건 '나는 당신을 사랑해'라고 고백하는 그의 방식이야. 그런데 이제 나는 예술작품과는 더이상 교감할 수 없을 것 같구나.

그가 호퍼에 관한 전문 서적을 두 손으로 들고 가까이 다가왔어. 무언가를 찾는 듯 잠시 책장을 넘기다가 어느 페이지에서 손가락을 멈추더니 나에게 그걸 내밀더구나. 〈오전 열한시〉라는 그림이었어.

"아니, 여자가 발가벗고 있잖아. 그것도 겨우 아홉시밖에 안 됐는데." 내가 이의를 제기하듯 말했어.

나는 그가 날 안고 싶어서 그러는 줄 알았는데 사실은 그게 아니었어. 그는 그저 미소만 지었지. 그 미소가 어떤 건지 너는 모를 거야. 그리움을 의미하는 미소지. 그는 양복 재킷을 걸치고 넥타이(물망초무늬가 있는 것)를 조였어. 그러고는 일하러 나갔지. 나는 혼자 앉아 있었어. 무릎에 책을 올려놓은 채. 내 머리카락과 그림속 파란 소파에 앉은 여자의 머리카락을 비교해보았어. 그제야 라파엘이 이해됐어. 적갈색 머리, 꼭 네 머리색 같더구나. 내 발을 내려다봤어. 그런데 그녀와 내가 똑같은 구두를 신고 있었어. 불안한 자세로 두 손을 마주잡고, 고개를 쳐들어 창 너머를 바라보는 모습에서, 누군가를 기다리고 있다는 것을 짐작할 수 있지. 어쩌면 결코 돌아오지 않을 누군가를 말이야. 갑자기 너무 울고 싶었단다. 하지만 아랫입술을 깨물고 천장을 올려다봤어. 숨을 들이쉬고 나니 괜찮아졌어.

아빠는 언제나 날 쳐다보지만 나는 이제 그러질 못한단다. 그는 "당신 눈빛은 밤나방 같아"라고 말해. 그는 우리가 침대에 있을 때나 술을 너무 많이 마셨을 때, 그리고 나를 품에 안으려고 할 때 이 말을 하지. 그런데 나는 할 수가 없어. 너에게 이런 말을 다 하다니, 참 한심하구나.

얘야, 초인종이 울린다. 아멜리 이모일 거야. 같이 라스티리 의사 선생님한테 가기로 했거든. 공황장애 때문에. 있지, 심장박동이 빨라지기 시작하면 너무 쿵쿵거려서 꼭 터져버릴 것만 같아. 그래서 이제는 혼자서 커튼을 사러 가지도 못해.

내가 널 사랑한다는 걸 결코 잊지 마라.

엄마가

처음으로

그들이 돌아간 뒤 나는 몸이 너무 좋지 않아 바닥에 주저앉아야만 했다. 의자 하나 끌어당길 힘조차 없었다. 쓰러지지 않고 어떻게 그리 오래 버텼는지 모르겠다. 중압감의 문제라면, 나는 잘 알고 있었다. 내가 '잘' 아는 이것은 방금 방문객들이 깨우고 간, 잠들어 있던 수많은 망령 무리와 합류했다. 물론 그들은 이 망령들에 대해 아무것도 몰랐다. 그들 입장에서는 그저 나에게 한 가지 소식을 전한 것뿐이었다…… 아주 특별한 소식을.

그 얼굴을 지우는 데 일 년 반이라는 시간이 걸리지 않았던가! 술을 마시고 책을 읽고 영화를 보고 신경안정제를 먹으며 1제곱밀리미터씩 지워가지 않았던가. 침묵으로 일관하며, 그런 척하며 일 년 반을 보냈는데, 루이종이 다시 나타난 것이다. 두 형사의 지친 얼굴로, 몇 년 전부터 우리 모두 죽었다고 믿고 있는 한 아이의 그림자를 뒤에 끌고서. 휴대전화가 울렸지만 받을 수 없었다. 나는 타일 바닥에 주저앉았다. 두려움에 온몸의 솜털이 가시처럼 쭈뼛 곤두서는 전율을 느끼며, 다릿심이 돌아오길 기다렸다. 공포영화에서 육체를 빠져나온 영혼이 다시 몸속으로 들어가는 것처럼, 전속력으로 되돌아오는 부메랑처럼 기억들이 명치를 자극했다. 원룸 안의 공기가 희박해지는 것 같았다. 어떻게 해서라도, 되도록 빨리 밖으로 나가야 할 것 같았다. 얼마 후, 다시 다릿심이 돌아왔다. 하지만 밖으로 나가지는 않았다.

나는 문을 세게 닫았다. 그들이 주고 간 편지가 부엌 식탁 위에 봉인된 채로 놓여 있었다.

갑자기 편지를 뜯어보기가 겁났다.

원룸 건물 옆의 중국 식당 앞에서 주인의 어린 딸이 플라스틱 의자들을 걸레질하고 있었다. 아이는 여느 때와 마찬가지로 청치마에 라운드넥 티셔츠를 입고 광택이 나는 검은색 에나멜 구두를 신었다. 변함없이 일요일 옷차림인 아이는 세상을 닦기 위해 유리 상자 속에서 나온 인형 같았다. 여느 때와 마찬가지로 나는 "얘, 쉬안" 하고 말을 건넸다. 아이가 커튼처럼 드리운 머리카락 사이로 놀란 표정으로 나를 바라보더니 턱짓으로 인사를 했다. 그러고는 다시 의자 팔걸이를 닦기 시작했다. 사 년 전 내가 처음 여기로 이사 왔을 때만 해도 갓 걸음마를 떼던 아이였다. 그래서인지 나는 이애가 세상에 태어날 때부터 본 것처럼 잘 아는 기분인데, 정작 아이는 날 알아보지도 못하는 것 같다.

나는 햇볕이 한가득 내리쬐는 카페 포즈에 가 앉았다. 그리고 전화기를 들었다. 어머니였다. 한발 늦었지만, 경찰이 찾아갈 거라고 미리 알려주기 위해서였다. 카페테라스 저 끝에서 빨간 머리 여자가 보잉 선글라스를 코에 걸치고 『소비 사회』를 읽고 있었다. 지난주에는 공포에 관한 개론서를 읽었었다. 마르코가 내가 주문한 에스프레소를 테이블에 내려놓았다. 그의 셔츠에는 봄 내음이 문신처럼 아롱져 있었다. 며칠 전부터 4월치고는 햇살이 눈부셨다. 마치 하늘 어딘가에 이상이 생긴 것 같았다. 북부 지방의 거친 억양으로 마르코가 말을 던졌다. "안녕, 스탄. 햇볕 좋죠?" 나는 "끝내주네요!"였나, 거짓말처럼 들렸을 무슨 말인가를 했다. 마르코는 역사에 남을 만한 유혹의 대가다. 적어도 이 구역에서는 최고의 허풍선이다. 그는 웬일인지 늘 하던 대로, 특히 월요일에 그러듯 그의 최근 위업이랄 만한 연애 작업의 목록을 시시콜콜 들려주는 일을 생략하고, 인도 가장자리에 세워놓은 석판을 쥐고서 '푸짐한 생야채 샐러드' '큼직한 참치구이' '모르토 소시지/퓌레' 등의 글자들을 다채로운 색깔의 작은 꽃잎으로 화려하게 장식하기 시작했다. 방금 기억 속의 사각지대가 사라졌다. 내 태도의 변화가 확연히 눈에 띄었을 것 같다. 내 두 눈은 빨간 머리를 감상하는 데 빠져들었다. 그녀는 희고 가냘픈 몸에 헐렁헐렁한 초록색 면 베이비돌 원피스를 입었다. 나는 늘 그녀가 하는 일이 무언지, 어떻게 이렇게 때아닌 시간에 카페에 있을 수 있는지 궁금했지만 말을 붙여볼 용기가 한 번도 나지 않았다. 나는 소위 '호되게 덴 고양이' 신세였다. 아름답고 학구적인 그녀가 독서를 하다가 몰스킨 수첩에 무언가를 메모하는 모습을 지켜보는 사이, 어느새 좀전에 일어난 일을 거의 잊었다. 나는 평소처럼 기계적으로 담배에 불을 붙였다(그러나 우리는 평소 같지 않았다). 방금 불을 붙이고 내려놓은 라이터가 깊은 어둠과 같은 과거에서 추방된 어느 목소리에 휩쓸려 인조 대리석에 박히는 것 같았다.

"그렇게 숨통을 막아 자살하고 싶다면, 적어도 품위 있게 해!"

루이종은 핸드백으로 쓰는 까만 가죽가방의 지퍼를 열고 그 안의 너절한 잡동사니를 고고학 발굴 작업을 하는 것처럼 샅샅이 뒤진 뒤, 금도금된 사각형 스테인리스 라이터를 꺼냈다. 겨우 주사위만 한 라이터에는 내 이름 머리글자도 아니고 그렇다고 그녀 이름의 머리글자도 아닌 'A. D.'가 새겨져 있었다. 그녀는 얼굴에 습관적인 미소를 지은 채 내 손에서 미니 빅Bic 라이터를 빼앗았다. 그리고 영어로 '난 불타고 있어'라는 재치 있는 말이 적힌 그 라이터를 버리기 위해 자리에서 일어났다. 엉덩이가 터질 듯이 꽉 조이는 리바이스 청바지가 맥줏집에서 쓰레기통까지 굴러가듯 움직이는 모습을 지켜보며, 조만간 저 엉덩이가 세상을 타락시킬 거라고 생각했다. 그녀는 짙푸른 매니큐어를 칠한 엄지로 금박 라이터를 켜서 내가 물고 있는 담배에 불을 붙여주었다. "생일 축하해, 골초야!" 나는 그녀의 얼굴에 담배연기를 내뿜었다.

물론 그녀는 담배를 피우지 않았다. 하지만 흔히들 말하는 자제력과는 관계가 없고, 애연가가 되기 위해 안간힘을 썼음에도 담배를 전혀 배우지 못했다는 단순한 사실 때문이었다. 그녀는 담배연기 한 모금 삼켜보겠다고 정원 깊숙이 숨어 수시간을 보내고, 다른 사람들처럼 되고 싶어 여남은 갑의 담배를 망가뜨리고, 수업 중간 쉬는 시간 짬짬이 '한 개비라도 그을려보려고' 수리터의 눈물을 쏟아보았지만, 아무 진전이 없었다. 몸이 말을 듣지 않았다. 물론 어른이 된 후, 그녀는 흡연을 하지 않은 것에 큰 자부심을 느꼈다. "상처 없이 승리하는 것은 영광 없는 승리 같은 거야, 베이비." 나는 그녀에게 종종 말했다. '베이비'라고 부르는 것을 그녀가 질색했기 때문이다. 내가 받은 선물들의 긴 목록 맨 앞을 차지하고 있던 이 첫 번째 선물은 채 한 달도 가지 못했다. 루이종은 끊임없이 라이터를 선물했지만 그것들도 몇 주를 가지 못하고 없어졌다. 그녀가 모스크바에서 갖다주었던, 소련군의 마크가 찍힌 라이터마저 없어졌다. 돌이켜 생각해보면 이것이 상징하는 바는 깜짝 놀랄 만했다.

카페테라스 저쪽에서 빨간 머리가 소지품을 챙기고 있었다. 그녀는 고리버들 가방에 장 보드리야르의 책과 수첩과 볼펜을 집어넣은 뒤 카페를 나섰다. 마르코에게 작은 손짓 한번 하지 않았다. 나는 마르코의 작업 명단에 그녀가 올라 있을지 궁금해하다가, 정신 건강을 위해 그렇지 않을 거라고 생각하기로 했다. 바람이 그녀의 치맛자락 속으로 불어와 치마가 그래니스미스 품종 사과처럼 둥글게 부풀었다. 에덴이 이제 그리 멀지 않은지, 문득 사도 요한의 말이 떠올랐다. 태초에 말씀이 계시니라. 이 근사한 말을 떠올리며 나는 계산을 했다.

신문 가판대에 들렀다. 당연히 그 사건이 큰 제목으로 신문을 장식하고 있었다. 신문 한 부를 샀다. 하지만 그 모든 것이 사실이라는 게 실감나지 않았다.

집으로 돌아와서 편지 봉투를 열었다.

그리고 읽었다.

나는 언제나 작가가 되고 싶었지만 루이종을 만난 뒤로는 한 줄도 쓸 수 없었다. 글쓰기라는 것이 그녀에 대해 말한다는 의미로 다가왔고, 당시에는 그럴 능력이 전혀 없었다. 하지만 촘촘하게 엮인 존재의 관계망을 통해 누군가 내가 꿈을 실행으로 옮기기를 바라는 것 같다. 방탕아같이 살았던 그 지옥 같은 시간을 다시 살 준비가 되었는지는 확실하지 않다. 그러나 나의 악마들과 대면하지 않고는 타인의 악마들의 소리를 들을 수 없을 것이다. 이 이상한 임무로 인해 판도라의 상자가 막 다시 열렸다. 마침 잘됐다, 이제 곧 방학인데. 부활절 방학.

부활.

*

내가 처음 루이종을 본 것은 삼 년 전 뤽상부르공원에서였다. 그녀는 잔디밭에 배를 깔고 누워 귀에 휴대전화를 붙이다시피 하고 있었다. 그녀의 두 다리는 메트로놈처럼 규칙적으로 번갈아 허공을 휘저었고, 나는 그녀의 엉덩이를 바라보며 책망받을 만한 공상에 잠겨 잠시 무료함을 달래고 있었다. 그녀는 발이 사람의 갈비뼈 안에 갇힌 듯 보이는, 아주 가느다란 가죽끈이 달린 흰색 스파르타식 샌들을 신고, 꼭 끼는 청바지에 베이지색 티셔츠 차림이었다. 티셔츠가 너무 헐렁해서 어깨 부분이 계속 흘러내리는 바람에 검은색 삼각형 레이스가 달린 브래지어 끈 아래까지 다 보여서 여러 각도에서 찬찬히 살펴볼 수 있을 정도였다. 처음 그녀의 목소리를 들었을 때, 대략적인 말들이 귀에 들어왔다. "알았어. 그래, 가서 확 쫓아내버려." 전화를 막 끊었을 때 그녀는 내가 감시카메라처럼 집요하게 자신을 지켜보고 있다는 걸 눈치챈 것 같았다. 나를 보고 눈살을 찌푸렸던 걸 보면. 어쩌면 방금 통화한 상대방 때문에 기분이 달라진 탓인지도 모르겠지만, 어찌되었든 나 때문이라고 생각했다. 친구인 앙투안의 말로는, 내게 언제나 약간 도끼병 기질이 있다고 한다.

그녀의 휴대전화가 다시 울렸다. 그녀는 망설이는가 싶더니 결국 전화를 받았다. "여보세요? 네, 바로 전데요." 이어서 한 무리의 아이들이 축구공을 차며 뛰어다니는 통에 아무 소리도 들리지 않았다. 그녀의 척추뼈에서 발끝까지 이르는, 시선을 강탈하는 최면적인 몸놀림이 다시 시작되었다. 나는 『태엽 감는 새』를 집중해서 읽어보려 애썼지만 소용없었다. 내가 읽은 탁월한 책 중 하나였지만, 그녀는 무라카미마저 퇴색시킬 수 있었다. 사실 거의 모든 것을 퇴색시켜버릴 수 있었다.

그녀는 통화를 끝내고 휴대전화를 풀밭에 내려두고는 등을 바닥에 대고 누웠다. 그러느라 티셔츠가 한층 더 벌어졌다. 그녀는 다시 눕기 전에 두 손가락으로 어깨 부위의 옷자락을 매만졌다. 그리고 꼼짝도 않고 누워 티끌 하나 없이 완벽하게 파란 하늘에 시선을 고정했다. 나 역시 꼼짝 않고 여름을 향해 살며시 벌어진 그녀의 분홍빛 입술에 시선을 고정했다. 그녀의 살결과 태양처럼 잔디 위로 쏟아지며 굽이치는 차가운 금발의 냄새를 상상했다. 그러다 그녀가 갑자기 벌떡 일어섰다. 머리카락에 붙은 풀잎들을 떼어내고 손으로 등의 먼지를 떨었다. 그녀는 에나멜이 칠해진, 작은 사과 모양 장식이 달린 기다란 목걸이를 하고 있었는데, 휴대전화가 다시 울리기 시작하자 그것을 불안하게 만지작거렸다. 까만 가죽가방을 다시 주워들고 전화를 받으면서 산책로 저쪽으로 멀어졌다.

"여보세요? 네, 바로 전데요."

그 순간, 내가 세상에서 가장 바랐던 것은 그녀의 이름을 아는 일이었다. 그러나 이름은 나중에야 알게 되었다. 카네트 거리에 있는 집의 집세를 벌기 위해 사진작가나 화가의 모델을 선다는 것도 함께. 그 사실이 잇따라 걸려오는 전화의 이유를 부분적으로 설명해주었고, 내 안에서 꿈틀거리던 유혹의 의지는 바로 그날로 모두 전멸했다(게다가 나는 버뮤다쇼츠를 입고 있었는데, 내가 알기로 어느 누구도 버뮤다쇼츠 차림으로는 여자를 유혹할 수 없다). 그녀는 시골 출신에 아버지는 목수였고 어머니는 직업이 따로 없었다. 나는 그녀의 부모를 만나는 기쁨을 누리지는 못했지만 그래도—물론—사진으로는 보았다. 그들은 빌프랑슈쉬르손 지방 근처, 누런 돌로 집들을 지은 마을에서 살았다. 사는 집은 그들 소유였지만, 빠듯한 수입에 두 아들을 양육해야 해서 하나밖에 없는 딸의 학업을 재정적으로 뒷받침해줄 수 없었다. 그러니 싸구려 시장에 진열된 구두도 그녀는 살 엄두를 못 냈다. 다행히도 그녀는 장학생이었다.

무엇보다 그녀는 예뻤다.

예술대학 여대생, 22세, 모델을 찾는 예술가분들은
루이종에게 연락 주세요. 06 23 12 XX XX

PS: 시간당 50유로 이하는 받지 않습니다.
작업 조건 협상 가능.

물론 그녀는 많은 전화를 받았다. 그중 60퍼센트는 그녀를 창녀로 여긴 남자들한테 걸려오는 전화였고, 25퍼센트는 가만히 지켜보는 대신 광고의 뻔뻔스러운 어투에 기대를 걸고 운을 시험해보려는 남자들의 전화였다. 그리고 나머지 15퍼센트가 작업을 위해 관심을 갖고 전화를 거는 실제 예술가들이었다. 몇몇 단골손님은 그녀에게 꽤 두둑한 보수를 지불하기도 했다. 그녀가 "여보세요? 바로 전데요" 하고 전화받는 소리를 하도 들은 나머지, 나는 그녀의 영혼이 둘로 분리된 거라고 결론지었고, 그 말투는 시간이 지나면서 우리 사이에 농담거리가 되었다. 그녀는 이렇게 말하곤 했다. "바로 내가 새 구두를 샀어" 또는 "가지 마, 너한테 빌어먹을 크레이프 만들어주느라 바로 내가 우유와 밀가루 범벅이 됐어" 또는 "바로 내가 너를 많이 사랑해, 알지?" 유리 지붕을 얹은 드넓은 작업실에 있던, 내가 아닌 그 모든 남자를 나는 죽도록 질투했다. '내 문 앞의 요정'이라는 제목으로 열렸던 센 거리의 전시회에서 있었던 일을 얘기해보겠다. 전시회 전날 특별 초대전에서 사진작가들 사이의 유명한 속어로 '요정'은 '발가벗은 여자'를, '내 문 앞'은 '침대 속'을 의미함을 알게 되었다. 평화를 사랑하는 성격 탓에 아흔 두 병의 샴페인과 75리터의 캄파리를 바닥내기 전에 전시회장을 나와버렸다. 그런데 이렇게 사라진 것이, 내게는 이로웠던 잠적이 나중에 끔찍한 싸움의 빌미가 되었다. 그때의 언쟁에 따르면 나는, 스스로가 중심이 아니라면 예술가들의 작업을 존중할 줄도 모르고, 앞서 말한 요정에 대한 어떠한 존중심도 없고, 세상 그 무엇도 존중할 줄 모르는 비루한 멍청이였다. 루이종은 거의 삼 주 동안이나 "'바로 나'는 만날 수 없어, 약속이 있어" 하면서 나를 만나주지 않았다. 유명한 사진작가의 얼굴이 선혈을 터뜨리는 사진보다 30×40 사이즈의 그녀 가슴 사진이 더 비쌀 것 같다.

그러나 그날 오후, 커다란 나무들 사이 산책로 끝으로 그토록 가냘픈 그녀가 멀어져가는 것을 바라보았을 때 앞으로 내게 어떤 일들이 일어날지 전혀 짐작하지 못했다. 그녀가 기느메르 거리 쪽 철책을 뛰어넘을 때, 악마가 들린 듯한 티셔츠가 마지막으로 다시 한 번 어깨에서 흘러내렸다. 어찌나 아름다운지, 동화책에서처럼 그녀가 지나갈 때 오리나무들이 머리를 숙여 경의를 표할 것만 같았다. 말하자면 그녀는 나에게 좀 강렬한 인상을 주었다. 그 다음날부터 나는 쓰고 있던 석사 논문을 싫증난 첩을 버리듯 내팽개치고, 그녀를 다시 보려는 희망을 품고 하루종일 뤽상부르공원을 방황하며 보냈다. 하지만 사드 후작에 대한 내 논문 발표 날짜가 9월 13일로 단두대의 칼날처럼 떨어졌다. 그때가 8월 중순이었는데, 논문의 본론 3장을 단 한 줄도 쓰지 못한 상태였다. 나의 쇠퇴기는 이미 시작되고 있었다.

나는 열흘 가까이 매일 그 공원으로 돌아가 온갖 발정난 곤충한테 물렸지만 그녀는 다시 나타나지 않았다. 죽도록 슬펐으나 남은 인생의 진로가 달려 있는 『소돔의 120일』 연구를 인동덩굴냄새 속에서 끝내지 않기 위해, 일주일 동안 방돌에 가서 지내자는 앙투안의 제안을 받아들였다.

내 직업은…… 나는 5월에 스물여섯 살이 되고 현재 국어 선생님이다. 평범한 운명, 안전한 직장, 모두 루이종이 싫어했던 것들이다. 거의 이 년 전부터 '교육 최우선 지역'인 모Meaux 지방 중학교에서 근무해왔다. 내가 맡은 어린아이들은 글을 어떻게 써야 할지 모른다. 지난주에 동료인 미술 선생 카티는 중학교 2학년 여자애 세 명에게 따귀를 맞았다. 그녀가 레즈비언 같다는 게 이유였다. 최근 아이들에게 내준 작문 주제는 '모든 것이 가능한 세상을 상상해보자'였다. 대부분이 〈갓 오브 워 II〉 시나리오와 다름없었고, 철자법 오류는 늘고 새롭고 창의적인 생각은 줄어들었다. 그럼에도 불구하고 미래 세대의 교육에 도움이 되는 톱니바퀴가 되고 싶다고 희망한다. 적잖이 실망하기도 했지만 나 덕분에 책을 좋아하게 된 학생을 볼 때마다 작은 개인적인 승리를 확인한다. 말하자면 세상의 광활한 무용성 속에서 나 자신의 유용함을 느낀다. 그런데 누군가, 자의든 타의든, 내 가까운 미래에 어떤 변화를 일으키려 하고 있다. 오래전, 한 젊은 여자가 내 삶을 훔쳐갔다. 그런데 지금 어린 소녀가 나에게 그것을 되돌려주려는 것 같다.

내 이름은 마디손 에샤르

내 이름은 마디손 에샤르

내 이름은 마디손 에샤르

내 이름은 마디손 에샤르

내 이름은 마디손 에샤르

오늘은 특별하게 특별한 날이야.

오늘 R가 나에게 공책 한 권을 주었어.

오래전부터 널 사달라고 졸랐어. 그런데 오늘에야 드디어 갖게 된 거야. 안에 물을 탄 것처럼 흐릿한 파란색 줄들이 그어져 있고 여백은 연분홍빛이야. 내가 테니스를 치러 갈 때 주로 입던 치마

색깔과 똑같은 연분홍색. 너무 짧아서 속에 꼭 속바지를 입어야 했지. 스타니슬라스 선생님 때문이었어. 너는 가로 21센티미터에 세로 30센티미터이고, 겉표지엔 탐험 소녀 도라가 그려져 있어. 지금 심을 바꿔 끼울 수 있는 볼펜으로 이 글을 쓰고 있어. 볼펜 꼭지에는 작은 배낭이 초록색 매듭 끈에 묶여 대롱대롱 매달려 있고(나에게 주는 물건들을 보면 R는 나를 꼭 네 살 반 정도 되는 어린애로 취급하는 것 같아. 말을 말아야지, 넘어가자). R가 그러는데 너는 나를, 오직 나만을 위한 것이래. 그래서 네 안에다 괴발개발 아무렇게나 써도 되고, 내가 하고 싶은 대로 뭐든 해도 된대. R가 절대로 네 안을 들여다보지 않을 거래. 아무리 그래도 널 숨겨둘 만한 곳을 찾아봐야겠어.

여기는 뭘 숨겨둘 만한 곳이 별로 없어. 어쨌든 나 같은 여자아이를 숨겨두기에는 좁은 곳이지. 하지만 너 정도 크기의 공책 하나쯤은 숨겨둘 곳이 있을 거야.

네 안에 쓰기를 시작하기 전에 많이 생각했어. 너무 오랫동안 코드를 빼놓았던 컴퓨터처럼 뇌의 시스템을 재구성해야 했어. 물론 머릿속에다 많은 것을 썼었지. 그걸 막을 수는 없었거든(그리고 너를 얻기 전까지, 하루하루가 쉽게 쉽게 지나가질 않았거든). 하지만 머릿속에 쓴다는 것은 전혀 다른 일이야. 예를 들면 머릿속에서는 틀리면 고칠 수 있지만 넌 다르지. R가 흰 수정액을 사다주는 것을 잊었기 때문이야. 그렇다고 쓰다가 틀렸다고 너를 뜯어내고 싶지는 않거든. 엄마가 옆에 있었다면 아마 이 모든 일을 '신학기 증후군'이라고 했을 거야. 새 학기 때마다 같은 증세를 보이니까!

나는 새 학용품이 생기면 너무 흥분해서 끌어안고 자거든. 그런데 사실 그렇게 자면 제대로 자지를 못해. 돌아눕다 망가뜨리지나 않을까, 공책이 구겨지지나 않을까, 잉크병이 엎어져 대재앙이 일어나지 않을까 너무 걱정되거든. 지난번에 새 학기를 준비할 때도 그랬어. 그때 나는 어른들처럼 물건을 샀어. 즉 고민하고 또 고민해서 샀다는 거야.

- 은도금 철제 만년필
- 클레르퐁텐 공책
- 표지가 인조가죽인 다이어리
- 하트 모양이 아닌 포스트잇

초등학교 때 좋아하던 물건은 이런 게 아니었어. 그때는 오히려 다음과 같은 것들을 좋아했지.

- 스프링 공책
- 별무늬 파일
- 헬로키티 연필
- 여러 가지 모양 지우개(특히 구름 모양)

실은 애들한테 무시당하고 싶지 않았어. 학교를 일 년 일찍 들어간데다 나이에 비해 몸집이 아주 작은 편이거든. 그런데 나중에 엄마한테 형편없는 어른 취향 물건을 사달라고 한 걸 깊이 후회했어

(우리 반 여자애들은 포스트잇도 하트 모양이더라고!)…… 그래도 은도금 만년필과 고약한 냄새가 나는 인조가죽 다이어리를 바비 인형처럼 끌어안고 잠들었어. 언젠가 내 가슴도 커져서 엄마처럼 될 수 있을까 생각하면서. 엄마 가슴은 텔레비전에서 본 어떤 가슴보다도 예쁘거든. 그래, 너한테는 거짓말하지 않을게. 사실 그때 나는 다음날을 생각하지 않으려고 아무 생각이나 막 하고 있었어. 왜냐하면 정말 너무 겁이 났거든. 졸업반이라고 중학교를 방문한 적이 있는데, 건물이 보기 흉하고 미로처럼 너무 복잡하더라고. 올리브그린색 벽은 온통 금이 가 있고, '224' 같은 식으로 어이없게 번호만 적힌 파랑, 빨강, 노랑 문들이 줄줄 이어져 있었어. 할아버지가 준 책 속 내 사진들보다 더 많은 교실이 있는데 그런 곳에서 도대체 어떻게 살아남을 수 있을까 걱정이 돼서 말이야. 다시 말해 현기증 나는 곳이라는 거야. 그 생각을 하니 기분이 바닥으로 떨어져 컨버스화 아래로 처박혔어. 하지만 결국엔 다 잘되었지. 게시판 앞에서 오 분도 안 지나 사브리나를 만났거든. 그뒤로는 모든 게 술술 풀렸어. 사브리나랑 있으면 언제나 모든 일이 쉽거든. 특히 눈에 파란색 섀도를 바르려고 여자 화장실에 갈 때 그래. 물론 곧 중학생이 된다 해도 화장은 세상 모든 엄마들이 공식적으로 금지하지만 사브리나네 엄마는 예외야. 나를 224호 교실의 사브리나 옆자리로 보내준다면 지금 당장 팔이라도 자르겠어.

물론, 불가능한 일이지.

글 쓰는 법을 잊어버릴까봐 겁이 났어. 하지만 아빠 말대로(내가 암산 점수를 형편없이 받고 울고 있을 때 해준 말이야) 작문은 내가 '강한 과목'이거든. 검토 결과, 테크닉 면에서 보면 난 여전히 글을 쓸 줄 알아. 그런데 어깨에 문제가 생겼어. 스타니슬라스 선생님의 눈길을 끌려고 무리하게 백핸드를 했을 때처럼 어깨가 아파. 어쩌면 성년이 되어 투표권이 나올 때까지 여기서 이렇게 기다려야 할지도 몰라. 그렇다면 이제 이런 질문은 그만둘래. 우리 집안 조상들, 그러니까 1750년 루앙에서 머리 둘레를 재며 세상을 헤아리는 모자 제조공이었던 머나먼 조상들 이래 세상을 떠난 모든 가족과 함께 땅속에 있는 것은 아닐까, 또는 할아버지가 지금도 지구를 돌며 삶의 면면을 흑백사진으로 찍고 있을까 하는 질문 말이야…… 더이상 똑바로 설 수 없을 때까지 빙글빙글 도는 짓도 그만둘래. 대신 절벽에 부딪히는 파도를 떠올릴 거야. 고함치고 싶은 마음도 버리고. 그리고 벽도 두드리지 않을 거고 숨쉬기를 다시 시작할 테야. 그런데 머릿속은 미카도 게임 막대기들이 섞여 있는 것처럼 엉망진창이야. 어디서부터 시작해야 할지 모르겠어. 어쨌든 가슴이 봉긋해지기 시작했어.

젠장.
(숨길 데가 없잖아……)

어휴, 이제야 R가 갔어. 자기 엄마가 곧 집에 도착할 거라는 말만 하러 온 거더라고. 그래서 오늘이 일요일이라는 걸 알았지. 이제 너를 가졌으니, 다음에 R한테서 받아낼 것은 버튼을 누르면 날짜를 알려주는 디지털 알람 라디오야. 이건 얻어내기 훨씬 어렵겠지. 하지만 내가 몇 살인지 정확히 알고 싶은걸. 자신이 몇 살인지 정확히 모르는 것이 얼마나 끔찍하고 갑갑한 일인지 너는 상상도 못할 거야.

매주 R의 엄마가 방문하는데, 그때마다 R는 미리 알려주러 내려와. 마치 자기 엄마가 오면 내게도 무슨 변화가 생길 것처럼 말이야. 그냥 친절한 척하느라 그러는 것 같기도 해. 잘 모르겠어. 아무튼 일요일마다 찾아오는 사람이 있다는 것을 알게 된 뒤로, 칫솔대 끝으로 벽에 줄을 그어 표시(한 주에 한 줄씩)를 하기 시작했어. 네 줄씩, 전화기 번호판의 # 모양으로 그었어. 전쟁포로처럼. R가 보지 못하게 침대 아래 벽에. 침대가 말도 안 되게 낮아서 동굴 탐험 놀이를 하다시피 했지. 하지만 첫번째 줄을 그은 날이 며칠인지 모르니, 이것은 그저 표시에 불과해. 현재 열한 개야. 이만큼의 날짜만 계산해도 밖은 벌써 개학이야. 그렇다면 지금쯤 사브리나와 게시판 앞에 서서 우리가 같은 반인지 확인해야 하는데.

아무튼……

적어놓은 것을 다시 읽어봤어. 가슴과 관련해서 분명하게 말해야 할 것 같아.

돌출부. 차라리 이렇게 부르는 게 나을 것 같아.

돌출부라고 쓰고 나니, 더이상 서 있지 못할 때까지 빙빙 돌고 싶어져. 봄방학 때 할아버지 댁에서 디스커버리 채널의 르포 프로그램을 봤어. 어느 농부가 닭의 다리를 잡고 머리 위로 들어올려 미친듯이 빠르게 돌리더라. 꼭 쌍절곤처럼 말이야. 그러고는 닭대가리를 날개 아래로 집어넣었어. 그러자 닭이 잠들더라고. 좀 마술 같았어. 그래서 나도 정말로 벽을 두드리고 싶을 때는 두 팔을 비행기 프로펠러처럼 벌리고 빙빙 돌다가 머리를 두 팔로 감싸안아. 문제는 그런다고 잠이 오기는커녕 머리가 무척 아프다는 거야. 하긴 내가 닭이 아니라 인간이니까 당연한 거겠지. 뭐, 아무튼.

내 이름은 마디손 에샤르
내 이름은 마디손 에샤르
내 이름은 마디손 에샤르

내 이름을 이렇게 쓸 수 있다는 게 정말 좋아. 볼펜이 여러 가지 색깔로 있으면 좋겠어. 그러면 이름을 알파벳마다 다른 색깔로 쓸 텐데. A는 분홍색으로 쓰고, D는 초록색으로, S는 오렌지색으로, R는 파란색으로, M은 보라색으로, 전에 펠트 주머니에 든 크레용으로 시 노트에 썼던 것처럼. 뭐, 다 까만색이어도, 그래도 좋아.

레오노르 에샤르
아멜리 카프드비엘
프랑시스 카프드비엘

이 이름들도 좋아.

사뮈엘 에샤르

사브리나 포레

줄리앵 카프드비엘(=루앙에서 모자를 만들었던 조상님. 우리 집안 가계도에서 내가 제일 좋아하는 분이야. 나는 모자를 좋아하거든. 나중에 크면 모자 디자이너가 될 거야. 이미 이 일을 시작했어. 아직 세계적으로 성공하지는 못했지만. 핸드백도 만들고 허리띠도 만들 거야. 어쩌면 보석 세공도 할지 몰라. 이건 그렇게 확실하지는 않아.)

나탕 자조

스타니슬라스 위알드(=♥)

더 좋은 이름이지.

라파엘 에샤르

'까만 볼보의 날', R의 고양이가 아프지 않을뿐더러 그러니 스타니슬라스 선생님의 아버지가 하는 동물병원에 가는 길을 알려줄 필요도 없다는 것을 내가 아직 모를 때, R가 내게 이름을 물었어. 그러더니 차창 너머로 손을 내밀어 악수를 청하면서 "난 라파엘이야"라고 했어. 그때 '아! 신기하네, 우리 아빠 이름도 라파엘인데!' 라는 말이 혀끝에 맴돌았지만 다행히 입 밖으로 내뱉진 않았어. 이유는 설명할 수 없지만, 아빠 이름을 알려줄 마음이 조금도 안 들었거든.

그래서 그를 그냥 R라고 불러.

언젠가 '까만 볼보의 날'에 대해 이야기해줄게. 그날을 생각하면 주먹을 물어뜯고 싶어져. 이제 네 안에 적을 수 있어서 얼마나 좋은지 몰라. 그러니 다음번에 말해줄게.

종종 고양이 소식을 물어봤어. 이름이 카트린이라고 R가 말했는데, 수고양이 이름으로는 전혀 신빙성 없지(우리 고양이 이름은 래리야). 아무튼 카트린은 아주 잘 지내고, 멋진 정원에서 하루종일 맘껏 뛰놀며 곤충을 쫓아다닌대. 특히 나비를.

당연히 아무 말이나 지어댄 거지.

그래도 이따금 위에, 어딘가에 있을 정원을 상상하고 꿈꿔보곤 해. 발밑의 풀과 햇빛을 느껴보려고 애쓰지. 하늘이 보인다고, 하늘이 믿을 수 없이 파랗다고 느끼려 하는 거야(흐린 날이든 비 오는 날이든 상관없어). 내 방 주변에, 위에, 아래에, 옆에 무언가가 있다고 머릿속으로 그려봐. 여느 집 정원처럼 온갖 색깔의 꽃들이 가득한데, 벽 때문에 볼 수 없는 거라고. 언젠가는 방의 벽이 투명해져서 밖을 볼 수 있을 거라고, 바닷속을 걷는 듯했던 코트다쥐르의 잠수함을 탔을 때처럼. 어떤 때는 코끼리와 난쟁이 요정, 마멋과 다람쥐가 많은 아주 울창한 숲 한가운데 있는 것 같아(특히 다람쥐가 좋더라). 언제나 적당한 온도, 말하자면 22도쯤 되는 쾌적한 온도의 물이 떨어지는 폭포와 달까지 닿을 듯 높이 오르는 그네, 착한 식충식물과 멋지게 노래하는 새들이 있는 거야. 노래 잘하는 새들 중에는 엄마가 좋아하는 〈라 자바네즈〉*를 휘파람으로 불 줄 아는 새가 한 마리 있고 말이야. 그 새의 머리가 파란색이면 좋겠어(가능하다면).

아빠가 그러는데, 사람들은 겉으로 보이는 것처럼 언제나 착한 건 아니래.

이 말을 한 건 자조 부인 때문이야. 우리 이웃인데 치사하고 인색하게 구는 게 특기야. 이를테면 아멜리 이모가 서른 살 생일에 바비큐 파티를 열었을 때 경찰을 부르는 등의 짓을 하는 사람이지(이모가 잔뜩 취해서 너바나라는 밴드의 옛 노래 한 곡을 목청껏 불렀던 것은 사실이지만, 아무리 그래도 그렇지). 아니면 우리 고양이 래리가 자기네 측백나무를 다 할퀴어놨다고 우기는 일 따위. 정말 말도 안 되는 소리인 게, 래리는 너무 작아서 그 집 정원의 담을 뛰어넘지도 못해. 또 한번은 우리집에 와서 살라자르 아저씨(우리집 다른 편에 사는 이웃이야)가 부인을 두고 빵집 딸이랑 바람이 났다고 했어. 이건 더더욱 말이 안 되는 소리야. 왜냐하면 살라자르 아저씨는 적어도 오백 살은 되어 보이는데 빵집 딸은 아직 대학생이거든. 엄마는 농담 삼아 늘 이렇게 말했어. "자조 부인은

---

* 1963년 세르주 갱스부르가 작사, 작곡한 재즈풍의 노래.

험담을 너무 '자주' 하는 것 같아." 여기서 험담이란 변변찮은 말(사실이나 거짓 모두 포함되는데 여기서는 특히 거짓), 즉 당사자와 전혀 관계없는 이야기를 떠들어대는 것을 뜻해. 그래도 매일 아침 우리에게 인사를 하는데 주로 이렇게 시작하지. "날씨가 너무 좋네요!" 또는 "레오노르 부인, 새 원피스를 입으니 줄리아 로버츠와 똑 닮았네요!" 이따금 채소밭에서 기른 토마토를 우리에게 가져다주기도 하는데, 내 방 창문으로 나를 보기라도 하면 영국 여왕처럼 손가락을 다 붙이고 손짓을 해. 아무튼 넘어가자. 이 모든 설명을 하는 이유는 R는 자조 부인과 반대라고 말하기 위해서야. 그는 그렇게 나쁜 사람이 아닌데 그래 보이거든. 그런데 이제는 태도를 바꿔서 겁주는 짓을 덜 하더라고. 분명 그가 울었던 날 때문이지. 내면에 눈물이 있는 사람이 정말로 나쁜 사람일 리가 없어(어느 독일 장교가 어린 약혼녀인 에스테르 크라콥스키를 거리 한복판에서 때린 뒤에 다른 장교들 몰래 우는 걸 봤다고 할아버지가 그랬어. 그때 에스테르 크라콥스키는 이도 제대로 다 나지 않은 고작 여섯 살 소녀였는데, 그 모든 사달이 외투에 단 별 때문이었대. 하지만 나는 할아버지가 해준 이 얘기를 깊이 생각하지 않으려고 해). R가 왜 울었는지 네게 설명해주고 싶어. 그런데 그 이야기를 하려면, 먼저 내가 말을 못하는 척, 귀가 안 들리는 척하기를 그만두었던 날에 대해 말해야 하고, 또 그 이야기를 하려면 먼저 '까만 볼보의 날'에 대해 말해야 해. 그걸 빼면 이야기하나마나니까.

내 이름은 마디손 에샤르

글자를 뒤집고, 뒤집고 또 뒤집었더니 이제는 내가 비스듬하게 기울어진 것 같아.

에 름내르 샤손은 마디이

다음 목록은 집에는 있지만 여기 없어서 특히 아쉬운 것들이야.

a) 초록색 플라스틱 방수 손목시계. 스톱워치와 알람 기능도 있고, 날짜와 바다의 조수 간만도 알려주지(그리고 시간도).

b) 화장품 아닌 것을 담는 파우치에 들어 있는 헬로키티 손거울.

c) 엄마표 고기감자파이(엄마가 만들어주는 맛있는 음식 모두).

d) 고양이 래리.

e) DVD(이 세상에 있는 공포영화를 모조리 보고 싶어. 지난번에 공포영화를 본 후유증으로 집에서는 더이상 볼 수 없게 되었지만 말이야).

f) 파트리크 코뱅(작가의 필명이래)의 『내 사랑 $e=mc^2$』와 '해리 포터' 시리즈 전권.

g) 스타니슬라스 선생님이랑 같이 선생님의 파란색 스쿠터 타고 돌아다니기.

h) 시 노트 『S. U.에게 바치는 시들』.

자조 부인처럼 나도 험담 좀 해야겠어. 나쁜 짓인 줄은 알지만 그래도. 정말이지 알리스가 싫어. 스타니슬라스 선생님처럼 최고로 똑똑한 남자가 손톱에 빨간색 매니큐어를 칠하는 일 말고는 할 줄 아는 게 없는 여자를 괜찮다고 여긴다는 사실, 그건 이해 불가야.

i) 보디보드.

j) 라벤더향 크림을 막 바른 엄마의 냄새.

k) 히카리한테 편지 쓸 때 사용하던 영불/불영『해랍』사전. 도쿄에 사는 친구 히카리('히카리'는 일본어로 '빛'이라는 뜻이야)가 헬로키티 편지지에 편지를 써주고 앞서 말한 거울도 보내줬어.

l) 토요일 아침에 면도도 하지 않고 내 볼에 뺨을 비비며 입맞춰주는 아빠의 따가운 수염.

m) 밑창에 지워지지 않는 펜으로 'S. U.'라고 써놓은 무지개색 컨버스화.

n) 사브리나가 라피테니아 바닷가에서 주워와서 행운의 상징이라며 내게 선물한 구멍난 조약돌. '까만 볼보의 날' 주머니에 챙겨 넣는 걸 깜박하고 그냥 나왔어.

o) '미스터 프리즈' 아이스크림(R에게 사달라고 했더니 집에 냉동실이 없다는 거야. 도대체 여기는 어느 별인지).

R가 언젠가 집 구경을 시켜주겠다고 나에게 약속했어.

"정말 집이 있어요?" 내가 물었어.

"뭐라고?!"

"아저씨가 정원이 있다고 했는데 사실은 아예 없잖아요. 그렇다면 집도 없는 게 아닐까 해서요."

"그럼 네 생각에는 내가 어디 살 것 같은데? 동굴? 우주선? 목성? 집이 없다면 어디서 잠을 자겠니, 응? 말해봐. 정원도 있다. 너한테 말한 그대로야. 나비도 많고, 키 큰 풀도 많고. 백 년쯤 된 나무 꼭대기에는 오두막도 있어. 왜 너는 날 믿지 않지? 내가 거짓말쟁이야? 거짓말쟁이로 보여?"

나는 어깨를 으쓱했어. '넌 떠들어라, 나는 모르겠다'라는 태도로. 그는 골이 난 듯 보였어.

"디지털 알람 라디오 하나 줄 수 있어요? 푸른색으로 숫자와 날짜가 나오는 거요."

R가 침대에서 벌떡 일어났어. 삥칠 때마다 그는 침대에 걸터앉거든. 그리고 문을 열고 나갔어. 문이 다시 닫히고, 걸쇠가 특유의 이상한 소리를 냈어. 곧이어 철문에 귀를 대보았지만, 언제나처럼 아무 소리도 들리지 않았어.

p) 래러 흰 수정액.

q) 트램펄린처럼 튀어서 나탕과 씨름하며 놀기에 최고인 엄마 아빠의 침대.

r) 나탕(자조 부인의 아들인데 부인처럼 치사한 성격은 아냐. 처음으로 키스한 남자애이기도 하고. 딱히 내가 원한 건 아니었지만).

s) 구글 검색창. '인명 목록'에 들어가 프랑스에서 '라파엘'이라는 이름을 가진 사람이 몇 명인지 알아보고 싶어(마디손은 1946년

이후 1960명이고 스타니슬라스는 7431명이야. 사브리나랑 나탕도 검색해봤는데 기억이 안 나. 내가 숫자랑 그렇게 친한 편이 아니라서).

t) 할아버지가 우리집에 도착해서 날 마디손 대신 '트위스트'라고 부르며 들어오는 소리.

u) 우리집 지하창고에 줄줄이 늘어선 코카콜라, 오랑지나, 지니 음료수 병들. 꼭 아멜리 이모의 서랍장 위에 놓인 러시아 인형들 같아(이모는 자기 마음을 산산이 부서뜨린 해양학자 옛 애인 바댕이 준 선물이라며 그걸 간직하고 있어. 이모는 눈이 꼭 에메랄드같은데 아직 남편이 없어).

v) 바닷가에서 돌아올 때 은빛 수영복에 붙은 모래알.

w) 무니 할머니의 사진이 들어 있는, 진짜 금으로 된 하트 모양 목걸이.

x) 소파 위로 로켓이 착륙하듯 거실 안으로 쏟아지는 눈부시게 밝은 햇살.

y) 〈예스터데이〉를 연주해보려고 사뮈엘 삼촌한테 (애걸해서) 빌려온 기타.

z) 철제 침대. 나랑 아빠가 같이 파랗게 칠했어. 엄마는 극구 반대했지만. 내가 비록 러시아인이나 일본인은 아니지만 훌륭한 체조 선수가 되어보려고 그 위에서 연습 좀 했지.

원하는 것은 아직도 많지만, 다 적기에는 알파벳이 부족해.

게타리

12월 21일

사나운 바람, 영상 2도, 바다에는 낮은 물결

사랑하는 딸에게

나는 텅 비었어. 텅 빈 뼈 한 더미야.

의사들은 내게 약을 잔뜩 먹이고 심리학자들은 내 침묵에 귀기울이는 척하지만, 그들의 질문들은 하나같이 바싹 마른 우물 속에 떨어지는 동전처럼 내 안으로 굴러떨어져 공허하게 울릴 뿐이야. 그들이 비는 소원은 이루어지지 않아. 내 소원도 그렇고. 내 안의 심연은 너무 깊어서 소리도 안 나고 옆으로 새지도 않는단다.

내 상태를 그림으로 표현하라고 하면 네 아빠는 아마 바니타스화*를 택할 거야.

레오노르와 펜과 잉크병.

나는 방을 거의 벗어나지 않아. 이제 하늘의 구름에 관심 없어.

지난주 갤러리에서 나를 대체할 인력을 최종적으로 결정했어. 나보다 열다섯 살이나 젊고 독신에 자식이 없는 금발 여자란다. 처음에는 다시 갤러리로 돌아갈 수 있을 거라고 생각했어. 사람들은 그림을 보러 오고, 우리는 초상화 중 하나일 뿐이야. 초상화 중 굳어 있는 얼굴 하나. 우리는 보이지 않는 것이 그들의 시선을 피하기보다 더 쉬울 거라고 생각하지.

그런데 피할 수 없는 시선도 있어. 비아리츠에서 우리를 모르는 사람이 없다는 점을 고려하지 않는다 해도.

나는 넓게 트인 곳, 사막, 인구 과밀의 대도시를 꿈꿔. 도시의 인파에 파묻힌 채 잊혀서, 아무도 알아보지 못하는 익명으로 살고 싶어. 여기는 더이상 견딜 수가 없어. 광활한 대도시 속으로 사라지고 싶어. 그러면 저렇게 입에 담기 어려운 생각을 하며 동정어린 눈으로 날 바라보지는 않겠지…… 저들이 마치 네가 죽기라도 한 듯 날 바라보는 짓을 그만뒀으면 좋겠어!

내 안에서 네 심장이 뛰고 있는 것을 느껴, 마디.

그런데 아무도 내 말을 믿으려 하지 않아. 하지만 사랑하는 딸아, 네가 죽었다면 내가 알겠지. 내 심장이 멈춰도 네 심장이 마치 북처럼 내 안에 강하게 울리니까. 너는 세상 어딘가에 있어. 어디

---

* 인생무상을 표현하는 회화 장르로, 해골, 모래시계, 촛불 등이 주요 소재로 등장한다.

에, 누구와 함께 있는지는 모르지만 어딘가에 살아 있어. 두 발을 땅에 딛고 온전히, 무사하게 살아 있어.

마디, 이건 내 생각이 아니야. 내가 아는 거야.

이제 며칠 있으면 크리스마스네. 네가 태어난 이후 십일 년을 함께하다 너 없이 보내는 첫 크리스마스. 라파엘은 트리도 사고 싶어하지 않고, 아무것도 하고 싶어하지 않았어. 아멜리 이모가 24일에 우리를 초대했고 할아버지는 25일에 초대했는데, 아빠는 다 소용없다고 하는구나. 하지만 내 생각은 달라. 얘야, 크리스마스트리 아래에 네 구두가 놓여 있을 거야. 나를 믿어, 네 구두는 반짝거리는 장식과 빛나는 전구 한가운데 놓여 있을 테니까.

네가 여행중이었다 해도 우리는 크리스마스 파티를 했을 거야, 안 그러니? 그러니까 너는 여행중인 거야. 비록 목적지가 어디인지 우리가 모른다 해도.

다름아닌 여행이지.

아빠가 지난 육 개월 동안 너를 얼마나 찾아다녔는지 몰라…… 물론 아빠는 출판사에 무급 휴가를 냈다고 나에게 한마디도 하지 않았어. 교차로에서마다 널 본 것 같아 길을 샅샅이 뒤지며 뛰어다녔던 어둡고 긴 하루에 대해서도. 아빠는 내 마음을 다치게 하고 싶지 않았던 거지. 그게 그의 방식인 걸 어쩌겠니. 그런데 내가 자동차 주행거리를 본 거야. 그리고 그날 저녁 그의 눈빛을 보았지. 포도주 병이 단숨에 비워졌고 나를 감싸안는 그의 팔이 무언가를 붙잡고 싶어하는 모습을 보았어. 하지만 잡을 만한 것을 결코 찾지 못했지. 왜냐하면 나는 이제 더이상 아무것도 아니니까.

얘야, 아빠와 나는 지금 유령과 싸우는 중이야.
더 강해지고 싶은데 그게 잘 안 되는구나.

내가 널 사랑한다는 걸 결코 잊지 마라.

엄마가

모래 인간들

열차 내 스피커에서 제대로 된 진짜 프랑스 남부 억양의 비음 섞인 목소리가 흘러나왔다.

"승객 여러분, 툴롱행 지방고속열차가 현재 탑승 인원 초과 상태입니다. 해결책을 찾기 위해 열차의 출발이 잠시 지연될 예정입니다……"

앙투안과 나는 안간힘을 다해 그 대단한 지방고속열차에 막 자리잡은 참이었다. 말하자면, 서 있었다. 탑승하기까지 우리는 핫팬츠에 웨지힐 슬리퍼 차림인 어느 경박한 노파한테 폭행당하고, 영아살해범처럼 생긴 대가족 가장에게 얻어터지고, 유모차에 깔려 거의 죽을 뻔했다. 약 이 분, 남부 사람들 말로는 숙고한답시고 으레 지체하는 만큼의 시간이 지난 뒤, 다시 프랑스 국유철도 안내방송 신호와 함께 호인풍의 아저씨 목소리가 흘러나왔다.

"승객 여러분, 인원 초과 상태로 운행하는 수밖에 없습니다. 이제 열차 출발합니다. 안전벨트를 착용하세요!"

나는 우리 앞에 몰려 있는 청소년 네 명에게 남모를 공감의 미소를 던졌다. 케이크 위의 체리처럼 인간 피라미드 위에 놓인 녀석들의 가방이 무너져내렸다. 출발 안내방송과 함께 가장 어려 보이는 아이가 그때까지 참고 있던 웃음을 터뜨리자 곧 다른 친구들도 따라 웃었고, 삽시간에 전체로 번져 기차 안은 웃음바다가 되었다.

"무전여행을 해보라는 소리를 들은 모양이지!" 앙투안이 말하고 자지러지게 웃었다. 노트북 가방을 놓을 자리가 없어서 두 손으로 들어 머리 위로 올린 채였다.

"아프리카로 가라, 중국을 누벼라, 말도 안 되는 기차를 타고 사방으로 내달려라……! 그럴 필요가 있나, 안 그래, 애송이? 날 봐. 바다로 가기만 하면 돼! 장담하는데, 이탈리아도 별 볼 일 없어. 아, 나는 프랑스가 너무 좋아!"

차장이 억지로 꾸민 우렁찬 어조로 방송했다.

"곧 출입문이 닫히니 조심하십시오. 여성분들과 어린이들을 배려해주십시오! 프랑스 국유철도를 대표해 부탁드립니다. 승객분들이 객차에서 내릴 땐 짐을 서둘러 치워주시고…… 그리고 여러분의 놀라운 이해심에 감사드립니다!"

마지막으로 고막이 터질 듯한 기적이 울리기 전 "젠장, 빌어먹을!"이 먼저 튀어나왔다. 아마도 방송사고인 것 같았다. 스피커에서 튀어나온 그 말에 기차 안의 폭소가 배가되었다. 우리 왼편에 있던 육십대 부인은 눈물을 흘리며 아무나 들으라는 듯 말했다.

"아하하하, 아이고, 팬티에 그만 오줌을 지렸네!" 무려 한 시간 넘게 지연된 기차가 마침내 생샤를역 플랫폼을 출발했고, 기차 안 분위기는 더할 나위 없이 즐거웠다.

확실히 우리는 마르세유에 이르렀다.

찜통더위 속에서 가파른 오르막길을 이십 분가량 오른 후에야 우리는 연안 오솔길 위쪽에 이상적으로 자리잡은 아담한 건물 발치에 이르렀다. 건물 정면은 붉은 황토색이었다. 안에 들어서기 전, 미리 알리는 게 좋겠다고 생각했는지 앙투안이 말했다.

"너무 놀라지 마, 애송이. 〈시계태엽 오렌지〉에 비하면 이 정도는 약과라고."

그는 자물쇠 열네 개를 땄고, 우리는 일주일 내내 우리 것이 될 왕국 안으로 들어갔다. 겨우 한 발을 들이자마자 숨이 막힐 것 같았다.

"바보야, 이걸 보여주는 데 이십 년씩이나 걸려야 했니?"

단지 눈만 마주쳤을 뿐인데, 기차에서 시작되었던 미친 듯한 웃음이 우리를 다시 사로잡았다. 그 무렵 둘 다 우울한 시간을 보내고 있었는데도, 웃느라 바닥에서 데굴데굴 굴렀다. 환각제 한 통을 다 먹어버린 듯 배를 움켜쥐고 웃어댔다. 알루미늄 벽등과 기하학적인 모티프가 그려진 이중 배색 양탄자, 장기판 타일, 물방울무늬가 프린트된 카키색 양탄자, 둥근 램프, 둥그런 흰색 소파와 흐드러지게 만개한 꽃이 그려진 커튼 등 없는 게 없었다. 지타 고모의 소굴에는 70년대 디자인이 멋드러지게 모여 있었다. 지방 장인의 작품을 비롯해 구식 키치풍의 수많은 종교적 장식품, 이탈리아산 바로크식 기념품들에 이르기까지.

웃음이 진정되자 나는 뽀얀 먼지로 뒤덮인, 2차대전 후에 나온 모델로 보이는 텔레비전 위를 손가락으로 한번 쓸며 물었다.

"고모는 여기 자주 오셔?"

"휴가철 아닐 때. 나머지 시간은 엑상프로방스에서 지내. 취향은 볼품없어도 오렌지 과수원에 물이 넘실대는 수영장까지 딸린 굉장한 저택이 있어. 그런데 살림은 영 고모 취향이 아냐. 특히 이 집이 엉망진창이지. 고모는 로제 와인이나 마시면서 해변을 거니는 것을 좋아해!"

앙투안네 고모가 찢어지게 가난하다고 알고 있었던 나는 그녀의 재산이 엄청나다는 것에 놀라서 물었다.

"고모는 뭐하시는데?"

"프랑스 가스공사에 다니다가 은퇴했어. 게다가 메초죠르노에 있는 포도밭을 물려받았는데 미국인들에게 금값을 받고 팔았지. 바로 그 돈으로 아버지가 레스토랑을 살 수 있었어. 네가 궁금해할 것 같아 말해주는데, 특히 중요한 사실은 고모가 아이 없는 이혼녀라는 거야. 전남편은 증권 브로커였는데 취미가 불륜이었어…… 고모는 이혼을 위해 아주 유능한 변호사를 요령껏 고용했지. 몰래 딴 주머니를 찼던 거야 군이 말할 것도 없고."

그가 손가락으로 성모상을 가리켰다. 노란색 포마이카 팔각 탁자 위에 고이 놓인 성모상은 날씨에 따라 색깔이 바뀌는 보기 흉한 골동품 중 하나였다.

"젠장, 체면 차릴 줄도 모르면서 기도라니! 지타 고모는 우리 집안의 부자지만 못 말리는 구두쇠야."

"그 말을 들으니 이제 이해가 간다!" 내가 웃으면서 말했다. 그때 앙투안이 밝은 빛깔 나무 블라인드를 걷어올렸고, 넓은 아파트에 빛이 들이쳤다.

우리는 유리문을 열었다. 소금기 밴 공기가 한바탕 밀려들며 코를 흠뻑 적셨다. 벽에 붙어 있는 도기 매미들은 바깥세상과 닿으며 울림을 찾았고, 복고풍의 밀감색 벽지를 배경으로 정말 살아서 반짝이는 괴물 같아 보였다. 테라스는 르네크로스만 쪽에 있었다. 해변과 바다가 보이고, 맑은 날씨에 풍선 같은 뭉게구름이 떠 있어 투명한 하늘은 활기가 넘쳤다. 그 아래 자를 대고 그은 듯 곧고 마냥 푸르른 수평선이 보였다. 수평선 저멀리 프티나비르 참치 광고에 나오는 것과 비슷한 돛 세 개짜리 커다란 요트가 지나갔다.

"여길 떠나고 싶지 않을 것 같아!"

"그래, 그야 두말하면 잔소리지. 난 돌아가는 기차를 탈 때, 노처녀처럼 징징거릴 것 같다……" 앙투안이 아주 진지한 투로 대답했다.

그가 수도와 가스와 전기를 연결하러 건물 아래로 내려가 있는 동안 나는 더할 나위 없이 황홀한 기분으로 침대 위에 짐을 풀어놓았다. 침대에는 갈색 털실로 짠 침대보가 덮여 있었다. 오늘 아침 파리를 떠날 때만 해도 하늘은 치사량에 가까운 헤로인을 복용한 마약중독자처럼 잔뜩 흐렸다. 그런데 방돌에 오니, 눈부신 태양이 종려나무와 소나무의 무성한 나뭇잎 파라솔 사이로 찬란한 빛을 뿐었고 기온은 28도였다. 나는 베란다 난간에 팔꿈치를 기대고 서서 심호흡을 하며 폐부 한가득 무화과꽃과 인동덩굴의 냄새를 들이켜고 넋 나간 눈길로 하늘을 보며 위험한 상념에 빠져들었다. 바닷가에서 허구한 날 서퍼와 방수복을 보며 자란 나와 산과 바다가 만나는 이런 해안은 거리가 아주 멀었다. 코트다쥐르와 코트바스크가 다른 지방에 속하듯 전혀 달랐다. 나는 그 차이를 금방 알아보았다. 일단 짐을 풀고 정리한 후, 너무 늦기 전에 지중해를 음미하러 가기로 했다. 모래사장에 도착했을 때는 오후 여섯시가 지나 태양이 이미 물결 속으로 잠겨들고 있었다. 하지만 포켓북처럼 비좁은 사각 공간에 타월을 깔려면 기념비적인 모래성을 쌓아두고 선크림을 잔뜩 바른 가족들을 비집고 들어가야 할 정도로 해변은 붐볐다. 어렸을 때 부모님이 우리에게 새로운 강변을 체험시켜주려고 앙티브 고지대에 빌라를 임대한 적 있다. 그때는 내 키가 1미터도 되지 않아 여동생과 내가 적당한 자리에 끼어들기 더 쉬웠던 것 같다. 어쨌든 나는 동남부 해변이 어느 정도로 작은지 잊고 있었다. 우스울 정도로 너무 작아서, 하루 중 어느 때든 8월 해변처럼 초만원이었다!

어쩔 줄 몰라하는 나를 보고 앙투안이 근엄한 표정으로 말했다.

"스타니슬라스, 불평하긴 일러. 이 사람들은 양떼 같아. 곧 다들 집으로 돌아가 아이들을 씻기고 정원에 앉아 파스티스를 한잔 할 거야. 애송이, 앞으로 십 분 뒤면 완전히 평화라고."

나는 그 말을 100퍼센트 믿지 않았지만, 그가 옳았다. 십오 분가량 지나자 모래사장은 반쯤 비워지고, 감청색 바다 쪽으로 훤히 시야가 트이면서 바람을 받는 요트의 돛이 보였다. 이어서 극도로 흥분해 마구 뛰어다니던 아이들과 튜브 보트, 수위 높은 대화를 나누던 우리 옆의 여자들(잊을 수 없는 크리스텔과 마리네트) 대신, 마침내 출렁이는 물결이 보였다. 모래사장을 음탕하게 타고 오르는 파도는, 거세게 밀려와 부서지는 대서양의 성마른 파도와 전혀 달랐다. 온몸이 바닷물에 흠뻑 젖은 채 해변을 따라 뛰어다니는, 마지막으로 남은 소녀들을 바라보다가 문득 마디를 떠올렸던 기억이 난다. 그 여름은 마디가 실종된 지, 아키텐 역사의 어두운 기록으로 남게 된 그 6월 14일로부터 벌써 이 년이 흐른 때였다. '마디손 사건 수사팀'은 십여 명의 경찰로 축소되었다. 공식적으로는 수사가 계속 이어진다고 했지만 다른 사건들이 사법을 다루는 매체의 전면을 차지했고, 사건 초기 몇 달 동안 대대적으로 나섰던 여론은 다른 사건을 좇으며 내 이웃이던 어린 소녀의 사건은 저버렸다. 마디의 부모 말고는 세상 어느 누구도 그 아이가 살아 있을 거라 생각하지 않았다. 아이의 할아버지마저 포기했다. 갈색으로 그을린 여자아이들이 모래사장에서 저토록 즐겁고 자유롭고 활기차게 뛰어다니는 모습을 보니, 마음에 씁쓸한 거품이 차올랐다. 울적한 생각을 흩어주려는 듯 앳된 금발 소녀가 친구들 무리를 떠나 우리 쪽으로 다가오며 입에 담배를 물었다. 캐러멜빛 피부에 초콜릿색 비키니를 입었고 눈은 아몬드 모양이었다. 몸매는 조각상처럼 완벽했지만 나이는 기껏해야 열다섯 정도로 보였다. 우리가 주위에 자리잡았을 때부터 비치웨어를 두른 소녀 다섯 명이 깔깔대기 시작했고 은근슬쩍 곁눈질했다. 금발 소녀는 친구들 중에서 정찰병 노릇을 떠맡은 것이다. 나는 소녀가 우리에게 와서 어떻게 행동할지 매우 궁금했다.

소녀가 우리 가까이 오더니 선웃음을 쳤다.

"안녕…… 혹시 불 있어요? 라이터가 다 돼서요."

나는 마르세유역에서 산, 'OM'*이라고 찍힌 라이터를 내밀었다. 소녀는 담배 무는 자격증이라도 있는 듯 노련하게 입술 위로 담배를 굴리며 불을 붙였다. 그때 담배를 한 대 말고 있던 앙투안이 고개를 쳐들고 소녀를 경멸의 눈초리로 바라보며 말했다.

"야, 그러면 더 섹시하고 나이들어 보일 것 같니? 너 몇 살이야? 열셋? 분명히 말해두는데 우스꽝스러운 꼴불견일 뿐이야."

소녀의 아몬드형 눈에서 살기가 뿜어져나왔다. 대뜸 "무슨 상관이야?" 하고 쏘아붙이고는 불쾌하다는 얼굴로 내 라이터를 모래 위에 내팽개쳤다. 그러고는 발길을 돌리기 전에 '씨'로 시작되는 욕을 중얼거렸지만 바닷바람에 쓸려 흩어졌다. 소녀가 걸음을 뗄 때마다 엉덩이와 허벅지 사이로 반달 모양의 창백한 속살이 드러났다. 볼록한 엉덩이가 깊숙하고 민감한 곳을 햇빛으로부터 보호했다. 앙투안은 매우 흡족한 표정으로 일어나더니 바닷물로 달려가 머리를 처박았다. 여자애들은 앙심어린, 동시에 불쾌한 청년이 갖춘 완전한 라틴계 남성성에 흥분한 눈으로 그를 좇았다. 앙투안은 키는 큰 편이 아니지만 몸매가 매끈했다. 근육질에 마른 체격, 갈색 머리와 마찬가지로 밝은 갈색 피부의 완벽한 역삼각형 상체.

---

* 마르세유 축구 클럽의 머리글자.

여자들 얘기로는(그가 자기 취향이라는 내 동생 미아도 말하듯) 강함과 안정감을 주는 이미지란다. 그래서 여자들 시선을 끈다고. 나도 그런 시선을 받는 단순한 즐거움을 느껴보려고 그를 뒤쫓아, 바람에 싸늘해진 물속으로 뛰어들었다. 소녀들의 눈 열 개가 우리의 나무랄 데 없는 크롤 영법이 남기는 하얀 물결을 뒤쫓았다.

부교 근처에서 그를 따라잡은 내가 소리쳤다.

"뭐야, 해변에서 유혹하는 기술을 다질 공짜 실습 기회를 그냥 날려버렸잖아! 그렇게 나오면 재미없지, 연습 좀 하려고 했더니!"

"너 논문 써야 한다고 안 그랬어? 동정녀들의 변태 성관계, 뭐 그런 주제 아니었나, 응?!"

나는 웃음을 터뜨렸고 그는 저만치 멀어졌다. 그는 언제나 나보다 수영 실력이 뛰어났다. 로비자라는 운명의 스웨덴 여자가 7월 말에 그를 떠났다. 그래서 아무 여자한테나 다짜고짜 반감을 쏟아낸 거였다. 특히 금발 여자들에 대한 혐오감을. 둘의 관계는 이 년간 지속되었다. 그녀와 헤어진 뒤로 그는 더이상 머리를 손질하지 않고, 턱수염은 덥수룩하게 내버려두고, 신발도 운동화만 끌고 다니고, 원시적이기 짝이 없는 남성우월주의 담론을 지지하며 자신이 칼라브리아 출신임을 과시했다. 이 행동이 어떤 여자든 그로부터 멀어지게 했다. 나로 말하자면 그 시기에 여자를 보던 관점이 매우 해체되어 있었다. 가슴 크기, 이 여자의 손, 저 여자의 배, 청금석 귀고리, 엉덩이 곡선, 팔오금, 초록 뱀가죽 구두, 그리고 '-인ine'이나 '-아a' 또는 '-이ie'로 끝나는 여자 이름 등이 감정을 일으키는 퍼즐 조각처럼 머릿속에서 온통 뒤섞여 있었다. 고등사범학교 입시 준비 기간과 대학교 3학년 사이의 일 년 동안 띄엄띄엄 만났던 알리스를 빼고는 소위 '커플'이라는 관계를 맺어본 적이 결코 없다. '커플'인 것이 부럽지도 않았고, 바람둥이도 아니었다. 솔직히 새로 생긴 바를 찾아다니기보다 아늑해 보이는 카페에서 책을 읽는 편이 더 좋았다. 내 연애는 모두 우연히 시작되었다. 즉 적당한 때에 적당한 장소에서 만나는 적당한 여자. 왜냐하면 나 역시 운 좋게도 아버지에게 물려받은 장점, 즉 짙은 색 머리, 검은 눈, 훤칠한 키 등으로 여자들에게 인기 있었기 때문이다. 그래서 바로 그해 스물세 살 싱글인 나는 넘치게 누리는 편은 아니지만 이따금 새로운 얼굴의 유혹에 굴복하곤 했다. 파리 여자가 지방 여자보다 더 자극적으로 느껴졌다. 나는 결국 완전히 보통 남자였다.

우리가 물에서 나왔을 때 여자애들은 사라진 뒤였다. 대신 갈매기 두 마리가 하루의 마지막 햇살 아래 서로 부리로 쪼며 싸우고 있었다. 모래사장에는 우리뿐인 듯했다. 텅 빈 해변은 세상 끝과 같은 인상을 주었다. 여름 내내 파리를 떠나지 않았던 터라 더욱 쾌적하고 좋았다. 미지근한 모래바닥에 타월을 깔고 누워 몸을 데우며 눈을 감았다. 그리고 초저녁의 절대적인 고요 속에 흠뻑 잠겼다. 머리 위에서 울어대는 매미소리를 듣다보니 살살 졸음이 왔다. 태양이 망막 위에 그리는 작고 검은 반점들 너머로 뤽상부르공원에서 만났던 이름 모를 여자의 얼굴이 불현듯 떠올랐다. 바다 요정 같은 그녀는 땅끝까지 쫓아와 나를 괴롭혔다. 나는 벌떡 일어나, 누워 있는 앙투안의 얼굴을 가린 챙모자를 들췄다.

"저기…… 너한테 할말이 있어."

그가 눈을 뜨고, 내가 너무도 부러워하는 초록빛 눈동자로 나를 살폈다.

"뭐야, 그 심각한 표정은?"

"아무래도 운명의 여자를 만난 것 같아."

"하하하하, 나 좀 가만히 놔둬! 야, 차라리 가서 아페리티프나 한잔하지그래?!" 그가 고래고래 소리지르며 머리를 모래 속에 처박았다.

*

지중해 물결의 집요한 리듬을 타고 그렇게 일주일이 흘러갔다. 그러나 해변의 비키니들도, 사디스트 사제들에게 고문당하는 동정녀들도, 정맥으로 침투하는 아니스 술도, '헐렁한 티셔츠를 입은 여자'에 대한 내 강박적인 집착을 눌러 이기지는 못했다. 논문의 3장인 「공포의 시와 시적 공포」를 끝냈다. 이제 결론만 남았고 내 미래도 위기를 넘긴 것 같았다. 앙투안과 나는 다음날 아침 파리로 돌아가는 기차를 타기로 했다. 그런데 이상하게도 가슴이 답답했다. 마치 흉곽이 스모 선수의 무릎에 짓눌리고 있는 것 같았다. 나는 안일함에 익숙해져 있었다. 수많은 소소한 것으로 이루어진 하루의 느린 왕복 리듬에, 즉 아침 해수욕에, 잡지를 구비한 항구 카페에, 조용한 아파트에서 논문에 몰두하는 오후에, 항구에서 벌어지는 도취적인 재즈 오케스트라의 야회에. 병든 비둘기들이 떼지어 있고 경찰 사이렌이 울리는 파리로 돌아간다고 생각하니, 탄압하는 정치 체제하에 사는 듯 숨이 막혔다. 올리브처럼 검게 그을린 앙투안을 나르발 카페테라스로 데려가 내 슬픔을 수면 아래로 가라앉히며, 도시로 돌아가는 것의 유일하게 긍정적인 점은 그 신비한 미지의 여자를 다시 볼 수 있을 가능성뿐이라고 토로했다.

그러자 제대로 알지도 못하는 여자 얘기를 일주일 내내 들으면서 질려버린 앙투안이 부르짖었다.

"젠장, 스탄, 대체 무슨 근거로 그 여자가 다른 여자랑 다르다는 거야? 네가 말하는 그 금발도 매머드 가죽 핸드백을 원하고, 네가 라이트밴을 장만하길 바랄 거야. 네가 나와 저녁식사를 하겠다고 하면 골을 내고, 널 뷰티숍에 보내서 등에 난 털을 다 밀게 할 거라고! 여자들은 다 똑같아. 우리 인생을 망치려는 기생충 같은 족속이라고! 데이비드 크로넌버그 감독의 〈파편들〉 봤지?"

나는 고개를 흔들며 파스티스를 한 모금 마셨다. 그러면서 한편으로는 내 등에 털이 없어서 다행이라고 생각했다. 앙투안은 페미스*에 다녔는데 거기서는 모두가 그를 별종으로 여겼다. 왜냐하면 타르콥스키 감독, 로메르 감독과 영화 잡지 『카이에 뒤 시네마』를 싫어했기 때문이다.

그가 담배를 말며 말을 계속 이었다.

"음탕한 기생충이랄까, 일종의 살아 있는 똥덩어리가 있어. 그게 남자들 내부로 침투해서 섹스하고 싶은 강렬한 욕구를 일으키는 거야. 그래서 몸 전체에서 엉덩이의 기적이 일어나는 거야. 정말로

---

* FÉMIS. 프랑스 국립영화학교.

보고 있기 괴로운 장면이지. 여자들은 다 똑같아. 네가 여자들 안에 들어갔다 나오면 나중에는 울 일밖에 없어. 그러니까 집어치워, 자식아. 기생충들이라고."

그는 250cc짜리 맥주를 여섯 잔째 주문하고 말아놓은 담배에 불을 붙였다. 종업원이 마치 나를 도우러 온 것처럼, 짭짤한 비스킷을 그릇 가득 담아 가져다주었다. 만 위로 떠오른 석양이 마지막으로 저항하듯 빨갛게 타오르며 유람 요트들을 천천히 붉게 물들였다.

앙투안이 술잔을 들며 말을 맺었다.

"거기다 또하나, 히치콕이 옳았어! 여자들은 짐승이야."

"그건 남자 배우들에 대해 한 말 아냐?"

"그게 그거지."

이 말을 한 후 그는 맥주잔을 단숨에 비우고 의식적으로 트림을 하다가, 옆 테이블에서 블루마린 칵테일을 마시는 모자 쓴 영국 여자들에게 공격적인 투의 독일어로 "뭐?!"라고 쏘아붙였다. 그는 평소처럼 분홍색 수영복 차림이었다. 항구의 어느 상점에서 세일할 때 산 것인데 해파리처럼 길게 늘어진 무늬가 찍혀 있었다. 그걸 고른 이유는 필요할 때 여자의 공격을 물리치기 위해서라나. 수염은 손댈 수 없을 정도로 무성했고, 잘생긴 눈은 레이밴 선글라스 뒤에 감춰져 있었다. 그렇게 우리는 완전히 평온한 한 주를 보냈다.

"자식아, 이제 가자!"

그가 테이블 위에 10유로 지폐 세 장을 놓고, 혀끝으로 손가락 사이 담뱃잎 가닥을 집어내고는 자리에서 일어섰다. 나도 따라 일어섰다. 술기운 때문에 약간 알딸딸했다. 당시 나는 술을 거의 마시지 않았기에 날로 느는 앙투안의 주량에 매일같이 놀랐었다. 실연의 슬픔이 간의 알코올 분해력을 증대시킨다는 것을 이제는 알지만, 그때만 해도 잘 풀리지 않는 내 문제 뒤에 숨어 그의 번뇌를 놀라워하며 바라볼 뿐이었다.

그가 머리에서 페르시아 양탄자 같은 윤기를 발하며 말했다.

"아이스크림을 먹어야겠어. 라벤더맛으로 먹어야지, 아직 맛보지 못했거든. 돈 좀 빌려줄래? 카페에서 다 써버렸어."

방돌에 도착한 초기부터 그는 영 있을 법하지 않은 희귀한 향의 아이스크림들을 모조리 맛보고 있었다. 여름에 도전하는 무슨 경기라도 치르듯이. 우리는 아이스크림을 살 겸 항구를 산책했다. 최신 유행 유모차를 밀고 가는 가족들, 잔뜩 골이 난 사춘기 애를 달고 다니는 부모들, 밝은 금발로 염색한 여성 판매원들, 그리고 나이든 휴양객들 사이를 지나쳤다. 앙투안만큼 여자에게 질린 사람이라면 방돌 해변이야말로 이상적인 해수욕장이었다. 노인이나 어린이, 또는 불행한 병자 말고는 집적거릴 만한 대상이 하나도 없었다. 그리고 우리는 이 세 부류 중 어디에도 관심이 없었다. 나는 앞서 말한 그 여자에게 받은 인상 때문에 스스로가 한낱 비듬 부스러기 같은 존재로 여겨졌고, 자전거 바퀴의 체인처럼 여성의 매력에 빨려들었다. 나는 첫눈에 반하는 것을 결코 믿지 않았었다. 그런 건 세상 물정 모르는 어리숙한 시인의 영역이라고 생각했다. 그런데 뤽상부르공원에서 우연히 만난 미지의 여자가 내 마음을 불타

오르게 했다. 만일 그 마음이 어느 정도인지 알았다면, 불길이 내 본거지를 다 태워버리기 전에 마음의 수문을 열었을 것이다…… 하지만.

'섬의 환희'에서 앙투안은 계산대 뒤에 선 젊은 여자에게 다가가서 라벤더와 마편초 아이스크림을 더블로 주문했다. 그녀가 입은 흰색 민소매 티에는 '천천히 말해요, 난 금발이에요'라고 쓰여 있었다. 앳되어 보이면서 매력적인 여자는 나른한 몸짓으로 보라색 통에 숟가락을 넣었다가 이어서 초록색 통에 쑤셔넣더니, 별빛처럼 반짝이는 멍한 눈으로 앙투안을 쳐다보며 물었다.

"일반 콘요, 와플 콘요?"

"와플 콘요."

나는 잘 보일 양으로 추로스를 샀다. 그러고 나서 우리는 공예품 시장을 구경했다. 알리바바의 어마어마한 동굴처럼, 저녁마다 바다 앞에서 물건들을 쏟아놓는 곳이었다.

"맛있어?" 진지한 표정으로 알록달록한 아이스크림을 핥는 앙투안에게 내가 물었다.

"그게…… 음…… 흥미로운 맛이야!"

나는 어머니와 여동생에게 줄 모자를 샀다. 그들 마음에 충분히 들 정도로 감탄스러운 고리버들 모자였다. 우리는 조선소 작업장 마스크를 쓰고 그래피티를 그리는 사람을 몇 분 동안 지켜보았다. 화성을 배경으로 울부짖고 있는 늑대들을 재빠르게 그리고 있었다. 그러고 나서 우리는 아파트로 돌아가는 길을 올라갔다. 등뒤로 특별한 이유 없는 불꽃놀이 폭죽이 터졌다. 앙투안은 노상 방뇨를 하며 벽에 '로비자'라고 쓰려고 애썼다. 그러고도 떠나기 전에 냉장고를 다 비워야 한다는 핑계를 대며 집에 들어서자마자 마지막 남은 맥주를 서슴없이 땄다.

나는 집 비우기 특별행사에서 냉장고를 비우고 청소기를 돌리고 걸레질을 하고 화장실을 청소하고 욕조를 문질러 닦는 일을 맡았다. 어떻든 간에 손님이었는데도.

다음날 아침 아홉시 사십육분 우리는 지방고속열차에 올랐고, 열차는 마르세유로 향했다. 마르세유역 앞, 벌레로 좀먹은 건물 한구석에서 맛없는 커피를 마시고 수도 파리로 향하는 테제베에 올라탔다.

검표원의 억양만이 아직 휴가철임을 마지막으로 상기시켰다. 그는 앙투안에게 8호차 화장실에서 담배를 피우지 말라고 경고했다.

R가 음식을 가져다주러 왔을 때, 널 항상 숨겨두는 장소에 재빨리 넣었어. 그곳을 찾아내느라 애 좀 먹었지. 처음엔 침대 매트리스 밑, 용수철 사이에 끼워두었는데 야전침대여서 매트리스가 너무 얇은 거야. 그가 뻥치려고 침대에 앉았다가 혹시라도 네 존재를 눈치챌까봐 겁이 났어. 그래서 대신 세면대 뒤편에 끼워놓았지. 그런데 귀퉁이가 침대 밖으로 삐져나와 겉장에 그려진 도라의 운동화 끝이 보이더라고. 어제 드디어 접이식 테이블 왼쪽 벽의 아래쪽 굽도리널을 포크로 벌리는 데 성공했어. 그 속에 네가 감쪽같이 들어가더라. 하얀 먼지를 잔뜩 뒤집어쓰긴 했지만. 비록 먼지를 닦아내야 하긴 해도, 그 자리가 널 숨기기에 딱인 것 같아.

저녁식사로는 여전히 달걀에 베이컨 한 조각, 네 쪽으로 자른 토마토 한 개가 전부야. 다 먹고도 배가 약간 고프지만 괜찮아. 내가 운동을 하지 않으니까, 혹시라도 비만이 될까봐 걱정하는 게 분명해. 아아아, 진짜 웃겨. 때로는 엄청나게 살이 찌면 날 집으로 돌려보내주지 않을까 하고도 생각해봤어. 하지만 그렇게 되진 않을 거야. 스타니슬라스 선생님이 말했듯이 나는 '전도유망'하거든. 선생님이 분홍색 미니스커트를 입은 내 허벅지를 보고 감탄하며 '전도유망'하다고 했을 때, 기분이 너무 좋았어. 선생님은 스물한 살이고, 손톱에 매니큐어 칠한 멀대같이 크고 멍청한 여자들만 좋아한다는 건 잘 알지만, 언젠가는 나도 클 거야. 그때 두고 봐.

어쩌면 이제 두 번 다시 선생님을 못 볼지도 몰라. 아빠도 엄마도, 아멜리 이모도, 사뮈엘 삼촌도, 할아버지도, 지구에 사는 그 누구도 다시는 못 볼지도 몰라. 어쩌면 여기서 평생을 보낼지도 몰라. 달걀이랑 베이컨 한 조각이랑 네 쪽으로 자른 토마토를 먹으며 기척도 없이 내리는 비처럼 흐르는 시간의 소리를 들으면서. 여기서는 내가 자라는 모습이 눈에 보이는 것 같아. 풀이 자라는 것을 지켜보는 것 같아. 이 점이 특히 견디기 어려워. 렌즈콩이 된 기분이라고. 생명과학 시간에 젖은 솜 위에 렌즈콩을 놓고 싹이 트는 과정을 관찰하는 실험을 한 적 있거든. 지난번에(침대 밑 # 표시가 여섯 개였을 때) 또 이 생각을 하다가 괴로워서 제자리에서 빙글빙글 맴돌기 시작했어. 그러다가 그만 화장실 붙박이장에 머리를 박아서 이마가 찢어졌어. 상상할 수 없을 만큼 피가 철철 흘렀어. 피범벅이 된 손을 보니 너무 겁이 나서 처음엔 막 울었어. 칠리소스가 쏟아지듯 머리통이 다 비워지는 줄 알았다니까. 하지만 잠시 생각해보니 상처를 꿰매려면 날 병원에 데려가는 수밖에 없겠더

라. 지난여름 캠핑 때 수영장 철조망에 걸려 발이 찢어졌을 때처럼. 그러면 의사가 알게 될 테고, 아니면 치료받는 시간을 틈타 도망치거나, 혹은 같은 병실의 맹장수술 환자가 경찰일 수도 있지 않을까. 이마가 찢어져 정신없고 겁이 나긴 했어도 이런 상상을 하니 희망이 생기더라고. 하지만 R는 한참 뒤에야 방에 왔고, 상처에서 나던 피는 이미 다 말라 있었어. 소스를 뿌린 스테이크처럼 피범벅이 된 내 얼굴을 보고 놀란 그의 표정은 영원히 잊지 못할 것 같아! 막 달려와서 "괜찮니? 괜찮아? 괜찮아?" 하고 수없이 물어보았어. 하지만 그때 나는 말을 못하는 척, 귀가 안 들리는 척 지내던 때라서 대답하지 않았어. 기절한 척하려고 애썼는데 잘되질 않았어. 그가 다시 나가 소독약과 거즈와 반창고를 가지고 돌아와서는 내 턱을 잡고 상처를 닦았는데, 불량 소독약인지 엄마가 사용하는 약과 딴판으로 따끔거리고 쓰라렸어. 그는 내 앞머리를 뒤로 넘기더니 거즈를 대고 그 위에 반창고를 붙였어. 그런데 거즈가 너무 큰 나머지 왼쪽 눈을 거의 반이나 덮어서 애꾸눈 선장 같아 보였어. 모두 해치우고 도망치는 애꾸눈 선장.

흉터가 아직 남았어. 지금도 손가락으로 만져보면 이마의 상처가 느껴져. 가운데는 쑥 들어가고 가장자리는 부풀어올랐어. 너무 흉하지는 않을까 걱정이야. 분명 그렇겠지. 그 생각을 하면 기분이 컨버스화 밑바닥으로 곤두박질쳐. 어떤지 보려고 숟가락에 비춰보았지만 소용없지. 너무 흐리고 일그러져 보이더라고. 그날 저녁, 그가 쌀 크런치 초콜릿을 주더니(진짜 극히 드문 일이야) 두 번 다시 이런 일을 저지르지 않겠다고 맹세하라 시켰어. 나는 손가락을 걸고 맹세했어. 그 사건 이후 더 심하게 다치는 게 어떨까 곰곰 생각하며 시간을 따져봤어. 그가 내게 올 때까지 걸리는 시간을 고려하면, 포크 같은 걸로 배를 찌를 경우에는 죽을 위험도 있어. 그런데 난 전혀 죽고 싶지 않거든(이따금 그런 생각이 들긴 해도).

여기 있게 된 후로 죽음에 대해 많이 생각해. 전에는 거의 생각해본 적 없는데.

'죽음'이 무엇인지 정말로 이해했던 건 막 일곱 살이 되었을 때였어. 생일(4월 14일이야) 나흘 전에 무니 할머니가 난쟁이 요정에 관한 책을 선물로 주셨어. 백과사전과 비슷한 엄청난 책이었어. 난쟁이 요정이 정말로 존재하는 것처럼 쓰여 있어. 그들이 어떻게 생겨났는지, 골격이며 신체기관, 감각기관(이를테면 굉장히 발달한 후각)은 어떤 특징을 가지고 있는지, 도표를 곁들여 과학적인 방식으로 설명했더라고. 키(고깔모자 빼고)는 15센티미터, 남자 요정의 몸무게는 약 300그램이라는 것 따위를 알게 되었지. 또 그들의 요리법이라든가, 누가 친구이고 누가 적인지(그들의 적인 트롤은 정말 흉측해), 그리고 풍습과 복장, 언어에 대한 설명이 수록되어 있었어(난쟁이 요정 말로 '잘 자'는 '슐리츠비츠'이고 '고마워'는 '트 디에스'야. 가끔 R에게 난쟁이 요정 말로 말할 때가 있는데, 그러면 R는 무슨 뜻인지 몰라서 완전 어리둥절한 얼굴이야. 이렇게 놀리는 게 참 재미있어. 만일 스물일곱번째 알파벳이 있어서 필요한 물건 목록에 보탤 수 있다면 난쟁이 요정에 관한 책을 넣을래. 하지만 스물일곱번째 알파벳은 없지).

난쟁이 요정 책을 받은 지 나흘째 되던 날, 무니 할머니는 더이상 이 세상에 계시지 않았어. 너무 급작스러워서 모든 게 쿵 무너진 것 같았지. 할머니의 심장이 갑자기 멈추었다고 엄마가 설명해줬어. 말하자면 지난번에 거실의 시계가 멈췄던 것처럼. 그래서 내가 시계와 똑같이 할머니의 심장도 다시 잘 작동하게 만들 수 있지 않느냐고, 수리기사가 무니 할머니를 고쳐주면 되지 않느냐고 물어봤는데, 엄마가 사람은 수리하는 게 아니래. 그제야 이해했지. 이제 앞으로 다시는 할머니를 볼 수 없다는 걸, 그리고 그게 바로 '죽음'이라는 걸 알았어. 배가 절단기에 두 동강 난 느낌이었어.

그리고 또 죽음에 관한 이야기가 있어. 파비엔의 생일 파티.

파비엔의 생일에 하도 많은 일이 일어나서, 잠시 옆길로 새야 할 것 같아. 피에게 선생님은 글을 쓸 때 옆길로 새는 일은 피하는 게 좋다고 언제나 말씀하셨지만 말이야(선생님이 지난번 내 성적표에 '넘치는 상상력과 뛰어난 이미지 감각을 가졌음'이라고 써주셨다는 사실을 강조하고 싶어. 그리고 아빠가 그게 미래의 디자이너에게 유용한 능력이 될 거라고 얘기했는데 정말 맞는 말 같아). 파비엔의 생일 파티는 2월이었어. 정확히 말하면 2월 18일 토요일. 지금도 기억나. 왜냐하면 결혼식이라도 하는 듯 온통 반짝거리는 종이에 엄청나게 멋부린 금박 글자가 적힌 초대장을 받았거든. 꽤 인상적이었지. 열두 살 생일이었는데, 그애는 벌써 가슴이 나온 거 있지. 나랑 같은 학년인데 말이야. (내가 가슴 얘기 자주 하는 거 알아. 그런데 그건 가슴 때문에 불안해서야. 실은 튀어나온 부위가 아파. 혹시 암이나 몹쓸 병에 걸린 건 아닌지 걱정돼. 하지만 R와 이런 얘길 나눈다는 건 당연히 불가능한 일이지.) '엘제키안 정원'

은 정말 멋져. 파비엔의 아빠는 비아리츠 해변에서 가장 큰 호텔을 운영해. 걔네가 부자라는 말은 바다가 깊다는 것과 마찬가지로 당연한 소리야. 걔네 집 정원은 거의 공원이야. 이국적인 나무들이 있고, 중국 물고기와 수련이 있는 연못도 있어. 도자기 타일이 깔린 작은 오솔길도 있고, 물을 쏟아붓는 샘물의 여신상이 딸린 분수도 있어. 그곳에는 알록달록한 크레이프페이퍼로 만든 작은 등들이 달려 있었어. 그애 엄마가 은색 국자로 우리에게 빨간 펀치를 퍼주었어. 국자로 어떻게 떠야 하는지 가르쳐주고는(그리 복잡하지 않았어) 우리를 놔두고 집안으로 들어가셨지. 날씨가 몹시 추웠지만 모두 두꺼운 점퍼를 입고 있어서 괜찮았어. 나무와 식물이 죄다 얼어붙어서 정말 환상적이었어. 나뭇잎은 가장자리에 하얀 레이스를 두른 듯하고, 가지에는 얼음이 종유석처럼 매달려 있었어. 알록달록한 등불 빛이 얼음에 반사되어 정원 전체가 보석으로 가득 채워진 듯 보였어. 파비엔은 우리 반 애들 거의 절반을 초대하고도 모자라 6학년 B반(나탕네 반) 애들 몇 명도 초대했어. 다 같이 달콤한 젤리를 먹고 펀치와 콜라를 마시고 춤을 추었어. 나는 늘 그러듯 완전 신나서 방방 뛰었고. 이어서 파비엔이 선물을 풀고 촛불을 불어 껐지(생일 케이크가 엄청나게 컸는데, 위에 아몬드 반죽으로 만든 장미꽃과 커다란 설탕 절임 과일이 있었어. 파인애플도 있고!). 그다음은 꽝이었어. 블루스였거든. 블루스는 정말 싫어. 유독 우스꽝스러워 보이거든. 그래서 (나와 같은 생각인) 사브리나와 함께 정원 구석 그네에 앉아 있었어. 천에 싸인 그네 의자가 서리 때문에 얼어서 움직일 때마다 사각사각 소리가 났는데 꼭 웃음

소리 같았어. 우리가 이야기를 나누는데 에르베 살라냐가 와서 사브리나에게 춤을 청했어. 그런데 에르베 살라냐를 사랑하는 사브리나가 날 버려두고 가버린 거야(에르베 살라냐는 이가 고르지 않아서 겉보기는 참 별 볼 일 없는데. 각자의 취향이 있는 거지만). 그래서 나 혼자 덩그러니 남아 그네를 탔어. 밤이 되면서 별들이 나타났는데, 마치 온 하늘에 다이아몬드 브로치를 달아놓은 것 같았어. 그 순간 삶이 아름답다고 생각했던 것 같아. 단 하나도 내 맘대로 하게 내버려두지 않는 엄마와 매일 즐거운 것도 아니고(게다가 아멜리 이모가 없으면 파티도 없어), 무니 할머니가 태양계로 사라져버렸고, 내가 서브 넣기를 실패할 때 스타니슬라스 선생님이 어린애 다루듯 내 엉덩이를 두드린다 해도. 어떻게 설명해야 할지 잘 모르겠지만, 틀림없이 이런 이유에서 나탕이 내 옆에 와 앉았을 때 그냥 놔뒀던 것 같아.

R가 방금 난쟁이 요정 말로 "잘 자" 하고 갔어. 그가 오지 않는다면 난 밤이 됐는지도 모를 거야. 매번 그는 내가 잠옷으로 갈아입고(그래도 등은 돌리고 있어) 잠자리에 눕기를 기다렸다가 아기 다루듯 이불 가장자리를 여며줘. 기분이 내킬 때는 이야기도 들려주지. 늘 말도 안 되는 우스꽝스러운 얘기지만. 아기 곰이나 용감한 기사가 구해주는 멍청한 공주 이야기. 물론 그가 나가자마자 자리에서 다시 일어나. 그는 얼마나 바보 같은지, 자물쇠가 잠기자마

자 내가 잠든다고 믿는 것 같아. 내가 보기에 R는 나쁜 인상은 아니야. 잘생기지도 않았지만. 그러니까 정말 못생긴 건 아니라는 거지. 얼굴이 놀라울 정도로 균형이 잡혀서 완전히 좌우대칭이야. 그런 얼굴은 아주 보기 드물지. 그가 커다란 뿔테안경을 쓴 모습만 봐도 알 수 있어. 얼굴 균형이 좋지 않은 사람이—예를 들어 우리 아빠나 라스티리 의사 선생님—안경을 쓰면, 언제나 안경이 약간 한쪽으로 기울어진 것처럼 보이거든. 만일 먹지에 R의 얼굴을 반만 그리면, 다른 반쪽이 복사될 거야. 구멍이 뻥뻥 뚫린 수세미처럼 성긴 갈색 머리도 마찬가지야. 눈은 정향 씨앗처럼 아주 작고 턱은 약간 크지만 균형 잡힌 얼굴 덕분에 전체적으로 그렇게 나빠 보이지는 않아. 가끔 그의 가지런한 치아와 미소가 참 멋지다는 생각이 들 때도 있어. 단지 입냄새가 고약하다는 게 유감이지만 말이야. 굴뚝처럼 담배연기를 뿜어대거든. 물론 스타니슬라스 선생님도 담배를 피우지만(스포츠맨에게는 무엇보다 나쁜 습관이지만 그냥 넘어가자), 선생님 냄새는 약간 달라. 마치 찻집 같아. 날씨가 아주 추울 때 몸을 녹이기 위해 들어가는 찻집 말이야. 그런데 R한테서는 그냥 고약한 냄새만 나. 늘 깔끔하게 면도를 해도. 방금 아주 중요한 일을 마치고 돌아온 듯 주름 하나 없이 잘 다려진 와이셔츠에 꽃무늬 넥타이를 매고 있어도(이따금 그가 자기 '회사'에 대해 말하기도 하는데, 어떤 회사인지 전혀 모르겠어) 마찬가지야.

"아저씨는 왜 자식이 없어요?"

그가 이마 위쪽을 긁었어(앞머리가 시작되는 지점인데 꼭 절벽 같아). 이 몸짓의 의미는 '너한테 대답해줄 줄 알고'야.

"아저씨는 남자로서 괜찮은 편이에요. 농담이 아니에요. 그런데 왜 약혼녀가 없어요? 여자들이 맘에 들어할 것 같은데…… 아니에요?"

"아니다."

"그럼, 아저씨 몇 살이에요?"

"오늘 질문이 많구나. 관심이 있었다면, 왜 전에는 안 물어봤지?"

"전에는 관심 없었어요. 그런데 오늘 관심이 생겼어요."

"네 공책 때문에? 그 안에 쓸 얘기가 없어서?"

"질문을 왜 질문으로 받아요? 정말 짜증나요."

절벽 이마를 긁던 손이 자기 허벅지 사이로 끼어들어갔어.

"올해 10월에 서른한 살이 돼."

"아, 그래요? 그럼 별자리가 천칭자리예요, 전갈자리예요?"

"별자리점 같은 거 좋아하니? 네가 그보단 영리할 거라고 생각했는데. 그런 건 죄다 멍청한 소리야."

내가 알고 싶었던 게 무엇이었는지도 생각나지 않을 정도로 짜증이 나서 얼굴을 찌푸리는 수법을 썼어. 팔짱을 낀 채 눈썹을 가운데로 모으고 입을 최대한 쑥 내밀었지. 엄마한테는 이게 잘 먹혔거든. R가 공에서 바람 빠지는 소리를 내며 한숨을 내쉬었어.

"전갈자리야, 굳이 알고 싶다면."

'정말 놀랍군!' 하고 생각했지만 대신 이렇게 말했어.

"그래요? 그럼 정확히 며칠 있으면 아저씨 생일인데요? 내가 그림을 그려준다거나 시를 써준다거나, 그런 선물은 할 수 있는데."

그가 입을 벌렸다가 다시 다물었어. 그 입이 벌어져 있던 짧은 순간, 커다란 8자 모양의 순환철도를 달리던 장난감 기차가 탈선하듯 내 심장이 궤도를 이탈하는 것 같았어. 그가 앉아 있던 침대 끝에서 약간 빨리, 벌떡 일어섰어.

"시간이 늦었네. 설거지를 해야겠어."

그가 내 저녁식사 식판을 들고 문을 나서려 했어.

"알려주면 덧나나요? 얼마 동안 내가 여기 있었는지, 왜 알면 안 되는데요? 정말 넌더리나요! 나는 알 권리가 있다고요!"

나는 침대 위에 서 있었어. 거지 같은 위니 더 푸가 그려진 잠옷을 입고서. 그가 가져다주는 모든 형편없는 것들과 마찬가지로 한심한 잠옷 말이야. 그것도 찢어진 걸! 정말 울고 싶었지만 예전에 하도 울어서 이제는 눈물도 메말랐어. 그래서 울고 싶은 마음을 못된 말로 바꿔 쏟아냈어.

"아저씨도 자식을 낳으면 되잖아요. 남의 집 애를 훔쳐올 게 아니라. 어쨌거나 우리 부모님은 날 찾을 거예요! 계속 찾고 있어요! 아저씨가 지어내는 거짓말, 믿지 않아요! 부모님이 날 찾는 중이니, 언젠가는 꼭 찾아내고 말 거예요. 당연한 일이니까요. 아저씨는 감옥에 가게 될 거고, 더러운 감옥에서 여생을 보내게 될 거예요!"

문이 잠기는 소리가 났어. 그래도 나는 계속 소리를 질렀어. 하지만 오래가지는 못했지. 잠시 후에는 주먹을 좀 물어뜯었어. 심하게는 아니고. 너에게 파비엔 집에서 있었던 파티 이야기를 마저 해야 하니까. 내 유일한 기분 전환은 너에게 글을 쓰는 거야. 네가 생기기 전에는 머릿속이 완전히 암흑이었어. 마치 있는 대로 구겨진 종잇장처럼. 그런데 이제는 좋아졌어.

어디까지 말했더라.

그러니까 나탕이 내 옆 그네에 와서 앉았어. 그애가 엉덩이를 대고 앉을 때, 크리스털 부딪치는 소리가 나면서 얼음이 깨졌어. 그 소리에 그애가 웃었어. 그애는 스케이트보드 청바지를 입고 몸이 다 가려지는 두툼한 파카를 걸치고 있었어. 그렇게 입어서인지 좀 커 보였어. 더 '어른스러워' 보였다는 말이야. 나탕과는 옆집에 살아서 아주 어렸을 때부터 잘 아는 사이야. 그런데 나이는 나보다 거의 두 살 위야(공부는 안 하고 늘 스케이트보드를 타느라 낙제했어. 그래서 5학년을 다시 다니고 있지. 그 외에는 남자애치고 영리한 편이야. 이어질 이야기와 관련해서 이 점을 강조하고 싶어).

"안 추워?" 그애가 물었어.

"아니, 시원해."

"살라나하고 데쇼가 콜라에다 아스피린을 넣었대."

'콜라+아스피린=비아그라'라는 공식은 누구나 알지. 사실인지 아닌지는 잘 모르겠어. 언제나 뻥을 치는 데쇼라서. 하지만 그 말을 듣고 약간 불안했어.

"뭐야, 나는 네 잔이나 마셨는데!" 내가 말했어.

"그래, 나도야…… 나랑 똑같네! 원피스 예쁘다."

나는 빨간 물방울무늬가 있는 60년대식 원피스를 입고 있었어. 거기다 까만 스타킹에 술이 달린 인디언 부츠를 신었지. 진짜 성공적인 패션이었어. 내가 거울 앞에서 얼마나 심사숙고했었는지 말해둬야 할 것 같네. 나는 "고마워"라고 말했고 얼마 동안 어영부영

시간이 흘렀어. 우리는 깜깜한 곳에 앉아서 아무 말도 하지 않고 입에서 나오는 하얀 입김만 바라보고 있었어. 특별한 기분이었어. 왜냐하면 스타니슬라스 선생님이랑 있을 때와 같은 거북함이 약간 느껴졌거든. 다른 점이 있다면 나탕은 어렸을 때 같이 목욕하고 엄마 아빠 침대 위에서 뒹굴며 싸우고 장난치던 사이라는 거, 그러니까 나와 가장 친한 남자인 친구였다는 말이지. 그런데 우리 사이에 평소와 다른 분위기가 감도는 게 불편했어. 갑자기 그애의 입에서 입김이 나오지 않았어. 그리고 내 손에 자기 손을 올려놓았어. 참 거북했는데도 꼼짝 못하겠는 거야. 파비엔네 연못 위 조각상이 된 기분이었어. 심장이 마구 들뛰기 시작했어. 돌고래가 뛰어올라 커다란 후프 안을 통과하듯, 심장이 밖으로 튀어나갈 것처럼 말이야. 나는 고개를 돌려 나탕을 바라보았어. 그애는 믿을 수 없을 정도로 꼼짝도 하지 않고 앞만 똑바로 보고 있었어. 그러다가 움직였어. 내 입술에 자기 입술을 갖다댄 거야. 나는 어찌해야 할지 몰랐어. 혀를 어떻게 한다는 이야기는 들은 적이 있었는데, 너무 더러울 것 같았거든. 그런데 다행히도 백만분의 일 초 정도밖에 지속되지 않았어. 우리는 떨어졌고 감히 서로 쳐다보지도 못했지. 사브리나가 깜깜한 데서 나오는 걸 보고 그애가 손을 치웠어. 사브리나의 파란 외투 아래 회색빛 원피스가 하늘거리는 모습이 어두운 바닷속을 헤엄치는 물고기 같았어. 나탕이 재빨리 일어나 시계를 보았어.

"앗! 벌써 여섯시야?! 엄마가 날 가만두지 않을 텐데."

나는 사브리나 집에 가서 자기로 되어 있었어. 삼십 분쯤 뒤, 약속된 시각에 사브리나의 아빠가 우리를 데리러 왔어. 차 안에서 사브리나는 수다쟁이가 되어 파티가 어땠는지 묻는 모든 질문에 혼자서 대답했지. 나는 옆에서 입을 다물고 있었고. 내가 얼마나 말이 없었던지 사브리나의 아빠인 포레 아저씨가 몸이 안 좋냐고 물어보기까지 하셨어. "아뇨, 아주 좋아요" 하고 대답했지만 사브리나는 속지 않았지. 그애는 저녁 시간 내내 내가 굳이 말하지 않으려는 것을 말하게 하려고 온갖 애를 썼어. 하지만 나는 아무 말도 하지 않았어. 기분이 이상했어. 마치 스타니슬라스 선생님을 배신한 듯한 느낌이 들었어. 비아그라 성분이 든 콜라 탓이려니 생각했는데, 사브리나는 남자애들이 농담한 거라며, 아스피린 넣은 콜라 이야기는 말짱 거짓말이라고 했어. 뭐가 맞는지는 결코 알 수 없지. 하지만 그냥 넘어가자. 왜냐하면 상상도 못했던 첫 키스 사건 이야기, 이 곁다리 이야기는 모두 그 다음날 일어난 일을 말하기 위한 것뿐이니까.

사브리나는 현대식 건물 일층에 사는데, 거실 유리문 너머에 조약돌 깔린 작은 테라스가 있었어. 일요일 아침, 우리는 사브리나 엄마가 지른 비명 때문에 아주 일찍 잠에서 깼어. 이만저만 큰 소리가 아니었거든. 사브리나가 단번에 자리를 박차고 일어났고 나도 그애를 따라 거실까지 달려갔어. 거실 유리문이 활짝 열려 있었고, 커튼은 휘몰아치는 폭풍에 맞서는 돛처럼 잔뜩 부푼 상태였어. 열린 문으로 바람이 들이쳐 탁자 위에 놓인 종이들이 날렸어.

테라스에 시체가 있었어. 사실은 사람의 몸 같아 보이지 않았지만. 몸이 완전히 뒤틀려 있었거든. 머리는 갑오징어 먹물처럼 거무칙칙한 피로 범벅이고, 한쪽 다리는 비정상적인 각도로 꺾여 있었어. 마치 다리가 잘못된 방향으로 끼워진 것처럼(가장 무서웠던 게 바로 이거였던 것 같아). 사브리나의 엄마는 우리를 보자마자 재빨리 커튼을 쳤지만 너무 늦었지. 우리를 부엌으로 데려가 콘플레이크를 주면서 마치 아무 일도 없었다는 듯 침착하려고 애썼지만 잘 되지 않았어.

경찰들이 오자 사브리나의 아빠가 나를 집까지 차로 데려다주었어. 차를 타고 오는 동안 우리는 한마디도 하지 않았어. 사브리나의 아빠는 상황이 상황이니만큼 몹시 난처해하며 어찌해야 할지 모르는 것 같았어. 나는 아무에게도, 아무 말도 하지 않았어. 엄마가 알면 밤에 놀러나가지 못하게 할까봐 걱정이 됐거든. 아니면 기분이 어떻냐는 둥 의사한테 가봐야 하지 않겠냐는 둥 끊임없이 말을 시키며 귀찮게 한다든가. 그런데 그 일이 나에게도 문제가 되긴 했나봐. 이상하게 사브리나랑 그 사건에 대해 두 번 다시 얘기하지 않았거든.

무니 할머니의 장례식은 너무 어려서 못 갔어. 그러니까 나는 사브리나 집의 테라스에서 처음 죽음을 목격한 거야. 종종 생각해. 사람이 얼마나 불행하면 남의 집 테라스가 완전히 망가지도록 창밖으로 뛰어내릴까? 그런데 난 이제 겨우 인생의 출발점에 서 있어. 모르는 게 정말 너무 많아.

게타리
3월 21일
24도, 검은 하늘, 하얀 바다

사랑하는 딸에게

오늘 내가 누굴 봤는지 맞혀볼래? 스타니슬라스야! 주말을 가족이랑 보내려고 왔더라. 그를 못 본 지도 꽤 오래되었지. 사실 그 사건 이후로는 못 보았단다.

아홉 달.

정말이지 잘생긴 청년이야. 게다가 똑똑하고. 그의 아버지는 그가 여동생처럼 의사가 되었으면 했겠지만, 그래도 그 정도면 멋지게 성공한 거지. 대학원 석사과정을 밟기 위해 내년에는 파리로 갈 계획인가봐. 그래서인지 그의 어머니 기분이 지하 36층 아래로 추락한 것 같더라. 물론 자기 입으로 말하지는 않았지만 그분 성격이 얼마나 예민한지 내가 잘 알지. 아, 스타니슬라스는 알리스와 헤어졌단다. 네가 이 사실을 알면 기뻐할 테지. 물론 나에게 말한 적은 없지만, 얘야, 그렇다고 몰랐을 거라 생각한다면 네가 이 엄마를 너무 모르는 거야. 엄마도 눈이 있거든. 눈은 보라고 있는 거잖아. 너는 감추는 재능은 전혀 타고나지 못했어. 그리고 네가 쓴 시들을 읽었거든(미안). 하지만 그전에도 알고 있었어. 아마 네가 팬티에 볼펜으로 'S. U.'라고 적어놓은 걸 보고 알았던 것 같아. 알다시피 빨래는 내 담당이잖니.

래리 때문에 위알드 씨의 동물병원에 갔었어. 이 바보가 계속 토했거든. 그것도 꼭 아빠 구두 속에 토하더라고. 걱정 마, 래리는 너무 긴 제 털이 뱃속에 이불솜처럼 들어차서 탈이 난 것뿐이니까. 녀석이 자라는 속도가 얼마나 빠른지 너는 상상도 못할 거야. 지금 녀석을 본다면 못 알아볼걸. 이 얘기도 이미 했지. 천 번이나. 아니, 이천 번인가? 몇 번인지 뭐가 중요하겠니? 하지만 너희 둘을 비교하지 않을 수가 없구나. 어떤 때는 네가 정원 깊숙이에서 자라는 관목처럼 어디선가 자라고 있을 거라고 상상해봐. 태어났을 때부터, 네가 뭔가 새로운 일을 할 때마다 나는 '아니, 대체 쟤는 왜 이렇게 빨리 자라는 거야?'라고 생각하곤 했어. 너는 다른 아이들보다 유달리 빨랐거든.

예전에 네가 물었지. 네 손이나 팔, 발은 볼 수 있는데 왜 눈은 볼 수 없느냐고. 네가 신선하고 정감어린 단어들로 시를 썼을 때는 네 살쯤 되었던 것 같다. 「조각난 입과 심장을 나는 꿈꾸고 있다」라는 시였지. 우리가 팔을 벌려 만든 작은 울타리 안에서 네가 첫걸음을 뗐을 때, 네 아빠 라파엘은 네가 파리 공과대학에 합격하기라도 한 것처럼 자랑스러워했단다! 초등학교에 입학한 지 일주일이 지났을 무렵에는 신경쓰이는 게 있을 때마다 짓는 특유의 표정으로 학교에서 돌아왔지. 아멜리 이모, 무니 할머니, 할아버지, 그리고 나는 거실에서 차를 마시고 있었어. 기억나니? 할머니가 학교에서 무슨 일이 있었는지 물었어. 너는 땋아늘인 머리 갈래 끝으로 볼을 건드리며 대답했지. "매일 아침 선생님이 '이제부터 이름을 부르겠어요(아펠appel)'라고 말했고, 우리는 이름이 불리면 '네' 하고 대답했어요." "그랬구나, 얘야, 그런데 왜?" 하고 묻자 너는 우리를 바보 보듯 하면서 말했지. "아니…… 이름 부르는 거랑 삽(펠pelle)이 도대체 무슨 상관이에요?!" 이 말에 아멜리 이모는 박장대소를 하다가 그만 케이크 조각이 목에 걸려서 할아버지가 하임리히법으로 빼줘야 했지.

너와 함께하던 날들을 기억해. 그래, 나는 매일같이 생각했어. '대체 쟤는 왜 이렇게 빨리 자라는 거야?'

예전에 네가 물었지. 냉장고 불을 켰다 껐다 하는 눈사람은 사람들이 냉장고 문을 열지 어떻게 미리 아느냐고 말이야. 눈사람이 너무 힘들지 않을까 꽤나 걱정했잖니! 처음 이가 났을 때 40도의 고열을 앓았지만 나는 정말 기뻤어. 성홍열에 유행성 이하선염도 앓았지. 무니 할머니가 막 돌아가셨다고 알렸을 때, 넌 몹시 놀란 표정이었어. 입술이 반쯤 열렸지만 한마디도 하지 않았어. 얼굴빛은 붉으락푸르락해지고, 심장은 곧 터질 것만 같았지. 나는 널 위로하기 위해 품에 끌어안고 하늘나라와 천사들에 대해 이야기해주었지만, 넌 위로할 수 없는 슬픔에 빠져들었어. 널 위로하기 위해 했던 말이나 행동 모두가 아무 소용이 없었지. 아멜리 이모가 날 위로하기 위해 했던 일들이 그랬듯이. 그때 네가 느꼈던 감정이 견딜 수 없는 것이었음을 이제 이해한다. 나 역시 내 엄마의 죽음이 슬펐어. 물론 나도 엄마가 그렇게 빨리, 일찍 돌아가신 게 부당하다고 느꼈단다. 하지만 할아버지의 잦은 여행에도 불구하고 할머니는 아름다운 삶을 살다 가셨음을 알았고, 슬픔을 누그러뜨리기 위해 이 말을 되뇌곤 했지. "엄마는 아름다운 삶을 사셨어."

그런데 넌 어떻게 살고 있는 거니, 마디? 네 삶은 어떻니?

내가 쓴 글을 다시 읽어보았어. 원칙적으로 네게 하지 않으려 했던 말을 또 하게 되는구나. 눈물이 나면 더는 글을 쓸 수 없단다. 그래서 쓴 글을 다시 읽었어. 그리고 또 울었지. 그런데 눈물이 하염없이 흐르네. 이번에도 또 고양이 이야기를 했다는 걸 알았어. 미안하다. 현재에 있지 않은 누군가에게 끊임없이 새로운 이야기를 한다는 게 정말 힘들어. 나는 너와 달리 상상력이 부족한 것 같아. 그 모든 시들을 읽고, 또 읽고, 또 읽고, 두 눈이 양피지처럼 바싹 마를 때까지 다시 읽었어. 어쩌면 그 이유로 편지에 고양이 얘기를 자주 하는지도 모르겠지만, 그날 불안했던 건 '래리 때문'이었어.

돌이킬 수 없는 일이 막 일어났음을, 아무리 많은 경찰을 동원해도, 포스터를 붙여도, 수신자 부담으로 전화를 받아도, 세상 그 무엇으로도 되돌려놓을 수 없는 일이 일어났음을 일찍이 깨달았던 건 바로 '래리 때문'이야. 너무도 심각한 일이라 이제 공기가 같은 맛이 아니라는 걸, 맛이 사라지고, 공기 자체가 희박해지리라고 깨달은 것도 바로 '래리 때문'이야. 매일 학교 수업이 끝나자마자 네가 집으로 달려오던 이유는 바로 '래리 때문'이었지. 열흘 전부터 매일 정확히 오후 여섯시에 볼이 빨개져 도착했던 것도 바로 '래리 때문'이고, 부엌의 차가운 타일 바닥에 무릎을 꿇고 쪼그려 있던 것도 '래리 때문'이었지. '래리 때문'에 그날 나는 네 귀가가 늦어지는 게 얼마나 놀라운 일인지 알았어. 래리도 이미 알았던 것 같아. 도롯가로 나가 손을 비틀어 꼬며 널 기다릴 때, 지저분하고 굼뜬 그 새끼 고양이도 포석 깔린 안뜰 입구에서 너를 기다리는 게 보였어. 네가 녀석의 주인이었지. 나는 재활용 쇼핑백에 참치 캔이나 넣어 오는 사람일 뿐 아무것도 아니었지만, 사랑하는 딸아, 너는 내 세상을 예쁘게 물들여준 것처럼 녀석의 세상도 예쁘게 칠해줬어.

녀석이 널 기다리기를 포기한 지도 이제 꽤 되어간다. 한낱 짐승인데 어쩌겠니.

아빠가 곧 돌아올 시간이구나. 안약을 넣어야겠다. 그러지 않으면 또 나더러 의사한테 가서 새 약을 받아오라고 할 거야.

약은 필요 없어. 네가 필요해.

내가 널 사랑한다는 걸 결코 잊지 마라.

엄마가

신화의 탄생

그 토요일, 영화를 보고 밖으로 나오는데 처음에는 어디가 어딘지 잘 분간할 수 없었다. 마치 상영관이 시공간의 궤도 밖, 균열 층 사이에 있는 것 같았다. 한순간 두 시간 전에 어딘가로 들어갔다가 비가시적인 배출구의 복잡한 시스템을 통해 다른 나라로 나와버린 듯한 느낌이었다. 누비 외투에 챙 없는 모피 모자, 시베리아식 머리 모양을 한 부인이 옆을 지나가며 나를 뚫어져라 쳐다보았다. 그녀를 눈으로 좇다가 다채로운 색깔의 도관들이 시야에 들어왔다. 흰색 바탕에서 커다란 레고 조각들이 갑자기 튀어나온 듯했고, 기둥 위에는 거대한 금빛 단지가 있었다. 보부르박물관 앞 광장은 더없이 황량했는데, 하얀 눈이 쌓인 광장 가운데 외따로 서 있는 단지가 평소보다 더 초현실적으로 보였다.

파리에서는 그런 광경을 본 적이 없었다. 가장 놀라운 점은 하얀 눈가루가 자성을 띤 줄밥처럼 순식간에 아스팔트에 달라붙는다는 것이었다. 거리는 텅 비었고, 뼛속까지 얼어붙는 추위로 인근 카페에는 사람들이 발 디딜 틈도 없이 빽빽이 들어서 그로그 술이나 따뜻한 코코아를 마시고 있었다. 나는 고개를 들었다. 어지러운 하늘에서 묵직한 눈송이들이 느리게 떨어졌다. 숨을 들이쉬었다. 입김이 대기를 휘휘 돌았다. 나는 걷기 시작했다. 터무니없게 들릴 수도 있지만, 무언가 일어날 것임을 알았다. 물론 내 생각이 그녀에게로 향하지는 않았다. 뤽상부르공원의 일화는 육 개월 전의 일이었고, 그사이 우연한 만남이 없었음을 슬퍼하며 애도의 기간도 거친 터였다. 얼마 전부터 나는 마틸드의 집을 드나들었다. 더 정확히 말하면 마틸드 부모의 대저택에 있는 그녀의 침대를. 16구에 있는 훌륭한 저택이었다. 고급 향신료 가게와 선탠 센터가 있고 인적이 드문 그 구역은 내가 늘 싫어했던 곳이다. 마틸드를 사랑하지는 않았다. 그 이유는 부분적으로 러스티 때문이다. 러스티는 그녀가 무조건적인 애정을 주는, 못생기고 멍청하며 오래된 지하창고 같은 냄새를 풍기는 털 짧은 테리어다. 일종의 부메랑 효과로, 그녀에게 나는 더도 덜도 말고 딱 그 개만큼 되는 존재라는 생각이 들었다. 마치 인류가 낳은 가장 숭고한 아기쯤 되는 듯 마틸드가 그 개를 오랫동안 쓰다듬는 모습을 보니, 그녀에게 키스하기가 점점 더 힘들어졌다. 하지만 그녀는 가슴이 아주 아름다웠다.

하얀 눈 위에 찍히는 발자국을 보는 데 싫증날 즈음, 나는 앙투안이 일러준 서점 안으로 들어갔다. 밀랍을 먹인 나무 책꽂이와 사다리가 있는 구식 서점이었다. 진열대 위에는 신간들과 '화제의 책들'이 밀푀유처럼 겹겹이 쌓여 있었고, 옛날 제본에 쓰인 가죽 때문에 주위가 양피지처럼 누렇고 쭈글쭈글해 보였다. 퇴폐적인 이탈리아인의 외모를 가진 앙투안은 역시 감각이 있었다! 내 손이 『밤의 끝으로의 여행』 구판을 향해 다가가고 있을 때 서점 안쪽, 계산대 쪽에서 전화벨이 울렸다.

"네, 바로 접니다."

막대기 끝으로 공격당하는 말미잘처럼 심장이 오그라들었다. 계산대로 사용되는, 촛대 문양이 새겨진 위엄 있는 르네상스 양식의 큰 궤 뒤에서 그녀가 몸을 숙이고 있었다. 자른 지 얼마 안 된 듯 반듯한 머리카락이 선영을 넣듯 옆얼굴로 흘러내렸다. 빨간 앙고라 스웨터의 솜털로 덮인 어깨가 흔들리는 것을 보니, 무언가를 갈겨쓰는 모양이었다.

"그거라면 반대로…… 저는 그렇게 생각지 않아요. 그런데 제가 요구해도 되나요? 알겠습니다…… 다음주 목요일요?"

그녀가 웃음을 터뜨렸다. 유리처럼 차갑고 날카로운 웃음.

"파투예 씨, 즐거운 일이 될 거예요, 잘 아시겠지만요…… 네, 그럼요! 좋은 주말 보내세요!"

그녀가 전화를 끊고 고개를 들어 천장을 올려다보았다. 그러다가 나의 시선과 마주쳤다.

"무얼 도와드릴까요?"

그녀의 미소는 숲속의 빈터 같았다. 나는 자동차 헤드라이트에 몸이 굳은 토끼처럼 할로겐 전등의 함정에 걸려든 느낌이었다. 그녀가 계산대를 빙 돌아나와서 다가왔다. 왜 그랬는지 모르지만 나는 이미 갖고 있는 책이 있는지 그녀에게 물었다. 제일 먼저 생각난 책이었다.

"책을 하나 찾는데요…… 사진집요……"

"그 코너는 저쪽입니다. 손님 오른쪽요. 연극 코너 지나서요. 무슨 책을 찾으시나요, 정확히? 책 제목이 뭔가요?"

"프랑시스 카프드비엘의 책입니다."

"카프드비엘? 처음 듣는 이름이네요. 사진작가는 내 분야인데!"

그녀가 컴퓨터로 조회하려고 다시 계산대 뒤로 가더니 내게 이리 와보라는 신호를 했다. 마룻바닥이 잔디밭처럼 무르고 부드럽게 삐걱거렸다. 그녀가 작가 이름의 철자를 물었고, 나는 철자를 대주었다.

"아, 네! 여기 목록에 네 권 있네요. 모두 흑백사진집 같은데…… 『희미한 영혼』 『현인들의 데카당스』, 또하나는 그러니까…… 도쿄에 관한 것이고, 마지막이……"

"『트위스트』요."

"『트위스트, 이백 번의 그녀』, 이거죠…… (그녀가 얼굴을 들었다) 이거 맞나요?"

나는 그렇다고 했다. 그녀는 초록색 매니큐어를 바른 손가락으로 마우스를 클릭하며 작은 생명체 같은 두 눈썹을 찌푸렸다.

"이상하네요. 출간했던 책을 모두 거둬들였네요. 책이 나온 지 삼 년도 안 됐는데. 이런 종류의 책은 보통 주문이 가능한 상태로 두거든요…… (그녀가 고개를 저었다) 무슨 영문인지 모르겠어요. 죄송합니다."

"괜찮습니다."

그녀가 모니터 쪽으로 좀더 가까이 몸을 숙였다.

"표지 사진의 이 여자아이, 어디선가 본 것 같은데……" 그녀가 혼잣말처럼 중얼거렸다.

내가 서 있는 곳에서는 사진이 보이지 않았다. 하지만 머릿속으로는 그녀와 같은 사진을 보고 있었다. 어두운 언덕들 사이의 넓은 호수. 빛이 들어간 곳이라고는 사진 한가운데 거무스름한 물에서 솟아오른 소녀의 몸통과, 달빛처럼 창백한 알몸에 둘린 백합 목걸이뿐. 아이의 움직임에 따라 주변으로, 굴렁쇠 같은 동심원이 수면 위에 영원히 새겨져 있다. 그 사진이라면 속속들이 알고 있었다.

"죄송합니다." 그녀가 반복해서 말했다.

너무 심각해 보이기에 안심시켜주고 싶었다.

"사실 그 책은 이미 갖고 있어요."

그녀의 얼굴에 한순간 어떤 감정이 스쳤다.

"정말요?"

"네, 이 사진작가를 알고 있거든요. 다른 사람에게 책을 선물하고 싶었어요."

어느 통통한 부인이 엉덩이로 나를 거칠게 밀치더니 미안하다며 얼굴 한가득 미소를 짓고는 '웰빙' 코너가 어디 있는지 물었다. 아직 이름을 모르는 그녀는 평소처럼 다시 부드러운 웃음을 머금고는 계산대를 빙 돌아나와서 부인을 안내했다. 그때 결정적으로, 전화벨이 울렸다. 하지만 그녀는 전화를 받기 전에 다시 내 쪽으로 왔다.

"뻔뻔하다고 생각할지 모르겠지만, 괜찮다면 나도 그 책 한번 보고 싶어요. 여기서 토요일마다 격주로 일해요. 다시 들를 일이 있으면 언제 한번……?"

"그렇게 해볼게요."

그녀가 미소를 짓더니, 이제는 고물상에서나 볼 수 있는 페놀수지로 된 낡은 오렌지색 수화기를 들었다. "바로 전데요" 하는 목소리가 여전히 귓가를 맴돌 때, 눈발이 내 얼굴을 때렸다. 밤이 내려와 가로등 불빛이 자동차 지붕을 우윳빛으로 물들였고, 아스팔트는 빙판처럼 반짝였다. 하마터면 미끄러질 뻔했다가 인근 상가 유리창에 흐릿하게 비친 남자의 모습을 보았다. 헝클어진 머리에 거꾸로 된 V자 무늬가 있는 짤막한 외투를 입은 남자, 코는 너무 크다못해 말똥가리의 부리 같았다. 그 남자는 나였다. '헐렁한 티셔츠를 입은 여자'와의 우연한 재회였건만, 쓰레기통에서 나온 듯한 몰골이라니!

나는 급히 카발리에 블뢰 카페로 들어가 위스키를 한 잔 주문하고 앙투안에게 전화를 했다.

"스탄, 뭐라고? 아무리 그래도 그 책을 지금 가지러 가진 않겠지?! 그러면 진짜 여자의 '손짓 하나, 눈짓 하나'에 놀아나는 신세가 되는 거야! 더군다나 지금은 여자를 만나기에는 최악의 시기라고." 그가 신랄하게 나무랐다.

"여자를 만나기에 좋고 나쁜 시기가 따로 있어?"

"물론이지, 애송이! 나흘 뒤면 밸런타인데이잖아! 여자한테 밥 얻어먹기에 딱 좋은 때라고. 너야 멍석을 깔아줘도 그녀와 잘 리는 만무하고."

옆 테이블의 갓난아기가 울기 시작하더니 기계음처럼 규칙적으로 할딱거리는 소리를 냈다. 나는 전화를 끊었다. 한 가지에 관해서는 앙투안 생각이 옳았다. 즉 지금 당장 책을 갖다주는 건 바닥을 기는 얼간이 짓이라는 것(그뒤 일 년 내내 그런 식으로 행동하게 되지만, 이때는 그 사실을 미처 알지 못했다). 게다가 오후 여섯시 삼십분, 달려간다 해도 집에 갔다가 서점 문 닫기 전에 돌아오기란 시간상 불가능했다. 처음으로 남서부 집에 있는 스쿠터가 아쉬웠다. 어떻게 해야 할지 방법이 떠오르지 않았다. 그녀를 다시 볼 때까지 앞으로 이 주를 참고 기다릴 결심이 서지 않았기 때문이다. 이백이십만 파리 시민 중 그녀를 다시 만났다는 것은 이미 기적이었다! 옆 테이블의 아기 울음소리가 점점 참기 힘든 지경이 되었다. 이미 정복한 여자가 두 팔 벌려 맞아주겠다는 태도로 이 순간 나를 기다리고 있었는데, 여기서 뭐하고 있나 싶은 생각이 들었다. 바로 그때 옆 테이블의 아기 엄마가 앞섶을 열고 젖가슴을 꺼내 아이에게 물렸다. 너무도 갑작스러운 고요가 신비롭게 느껴졌다. 여성의 힘이 그 아기 엄마의 표정으로 나타나는 듯했다. 불현듯 코랄리에게, 아주 드물게도 사귀다가 친구로 남은 코랄리에게 전화하기로 결심했다. 내가 이 이해하기 힘든 이야기, 그간 복잡했던 상황의 연대기를 설명하는 동안 그녀는 "아!" "응" 또는 "알겠다"는 식으로 받아주며 듣기만 하더니 오로지 여자만이 해줄 수 있는 충고를 했다.

"남자답게 굴어."

"이를테면?"

"서점 전화번호를 찾아 전화를 걸어서, 네가 있는 곳으로 와달라고 해."

"싫다고 거절할걸. 그녀는 날 알지도 못해! 그리고 지금 책도 가지고 있지 않고……"

"책이 무슨 상관이야! 서프라이즈 효과일 뿐이라도 그녀는 긍정적인 답을 줄 거야. 내 말 믿어. 자기가 뻔뻔한 줄 안다고? 너는 훨씬 더 뻔뻔해. 그리고 네 코는 아주 멋지니까 걱정 말고."

코랄리는 요술 지팡이로 남자들을 휘어잡았다. 의학 전공인데, 내가 보기에는 의학도라는 게 그녀에게 권위를 부여하는 듯했다. 내 아버지는 늘 의사가 되기를 꿈꾸었지만 의대 2학년 때 낙제했다. 그래서 수의사가 되었다. 이 절절한 사연은 내가 애완동물을 싫어하는 것과 무관하지 않다. 아버지는 자식들이 당신의 꿈을 대신 실현해주기를 악착같이 원했고, 그 바람을 드러내기를 서슴지 않았다.

"작가가 되겠다고?! 앞으로 평생 쫄쫄 굶고 살겠구나, 녀석아!"

더 총명하고 저돌적인 여동생 미아가 결국 아버지의 뜻에 순종했다. 미아는 현재 바욘병원의 외래 전공의로 있고 피부과 전문의가 될 생각이다. 그러니 나는 공식적으로 집안에서 기피하는 옴 걸린 개 신세였다. 하지만 루이종과의 일 이후 내 손바닥에 구멍을 내던 습진은 근절된 것 같다—동생은 타고난 소질이 있다!

그날 저녁 코랄리로부터 용기를 얻은 나는 목소리가 강판의 치즈처럼 갈라지는 상담원에게서 서점 전화번호를 얻었다. 하지만 그다음 단계에서 막혔다. 밖은 드디어 눈이 그친 뒤였다. 배불리 먹은 젖먹이는 유모차 안에서 잠들었고, 언 몸을 녹이던 바의 손님들은 하나둘 자리를 비웠다. 나는 줄담배를 피우며 머릿속으로 여러 선택지를 검토했다. 휴대전화 화면에 반짝이는 열 개의 숫자가 마치 침투 불가능한 금고를 여는, 아무도 모르는 비밀 코드처럼 보였다. 불현듯 마틸드에게 달려가고 싶은 충동이 일었다. 단순하고 무미건조하지만 위험하지 않은 관계, 세상으로부터 내 코를 감춰줄 두 에어백 사이에 얼굴을 묻고 싶었다. 그러나 나는 움직이지 않았다. 카페 안에 울리는 접시 부딪치는 소리가 가능성을 말해주고, 시끄러운 기계가 만들어내는 커피 한 잔 한 잔이 희망을 이야기하고, 바 안에는 아직 우리가 나누지 않은 온갖 대화가 울렸다. 나는 절망과 위스키에 달아올라 전화를 했다.

몹시 놀랍게도 그녀는 이렇게 대답했다.

"알았어요."

내 전도유망한 체질 때문에 결코 비만이 될 수 없을 거라는 생각이 들어 먹기를 그만두었어.

플라스틱 접시 위에는 달걀노른자가 가뭄이 닥친 사헬지역 땅처럼 갈라져 있고, 콧물 같은 흰자는 젤리처럼 굳어 있어. 유아용 볼에 든 우유는 응고되었다가 이제 치즈로 변하기 시작했어. R는 이걸 치우지 않고 그냥 쌓아놓고 있어. 마치 그러면 내 마음이 바뀌기라도 할 것처럼. 물론 내가 세면대에서 씻어버릴 수도 있어. 하지만 그건 '좋아, 네가 이겼어'라는 뜻이거든. 그런 건 꿈도 꾸지 마. 나는 아무래도 상관없어. 환기구 앞에서 꼼짝 않고 서 있기도 해. 때때로 더이상 냄새를 견딜 수 없어지거든. 쓰레기통처럼 악취가 나.

머리 안쪽에 청딱따구리가 들어앉았나봐.

몸을 씻었어. 어쩌면 기분이 좋아질지도 모르겠다는 생각에. 그러다 또 파란 타일이 깔린 우리집 욕조와, 거품이 엄청나게 나서 마치 털이불처럼 그 아래 숨을 수도 있는 온갖 입욕제가 떠올랐어. 그래서 기분이 더 나빠졌지. 볼록 솟은 가슴으로 물이 흘러내리는 것을 바라봤어. 좀더 형태가 잡혀가긴 하는데, 다 커도 빈약할 것 같아. 이 생각을 하니 다시 기분이 컨버스화 밑바닥으로 곤두박질쳤어(이제는 진짜 컨버스화를 신고 있지도 않은데 말이야. 지금 신고 있는 건 유독 꼴불견인 하얀 인조가죽 운동화야). 벽으로 달려가 몸을 마구 부딪쳐서 여기저기 누런 멍자국이 났어. 사바나의 동물처럼 말이야(좋아하진 않지만, 하이에나 종류처럼!).

내가 있는 방의 샤워부스는 밤색 사각 플라스틱통에 밤색 플라스틱 수도관이 달렸고 밤색 비닐 커튼이 걸려 있어. 이 커튼은 샤워할 때 다리에 막 달라붙어. 그게 진짜 불쾌해. 게다가 물이 제대로 빠지질 않아서 걸핏하면 밖으로 넘쳐. 그러고 나면 지독한 악취가 더 심해지고. 물이 바닥에 스며들어 코스고원의 푸른 벌판처럼 사방에 곰팡이가 피거든. 물이 차가워질 때까지 샤워부스 안에 서 있었는데 두통은 여전했어. 물기를 닦고 옷을 입었어. 도대체 R는 어디서 이렇게 흉하고 괴상한 옷들을 구해오는 걸까? 지난번에도 이렇게 형편없는 옷은 더이상 입을 수 없다고 그렇게나 설명했는데 말이야. 내가 그래도 옷 입는 스타일이 있는데, 이건 누구나 다 알고 있거든(엄마는 내가 '이상한 옷차림'을 한다고 하지만, 패션에 관해 엄마의 의견은 새겨들을 가치가 전혀 없어). 그리고 내 가방이랑 물건을 절대적으로 빨리 돌려줘야 한다고 R에게 말했어. 그가 내 불평에 지긋지긋해하며 투덜거렸지만, 난 다시 큰맘 먹고 그를 '콩 볶듯이 달달 볶기' 시작했어. 그 결과, 엉덩이 부분에 꽃모양 자수가 있는 엷은 색 청바지와 점퍼를 얻었지. 점퍼에는 작약보다 더 꼴사나운 꽃무늬가 있고, 소매는 끔찍하게 부풀려진 거야.

젠장.

그가 그렇게까지 꽃무늬를 좋아하는지 몰랐어. 이걸 보고 구역질이 나지 않는다면 이상한 거라고. 그는 내가 예쁘고 '단정한' 아이라고 생각한대. 이 개성적인 옷을 입으면 펑키 브루스터랑 비슷하다나 뭐라나. 그 말을 내가 전혀 알아듣지 못하니까 설명해줬는데, 펑키 브루스터는 그가 어렸을 때 텔레비전에서 보았던 시리즈의 주인공이래. 펑키는 고아지만 멋진 개를 데리고 있었다는데, 어쨌든 그애의 옷 입는 스타일이 영 아니었나봐(아무튼 R의 취향도 정말 흥미로워. 여기서 나가면 구글 검색창에 '펑키 브루스터'를 쳐볼 생각이야). 이 일을 계기로 R 역시 어린 시절이 있었다는 것을 문득 깨닫게 되었어. 이 생각을 하니 정말 묘했어. 전에는 전혀 생각해본 적이 없었거든. 나는 기회를 틈타 텔레비전을 보게 해주고, 부모님에게 전화하는 걸 허락해주고, 책가방을 돌려달라고 요구했어. 물론 그는 아무것도 들으려 하지 않았지.

네가 있어서 얼마나 다행인지 몰라!

침대에 누워서 네 안에 쓰고 있어. 하지만 두통이 나아지질 않네. 만약 거울이 있다면 그 속에는 나 대신 돌연변이 개구리가 있을 게 분명해. 쉬지 않고 울어서 더는 눈을 뜰 수 없는 상태거든. 눈물 흘리며 우는 대신, 늘 하던 대로 악을 쓰려고 애썼어. 하지만 요즘은 그게 잘 안 돼.

젠장 젠장 젠장 젠장 젠장 그리고 또 젠장.

오늘 아침 R가 잼을 바른 빵과 코코아를 가져다주면서 신문을 같이 들고 왔어. 그런 일은 처음이라 '나 없이도 사람들이 계속 살아가는 세상'에 아주 특별한 일이 일어난 거란 생각이 들었어. 나는 몹시 흥분해서 신문을 낚아챘어. 그랬더니 그가 한숨을 쉬며 말했어.

"마디손, 정말이지 협조를 좀 해주면 좋겠다."

그 신문은 〈우에스트 프랑스〉였어. 그런데 그가 검은 매직펜으로 모든 페이지, 모든 기사의 날짜를 지워놓았더라. 꼭 암호화된 것 같았어. 신문에는 폭동 사건 소식이 실려 있고, 다르푸르라는 지역에서 많은 아이들이 죽었다는 기사가 있었어. 경제면에는 이해할 수 없는 그래프들이 있었고, 플레이스테이션 게임 문제로 다투다 아버지에게 사냥총을 쏜 소년의 이야기도 있었어(차라리 이렇게 말해야 할 것 같아. '나 없이도 사람들이 계속 죽어가는 세상!'). 여름휴가용 별장을 소개하는 쪽광고, 축구 경기 결과(파리 생제르맹 팀이 보르도 팀에 패배—정말 놀라워!), 우리 지역의 나쁜 일기예보, 별자리점. 내 별자리는 '올림픽에 나갈 만한 왕성한 기운'이래. 이 모든 것은 어제 일일 수도 있어. 아니면 한 달 전. 아니면 육 개월 전. 아니면 십 개월 전. 아니면 천 년 전.

그가 신문을 가져다준 건 바로 이 세상에 나를 생각하는 사람은 아무도 없음을 증명해 보이기 위해서였어.

"어때? 아직도 사람들이 널 찾으러 올 거라고 믿니? 말해두지만 모두 벌써 오래전에 너를 잊었어. 그러니 경찰이나 감옥 따위의 이야기로 날 귀찮게 하는 짓은 이제 그만두는 게 좋아. 경찰은 결코 오지 않을 테니까! 아무도 안 올 거야, 알겠니? 이제 너하고 나밖에 없어. 그러니 현실을 받아들이든지 알아서 해."

그가 손가락으로 더러운 접시 더미, 굳은 빵, 내가 손도 대지 않은 음식들을 가리켰어.

"이제 요란한 쇼는 그만둬. 네 얼굴을 본다면 너도 겁이 날걸."

갑자기, 머리카락으로 덮인 그의 이마 끝에서 전에는 전혀 보이지 않던 불그스레한 작은 흔적 두 개가 눈에 띄었어. 마치 뿔을 잘라버린 자국 같다는 생각이 들었어. 그는 끊임없이 역겨운 거짓말만 지껄여댈 뿐이야! 나는 신문을 집어던졌어.

"이건 아무 의미도 없어요. 난 절대 아저씨를 믿지 않아요. 앞으로도 절대로 믿지 않을 거고요. 아저씨는 멍청한 거짓말쟁이일 뿐이에요."

그는 비웃는 표정이었지만 아무 소리도 내지 않았어. 전에 팔미르 동물원에서 보았던 왕뱀하고 똑같이. 그러더니 다시 진지한 얼굴을 했어. 그럴 땐 그가 유난히 더 멍청해 보이는 거 있지. 권위 있어 보이려고 거짓으로 꾸민 선생님 같은 폼 말이야. 나는 머릿속으로 되뇌었어. 멍청이-멍청이-멍청이! 그가 침대에서 벌떡 일어났는데, 꼭 내가 속으로 한 말을 다 들은 것 같았어.

"그러니 맘대로 생각해. 알람 라디오 따위가 뭐 중요하겠니, 거울도 마찬가지고. 네 일기장을 찾아내면 불속에 집어던져버릴 테니 알아서 해. 여기서 명령을 내리는 사람이 누구인지 알 필요가 있어. 넌 고집불통 마디손일 뿐이야. 그리고 장담하는데, 내 인생을 망치는 짓을 조만간 그만두게 될 거다."

나도 모르게 힘이 들어가 주먹을 불끈 쥐었어. 얼마나 세게 힘을 주었던지 작은 뼈마디가 모두 새하얘졌어. 너는 우리 아빠가 아냐 하고 소리지르고 싶었어. 그의 광대뼈를 쳐다보았어. 다소 연약해 보이는 그 부위를 있는 힘껏 후려치고 싶었어. 내 눈에는 벌써, 설거지 더미에서 칼을 하나 집어들어 뾰족한 끝으로 그의 썩은 배를 찌르는 내 모습이 보였어. 물론 실제로는 그러지 못했지. 왜냐하면 공격에 쓰기에는 칼끝이 너무 뭉툭했거든. 그러고 나니 겁도 났어. 내가 누군가를 죽일 수 있을 것 같지는 않아. 이따금 이런 생각이 들 때, 스스로가 싫어져.

결국 R는 방을 나갔고, 신문을 다시 가져갔어. 나는 입고 있던 거지 같은 더러운 옷을 모두 갈기갈기 찢었어. 완전히 발가벗은 상태로 어깨며 팔, 다리를 벽에 짓찧고 소리를 질러댔어. 얼마나 세게 소리질렀던지 이제는 말을 할 수가 없어. 하기야 누구랑 말을 할 수가 있겠어?!!!

내 이름은 마디손 에샤르

이건 SOS야

어제 벽에 열두번째 줄을 그었어. 암산은 젬병이지만 그게 석 달이라는 의미인 건 알아.

"그런데 왜죠?" 까만 볼보의 날 바로 다음날 내가 물어봤어. 그에게 수없이 질문을 퍼부었어. 줄기차게, 끊임없이, 똑같은 질문을 해댔어(물론 답을 듣고 싶기도 했지만 나를 버리고 싶은 마음이 생길 정도로 정신없게 만들고 싶었어. 그런데 잘 안 먹혔어). 그렇게 잠시도 쉬지 않고 수다를 떤 덕분에, 며칠 후 그가 묻더라고.

"네 생각에는 왜 사람을 납치하는 것 같니?"

"몰라요."

"생각해봐."

"몰라요! 보통은 사람을 납치하지 않아요!"

그가 곧 화를 낼 기세였고, 아무리 똑똑한 체해봐도 여전히 말도 안 되게 날 무시하는 게 느껴져서 이렇게 대답했어.

"영화에서 봤는데, 돈 때문이죠."

"그래, 실제로도 마찬가지야."

그 소리를 듣자 갑자기, 약간 마음이 놓였어. 왜냐하면 그건 이유가 있다는 의미이고, 그렇다면 머릿속 색색깔 큐브퍼즐 같은 '왜'라는 질문으로 다시 돌아가지 않아도 될 테니까.

"얼마요?"

"오십만 유로."

"첫! 우리 부모님은 그런 부자가 아니에요. 도대체 무슨 생각을 하는 거예요?!"

"그거야 알아서들 해결하겠지. 집을 판다든가, 나야 모르지만. 어졌든 분명하게 밝혔다. 돈을 보내든가, 아니면 네가 죽든가라고."

그래서 나는 오랫동안 기다렸어. 이유는 잘 설명할 수 없지만 처음부터 그가 나한테 아무 짓도 못할 거라고 생각했어. 사실 그는 누군가를 죽일 수 있을 만큼 대담한 사람이 아니야. 그럼에도 날 죽이지는 않을까 늘 무서웠어(특히 내가 일부러 유난히 귀찮게 굴 때). 그래서 R가 내가 있는 방에 올 때마다 돈에 대한 소식을 물었어. 그는 엉터리 거짓말을 한 보따리씩 늘어놨어(우리 부모한테 경찰에 연락하지 말라고 했는데 기어이 연락을 해서 화가 나 '거래'를 취소했다는 둥, 요구한 돈을 부모가 아직 마련하지 못했다는 둥, 대출 신청 결과를 기다리고 있다는 둥. 말하자면 몸값 이야기는 아무렇게나 꾸며낸 거라고 결론지을 수밖에 없을 정도로 말도 안 되는 소리를 늘어놓았지). 그런데 벽에 네번째 줄을 그었던 주에, 그가 우리 부모님이 돈 주기를 거부했다고 알렸어. 그러고는 끝이었어.

"그럴 리가 없어!"

"아니, 사실이야. 유감이다, 마디손. 네 부모는 집을 팔아 너를 구하기보다 집을 지키고 싶었던 거야."

"사실이라면, 하늘에 맹세해요!"

"원한다면, 하늘뿐만 아니라 땅에도 맹세하지."

"그럴 리가 없어! 사실이 아냐! 당신은 빌어먹을 비열한 거짓말쟁이일 뿐이야!"

나는 그를 때리기 시작했어. 하지만 그가 엄청나게 큰 손으로 내 주먹을 움켜쥐었어. 그의 무지막지한 손아귀에 비하면 내 손은 장난감 돌멩이 같았어. 내가 계속 흥분해 길길이 날뛰자, 그가 다른 쪽 팔을 등뒤로 비틀었어. 정말로 팔을 꺾어 두 동강 내는 줄 알았어. 그때 처음으로 날 아프게 했는데, 그도 영 맘이 안 좋은 것 같았어.

"좀 이성적으로 굴어." 그가 고함을 지르며 내 주먹을 더 세게 틀어쥐었어. 얼마나 세게 틀어쥐던지 그의 손톱이 내 살에 박히는 게 느껴졌어. 고양이 래리가 겁먹었을 때 세운 발톱처럼.

하지만 그러고 나서는 계속 아주 부드러운 투로 말했어. 마치 지적장애아를 대하듯 말이야.

"네 부모는 포기한 거야, 마디손. 그들은 너 없이도 계속 자신들의 삶을 살 거야. 전에 말한 것처럼 나는 물론 널 죽일 수도 있어. 하지만 네가 고집불통처럼 굴기를 그만둔다면, 우리는 분명 잘 지낼 수 있을 거야."

그때 내 눈은 꽃 한 송이만 더 꽂으면 물이 넘쳐버릴 꽃병처럼 눈물이 그렁그렁했어.

"아저씨는 예전에 감옥에 간 적 있죠?"

그는 기가 막힌다는 표정이었어. 자조 부인이 어떤 이야기를 모두에게 퍼뜨려놓고, 나중에 자신은 전혀 모르는 일이라고 딱 잡아뗄 때와 똑같은 표정이었지.

"아니!"

"아이를 유괴해놓고, 아이 부모에게 자식을 되찾으려면 돈을 달라고 요구하는 건 범죄예요. 그리고 범죄를 저지른 사람은 감옥에 간다고요!"

그가 나를 놓아주었어. 내 팔에 빨간 꽃잎 같은 손자국이 생겼어. 일광욕을 하다 팔이 손가락 모양으로 햇빛에 탄 것 같았어. 나는 울었어. 이제 더는, 더는 도저히 참을 수가 없었기 때문이야. 그가 마침내 지옥의 문 뒤로 사라졌어.

"아저씨가 무섭지 않아! 아저씨가 무섭지 않다고!"

나는 기운을 차리려고 고래고래 소리를 질렀어. 물론 무섭지 않다는 말은 사실이 아니었어.

그 일 이후 나는 말을 못하는 척, 귀가 안 들리는 척했어. 욕실 붙박이장에 부딪혀 이마가 찢어지던 날까지 쭉 그렇게 있었지.

내가 이겼어.

물론 그는 알람 라디오를 사주고 싶어하지 않았고, 전화는 더더욱 사줄 생각이 없었어. 하지만 책가방을 돌려주는 건 동의했고 휴전의 증거로 자니모스 초콜릿을 주었어. 나는 그를 기분좋게 해주려고 주는 대로 다 먹었어. 그래서 뱃속에 무거운 쇳덩이가 든 듯 무겁고 힘들었어. 책가방을 돌려받고 제일 먼저 찾았던 게 뭔지 알아? 바로 사뮈엘 삼촌이 선물로 준 스위스제 칼이었어. 어딜 가든 가지고 다니는 물건이거든. 그런데 없었어. R가 가져간 게 틀림없어. 그가 내 가방을 뒤져서 정말 기분 나빴어. 어쨌든 수학책을 다시 보는 게 그렇게 반가울 줄은 상상도 못했지! 그리고 숙제도! 무엇보다도, 특히 가방에는 아이팟이 있었어. 열한 살 생일 선물로 받은 거야. 좋아하는 음악을 들으며 엄청 울었어. 음악을 들으니 예전 생활, 집, 사브리나와 함께 라피테니아 해변에서 보내던 오후, 엄마 아빠, 외할아버지, 아멜리 이모(그리고 스타니슬라스 선생님!)가 생각났거든. 친구들이랑 영화 보러 가기로 미리 약속했는데 아빠가 잔디 깎는 일을 시켜서 투덜대며 화를 냈던 날들도. 지금 생각해보니 내가 늘 착하게 군 건 아니더라고. 분명 이기적이었던 것 같아. 아무리 그렇다 해도, 그게 엄마 아빠가 나를 '포기'하는 이유가 될 수는 없다고 생각해……

때때로 이 끔찍한 사건이 있을 수 없는 일처럼 느껴져, 혹시 내가 R라는 존재를 만들어낸 건 아닌지 의심스럽기까지 해. 아니면 내가 그날 까만 볼보에 치였던 건 아닌지. 또는 내가 죽어서 완전히 빳빳한 시체가 되어, 끝없이 황량한 대로 같은 영원의 길 문턱에서, 차가운 회오리바람이 실어오는 우박을 얻어맞고 있는 건 아닌지. 그리고 R는 사실 현실에는 없는 존재이고, 못되게 굴던 나를 벌하기 위해 찾아온 악마는 아닌지. 이런 상상이 이유도 알지 못한 채 포로로 잡혀 있는 것보다는 오히려 훨씬 논리적으로 보여. 길들이는 다람쥐처럼, 나에게 음식과 옷을 주고 돌봐주는 저 남자와 함께 있는 것보다는. 그래서 이런 생각을 하면 땅속에 있는 것이 이상하게도 덜 괴롭게 느껴져.

아무리 그래도 그렇지, 일주일에 한 번 긋는 줄이 하나도 아니고 열두 개나 된다니!

물론 그가 보여준 신문 말고 다른 신문도 얼마든지 있어. 그리고 엉터리 몸값 이야기는 순전히 거짓말이라는 걸 잘 알아. 왜냐하면 부모는 자식을 사랑하니까. 자식이 아무리 못됐다 해도, 늘 말 안 듣고, 아무리 암산 실력이 형편없다 해도(하지만 나는 다른 건 다 잘해. 국어 점수는 늘 최고야! 이건 쉽게 무시 못할걸……).

엄마를 생각해. 바로 그날, 까만 볼보의 날 내가 엄마를 얼마나 미워했는지를. 그 생각을 하다보면, 더이상 똑바로 서지 못할 정도로 빙빙 돌고 싶을 뿐이야……!

민들레

나는 지하에 있어
이야기들을 지어낸다
침대 밑에 민들레가 있다고
믿으려 애쓰지

파란 조약돌이 있어 하늘과 만나고
저멀리, 저 끝에 있는 내 사랑과 만나고
그곳에서는 거짓을 말하지 않는다고

내 옷장 속에는 마법의 책이 있고
마법의 주문이 있다고
아브라카다브라 내가-널-거기서-꺼내줄게

그러나 나는 옷장도 없고
마법의 책도 없고, 조약돌도 없어
깊은 구멍 속에 외로이 혼자 있네

M. E.

지금 내가 원하는 물건을 모조리 적는다면, 거짓말탐지기가 1번일 거야.

게타리

4월 14일

9급 강풍, 풍랑이 심한 바다

사랑하는 딸에게

깜깜한 밤이야. 지금 우리 방에 있는 책상에서 몰래 쓰고 있어. 그래서 오래 쓸 수는 없어. 네 아빠는 샤워중이야. 물소리에 귀를 곤두세우고 망을 보며 쓰는 중이야. 너에게 쓴 이 편지들을 보게 된다면, 아마 아빠는 내가 미쳤다고 할 거야. 하지만 나는 미치지 않았어.

나는 살아 있는 너를 붙들고 있어.

바람이 아직도 거세게 불고 있어. 지붕이 무너져도, 아수라장 속에서도 품위를 지키며 꿋꿋하게 너를 기다릴 수 있도록, 우리 대신 바람이 온종일 아우성치며 울부짖고 있어.

우리는 네가 오지 않으리라는 걸 알고 있었어.
하지만 기다렸단다.

글씨가 이 모양인 걸 이해해주렴. 방금 깜짝 놀라는 바람에 글씨가…… 덧창이 덜컹거리고, 울타리가 흔들리고, 문들이 숨을 쉬네.
집 전체가 나보다 더 생기 있는 것 같구나.

라파엘이 말했어. "그건 좋은 생각이 아냐." 그래서 어쩌라는 거야? 좋은 생각이라는 건 이제 존재하지 않아.
얘야, 우리는 언성을 높이지 않았어. 우리는 울지 않았어. 대신 입술을 깨물며 천장을 올려다보았지. 그리고 품위를 잃지 않았어.

열두 살! 이제 어엿한 소녀가 되었겠구나. 어떤 모습일까 그려보려고 무던히 애쓰고 있단다…… 많이 변했니? 많이 컸어? 열 달밖에 되지 않았는데, 벌써 네 모습이 흐릿해지고 목소리도 희미하게밖에 기억나지 않아. 네 모습을 세세히 다시 떠올리려면 어쩔 수 없이 할아버지의 사진집과 추억의 앨범들을 봐야만 하는구나. 기억이 기계 같은 것이라면…… 녹화기처럼 돌아가는 것이라면, 그래서 매일 아침 다시 생생하게 작동시킬 수 있는 것이라면 좋겠구나!

마지막으로 본 네 모습을 떠올리지 않을 수 없어. 너는 까만 미니스커트에 야자나무가 그려진 티를 입고 카우보이 부츠를 신었지. 책가방으로 쓰는 플라스틱 바구니를 들었고!

그날 아침, 너는 학교에 다녀오겠다는 인사를 하지 않았어. 매일 아침 내 볼에 입을 맞추고 갔는데! 그래서 생각했어. 네가 골이 나서 그냥 차를 타러 가버렸다고. 네 작은 실루엣은 단 한 번도 뒤돌아보지 않았지. "저 봐라, 저 봐, 또 시작이야! 또 시작!"

그런데 사실 네 행동이 너무 웃겼어.

그래, 마디. 나는 속으로 웃었어! 왜 네가 화났는지 너무 잘 알고 있었기 때문이야. 어린아이의 화가, 어린아이의 사랑이 얼마나 예뻐 보였는지 몰라.

그런데 그들은 말했지. "그럼 뭐, 가출한 거네요."

아무리 설명해도 그들은 가출이라고 확신했어. 어떻게 그들을 논리적으로 납득시킬 수 있을까? 그들은 그저 자기 일을 할 뿐인데.

"아이한테 휴대전화가 없어요?"

늘 되풀이하던 네 투정에 져주지 않았던 나 자신이 너무 미웠어…… 그토록 현명한 엄마였던 내가 싫었어……! 그 모든 지혜와 교육법과 프랑수아즈 돌토*도 싫었어! 그리고 내가 널 과소평가하고 저지른 실수에 대해 하늘에 기도했어. 그래, 물론 내 아이도 자기 생각이 있으니 가출할 수 있겠지. 물론 그래!

나는 이미 불길한 징조들을 보았어. 죽은 새 무리가 사방으로 날아다니고 있었거든.

---

* 프랑스 출신 아동 전문 정신분석학자.

이십사 시간 뒤, 벽마다 네 얼굴 사진이 붙었어.

사십팔 시간 뒤, 이 지역 전체를 샅샅이 뒤졌어.

칠십이 시간 뒤, 유럽 전역에서 목격자들이 수신자 부담 번호로 제보전화를 걸어왔어.

네가 프라하로 갔다는 사람, 또는 런던으로, 또는 베를린으로.

네가 파란색 라이트밴을 타는 것을 보았다는 사람, 크림색 리무진을, 차창을 선팅한 검은색 밴에 오르는 것을 보았다는 사람.

너를 버스에서 보았다는 사람, 또는 기차에서, 또는 배에서.

기차역, 기차역들.

공항들.

개를 동원한 수색 작업.

그들은 우리 컴퓨터를 분해하다시피 뒤졌어. 차단 프로그램들을 확인하고, 그날 있었던 모든 일을 시간순으로 되짚었어.

우리는 조사받고, 비난당하고, 도청당했어.

그들은 뤼산을 샅샅이 뒤지고 저수지마다 물을 다 뺐어. 네 시체가 병뚜껑처럼 파도에 실려오지나 않을까 해변에서 기다리기도 했어.

누군가 나타나 네 몸값을 요구하길 기다렸지만 그런 일은 결코 일어나지 않았어.

더 많은 벽보를 붙이고, 더 많은 헬리콥터가 뜨고.

그리고 너를 낭트에서, 보르도에서, 밀라노에서 보았다는 사람들이 나타났어.

그들은 말했어. "사진으로 보면 여자애들은 모두 비슷해 보여요."

11세 미성년자 실종. 마디손, 145센티미터, 마르고 작은 체격, 어깨까지 내려오는 적갈색 머리, 밤색 눈. 실종 당시 옷차림은 은빛 야자나무가 그려진 보라색 티셔츠, 주름 장식이 있는 검은색 미니스커트, 검은색 카우보이 부츠, 투명한 하늘색 플라스틱 가방 소지.

(마디, 너는 누구하고도 비슷하지 않아! 누구하고도!)

리옹. 브뤼셀. 생페쉬르니벨.

이 모든 일에 책임이 있는 할아버지의 책, 그러나 이것은 수사에 아무런 도움도 되지 않았어.

정말 아무런 도움도 되지 않았어.

그날 아침 나는 웃었어. 마디 널 다시는 못 보리라는 걸 몰랐기 때문이야.

복도의 전등은 언제나 켜져 있고, 뒷문은 언제나 열려 있단다.

네가 어디 있든, 생일 축하한다.

엄마가 널 사랑한다는 걸 결코 잊지 마라.

엄마가

트위스트

"그래서요?"

카발리에 블뢰 카페에서 그녀는 천년 전부터 나를 알고 있었던 듯 데면데면한 얼굴로 내 앞에 앉더니 큰 소리로 종업원을 불러 포도주 한 잔을 주문했다.

"뭐가 그래서예요?" 거침없는 태도에 당황한 내가 반문했다.

"나야 모르죠. 전화한 건 그쪽이잖아요!"

"네, 하지만 다시 들르라고 한 건 당신이었죠……! 그러니 우리 둘 중 누가 더 '그래서요?'라고 말할 만할까요?"

그녀는 아무도 흉내낼 수 없는 그 미소를 지었다. 나중에는 내가 대개의 경우 싫어하게 되는 미소, '좋아, 어린 녀석아, 그런 투로 말해봤자 넌 지금 누굴 상대하는지도 모르고 있어'라는 의미의 미소. 실제로도 나는 알지 못했다.

"그 책 안 갖고 왔죠, 그렇죠?"

"네, 사는 데가 여기서 가깝지가 않아서요. 하지만 일단 그쪽을 만나면 나중에 책을 전해주기 더 수월할 것 같았어요…… 그 책에 꽤나 흥미가 있는 것 같군요?"

"그 여자애, 재작년 여름에 실종된 애 아닌가요, 맞죠?"

마디손이 실종된 이후 언론에서 하도 떠들어댔으니 이 사건이 기억나는 것은 당연했다. 마디손은 육 개월 넘게 온 프랑스의 관심이 집중된 아이였다. 마디손의 부모는 전 세계로 나가는 텔레비전 카메라 앞에서 간청했고, 인형 같은 마디손의 얼굴은 자동차 앞유리, 담배를 파는 카페의 계산대 앞, 일간지 일면을 점령했다. 나도 게시물을 붙이거나 이웃에게 물어보는 등 아이를 찾는 작업에 여러 차례 동참했다. 마디손의 인상착의는 인터폴을 통해 전 유럽으로 전파되었고, 그애 아빠가 다니는 출판사의 웹 디자이너는 아이를 찾는 인터넷 사이트를 만들었으며, 최근에 풀려난 아동 성범죄자들은 감시당하고 조사를 받았다. 그러나 삼 주가량 지나면서, 그 아이를 살아 있는 채로 발견하리라는 희망은 멀어졌다. 경찰은 어떤 흔적도 찾지 못했다. 아이와 관련해 무엇 하나라도 보거나 들은 이가 아무도 없었다. 수신자 부담 제보전화로 별의별 증언이 쇄도했지만, 확인해보면 아무 의미도 없는 것이었다. 무수히 복사해 뿌려진, 아이를 찾는 전단지 속 사진은 오래도록 나를 떠나지 않았다. 하지만 시간이 흐르면서 유리문으로 비쳐드는 햇빛에 퇴색하고 나무껍질이 변색되듯 희망도 빛이 바랬고, 록 밴드 사진이 인쇄된 주홍색 셔츠를 입은 사진 속 마디손의 얼굴은 붉은 반점으로 덮이고 유령의 모습처럼 점점 이상해졌다. 내가 그토록 사랑스러워했던 어린 소녀는 이제 하나의 관념이나 추상적인 정보, 대중의 흥분이 남긴 퇴색한 찌꺼기일 뿐이었다. 아이의 이름은 일곱 개의 알파벳으로 구성된 상표, 망가진 사회의 바코드가 되었다. 그리고 아이의 얼굴 위로 세상의 환상들이 양식으로 삼는 괴물의 모습이 포개졌다. 그러나 내게 마디손은 언제나 분홍색 치마를 입은 어린 소녀, 개성이 강하고 재능이 뛰어난 소녀, 비아리츠 스포츠클럽에서 토요일 아침마다 내게 테니스를 배우던 소녀로 남아 있었다. 나는 그녀의 질문에 긍정의 대답을 했다.

"이름은 마디손이에요. 마디손 에샤르."

"아, 그래요. 마디손…… 『트위스트』…… 말장난 같은 거네.* 아이는 다시 못 찾았죠, 그렇죠?"

나는 고개를 끄덕이고 잔을 비웠다. 술잔 속 얼음들이 부딪쳤다. 그 결정체의 소리가 장례식의 침울한 종소리처럼 들렸다.

"왜 그 책이 절판인지 이제야 이해가 되네. 실종된 여자아이의 사진이 이백여 장 실린 사진집은 상품으로 팔기엔 좀 그렇지. 그런데 그쪽은 매디슨 춤 춰본 적 있어?" 그녀가 갑자기 말을 놓으며 분위기를 부드럽게 하려고 했다.

"오래전 사촌 결혼식 때. 인생에서 영광스러운 순간은 아니었어, 말하자면 말이야…… 먼 사촌이었지. 자세히는 모르고 대충 아는.

---

* 마디손은 1960년대 미국에서 트위스트와 함께 유행한 춤인 '매디슨'의 프랑스식 발음이다.

따지고 보면 낯선 사람이지."

그녀는 일종의 예의 같은 미소를 지어 보이더니, 카키색 눈으로 술잔을 멍하니 바라보았다. 나는 담배에 불을 붙였다.

"그럼 카프드비엘을 알겠네?"

나는 담배연기를 뿜으며 고개를 끄덕였다. 그녀가 연기에 눈살을 찌푸렸다.

"아이의 외할아버지야. 그 집과 우리집이 나란히 이웃해 있었지. 나는 앙글레에서 왔어. 남서쪽, 생장드뤼즈에서 가까운 곳이야." 나는 덧붙이기 적절한 순간이라고 생각하며 말했다.

"그래, 나도 거기 알아. 서퍼인 약혼자가 있었거든."

그녀의 눈빛이 어두워졌다. 투명하게 맑은 하늘 어디선가 갑자기 구름이 나타나 태양을 가리며 지나가듯이.

"그 지방은 이제 진절머리가 나." 그녀는 한숨을 내쉬며 매니큐어를 칠한 엄지손톱을 입에 갖다댔다.

"아, 그럼 그쪽도 서핑 하겠네, 그렇지?"

"가끔…… 하지만 잘하지는 못해."

그녀는 포도주를 마시고 나는 얼음을 깨물었다. 도무지 믿기지 않는 순간이었다. 나는 완전히 흥분한 상태로 마침내 '헐렁한 티셔츠를 입은 여자'와 대화를 하는 중이었다. 하지만 세상 그 무엇보다 내가 애타게 바라던 미래였던 이 미지의 여자는, 메스로 내 과거를 절개해 다시 벌려놓았다. 소나기가 내린 뒤의 뤈강의 냄새가 내 속을 뒤집었다. 진탕 속에서 워키토키 무전기와 개 짖는 소리를 들으며 손전등을 들고 마디손을 찾던 그날 밤, 그곳의 냄새가 아직도 생생했다. 우리는 협곡 깊숙한 곳에서 사건의 피해자를 발견할까봐 걸음을 뗄 때마다 두려웠다. 그애는 매우 강인한 성격임에도 아주 얌전하고 안정된, 아무 문제도 일으키지 않는 아이였다. 그래서 방과후 집에 가지 않고 굳이 산을 오르겠다고 혼자 여기까지 왔을 거라고는 아무도 생각하지 않았다. 나 역시 아이가 운동을 좋아하고 지구력도 있으며 수영을 잘해서 바다에서 익사할 위험이 거의 없음을 잘 알고 있었다. 아이는 거의 물에서 태어난 듯 물속 함정을 모조리 꿰뚫고 있었다. 나는 실종 가능성을 단 한순간도 인정하지 않았다. 모든 사람이 염두에 두었지만 아무도 입 밖에 내려 하지 않았던 이 가정 때문에 수색 내내 분위기가 어두웠다. 요란한 수색 작업을 벌이면서도 우리는 아이를 되찾을 거란 확신을 가지지 못하고, 이제는 시신을 찾는 쪽으로 방향을 틀어야 할 거라고 내심 생각했다.

"아주 좋아 보이던데…… 그 책 말이야. 단 하나의 이미지만 가지고 책 한 권을 만들어내다니 참 골빠지는 일이었을 텐데. 그걸 보니 샐리 만의 작업이 생각났어. 더 비속하고 더 직접적으로 보여주는…… 『직계가족』이라는 책 알지?"

그녀 때문에 흥분해서 아마도 엉겁결에 그렇다고 대답했던 것 같다. 그러니까 대화를 시작한 지 십일 분 만에 우리 사이에 거짓말이 시작된 셈이다. 나는 샐리 만이 누구인지 전혀 알지 못했다. 분위기를 바꾸기 위해 나는 위스키를 세 잔째 주문했고 그녀도 따라 했다.

"무슨 연관성이 있는 것 같지는 않아……? 할아버지의 사진집과 손녀의 실종 사이에?" 술이 나왔을 때 그녀가 방금 생각난 듯 불쑥 물었다.

나는 안절부절못하며 담배꽁초를 재떨이에 비벼 껐다.

"경찰에서도 그렇게 생각했지. 그래서 책을 샀던 사람들을 심문했고…… 찾아낼 수 있었던 사람을 대상으로 말이야. 거기엔 나도 포함되었어. 하지만 수사는 아무런 실마리도 잡지 못했어. 그 책은 나온 지 얼마 안 된 신간이라 별로 팔리지도 않았거든."

"너는 어떻게 생각하는데?"

"나? 그 책이 무슨 연관성이 있다고 생각해본 적은 없는데. 그래도 시도할 필요는 있었지…… 모든 시도를 다 해봤어." 내가 말하며 담배에 또 불을 붙였다.

그녀의 술잔이 비었다. 까만 술 장식 같은 속눈썹이 달린 눈이 생기를 띠며 반짝였다. 그녀는 경찰서 조사실의 전등처럼 나를 빤히 쳐다보았다.

"골초구나." 그녀가 말하며 얼굴 앞의 연기를 손으로 휘저었다.

"담배에 손도 안 대본 복 받은 사람들도 있는데."

그녀가 미소 지으며 두 팔을 들어 손깍지를 낀 채 머리 위로 올렸다. 그러더니 남자처럼 몸을 뒤로 젖히며 기지개를 켰다. 어깨에서 으드득 소리가 났다. 가슴이 도드라지고 목의 푸른 정맥이 살갗 아래서 뛰는 게 보였다. 그녀는 그 자세로 얼마간 있다가 시선을 내 눈에 고정했다.

"배가 많이 고픈데."

"여기 계속 있을래, 아니면 다른 데로 갈까?" 내가 기회를 놓치지 않고 물었다.

"요리할 줄 알아?"

나는 아침에 집을 어떻게 하고 나왔는지 돌이켜보았다. 아직 태어나지도 않은 것을 알 껍데기 안에서 죽이지 않기 위해, 운명의 여자를 데려갈 만한 상황인지 판단하려고 머릿속으로 원룸을 떠올려보았지만, 그럴 상황이 아니었다. 뇌는 시간을 거슬러올라가 눈뜨고 못 봐줄 일련의 장면을 펼쳐주었다. 더러운 팬티, 흐트러진 침대, 담배꽁초로 가득찬 재떨이, 의심스러운 꾸러미들, 의자 등받이에 걸린 구멍난 양말, 들어올려진 변기 커버, 그 외 독신남의 원룸에서 일상적으로 일어나는 중대한 재난의 양상이 줄줄이 떠올랐다. 그런데도 나는 아직 이름도 모르는 여자 앞에서 앞뒤 안 재는 성격대로 이렇게 대답했다.

"괜찮다면, 내가 파스타는 누구보다 잘하는데."

"그럼 잘됐네. 나는 살면서 냄비에 손을 대본 적이 없거든!"

그녀의 말은 과장이 아니었다. 우리는 밖으로 나왔다. 눈 내린 거리는 추위에 얼어붙어 있었다. 우리는 미끄러지지 않으려고 발을 내려다보며 걸었다. 그제야 기막히게 귀여운 그녀의 빨간색 부츠가 눈에 들어왔다. 발목 주변이 헬륨 풍선같이 동그랬다. 언제나 나도 모르게 이런 디테일에 주목하게 된다. 다 내가 자라면서 함께 지낸 여자들 때문이다. 어머니와 여동생 미아는 이 분야에서 끊임없이 창의력을 겨루었다. 때로 둘의 경쟁은 어리석은 놀이처럼 말도 안 되게 우스꽝스럽기도 했다. 여동생이 열다섯 살이 되면서부터 둘 사이의 경쟁은 한층 치열해졌고 그때부터 우리 가족의 식사

시간은 늘 이런저런 상가나 유행에 대한 정보로 뒤덮였다. 디저트는 『보그』지에 나오는 예시처럼 화려하게 장식되었는데, 상황에 따라 히스테릭한 비명소리나 돈타령을 불러일으키기도 했다. 바로 그런 순간에 아버지는 지친 얼굴로(실제야 어떻든, 더이상 아내와 딸이 그 지방에서 가장 옷 잘 입는 멋쟁이라고 아부만 할 수 있는 상황이 아니었기에) 암묵적으로 나에게 모녀를 공격하게 했다. 우리는 모녀를 비웃었고, 그 의례적인 순간이 아버지와 내가 유일하게 의기투합하는 때였다. 보통 우리 부자관계는 매우 긴장된 편이었다. 나는 마디손이 자유롭게 옷을 입는 방식을 좋아했다. 아이의 옷 스타일은 잡지에서 제시하는 이미지와는 아주 달랐는데, 그것이 자발적으로 키워가는 자연적인 성향이라는 사실이 놀라웠다. 하지만 루이종은 내 어머니나 여동생과 마찬가지로 소비사회의 수많은 피해자 중 하나였다. 그러니 내가 오이디푸스콤플렉스 때문에 그녀를 열렬히 사랑하게 되었다고 해도 과언은 아닐 테지만, 감히 그 말은 못할 것 같다.

"부츠가 참 예쁘네." 내가 그녀의 발을 가리키며 말했다.

"그렇지? 내 팔 하나 값을 내고 산 거야. 그런데 어디 살아?"

"르드뤼롤랭."

"자전거를 찾아와야 하는데."

"지금은 자전거를 타기에는 영 아닌데……"

"어머나, 그게 뭐 별일이라고! 여기서 그렇게 멀지 않으니까 뒤에 태우고 갈게."

우리는 밤거리를 나란히 조심스럽게 걸어갔다. 나는 그녀가 커다란 까만색 자전거 위에 앉아 있는 모습을 그려보았다. 역광을 받은 그녀의 실루엣은 중국 연극의 한 장면 같았다. 물론 나는 그녀의 의견에 감히 반대하지 않았다.

"네덜란드제 자전거야. 장담하는데, 빙판 위에서도 달릴 수 있을걸! 왜, 못 믿겠어?"

우리를 기다리고 있는 대항해에 반쯤 설득되어 나는 미소 지었다. 내 앞에 그녀가 있다는 것만으로도 마음이 흔들리는데, 둘의 외투 자락이 바람에 날리며 스치리라고 생각하자, 서로의 두 팔과 두 손이 감겨들며 발가벗은 살이 미끄러져 부딪치는 듯한 강렬한 느낌이 들었다. 벌써부터 머릿속으로 대담하기 짝이 없는 계획을 세우고 있을 때, 그녀가 갑자기 멈춰 서더니 내 눈을 똑바로 쳐다보았다.

"너, 벌써 우리가 함께 누워 있는 장면을 상상하고 있는 건 아니겠지?"

순간적으로 텔레파시가 통했다는 사실에 깜짝 놀라 나는 벌어진 입을 다물지 못했다. 내가 대답에 뜸을 들이자 그녀는 다시 걷기 시작했다. 나는 후들거리는 다리로 간신히 그녀의 뒤를 바짝 따라가며 격분한 척했다.

"참 나, 날 뭘로 보고? 나 여자친구 있어. 마틸드라고." 스스로를 완벽하게 방어하기 위해 나는 반사적으로 덧붙였다.

하지만 뱉어놓은 즉시 후회했다. 그녀는 빨간 원 같은 입을 약간 벌리며 웃어 보였다.

"그럼 다행이고. 네가 그런 상상 하는 거 원치 않거든."

"내가 무슨 상상을 한다고 그래?"

"그런데 내 이름은 알아?" 그녀가 물었다.

"내가 어떻게 알아?"

그녀는 마치 '알아맞혀봐!' 하듯이 입을 삐죽거렸다. 그래서 나는 잠시 생각한 뒤 말했다.

"네 이름은 '바로 나'잖아."

그녀가 웃음을 터뜨렸다.

"뭐라고?"

"네 이름은 '바로 나'라고. 머리를 짧게 자른 지는 얼마 안 됐고. 전에는 아주 길었지. 거의 허리까지 닿을 정도로."

그녀가 걸음을 늦추며 눈썹을 찡그렸다. 서점에서 『트위스트』 표지의 마디손을 알아보았을 때 그랬던 것과 똑같이. 흥분과 불안감이 뒤섞인 놀란 표정이었다. 그때 갑자기 주머니에 있던 휴대전화가 울렸다. 나는 꺼내보지도 않고 서둘러 끊어버렸다.

"전화 안 받아?"

전화한 사람이 누군지 화면을 들여다볼 필요도 없었다. 몇 시간 전부터 이미 마틸드 집에 있었어야 했다. 그녀는 오로지 자기 개에게만 인내심을 보여주는 여자였다. 나는 고개를 저었다. 문명의 진보가 사랑에 얼마나 해로운지 생각하지 않을 수 없었다.

"오오, 알겠다. 내가 귀를 막고 있어도 되는데. 그러면 네 그럴싸한 거짓말이 하나도 안 들릴 거야……"

외투 속에서 휴대전화가 메시지 수신을 알렸다. 주저없이 지워버렸지만 어렴풋한 죄책감에 사로잡혔다. 그래서 시간이 되는 대로 빨리 이야기를 지어내서 답을 보내겠다고 결심했다.

"너희는 어쩜 그렇게 다 똑같니. 단 한 번도 불알 달린 값을 할 때가 없다니까!" 그녀가 한숨을 쉬었다.

비에유뒤탕플 거리 모퉁이에 묶인 네덜란드제 자전거가 우리를 기다리고 있었다. 그녀는 가방을 뒤지더니 아프리카 부적이 달린 열쇠 꾸러미를 꺼내어 도난 방지 자물쇠를 풀었다. 상상했던 대로 자전거는 그녀에게 너무 컸다. 엉성한 철제 짐받이만 달랑 얹힌 것을 보자 평소에는 없는 듯했던 불알이 아파왔다. 그러나 얼마 뒤 변치 않는 천성인 반항의 태도를 철저히 버리듯이, 나는 체념했다. 그녀가 까만 가죽가방을 자전거 핸들 앞 바구니에 던져넣고 페달을 밟기 시작했다. 나는 그럭저럭 겨우 매달렸지만 다리를 어디에 두어야 할지 몰랐고, 180센티미터의 덩치가 우스운 꼴로 프랑부르주아 거리를 올라갔다. 내가 너무 무거워서, 우리는 방향을 바꿀 때마다 넘어질 뻔했다. 여전히 이름을 모르는 여자는 포도주에 취해 통행자 우선권 원칙을 모조리 무시했다. 죽음의 기계는 머리를 헝클어뜨리긴 했지만 목숨은 붙여준 채로, 우리를 마침내 우리집 건물 앞에 내려놓았다. 하지만 자전거 체인에 끼인 외투 자락이 찢어져 꼴이 말이 아니었다.

그녀는 커다란 쓰레기통에 자전거를 묶어두고 돌아와, 볼과 눈이 빨개져서는 말했다.

"'바로 나'는 루이종이라고 해."

그때만큼 그녀가 예뻐 보인 적이 없었다.

학교에서 집으로 돌아가던 길을 모두 찬찬히 되짚어봤어.

상상할 수 없을 정도로 엄청난 소나기가 퍼붓던 날이었어. 자동차에 떨어지는 빗방울소리가 꼭 기관총 같았어. 애들 모두 고래고래 소리쳤어. 남자애들이 수업이 끝나면 무얼 할 건지 농담하고 있었거든. 창밖으로 달걀을 집어던지겠다는 둥, 제모 크림을 우리에게 뿌리겠다는 둥 하면서(이 말에 여자애들이 다 겁먹었는데, 특히 사브리나가 그랬어. 사브리나 머리는 정말 길거든). 나는 벌레처럼 유리창을 타고 내리는 물방울들을 바라보면서 이상적인 엄마가 있는 이상적인 세계란 어떤 곳일까 상상해봤어. 물론 그곳에는 손톱에 매니큐어를 칠한 멍청한 키다리 여자는 없겠지.

전날 저녁에 스타니슬라스 선생님이 우리집에 전화를 했어. 그런데 엄마는 전화를 내게 바꿔주지도 않고, 더군다나 이런 말까지

했어. 내가 다 들었어.

“어쩜 이렇게 자상할까! 여자들이 얼마나 깜짝 이벤트를 좋아하는데. 정말 기뻐할 거예요!”

처음에 그 깜짝 이벤트가 나를 위한 건 줄 알았어. 하지만 모두 알리스 때문임을 곧 알아차렸지. 그러니까 스타니슬라스 선생님이 알리스의 생일에 스페인 산세바스티안에서 함께 주말을 보내기로 한 거야. 그래서 내 테니스 수업이 갑자기! 취소된 거고. 수업은 조금도 중요하지 않다는 듯, 마치 내가 라켓 뒷면으로 쫓아버리는 왕파리밖에 되지 않는 듯 말이야. 순간 컨버스화 밑바닥으로 처박히는 기분이었어. 나는 재빨리 내 방으로 올라갔어. 방문을 잠그고 혼자 울고 싶었거든. 하지만 그건 우리집 규칙상 엄격히 금지된 일이야. 이후 나는 저녁 내내 골이 난 얼굴을 하고 있었어.

6월 14일 그날 아침, 엄마한테 학교에 다녀오겠다는 인사도 않고 집을 나왔어. 왜냐하면 엄마의 행동이 치사한 배신으로 여겨졌거든. 사실 이렇게 말할 수도 있었잖아. “그건 안 되죠. 수업을 취소한다니 말도 안 돼요” 하면서 화내고 수업시간을 지켜냈어야지. 그런데 참 나! 엄마는 이렇게 말했어. “어쩜 이렇게 자상할까!” 하지만 선생님은 전혀 자상한 게 아냐. 오히려 멍청이 중의 멍청이, 가장 심각한 멍청이지. 어쨌든 나는 그 여자 때문에 선생님을 일주일 내내 못 보게 된 거야. (이제는 엄마를 원망하지 않아. 엄마가 그런 건, 손톱에 매니큐어를 칠한 멍청한 키다리 여자를 좋아하는 스타니슬라스 선생님의 역겨운 면모를 잘 모르기 때문이야. 엄마에 대해 품었던 못된 생각이 모두 후회스러워. 얼마나 엄마에게 용서를 구하고 싶은지 몰라……!)

그 차가 걸음을 멈추게 했어. 계속 비가 내려서, 귀신 들린 집 문 앞에서 잠시 비가 멎기를 기다렸었어. 그 집은 귀신 들린 집이라고 해. 그렇게 부르는 이유는 그 집에 사는 할아버지 때문이야. 까만 샛기둥들이 서 있는 집 정면에 요상하게 생긴 늑대 형상의 문장이 새겨져 있어. 그리고 그 할아버지는 지나가는 아이들한테 겁을 주려고 일부러 커튼을 흔든다든가, 덧문을 소리나게 쾅쾅 닫는다든가, 그런 짓을 해. 몇 년 전부터는 잘 안 통하지. 나도 이제는 그 할아버지를 보면 혀를 내밀고 약올려줘. 암튼 그건 그렇고, 소나기가 잦아들어서 다시 걷기 시작했어. 래리를 보기 위해 서둘렀어. 래리가 우리집에 온 지 이 주밖에 안 되었거든. 아직 아기라서 내가 있어줘야 했어. 그런데 실은 7점 받은 수학 시험지를 가지고 있었어(전체 평균점수를 엄청 깎아버릴 점수였지). 그래서 다시 늑장을 부리며 걸었어. 멋지게 짜둔 계획이 모두 엉망이 되어버렸으니 토요일에 무얼 해야 하나 생각하며, 길가에 난 키 큰 풀잎을 뜯었어.

까만 볼보의 소리가 들린 건 바로 그때였어.

자동차가 멀찍이 뒤에서 오고 있었지만 나는 관심을 기울이지 않았어. 가까이 와서 차가 속도를 줄이길래 고개를 돌려 쳐다보았어. 소나기를 맞아서 그런지 차가 엄청나게 깨끗하고 반짝였어. 휠이 꼭 보석 같았어. 차창이 스르르 내려가는 소리에 나는 발길을 멈추었어.

"얘야!"

운전석에 앉은 R가 내 쪽으로 몸을 내밀었어. 옆에는 '카트린'이

베이지색 플라스틱 케이지 안에 들어 있었어. 우리 래리 것이랑 거의 똑같이 생겼는데, 래리 건 밤색이야.

"방해해서 미안하구나. 내가 이 동네 사람이 아니라서 그러는데…… 여기 동물병원이 어디 있는지 아니?"

"고양이가 어디 아파요?" 나는 고양이를 더 잘 보기 위해 약간 다가서며 물었어.

R가 미소를 지었는데, 가지런하고 하얀 이를 드러내며 웃는 얼굴이 정말 착해 보였어. 천둥이 머리 위에서 또다시 울려대고 무시무시하고 푸르스름한 번개가 하늘을 갈랐어. 여기서는 종종 있는 일이야. 마치 자연이 누가 대장인지 모두에게 상기시켜주기라도 하려는 듯.

"내 고양이는 외출을 별로 좋아하지 않나봐! 이젠 먹이를 먹으려 들지도 않아. 벌써 며칠째야. 호텔에 물어봤더니, 멀지 않은 곳에 동물병원이 있다고 했거든. 그런데 길을 잃은 것 같아."

"네, 맞아요. 하나 있어요. 위알드 수의사님이 하는 병원요. 저기 앙글레에 있어요……" 내가 대답했어. 남을 돕는 걸 좋아하거든.

"아, 위알드 수의사, 바로 그 병원이야! 그런데 어느 쪽이지?"

그때는 이미 서로의 말을 알아듣기 힘들어서 고함을 지르다시피 했어. 비가 다시 정말 세차게 내리기 시작했거든. 내가 손가락으로 가리켰어.

"저쪽요. 곧장 직진하다가 그다음에……"

"잠깐만, 직접 좀 안내해줄 수 있겠니? 정말 어디가 어딘지 잘 모르겠구나. 게다가 날씨도 이래서. 나중에 너희 집까지 데려다줄게,

응, 좋지?" 그가 차창 너머로 큰 소리로 말했어. 하늘에서는 살라자르 씨의 소형 오토바이가 부릉대듯 천둥이 쳤고.

나는 약간 망설였지만 그렇게 시간을 끌지는 않고 대답했어.

"좋아요!"

'좋아요', 정말 이 말을 종잇조각처럼 마구 구겨서 쓰레기통에 처넣고 싶어. 보통 소문으로 떠도는 온갖 '괴담'을 들려주며 늘 조심하라고, 낯선 사람과는 말하지 말라고 엄마가 그렇게 귀에 못이 박히도록 말했는데, 그때는 단 한 순간도 엄마의 말이 머리를 스치지 않았어. 착해 보이는 R의 얼굴, 푸석한 머리와 반짝이는 자동차, 작은 케이지에 든 예쁜 삼색 고양이, 머리 위에 쏟아붓던 미친 소나기, 그리고 무엇보다—그중에서도 특히—스타니슬라스 선생님 때문이었던 것 같아. 선생님을 볼 수 있는 절호의 기회였으니까. 작가가 꿈인 선생님은 주중에는 보르도에서 문학을 공부해(이따금 상상해보곤 해. 언젠가 그가 책에 내 이야기를 쓰지 않을까 하고 말이야. 물론 내 놀라운 전도유망함을 말하는 거지. 미모와 대단한 지성에 대해서도!). 그때는 금요일 저녁이었고, 나는 그가 부모님 집에 돌아와 있다는 걸 알고 있었어. 그래서 위알드 수의사님을 보러 가면, 수의사님이 약냄새 나는 초록색 방에서 고양이를 치료하는 동안 그의 아들 스타니슬라스 선생님과 잠깐이라도 시간을 보낼 수 있을 거라 생각한 거지. 그 생각만 하며 아무 의심 없이 까만 볼보에 훌쩍! 올랐어. 정말이지 그때를 생각하면, 너무너무 어리석었던 그 순간의 나를 생각하면, 더이상 숨이 안 쉬어질 때까지 주먹을 물어뜯고 싶어져.

처음에 그는 정상적으로, 내가 알려주는 대로 차를 몰았어. 나는 무릎에 고양이 케이지를 올려놓고 격자 살 사이로 손가락을 집어넣어 카트린과 장난을 쳤어. 카트린은 정말 귀여웠어. 초콜릿 색깔의 커다란 두 눈은 캐러멜빛으로 반짝였어(우리 래리는 살쾡이 같은 고양이야. 회색 털에 호랑이무늬가 있고 눈은 반짝이는 형광 초록빛이야). 나는 그에게 고양이 이름이 뭐냐고 물었고, 그때 통성명을 하고 운전대 너머로 악수했어. 나는 '마디손'이라고 했고 그는 '라파엘'이라고 했어. 이유는 잘 설명할 수 없는데 처음으로 수상하다고 느꼈던 게 바로 그의 이름, 이 우연의 일치였어. 그런데 앙브룅네 집을 지나서 계속 직진해야 하는데, 그러지 않고 좌회전해서 좁은 길로 들어가는 거야. 그때부터 불안해지기 시작했어. 그에게 길을 잘못 들어섰다고 말했어. 그런데 그가 아무도 없는 휑한 교차로에서 갑자기 차를 세우더니 내 얼굴에 세제냄새가 나는 손수건을 갖다댔어. 너무 삽시간에 벌어진 일이라, 대체 어떻게 된 건지 하나도 알 수가 없었어. 쿵 소리가 났고, 이후로는 아무 기억도 없어.

내가 아는 거라고는 깨어날 때 든 느낌뿐이야.

처음에는 소리가 들렸어. 탁 탁 탁 탁 탁.

완전히 깜깜했어. 살아 있다고는 전혀 생각할 수 없을 정도로 깜깜했다는 말이야. 이런 걸 절대적이라고 하지. 몸을 일으키려 했지만 팔꿈치가 무언가에 부딪혔어. 이어서 머리도, 또 다리도. 옆으로 누워 있었기 때문에 바로 눕기 위해 몸을 돌리려고 했어. 그런데 또 부딪혔고, 탁 탁 탁 하는 소리가 더 빨라졌어. 탈수중인 세탁기

속에 갇혀 있는 듯 완전히 깜깜한 상태에서 주변이 진동하기 시작했어. 거의 움직일 수 없었고, 게다가 누워 있는 판이 몸을 너무 스쳐대서 살이 타는 듯 쓰라렸어. 나는 '이건 말도 안 돼, 이건 현실이 아냐, 이건 현실이 아냐' 하고 생각했어. 정말로 악몽을 꾸고 있는 듯했어. 그런데 조금 지나자 무슨 일이 있었는지 기억이 나기 시작했어. 소나기, 스타니슬라스 선생님, 고양이…… 그리고 그때 상상할 수 없을 정도로 무서운 바람이 불었어.

나는 까만 볼보의 트렁크 안에 있었던 거야.

마취제 때문에 머리가 요요 놀이를 하듯 어지럽고 숨이 막히기 시작했어. 숨쉬는 법을 잊어버린 것처럼 호흡하기가 힘들었어. 자갈이 깔린 길 같았어. 몸이 바람에 흔들리는 밀처럼 흔들렸거든. 다만, 지평선도 밀밭도 없고 그저 칸막이벽뿐이었지만. 나는 그 벽 안에 쓰러져 있었고, 쓰러져 있는 일 외에 달리 할 수 있는 게 없었어. 나는 시간개념을 잃었어. 도대체 몇 시간을 이렇게 달리고 있는 건지, 우리집에서 얼마나 멀리 떨어졌는지 알 수가 없었어. 힌트가 될 만한 소리를 들으려고 애썼는데, 어느 순간 기찻길을 지나가는 것 같았어. 종소리 같은 게 났고 자동차가 멈췄거든. 하지만 확실하진 않아. 머릿속에서 핀볼 게임기의 공들처럼 질문이 굴러다니기 시작했어. R는 누구일까? 원하는 게 대체 뭘까? 나는 죽는 건가? 내가 무슨 나쁜 짓을 했다고? 어디로 가는 걸까? 트렁크 안에 공기는 충분할까? R는 텔레비전 뉴스에 나오는 사람들처럼 잔인한 자일까? 그런데 왜? 그래, 다른 무엇보다도 바로 이 질문, 왜 하필 나지?

이 모든 물음에 답을 찾지 못했어. 한 가지만 빼고. 자동차 트렁크 안에는 공기가 충분하지 않다는 거. 그래서 결국 기절했어. 다시 깨어났을 때는 시멘트 천장에 철망을 씌우고 차고 실내등을 단 이 방의 야전침대에 누워 있었어. 그때 깨어나자마자 토하고, 토하고 또 토했어. 죽을 때까지 구토가 멈추지 않을 것만 같았어. 끊임없이 쓰레기를 토해내는 쓰레기 처리관을 삼키기라도 한 것처럼. 나중엔 목에서 불이 난 듯 열이 났어.

이제는 마치 극장에서 영화를 보는 것처럼, 나의 '유괴' 장면을 거리를 두고 천천히 다시 볼 수 있어(실제로는 모든 일이 순식간에 일어났던 것 같지만!). 단, 흑백으로밖에 보이지 않아. 이-길-끝에-있는-나, 그건 할아버지가 본 세상과 비슷해. 이전에는 색깔이 없는 세상은 어떨지 상상하기 힘들었어. 물론 할아버지가 출간한 책과 사진들, 할아버지가 쓰는 용어로 그분의 '작업'을 통해 볼 수 있지만, 사진에는 움직임이 없기 때문에 달라. 어쨌든 우리가 사는 세상과는 같지 않아. 할아버지에 대해 이야기하자면 길지만 어쩔 수 없이 잠시 옆길로 새야 할 것 같아! 할아버지는 아주 희귀한 선천성 눈병을 앓았어. '전색맹'이라고 하는 일종의 색맹이야('전색맹'이라는 단어를 생각해내는 데 얼마나 오래 걸렸는지 넌 모를 거야!). 이 때문에 빨간색이 회색으로 보이고, 파란색이 회색(하지만 약간 다른 회색)으로 보이고, 보라색도 회색(약간 밝은 회색)으로 보이고, 풀도 회색으로, 꽃도 회색으로 보인대(아주 재밌겠지. 동화에 나오는 공원처럼 말이야. 약간 무서울 것 같지만). 딸기 케이크도 회색으로, 하늘도 회색으로(해가 떠 있을 때도 그렇대), 그러니까 세상의 모든 것이 회색인 거야. 이 병은 유전인데, 발병 확률이 사만 명 중 한 명이래. 그러니까 재수없으면 걸리는 병이지! 증조할머니(증조할머니는 할아버지를 낳고 돌아가셨대. 할아버지가 설명했듯이 그때는 병원이 한푼의 값어치도 없는 형편없는 곳이어서 그랬대)가 그 유전자를 가지고 있었던 거야. 구글 검색창에 '색맹'을 찾아본 적이 있어서 이 주제에 대해선 잘 알고 있는 편이야. 이제부터 유전에 대해 짧은 강의를 해줄게.

여자	남자
XX	XY

색맹은 X염색체에 들어 있어. 이건 부모 중 한쪽이 이미 색맹 X염색체를 보유했다는 뜻인데, 그것도 세 가지 선택지 중에서 그 X염색체를 물려받았다는 의미야. 내 말뜻을 이해한다면 내가 왜 '재수없으면 걸린다'고 했는지 알 거야. 여자의 경우에는 아버지의 색맹 염색체와 어머니의 색맹 염색체를 둘 다 받아야 해. 그런데 무니할머니는 멀쩡한 두 X염색체 덕분에 총천연색을 보았어. 그만큼 엄마가 색맹일 가능성은 거실에서 흡혈박쥐를 만날 가능성만큼이나 희박하다는 거야. 만일 엄마가 흑백만 보는 색맹이었다면 내 패션에 대해 덜 간섭하고 덜 귀찮게 했겠지! 아무튼 넘어가자. 사실 할아버지는 색맹을 그리 불편하게 여기지 않았어. 아마 색맹이 아니었다면 사진작가가 되지도 않았을 거야. 대신 증조할아버지의 잡화점을 물려받았겠지. 증조할아버지는 내가 태어나기 한참 전에

폐렴으로 돌아가셔서 본 적이 없어(내 모자들을 생각해보면 참 안타까워. 나만을 위한 잡화점이 있다면 얼마나 좋을까!). 그런데 할아버지가 사진작가가 아니라 잡화상이 되었다면, 손님들이 수많은 실패 중 보라색 실패를 달라고 할 때 얼마나 곤란했을까? 할아버지는 늘 당신에게 '굉장한 능력'이 있다고 말했어. 그래서 어렸을 때는 할아버지가 스파이더맨이라도 되는 줄 알았어. 밤이 되면 세상을 카메라로 포착하기 위해 허공에 하얀 섬광을 발하며 지붕에서 지붕으로 뛰어다니는 스파이더맨. 나는 할아버지가 사진을 찍을 때마다, 작은 마술상자 속에서 찍은 대상이 다시 만들어진다고 생각했었어. 집을 찍으면 작은 카메라 상자 안에 아주 작은 집이 생기는 거라고. 또 바다도 아주 작아지는 거라고 생각했지. 서핑을 즐기는 서퍼들도 작아지고 서핑보드도 성냥개비처럼 줄어드는 거라고. 그래서 내 사진을 찍지 못하게 했어. 내가 아주 작게 축소되어 평생 카메라 속에 갇혀 있을지도 모른다는 생각에 무서웠거든. 정말 끔찍한 생각이었지. 한번은 할아버지가 팔미르 동물원에 가서 코끼리 사진을 찍었어. 나는 그 미니 코끼리를 무척 갖고 싶었어. 코끼리를 주머니에 넣어 학교에 데려가는 모습을 상상해봤지. 코끼리에게 서커스를, 자 위에서 미끄러지기나 트램펄린을 타듯 스테이플러 위로 뛰어오르기를 가르칠 수도 있겠다고 생각했어. 그래서 코끼리를 카메라에서 빼내려고 했어…… 그러다가 할아버지가 가장 아끼는 라이카 카메라를 망가뜨렸어. 그때 할아버지가 얼마나 화냈는지 넌 상상도 못할 거야. 하지만 나중에는 순순히 사진을 찍게 되었어. 카메라가 어떻게 작동하는지 할아버지가 설명해줘서 어떤 위험도 없다는 걸 잘 이해했거든(사실 그때 약간 실망했었어. 나탕 자조가 산타클로스 할아버지는 말도 안 되는 뻥이라고 말했던 날처럼 말이야. 아무튼 넘어가자). 할아버지가 내 사진을 실은 책을 만들기 시작하던 날의 아침이 지금도 생각나. 햇빛이 하도 쨍쨍해서 통구이가 될 것 같은 더운 날이었어. 무니 할머니가 돌아가신 지 얼마 안 되었을 때야. 아마 두세 달쯤 지난 뒤였을 거야. 전에는 할아버지가 여행을 많이 했어. 특히 전쟁이 난 나라에 자주 갔어. 그게 할아버지의 직업이었거든. 그럴 때면 우리는 텔레비전 위성중계 뉴스를 하루종일 봤어. 그리고 무니 할머니는 종종 눈물을 흘렸지. 할아버지는 진짜 엄청나게 잘생겼어. 이제는 늙었지만, 옛날 첩보영화에 나오는 배우들처럼 분위기 있어. 언제나 회색 면바지에 빛나는 단화, 리넨 재킷 차림. 또 눈이 파란데 너무 파래서 머릿속에 무슨 생각이 오가는지 다 보이는 듯해. 마치 바닷가 물웅덩이 속에서 움직이는 게를 관찰하는 것처럼 말이야. 아무튼 넘어가자. 무니 할머니가 돌아가신 뒤로 할아버지는 더이상 여행을 떠나지 않았어. 대신 나를 사방에서 찍어대기 시작했지. 그게 바로 '삶은 계속된다'고 말하는 할아버지의 방식이었어. 내가 세상의 미래라고 언제나 말했던 걸 보면 말이야. 비록 나는 그게 무슨 뜻인지 통 이해하지 못했지만. 내가 일곱 살 때부터 열 살 때까지 할아버지는 내 사진을 이백 장이나 찍었어. 생각해봐! 이백 장이나! 그러니까 나를 볼 때마다 사진을 찍은 셈이지. 사진 찍기는 대체로 재밌었어. 왜냐하면 내 옷이랑 내가 만든 모자를 모두 다 꺼내서 걸치고 찍었거든. 전부 흑백으로 찍을 거라서 내가 아무리 이상한 색깔의 옷차림을 해도 할아버지는 개의치 않았지. 변장하기란 참 재미있는 일이야. 정말 중요한 한 가지를 생각하지 않는다면. 언젠가 아주 많은 사람들이 번쩍거리는 종이에 인쇄된 내 모습을 페이지마다 볼 거라는 사실 말이야. 할아버지가 도쿄에서 찍었던 초등학생들처럼. 이 점에 말할 수 없이 자부심을 느꼈어.

열두 살 생일에 할아버지가 나를 일본에 데려간다고 약속했었어. 물론 히카리네 집도 방문할 생각이었지. 그건 내 일생일대의 여행이 될 거였어. 나는 비행기를 타본 적이 없어. 일본도 처음 가보는 거였고. 그런데 이제는 히카리의 편지에 통 답장을 하지 못하니 그애가 날 미워할 게 틀림없어. 이 생각을 하면 똑바로 설 수 없을 때까지 빙빙 돌고 싶은 생각뿐이야. 난 아직 경험해보지 못한 게 너무 많은데……!

작년에 책이 출간되었을 때 할아버지는 출판계 사람들 용어로 '초판'을 내게 선물했어. "내 삶을 다채롭게 해준 트위스트에게." 이렇게 대문자로 적어서 줬지. 할아버지는 종종 대문자로 글을 쓰는데 그 이유를 물었더니 크게 웃으면서 그러면 '남성적'으로 보인다는 거야. 그래서 '남성적'이 무슨 뜻이냐고 물었더니 '강하다'는 뜻이래. 그래서 나도 아주 강한 것은 대문자로 써. 할아버지의 책 겉장에는 내가 아홉 살이던 어느 날, 걸어서 소풍을 갔던 푸른 호숫가에서 찍은 사진이 있어. 그땐 정말 추웠어. 아주 높은 지대였거든. 호숫물이 눈처럼 차가워서 숨이 끊어지는 것 같았어. 그때 엄마가 할아버지와 싸웠어. 내 입술이 완전히 새파래진 걸 보고, 할아버지 때문에 내가 병나게 생겼다고(엄마는 내가 병날까봐 늘 걱정하는

데, 나는 결코 병나지 않아). 멋진 사진이야. 이제는 모든 사람들이 나를 기억하도록 사진을 봐주면 좋겠어. 스타니슬라스 선생님에게 주는 책에는 청록색으로 이렇게 썼어. "테니스 코치 중 가장 특별하게 멋진 선생님께—M. E." 화살이 꽂힌 작은 하트도 그려넣었어. 선생님은 아주 기뻐했어. 나를 번쩍 안아올리며 '내 학생 중 가장 특별하게 멋진 학생'이라고 했어. 그날은 정말이지 내 인생에서 가장 멋진 날이었어.

아무튼……

이따금 나는 R가 이 책을 아는지 궁금해. 하지만 그에게 물어보는 건 당연히 불가능하지.

(그가 오고 있어.)

사랑하는 나의 인형들에게

나는 일평생 도망칠 줄만 알았다.

일상으로부터 도망치기. 나 자신이 가족보다 더 가치가 있기라도 한 것처럼. 그 모든 여행, 현지 탐방, 야영지, 호텔과 공항……! 전차와 무거운 하늘, 죽음을 불멸로 만들었던 그 오랜 시간……!

내 직업이 증오스러워.

너희의 사랑은 나의 족쇄.

내 여자들은 나의 족쇄.

내 가정은 나의 족쇄였지.

그러나 그 모든 자유는 우스꽝스럽다! 나의 큰 야심 또한 우스꽝스럽다!

물론 나 자신이 남자인 줄은 알았지만 남자가 있어야 할 자리에 있지 않았고, 늘 모든 것을 한꺼번에 가지려는 어린아이일 뿐이었다. 영웅주의의 환상은 그토록 편하건만, 삶은 얼마나 힘든가!

내가 원했던 건 그저 너희 곁에 있고, 너희 곁에서 살고, 너희 곁에서 죽는 것임을 너희 엄마가 죽은 뒤에야 깨달았다. 그 점을 깨닫기까지는 너희 엄마의 죽음이 있어야 했다. 평생토록 나는 허무 이상의 무언가를 창조하려 했다. 그러나 허무가 이겼다. 평생토록 의미를 찾아다녔지만, 아무것도 찾지 못했다. 하지만 그사이, 너희 엄마는 죽었다. 나는 사랑한다는 말을 하지 못했는데. 그 긴 세월 동안 사랑한다고 말하지 못했는데—이 명백한 사실을! 명백한 사실을 말하는 게 무슨 소용인가 생각했지!

늘 그렇듯이, 내가 잘못 생각한 거였다.

너희는 나의 나라, 하지만 세상이 너무나 광대해서, 너희가 바로 그 세상이라는 걸 깨닫지 못했다. 갇히는 것을 두려워했건만, 바로 나 자신에게 묶여 있었다!

나는 너희(마디손)를 속이려 했는데 미숙하게도 속은 건 나였다. 레오노르는 춤, 움직이는 동작마다 음악이 흐르는 춤. 나의 트위스트, 나의 세번째 인형인 트위스트와 함께라면 나는 인생을 다시 살 수 있을 것 같았다.

하지만 사람들이 트위스트를 빼앗아갔다.

사람들이 트위스트를 빼앗아갔어. 그런데 어쩌면 트위스트의 말이 옳은지도 모르겠다. 그애가 말한 대로 어쩌면 아이는 나의 렌즈에 포착되어 종잇조각으로 축소되었는지도 모르겠다. 아이가 (입자로, 소립자로) 너무 작아져서 더이상 알아보지 못하는 게 아닐까……?

나는 안다, 그들이 무슨 말을 하고 있는지 알아(그들의 수사! 그들이 일으키는 바람!), 나는 알아. 하지만 그들은 아무것도 모르지.

전혀 색이 없던 것을 어떻게 더 퇴색시키겠는가?

어둠 속에서도 같고 / 빛 속에서도 마찬가지인 것을.

나의 인형들아, 끊임없이 최악은 최악을 능가한다.

어떻게 살아야 할지 모르겠다. 애써보지만, 이제는 아무 가치도 없다.

나는 두렵지 않다—평생 무지했던 늙은이의 마지막 반항!

나는 삶을 사랑했다. 너무 사랑했기에 과하게 즐기다가 병이 난 거다. 그래서 오늘, 더는 살 가치가 없다고 내 마음과 영혼은 판단했다. 무한의 세계로 떠나기로. 지옥에서 얼어붙거나, 하느님의 은총으로 성녀 루치아를 만나 용서를 빌기로.

미안하다,

언제나 다른 곳에 있었던 게

미안하다,

너희를 너무 서툴게 사랑한 게

미안하다, 하지만 내 마음은
저 사막들 / 들판들 / 점령된 도시들을
헛되이 가로지르며
모든 길 끝에서 갈피를 잡지 못하겠구나.
나는 결코 아무것도, 아무것도 이해하지 못했지만,
어쩌면 오늘에야 필요한 일을 하는 건지도 모르겠다.
처음으로
꼭 해야 하는 일을 하는 건지도,
그리고 시간 너머 그리고 어두운 밤들 너머
(나의 인형들아),

나는 언제나 너희 아버지다.

게타리
11월 2일
9도, 하얀 하늘, 검은 바다

사랑하는 딸에게,

일 년 반 만에 처음으로 네가 없어서 다행이라고 느꼈어. 내가 하고자 하는 말은 정확히 이게 아니란다.

정말.

네가 결코 내 편지들을 읽지 못하리라는 걸 알아. 언젠가 너를 무사히 되찾는다면(결코 포기하지 않을 거야, 마디. 나를 포기하게 하려면, 네 시신을 문 앞까지 가져오라고 해! 가져오라고!), 나는 이 편지들을 벽난로에 태워버릴 거야. 네가 내 품안에 있는데 이 모든 말이 더이상 무슨 의미가 있겠니.

너는 이 편지들을 결코 읽지 못할 테지만 난 진실을 전해줄 거야. 꾸미지 않은, 더럽고, 슬픈, 있는 그대로의 진실—그래, 마디,

정말로 더러운 것, 이게 진실이야.

시적인 것은 없어.

그 사람, 네 할아버지, 나의 아버지는 아마도 당신의 행동을 시적이라고 생각했던 것 같다! 용기 있다고! 예술적이라고! '마지막 반항'이라고 썼더구나. 그것도 만성절* 날……! 상징적이지—할아버지는 상징에 편집광처럼 집착했어! 언제나 이기적이고 언제나 당신만을 생각했지, 아버지는! 위대한 휴머니스트 같은 연설을 하고서! 그런 예술을 하고서! 이런 결점이라니! 시적이라고?! 그저 화만 난다! 얘야, 너무 화가 나서 폭발할 것 같아—둑이 터지듯 터져버릴 것 같다고, 이해하겠니? 터질 것 같아!

엔진오일로 켜는 구식 조명 아래 엎어져 있는 의자가 시적이니?

창고 깊숙한 곳에 마리오네트 인형처럼 줄에 대롱대롱 매달린 몸뚱이가 시적이야?

교수대 같은 미닫이문이 시적이야?

T자형 지주—와 뒤집힌 눈이 시적이야?

맙소사, 시적이라니!

우스꽝스럽다고, 맞아! 딱 어울리는 말을 찾아내셨네, 우스꽝스럽다! 아버지의 인생 자체가 우스꽝스럽지! 우스꽝스러움은 무해하다고 내가 말했나?!

나 역시 동감이야.

'늘 그렇듯이, 내가 잘못 생각한 거였다.'

---

* 가톨릭교에서 하늘에 있는 모든 성인을 흠모하고 찬미하는 축일.

내가 어렸을 때 어머니는 줄곧 한숨과 눈물 속에 살았단다. 가슴 졸이며 텔레비전 뉴스를 지켜보고, 아버지한테 오는 전화와 편지를 기다리며. 그리고 아버지가 집에 있을 때는 아버지의 일거수일투족을 살폈어. 새 정부를 어디 숨겨두었는지, 언제 어떻게 만났고, 여자가 몇 살인지 알아내기 위해.

하지만 나는 그런 아버지를 사랑했다. 우리가 이해하지 못하는 것을 끈질기게 사랑하듯이, 나는 아버지를 사랑했어.

우리는 그를 사랑했어.

우리는 그를 사랑했어, 거의 내가 너를 사랑하는 만큼이나.

거의 그만큼 사랑했어.

그런데 할아버지와 너는 차례로 사라졌어. 공을 던져 인형을 쓰러뜨리는 놀이에서처럼.

아버지와 함께 거실에서 작은 상자들 안에 필름을 정리하던 밤. 암실 앞에서 아버지가 나오기를 기다리던 낮. 막상 암실에서 나왔을 때, 아버지는 우리를 무심하게 보았지. 아버지가 가져온 그 모든 물건들, 우리가 결코 본 적도 먹어본 적도 없는 음식들. 다트 놀이, 당구 모임, 그리고 활쏘기! 여름 호숫가의 아침, 아버지의 줄무늬 반바지, 화사해진 엄마. 엄마는 한 걸음도 놓치지 않고 우주의 신인 그를 눈으로 좇았지. 그리고 다른 곳의 모습들. 꿈꾸게 했던 풍경들. 세상은 그토록 넓은데, 우리는 음식을 제공하는 모든 일상의 중심인 바보 같은 파리의 아파트 안에서만 빙빙 돌았지. 우리는 아버지와 조금이라도 더 같이 있기 위해서라면 굶기도 마다하지 않았을 텐데! 그리고 아버지가 한 마디만 했어도, 단 한 마디만 했어도 우리는 당신을 따라나섰을 거야. 단 한 마디만 했어도 우리는 어디든, 어떻게든, 어떤 대가를 치르든 당신을 따라가기 위해 모든 것을 버렸을 거야. 당신과 함께 있기 위해서!

하지만 아버지는 결코 그런 말을 한 적이 없었어.

아버지가 할 줄 알았던 말은 그저 '잘 있어'가 다였어.

이번에도 역시 아버지는 성공적으로 해냈지.

내가 널 사랑한다는 걸 결코 잊지 마라.

고아가 된 엄마가

무인도

“테니스 코치 중 가장 특별하게 멋진 선생님께!”

루이종은 내 침대에 묘한 자세로 누워, 헬륨 풍선 같은 부츠를 신은 발을 올려 벽에 대고, 책은 작은 양산처럼 얼굴 위로 들고 있었다. 내가 작은 골무 모양 흰색 잔에 보드카를 여러 잔째 따르고 있을 때, 그녀가 얼굴을 돌려 나를 바라보았다.

나는 미소를 짓고 담배에 불을 붙였다.

“아이가 날 좀 좋아했던 것 같아.”

“어렸을 때 나는 투르넬 씨라는 음악 선생님을 좋아했는데.” 그녀는 원래 자세로 돌아가며 말했다.

“중학교 2학년 때였어. 장담하는데 진짜 랭보 판박이였어. 눈은 회색에 머리는 까맣고 머리 모양은 군바리 같았어. 너랑도 약간 비슷했던 것 같아! 그 선생님한테 푹 빠져 있었는데. 내가 처음 자위를 한 게 언제인지 궁금해? 바로 그를 생각하면서 시작했지."

나는 술잔에 든 싸구려 술을 저으며, 그녀가 결국 어쩌자는 것인지, 나를 자극하려는 것인지 아니면 단지 술에 취해 그러는 것인지 생각해보았다. 하지만 자기 이야기를 마음먹고 들려주려는 듯 보였기에 라디에이터에 등을 기댄 채 바닥에 앉았다.

"그 무렵 언제부턴가 긴 베개를 다리 사이에 끼고 잠들곤 했어. 이렇게, 알지? (그녀가 내 베개를 넓적다리 사이에 고정했다.) 물론 기분이 좋기는 했지만 아직 별다른 느낌은 없었어. 중학교 2학년 친구들이랑 나눌 이야기는 아니었지. 무슨 말인지 알 거야…… 생각해보면 지금도 얘기할 건 못 되지. 이 문제에 관해 여자애들이 얼마나 공주처럼 내숭을 떠는지 못 봐주겠다니까! 안 그래?"

"그래." 내가 내뱉었다. 그녀의 다리 사이에 끼어 있는 베개에 정신을 빼앗겨 달리 무슨 말을 해야 할지 몰랐다.

"밤이면 이런 상상을 하곤 했어. 내가 시골 여자인데 잔인한 해적 무리에게 납치되어 완전히 발가벗겨져 유리 관에 갇혀 있는 거야—이게 당시 주로 떠올리던 환상이었어. 이유는 묻지 마. 이상하게 유리 관이 나를 흥분시켰어. 그냥 그렇다고. 해적 상상을 하면서 내 몸을 만졌지. 해적들에게 강간당하지나 않을까 두려움에 떨고 있을 때, 바로 투르넬 선생님이 바다에서 난파당한 사람처럼 다 떨어진 넝마를 걸치고 나타나는 거야. 바람이 불어 넝마 조각이 날릴 때마다 구릿빛 가슴팍을 드러내며, 유리 관 위로 다가오는 거야. 나는 투명한 유리 관 너머로 마치 입맞춤이라도 할 듯 그의 얼굴이 기울어지는 것을 봐. 그가 완전히 발가벗은 나를 보고 있다는 걸 알아. 그 상황이 정말 거북하면서도 단연코 내가 가장 좋아하는 장면이었지. 그 순간 다리 사이에 끼고 있던 긴 베개를 더욱 조였더니, 단번에 오른 거야, 폭발 같은 절정에! 분명히 말하는데, 그러고는 그대로 기진맥진해버렸어. 그 정도로 강렬했어. 내가 병이 난 건 아닌가 생각할 정도였어. 그때까지 알고 있던 어떤 느낌과도 전혀 달랐어……"

그녀는 잠시 말이 없었다. 기억의 통로를 헤매는 듯 보였다. 나는 무얼 해야 하는지 아무 생각도 없이 그녀에게 시선을 고정하고 있었다. 그녀를 덮칠까 진지하게 고려해보기도 했지만 두려움에 온몸이 마비되어 조금도 움직일 수 없었다. 다른 여자들과는 모든 게 얼마나 쉬웠던가! 언제나 모든 게 너무 쉬웠다! 루이종은 내가 몇 년간 수동적인 여자들에게 저지른 파렴치한 짓에 대한 벌, 일종의 군대식 고문—물고문, 능지처참, 내장 적출—이었다. 게다가 견딜 수 없이 토하고 싶었다. 보드카를 너무 많이 마셔서인지, 아니면 단지 그녀 때문에 현기증이 나서인지 분간이 되지 않았다. 별안간 루이종이 다리 사이에 끼고 있던 베개를 빼내더니 반대편으로 내던졌다.

"이젠 그게 습관이 되어버렸지 뭐야. 그러니 나는 덜 정상적인 생각을 하는 셈이지! 나이든다는 건 슬픈 일이야." 그녀가 한숨을 쉬며 말했다.

"날 자극했던 건 '트루아 스위스'의 카탈로그였어. 특히 속옷 페이지…… 하지만 네 이야기가 훨씬 멋지다는 걸 인정해야겠다!"

"아, 맞아! 내가 좋아하는 건 생활용품 페이지인데. 거기에 덜도로 볼을 마사지하는 깔끔한 부인들이 나오잖아!"

"맞네. '마사지 기구'라는 설명이 붙어 있지!"

그녀는 보드카를 들이켜기 전에 우스개 삼아 말했다.

"맞아, 마사지 기구! 참 완곡한 표현이지! 그런데 너 같은 애송이 변태들은 현대세계의 자질구레한 문제를 너무 일찍 배우면 안 되는데……"

음반이 멈추었다. 나는 쳇 베이커를 내려놓고 에디 루이스를 올렸다. 그러고는 욕실로 가서 세수를 했다. 거울 앞에 서서 비정상적으로 붉어진 피부를 보며 시근거렸다. 푸르스름한 타일 바닥이 빛을 반사해, 피부에 곰팡이가 슨 것처럼 반점이 어려 더욱더 끔찍해 보였다. 정신을 차리고 고상한 척하는 표정으로 욕실에서 나왔을 때 루이종은 다시 『트위스트』를 집어들고 조심스레 책장을 넘기고 있었다. 그녀는 눈길 한번 주지 않고 책에 몰입했다—아니면 그런 척했거나. 나는 열등생처럼 제자리로 돌아가 라디에이터에 등을 기대고 앉아 그녀를 관찰했다. 그녀는 장마다 한참씩 들여다보며 근면한 학생의 태도로, 금발 앞머리 아래로 눈을 굴리며 프랑시스 카프드비엘의 사진을 열심히 살폈다. 저녁식사 때 그녀가 비록 초짜이기는 하지만 사진을 찍는다는 것을 알게 된 터였다. 그러나 자기의 예술에 대해 알려주긴 했어도 약 팔 개월쯤 뒤 내 파멸의 원인이 될, 유리창 뒤편 작업실들에서 진행되는 일에 대해 이때는 아무것도 털어놓지 않았다.

"헬무트 뉴턴이 색맹이었다는 거 알아?" 그녀가 마침내 입을 뗐다. "그는 그 사실에 엄청 자부심이 있었어. 이 말을 늘 입에 달고 살았지. '색맹이라고 해서 내가 보지 못하는 것은 전혀 없다!'"

나는 거의 무의식적으로 자리에서 일어나 침대 위 그녀 곁으로 가 앉았다. 우리는 책의 마지막 장을 함께 보았다. 마디손은 나풀거리는 원피스를 입고 잔뜩 멋을 부린 나선형 모자—마디손이 손수 만든 것 중 하나인 듯했다—를 쓰고 낚싯줄에 매달린 물고기처럼 나무에 매달려 있었다. 사진 배경에 희미하게 보이는 우리집 연장 창고를 나는 알아보았다. 루이종이 눈을 들었다.

"그래서, 죽었어? 카프드비엘 말이야."

"자살했어."

"이것 때문에? 이 책?"

"모르겠어…… 아마 그 이유도 있겠지. 경찰의 수사를 지켜보며 그분은 손녀를 찍은 사진들이 누군가를 자극했다고 생각했던 것 같아. 사진집이 없었다면 아무 일도 일어나지 않았을 거라고. 매우 강직하고 곧은 분이었는데. 약간 지나친 점도 없지 않았지만……"

"내가 보기엔 그저 손녀를 잃고 너무 불행했던 사람 같은데. 이 사진들을 보면 얼마나 손녀를 사랑했는지 알 것 같아…… 끔찍한 사랑 없이는 아무도 이런 작업을 할 수 없지."

그녀의 요구로 마지막으로 쓴 내 단편을 보여주었다. 전쟁으로 황폐해진 이름 없는 오지에 사는 어느 여자에 대한 이야기였다. 나는 그녀에게 예술적 감수성이 있음을 이미 알아챘지만, 그녀는 『트위스트』를 보고 매우 깊은 감동을 받았다. 그때 그녀가 울면 어쩌나 잠시나마 걱정까지 했던 것 같다. 루이종은 사람들에게는 관심이 없었지만 일단 예술이 주제가 되면 매우 예민하게 반응했다. 첫

날 저녁, 나는 그녀가 겉으로 보여주는 모습이 전부가 아니라는 걸 알았다. 그래서 우리 관계가 이어지는 시간 내내 이 순간의 기억에 집착했다. 자기 자신을 더 잘 보호하기 위해 세상을 향해 쌓았던 아이러니의 방벽 뒤로 마음이란 것이 나타났던 이 순간.

"이거 빌려가도 돼?"

"응, 대신 조심해서 다뤄야 해, 알았지? 아주 아끼는 책이거든."

"알았어, 약속할게."

나는 책상 서랍에서 큰 봉투를 꺼내 책을 담아주었다. 그녀는 『트위스트』가 든 봉투를 까만 가죽가방에 챙겨넣고 미소 지었다. 솔직하고 어딘가 짓궂은 데가 있는 미소, 바로 그녀의 미소를. 이어서 약간 당황스러운 방식으로 분위기를 풀려고 시도했다.

"너 사람들이 장례식 후에 미친듯이 섹스하는 거 알아?"

"타나토스와 에로스, 삶 자체가 대학살이지." 내가 동의했다.

"어, 뭐라고?"

"수천의 정자가 죽고 그중에 유일하게 살아남은 정자 덕분에 지금 우리가 존재하는 거야. 그리고 우리의 세포는 매일 자멸하고 있고…… 일종의 집단 자살 같은 거지, 뭐!"

나는 마지막 잔에 술을 따르기 위해 몸을 일으켰다.

"괴상하게 들릴 수도 있지만, 생각해보면 우리는 세상에 자손을 낳으면서 죽음을 만들어내는 셈이야."

루이종이 웃기 시작했다.

"너, 말을 늘 그런 식으로 하는 거야, 아니면 내게 강한 인상을 남기려고 그러는 거야?"

"이봐, 친구, 이건 간단한 생물학이야. 우리는 죽기 위해 태어나는 거라고…… 일종의 조약처럼."

"그럼 네 말대로라면, 섹스란 죽음에 대한 도전인 거네?"

"어쨌든 죽음을 받아들이는 거지. 조약에 서명하는 거야. 죽는 인간을 낳을 가능성에."

나는 그녀에게 술잔을 건넸고, 그녀는 보드카 잔을 들어 보였다.

"죽음과의 조약을 위하여."

나도 그녀처럼 잔을 들어올렸고, 우리는 건배를 했다.

"죽음과의 조약을 위하여."

우리는 운명에 서명한 것을 단숨에 들이켰다. 머리 위로 마디손의 그림자가 드리웠다. 침대에 펼쳐진 열 살 마디손의 얼굴이 우리를 쳐다보는 듯했다. 바로 그 순간, 늘 생각해왔던 바와 반대로, 마디가 살아 있다는 생각이 불현듯 들었다. 어떻게 설명해야 할지 모르겠지만 느닷없이 그런 생각이 들었다. 그러니까 나는 그 점을 확신했다.

이 기묘한 확신에 혼란스러워하며 나는 벌써 여러 대째인 말보로 담배에 불을 붙였다. 캐러멜 반죽이 늘어나듯, 금빛으로 물든 침묵이 흘렀다. 루이종은 다시 누워 천장에 시선을 고정했고, 그 시선은 침대 위 하얀 회반죽 벽면을 가로지르는 긴 균열 속에서 길을 잃었다.

"그런데 어떻게 생각해?" 잠시 후 그녀가 걱정스러운 표정으로 팔꿈치를 괴고 몸을 일으키며 물었다.

"뭘 어떻게 생각해?"

"뭐긴 뭐야, 내 머리카락이지! 보아하니 내 머리를 염탐하는 것 같은데……!"

"좋아."

"얼마나 좋은데?"

나는 곰곰 생각하는 척하다가 피레네산맥이라도 끌어안을 기세로 양팔을 한껏 벌렸다.

"이만큼 좋아."

"그래, 그럼 됐어!" 그녀가 흡족한 표정으로 말했다. 그러고는 벽에 다시 두 발을 올렸다.

*

그날 밤 우리는 죽음에 도전하지 않았다. 그녀는 그냥 떠났다. 입맞춤조차 하지 못했다. 솔직히 말하자면, 시도조차 못했다. 그럴듯한 구실로, 예를 들면 보드카와 자전거는 정말이지 상극이라는 이유로 그녀를 잡아두려 해보았지만 전혀 통하지 않았다. 그래도 그녀의 휴대전화 번호를 얻는 데는 성공했다. 굵고 까만 목탄 글씨로 어설프게 적힌 번호가 책상 위에 군림하고 있었다. 행여나 지워지지나 않을까 싶어 건드리지도 않았다. 그리고 다시 옮겨 적지도 않았다. 마치 그것의 비영속성, 바람이라도 불면 변해버릴 듯 여리디여린 숫자들이 보이는 불확실성이 좋다는 듯이.

나는 조개관자 펜네 접시를 닦고, 다음번을 위해 원룸을 정리하고(내가 보이기 창피한 자질구레한 물건들을 감추는 동안 루이종은 문 뒤에서 기다리며 큰 소리로 웃었다), 샤워를 했다. 샤워기 아래서 그녀를 생각하며 야만스럽게 자위를 했다. 그러고는 곧 잠들지 못하고 부모님한테 전화하고 싶어졌던 게 지금도 기억난다. 아버지의 침묵으로 표현하는 비난과 어머니의 불안해하는 잔소리에 지레 질려버리는 나로서는 아주 드문 일이었다. 부모님한테 전화하고 싶다니, 무슨 말을 하려고? 모르겠다, 기억나지 않는다. 아마 그분들 역시 젊었을 때 이 조약에 서명했다는 데 감사하고 싶었던 것 같다. 죽음을 피할 수 없고, 불완전하며, 잠재적으로 불행하지만, 있는 그대로의 나를 세상에 낳아주어서. 물론 전화는 하지 않았다. 새벽 세시였다.

다시 휴대전화를 켜보니, 도착한 메시지가 열한 개였다. 몹시 취한 상태라서 그걸 모두 들을 수는 없었다. 첫번째 메시지의 모욕적인 집중사격만으로도 더없이 충분했다. 마틸드의 존재를 까맣게 잊고 있었었다. 새로운 사랑에 빠진 나는 완전히 무심하게 간결한 문체로 메시지를 보냈다. 용서해줘. 우리 헤어지자. 달리 어떻게 해야 할지 알지 못했다. 나는 늘 이별을 증오했다. 평소에는 나의 존재가 온통 정확한 단어를 찾는 데 몰두해 있음에도 이런 상황에서는 전혀 그럴 수가 없었다. 나는 루이종을 생각했다. 그리고 그녀가 나를 잘 알지도 못하면서 매우 적절하게 지적했던 나의 '불알' 없음에 대해 생각했다. 내 비겁함이 창피하고 물론 약간 슬펐지만, '메시지 전송'을 알리는 작은 봉투 아이콘이 나타났을 때는, 무엇보다도 이상하리만치 마음이 놓였다. 이별은 잔인하고, 남들이 뭐라든 간에, 떠나는 자가 언제나 갑이다. 전화가 진동하고 화면에 그녀의 이름이 뜨면 나는 유령인 척했다. 알리스와 나는 진부한 방식으로 헤어졌었다. 정말 최악이었다. 쓰디쓴 눈물에 자살 협박, 그리고 온갖 고전적인 수법을 사용했더랬다—그 지옥 같은 시간을 두 번 다시 겪고 싶지 않았다. 일단 천둥 번개가 지나가면 아무런 회한 없이 다음으로 넘어가리란 것을 잘 알고 있었는데, 이번 경우에는 내가 무엇을 향하고 있는지 명백히 알았다. 그리고 그날 밤 진짜 더러운 놈과 헤어졌다고 느낀다면, 그녀가 겪을 슬픔의 시간이 좀더 수월해질 거라고 진심으로 생각했다. 물론 내 착각이었다. 나는 지금, 마틸드가 컬이 진 짙은 색 머리카락으로 얼굴을 가리고, 몇 주 내내 티슈를 달고서 울고불고하며, 먹지도 않고 술만 마시면서 자신의 불행을 바 화장실에 토해내는 모습을 그려본다—왜냐하면 나도 이제는 알기 때문이다. 사랑의 슬픔을. 이 이상한 고통을. 이 고통은 당신 스스로 죽게 할지언정 결코 당신을 죽이지는 못한다.

너의 페이지도 이제 얼마 남지 않았어. 거의 끝나가. 말할 수 없이 불안해. 그래서 꽤 오래전부터 일기를 쓰지 않았어. 벽에 그은 줄이 이제 열아홉 개야(=백삼십삼 일=약 오 개월=아마 11월쯤 되었을 거야. 확신할 수는 없어서 미칠 것 같아. 여기 시간은 바깥과 다르게 흘러. 벽의 # 표시가 없다면 아마 내가 여기에 백만 년 전부터 있었다고 생각했을 거야).

〈당신 없이는 난 아무것도 아냐〉를 들으며 하루종일 울었어. 이건 스타니슬라스 선생님을 위한 노래였거든. 이 노래를 들으며 그를 생각하고, 시를 쓰고, 잠들었지. 나중에 어른이 되면 그가 날 사랑할 거라고 상상하곤 했어. 그런데 이제는 내가 어른이 될 수 있을지도 잘 모르겠어. 수학 문제를 풀고, 영어 복습을 했어(It's creepy, creepy Hallowe'en, The creepiest night I've ever seen, I'm scared I'm scared, spiders spiders, witches and ghosts, witches and GHOSTS!*). 『노인과 바다』를 네 번 반복해서 읽었어. 바로 학교에서 마지막으로 읽은, 도서 목록에 들어 있던 책이야. 읽을 책이 더 있으면 좋겠어. 이 책이 특별하게 좋지만 말이야. 읽으면 책 속에 들어가는 것 같거든. 특히 마지막 대목, 상어들이 공격했을 때가 좋아. 결코 싫증나지가 않아! 그런데 R가 책이랍시고 갖다주는 건 하나같이 그의 어머니가 읽는 허접한 잡지들이야(결혼하고, 재혼하고, 자식들을 입양하고, 요트를 사고, 다이어트를 하고, 늘 거기서 거기인, 연예인 얘기뿐인 잡지). 그런데 그걸 갖다주면서도 잊지 않고 검은색 매직펜으로 날짜들을 모두 지워. 어떤 때는 기사를 통째로 오려버릴 때도 있어! 제발 언젠가 그가 한 번이라도 날짜 지우는 걸 잊어버리면 좋겠어. 모자를 그리기 위해 학교에서 쓰던 공책 한 장을 뜯었어. 아깝게 너를 그런 데 쓰고 싶지는 않았거든. 그런데 하필 여기 왔을 때가 학기말이어서, 공책이 몇 장밖에 남아 있지 않았어. 정말 무언가 배우고 싶어……! 여기 갇혀서 바보 멍청이가 되어가는 것 같아! 벌써 몇 주 전부터 R에게 백과사전을 사달라고 했는데, 너무 비싸다며 안 사 줘. 그는 미치광이에다 구두쇠야!

너한테 더이상 일기도 쓰지 못한다면 난 어떻게 될까?

요즘은 통 기운이 없어. 고막이 터져라 노래 듣는 것도 이제 지

* '무섭고, 무시무시한 핼러윈, 내가 본 밤 중에 가장 무서운 밤. 무서워, 난 무서워, 거미들과 마녀들, 유령들. 마녀들과 유령들!'이라는 뜻.

겨워. 그래서 너한테 쓴 일기를 읽어보았어. 처음부터 지금까지, 그 사이 내 글쓰기의 변화를 보는 것도 재밌어. 내 말은 글씨 자체가 달라졌다는 거야. 글자들이 덜 곧고 또 덜 둥글어. 또 라스티리 의사 선생님처럼 약간 기울여 쓰고 있더라고. 내가 변하고 있는 게 분명해. 나날이 달라지는 것으로는 또 가슴이 있지(전보다는 덜 아파). 그리고 머지않아 피의 사건이 일어날 것 같아. 그 일이 여기서 일어나면 어쩌지?

어쩌면 그 말이 사실일지도 몰라.

어쩌면 모두가 관심 없을지도 몰라. 내 기억을 네 안에 적었어. 왜냐하면 그런 얘기, 몸값이니, 우리 부모가 돈을 지불할 수 없었다느니 하는 것들이 다 엉터리 거짓말이라고 믿고 싶었거든. 나를 사랑하는 바깥세상의 사람들을 생각하면서 계속 희망을 품고 싶었고, 지금까지 일어난 일들을 구석구석 기억 속에 간직하고 싶었어. 그래서 풀려나면, 최대한 빨리 일상으로 돌아갈 수 있도록. 머릿속에서 이 추악한 사건을 지워버리고 인생이 계속해서 앞으로 나아갈 수 있도록 말이야. 그런데 R가 말하기를 우리 가족은 이제 내가 죽었다고 여긴다는 거야. 돈을 지불하지 않았기 때문에. 우리 가족이 내가 죽었다고 생각한다는 건 이제 아무도 나를 찾지 않는다는 뜻이지. 나는 지구상에 더이상 존재하지 않는 사라진 존재인 거야. 비누 거품이 퐁 하며 터져 없어지듯이. 그러니 R가 날 귀찮아하지 않는다면 나는 영원히 여기서 살게 될 거야. 하지만 귀찮게 여기게 되면 나를 그의 '멋진 정원'에 묻어버릴 수도 있어. 그동안 무슨 일이 있었는지 떠들지 못하게 입을 막기 위해서. 그래서 그를 너무 몰아대지 않기로 했어. 왜냐하면 아빠가 말했듯이 나는 용감한 거지 무모하지는 않으니까…… 지금 상황을 가리켜 막다른 골목이라고 해. 모든 걸 다 시도해보았어. 먹다가 먹지 않다가, 말하다가 말하지 않다가, 움직이다가 움직이지 않다가, 소리지르다가 소리지르지 않다가, 착하게 굴다가 못되게 굴기도 해보았지만 아무것도 통하지 않았어. 내가 아는 거라고는 이제 여기서 결코 나가지 못할 거라는 사실뿐이야. 이제 나는 이 세상에 존재하지 않는 것이나 마찬가지기 때문이야. 이 생각을 하니, 기분이, 앞으로 남은 내 인생보다도 더 밑에 있는 컨버스화 밑바닥으로 떨어져. 게다가 하도 전기 불빛 아래에 있어서 눈이 정말로 아프기 시작했어. 깜깜한 게 너무 무서워서 언제나 불을 켜두거든. 그리고 여기는 먼지가 너무 많아. 일주일에 한 번씩 R가 청소기를 갖고 내려오긴 하지만 말이야. 그가 나한테 안약을 몇 방울 넣어줬는데 나아지질 않아. 나는 9제곱미터 안에서만 뱅뱅 돌며 미쳐가고 있어(신발을 가지고 요령껏 이 방의 크기를 재보았어. 수학책이라는 걸 이럴 때 써먹는 거지……). 아무리 빙빙 돌고 돌아도 벽은 언제나 그대로 있어. 뭐, 예쁜 집이라고! R가 울던 날, 그가 했던 말이야. "예쁜 집."

그때는 내가 몇 주 전부터 귀가 안 들리고 말을 못하는 척하던 시기였어. 그 태도가 그를 힘들게 하리라는 걸 잘 알고 있었지. 바로 그걸 노린 거였고. 그러니까 그를 침대 머리맡 작은 탁자 같은 물건처럼 취급하기로 마음먹은 거야. 그에게 더이상 말도 않고 쳐다보지도 않았어. 그가 들어오면 즉시 이불 속으로 들어가 죽은 나무처럼 가만히 있었지. 그는 정원에 관해 온갖 엉터리 뻥을 늘어놓았어. 그러면서 나를 달래보려고 했지. 언젠가 나도 그 정원에 나가게 될 거라는 둥, 나중에 나에게 신뢰가 생기기만 하면 그렇게 해주겠다는 둥. 어떤 때는 무지개가 떴다고 했어. 해가 있는데 비가 내렸다면서. 또는 자신은 힘들게 살았는데 반대로 나는 없는 게 없다는 둥. 또 고양이 카트린에게 남자친구가 생겼는데 그놈은 전체적으로 까만 털에 사납다는 둥, 너무 날쌔서 이름을 플래시 고든이라고 지었다는 둥. 우리 부모님이 코피노가 보험사의 대답을 기다리고 있는데, 그들의 관료적인 습성 때문에 오래 기다려야 한다는 둥, 자기 회사에서 봐서 관료들이 어떤지 잘 안다는 둥, 매일 그 무능한 떼거리를 본다는 둥. 다음번에 대형 마트에 가면 잊지 않고 일기장을 꼭 사다주겠다는 둥. 이렇게 떠들어댈 때도 있지만 대개는 아무 말도 하지 않아. 그가 침대 끝에 앉으면, 나는 고개를 벽 쪽으로 돌린 채 되도록 숨소리를 죽이려고 애써. 그날은 자기 어머니에 대해 말했어. 어머니는 그에게 결코 잘해준 적이 없지만, 아버지는 아주 어렸을 때 어머니를 버리고 떠났기 때문에 어머니가 유일한 가족이래. 그가 태어났을 때 아버지가 새끼 고양이처럼 물에 빠뜨려 죽이려고 했는데 어머니가 살려줬다는 말도 했어. '다 쓰러져가는 오두막집의 눈물 짜는 이야기' 같은 그의 말에 나는 죽은 나무 시늉을 하고 있었어. 말랑말랑한 마시멜로 같은 엉터리 거짓말일 뿐이라고 생각하면서(그게 사실이라면, 모두를 위해 그의 아버지가 그를 물에 빠뜨려 죽이는 편이 더 나았을 거야! 커다란 고구마 포대에 R를 담아서 깊은 우물 속에 풍덩! 하고 던져버렸어야 했는데!). 시간이 꽤 지난 뒤에도 내가 여전히 아무 말도 안 하고

100만분의 1밀리미터도 움직이지 않고 있을 때, 그가 우는 소리가 났어. 그때까지 그런 일은 아직 한번도 없었고 이후에도 다시 없었어. 상상해봐! 나는 정말 깜짝 놀랐어. 그가 눈물을 줄줄 흘리며 코를 훌쩍이고, 목소리는 아주 늙은 사람처럼 떨렸다니까.

"마디손, 왜 그러는 거니, 응? 그래도 너에게 예쁜 집을 만들어줬잖아. 네가 불만스러울 게 뭐가 있어? 너를 위해 벽도 하얗게 다시 칠하고, 옷도 사주고, 벽장도 만들었는데! 샤워부스도, 화장실도 만들어주었는데. 그걸 만드는 데 얼마나 오래 걸렸는지 알아? 쉬운 일이 아니었어, 진짜 힘들게 일했다고! 먼지투성이가 되어 일했는데, 내가 왜 그 모든 일을 했을까? 널 더이상 말도 하지 않는 아이로 만들기 위해서? 너는 결코 만족할 줄 모르는 애야! 너희 집에는 너 혼자 사용하는 샤워부스 있어? 너 혼자 쓰는 화장실 있어? 그럴 리가 없지! 너는 고마워할 줄 모르는 배은망덕한 아이야, 그래, 너는 그런 애야! 못된 꼬마 공주님이라고!"

침대에서 그가 일어서는 게 느껴졌어. 그는 여전히 훌쩍였지만 나는 움직이지 않았어. 걸쇠가 잠겼어. 그리고 침묵이었지.

『노인과 바다』에 내가 언제나 두 번씩 다시 읽는 구절이 있어. "'게다가 세상의 모든 것은 어떤 식으로든 뭔가를 죽이게끔 되어 있어. 고기잡이는 나를 살아가게 해주면서도 죽이는 일이기도 하잖아.' 노인은 생각했다. '아냐, 날 살아가게 해주는 것은 그애야. 스스로를 너무 속여선 안 되지.' 그는 생각했다."

나는 소년이 산티아고 노인을 위해 존재하는 것처럼 내가 R를 위해 존재하는 것은 아닐까 생각해봐. 나는 그가 살도록 도와주는 존재일까, 처음에 그러려고 했던 건 아닌데 지금 그가 날 죽이는 중이라서, 그래서 울었던 건 아닐까 생각해봐. 물론 그가 싫어. 하지만 때때로 참 나약해 보일 때가 있어.

어쨌든 아무리 그래도 그렇지, 나보고 못된 꼬마 공주님이라니, 웃겨!

오늘은 일요일이야.

벽에 줄을 하나 긋는 날이고, 맛있는 음식을 먹는 날이기도 해(엄마가 만드는 맛있는 음식들과는 거리가 멀지만……). R는 요리 솜씨가 꽝인 것 같아. 그래서 나는 달걀 요리만 먹고 있어. 그런데 일요일에는 그의 어머니가 와서 함께 점심식사를 해. 즉 그의 어머니가 음식을 준비하지. 그는 점심에 먹고 남은 걸 저녁에 나와 나눠 먹어(뭐, 이런 걸 보면 착해. 그 점은 인정해야 해). 내 기분이 삐딱하지 않을 때, 그는 방 한가운데에 접이식 식탁을 꺼내서 펴고 서로 '마주보고' 앉아. 오늘은 고기완자랑 호박 그라탱이었어. 조금 싱겁긴 해도 맛은 괜찮은 편이었어.

"소금이 약간 덜 들어갔네요."

"알아. 엄마는 음식에 소금을 절대 양껏 넣지 않아. 심장 동맥에 나쁘다고."

"What(뭐라고요)?"

"심장 말이야. 소금이 동맥을 막는다고."

"아, 그래도 다음번에는 소금 좀 들고 내려오세요, 알았죠? 그리고 알람 라디오 얘기를 다시 해야 하지 않아요? 옷 얘기도요. 이것 좀 보세요, 여기가 찢어졌잖아요." 나는 셔츠를 보여주면서 말했어.

"뭐, 네가 말을 놓는다면?"

"I don't think so(난 그럴 생각 없는데요)."

"왜 없는데?"

"Because you're not my friend(당신은 내 친구가 아니니까요)."

"네가 계속 영어로 말하니까, 꼭 말을 놓은 것처럼 들린다. 무슨 말인지 알겠지."

"무슨 말인지 알겠냐고요? 아저씨네 회사는 쉬는 시간에 뛰어노는 애들 운동장 같은 곳인가봐요? 무슨 말인지 알겠죠!"

R가 골난 얼굴을 했어. 그가 골난 얼굴을 할 때가 재밌어. 완전히 좌우대칭인 두 눈썹이 마치 숨을 데로 기어들어가듯 커다란 안경알 밑으로 들어가거든.

"왜 그래요. 농담인데. 그래도 아저씨한테 말을 놓진 않을 거예요."

"맘대로 해라." 그가 어깨를 으쓱하더니 말했어. "별로 중요한 건 아니니까."

"그럼 이제 알람 라디오 얘기 할까요?"

그가 절벽 같은 이마를 긁적였어.

"미리 말해두지만, 알람도 없고 라디오도 없을 거다."

"그럼 알람 라디오를 사주겠군요. 무슨 말인지 알겠죠."

그가 웃었어. 자주 있는 일이 아니야. 대개는 얼굴에 아무 감정도 드러내지 않거든. 무표정한 얼굴의 양볼이 움푹 들어가서 꼭 수프 접시 같다니까.

"어쨌든 시간을 알고 싶다, 이거구나. 밖으로 나갈 수 있을 때를 기다리면서……"

"나도 나갈 수 있어요!"

"옳거니! 기회가 생기자마자 넌 도망치겠지."

"그렇지 않아요! 아저씨가 날 지키면 되잖아요! 게다가 나는 너무 약해져서 분명 달리지도 못할 거예요."

"그야 두고 보면 알겠지."

"밖에 나가는 얘기는 그만하고요, 위로 올라가서 텔레비전 보는 건 괜찮죠? 아저씨도 같이 보면 되잖아요? 아저씨가 싫어할 만한 건 안 볼게요. 흥미로운 걸 보는 거예요. 코끼리 다큐멘터리라든지, 그런 거요, 네?"

그는 마지막 고기완자를 삼키고 물을 단숨에 다 마셔버리더니 '내가 대답해줄 줄 알고'라는 표정으로 냅킨을 걷었어.

"푸후우! 도대체가 이해가 안 돼요!" 나는 한숨을 쉬었어.

"뭐가 이해가 안 돼?"

"아저씨가 나를 가둬둔 이유요. 어쨌든 돈은 못 받을 테고. 그럼 뭣 때문이죠? 나한테 나쁜 짓 하려고요? 나를 왜 잡아두고 있는지 이제는 말해줘도 되지 않아요? 아저씨도 뉴스에 나오는 남자들처럼 나한테 못된 짓 하려고 그러는 거예요?"

“네가 이 상황을 이상하게 여기고 있다는 걸 잘 안다. 하지만 장담하는데 내 의도는 순수해. 불안해할 것 없어.”

“아, 그래요! 동성애자인가보죠?”

그의 얼굴이 양귀비꽃처럼 빨개졌어.

“아니, 난 동성애자가 아냐. 그렇지 않단다. 어쨌든 너한테는 아무 일도 안 일어날 거야.”

“아무 일도 안 일어난다고요?! 이미 일어났는데요! 나는 몇 개월 전부터 여기 갇혀 있어요. 햇빛도 못 보고요. 그리고 모든 사람들이 내가 죽은 걸로 알고 있는데요! 아저씨는 이게 아무 일도 안 일어난 건가요?!”

그가 두 손으로 머리를 감싸쥐었어.

“또 시작이구나, 마디손…… 제발 부탁이다…… 그만해, 시작하지 마!”

바로 그때 그의 새끼손가락에 못 보던 반지가 보였어. M자가 새겨진 굵고 네모난 반지였어.

“그건 뭐예요?”

“우리 아버지 반지다. 성함이 마르탱이거든.” 그는 나를 쳐다보지도 않고 대답했어.

“웃기시네!”

나는 뾰로통해 있었고, 긴 침묵이 흘렀어. 물수제비를 뜬 후에 조약돌이 호수 밑으로 가라앉았을 때와 같은 무거운 침묵이. 식사는 이미 끝났고 서로 아무 말도 하지 않았어. 얼마간 시간이 지난 뒤 그가 한숨을 쉬며 입을 뗐어.

"그래, 알았다."

"알긴 뭘 알아요?"

"이 M은 마디손의 M이야."

"그게 무슨 뜻이에요……?"

"내가 널 참 좋아한다는 뜻."

"그거 잘됐네요. 아저씨가 날 정말 좋아한다면, 컨버스화 한 켤레 정도는 사줄 수 있겠네요."

"넌 뭘 하나 시작하면 그걸로 얼마나 사람을 귀찮게 하는지 미칠 지경이야."

"아저씨는 어떻고요? 아저씨가 얼마나 이상한 사람인지, 나도 미칠 지경이라고요."

그가 플라스틱 접시와 식기를 챙겨 나가버렸어. 나중에는 그를 '이상한 사람' 취급한 걸 후회했지. 라디오 기능이 없고 날짜 표시도 없는 알람 시계라도, 그거라도 있다면 얼마나 좋을까 하는 생각이 들었거든. 갑자기 약간 타협할 수 있을 것 같았어.

그가 나갈 때, 그의 시계가 22시 22분을 표시하는 걸 봤어. 나는 스스로가 시곗바늘이 되기라도 한 것처럼 초를 세기 시작했어. 그러다 2024인가, 그 정도 세었을 때 잠이 들었던 것 같아.

이런 걸 가리켜 '원점으로 되돌아가기'라고 하지.

여행

"그 굉장한 이야기를 들어보니, 오빠가 조만간 다시 올 수밖에 없겠네!"

동생은 문지방을 넘자마자 여행가방들을 다리 사이에 내려놓고 멈춰 섰다. 매번 그러듯 나를 두고 떠나는 게 쉽지 않은지, 우리는 짧은 이별 의식에 따라 즐거운 한담을 이어갔다.

"난 경찰의 초록 신호등을 기다리는 중이야. 다시 가봤자 헛일이야. 그리고 내일모레면 방학도 끝이야. 결근은 진짜 못한다니까. 직무유기라고!" 내가 말했다.

동생은 우아한 멋내기 놀이에서 엄마를 이기기 위한 쇼핑을 목적으로 며칠 올라왔는데, 번쩍거리는 쇼핑백의 수가 상당한 것으로 보아 엄마와의 투쟁이 여전히 치열함을 짐작할 수 있었다. 내게 고정한 미아의 눈이 이렇게 말하는 것 같았다. '걱정 마, 싸우는 건

나지 오빠가 아냐.'

"엄마가 보고 싶어해." 엄마에게서 물려받은 여린 성격의 일면을 드러내며 동생이 말했다. "엄마가 많이 걱정해. 오빠네 학교 학생 중에 비행청소년이랑 잠재적 연쇄살인범이 가득하다고 늘 걱정이야…… 뭐, 오빠도 엄마 성격 잘 알잖아! 그러니까 전화라도 좀더 자주 하고, 알았지?"

"응. 넌 오염된 주삿바늘로 마약 맞지 말고……!"

동생이 웃음을 터뜨렸다.

"농담하지 마. 하긴 주말마다 엄마가 나한테 오염된 주사를 한 대씩 놓긴 하지! 아무튼 나 간다. 기차가 마냥 기다려주는 건 아니니까."

동생이 내려놓았던 가방들을 들고 계단을 내려가려는데, 바퀴 달린 무거운 가방도 있어서 쉽지 않아 보였다.

"도와줄까?"

"고맙지만 됐어. 내 신용카드로 지른 것들이니 내가 감당해야지…… 곧 다시 봐, 오빠!" 동생이 공모자의 표정으로 아래층에 내려가기 전에 마지막으로 말했다. 그러더니 큰 소리로 덧붙였다.

"앙투안한테 전해. 그가 원할 때 원하는 곳으로 갈 수 있다고!"
나는 웃으며 동생을 뒤로하고 문을 닫았다. 언제나 그러듯이 창가에 몸을 기울이고 동생이 떠나는 것을 지켜보았다. 약간 죄책감이 들었다. 곧 미아가 건물 안뜰을 가로질러 나가는 모습이 보였다. 하이힐을 신고, 파리지엔을 꿈꾸는 시골 여자처럼 열심히 걸었다. 미아는 나를 보기 위해 규칙적으로 파리로 올라오지만 나는 지난

크리스마스 이후 앙글레에 간 적이 없다—수업, 일정, 학교 회의, 채점해야 할 답안지들. 핑곗거리야 하나같이 그럴듯했다. 가족이 그립지 않았다. 어쩌면 나는 나쁜 아들인지도 모르겠다. 또는 어쩌면 이것은, 이제 나는 남자이고 서로를 속박하는 악순환의 고리를 자를 필요가 있다고 그들에게 말하는 방식, 또는 단계인지도 모른다. 오랫동안 오로지 그들을, 부모를 즐겁게 하기 위해 살았다. 하지만 노력에도 불구하고 잘해냈다고 느껴본 적이 없다. 어렸을 때부터 나는 잘한 일에 대해 칭찬을 들어본 적이 없다. 반대로 내 실패는 이집트의 재앙처럼 집안을 휩쓸었다. 형편없는 성적표는 궤양의 급습만큼 하늘이 무너질 일이었고, 아무리 사소한 바보짓—그렇다, 나도 여느 아이들처럼 그런 짓을 저질렀다. 사탕 훔치기, 학교 땡땡이 등—도 몇 날 며칠 내리 창피한 일로 족쇄처럼 따라다녔으며, 잘못에 대한 벌로 엉덩이에 불이 날 정도로 맞았다. 부족한 것 없이 자랐고 사춘기조차 쉽게 보냈다. 사춘기를 그렇게 말할 수 있다면. 내가 많은 자질을 갖추었다고는 생각하지 않는다. 가벼움은 자질에 속하지 않으니까. 어머니는 언제나 모든 문제를 비극으로 몰고 가는 대단한 감각을 가졌다. 내가 머리가 아프다고 하면, 뇌막염이 틀림없다고, 곧 죽을 목숨이랬다. 학점 따는 데 실패하면? 실업자에다 가난뱅이로, 삽시간에 노숙자로 취급했다! 과자를 굽다가 태웠다면? 늙어서 써먹을 데가 하나도 없는 사람이다, 벌써 치매가 온 거다. 뭐, 스케이트장에 간다고? 애들이 모두 스케이트 날에 손이 잘려 불구가 될 판이다. 하느님 맙소사, 너 담배 피우니……? 아들아, 마약 주사도 에이즈도 다 그렇게 시작되는 거란다. 그러다 결국 죽는 거야! 암은 말할 필요도 없고, 응? 왜냐하면 이미 그렇게 정해진 거니까. 외국 여행을 가자고? 세상에, 돌연변이 곤충이 얼마나 많은데, 또 도처에 숨어 있는 저격수들, 자살 테러범들은 어쩌려고? 여행가방은 이미 잃어버린 거나 다름없다!…… 내가 겁이 많은 것도 따지고 보면 이상한 일이 아니다. 이 모든 이야기를 하는 이유는—세월의 무게를 안고 말하는 것이다—루이종과의 만남이 단지 에샤르 가족의 비극만이 아니라, 비교 자체가 아무 의미 없긴 하지만, 내 사적인 비극을 일깨웠기 때문이다. 나는 의존적인 성향이 있어서, 루이종과의 관계가 이따금 스톡홀름 증후군과 유사하게 여겨졌다. 모든 차이점을 감안하더라도 이 경험 덕분에 나는 오늘 마디손의 이야기를 더 잘 이해할 수 있다. 사랑과 증오는 혼동하기 쉬운 감정이다. 어느 감정에도 동정심이 없으니까.

*

우리가 처음 밤을 같이 보낸 다음날 아침, 나는 그녀에게 메시지를 보냈다. 답장이 없었다. 다음에 언젠가 너와 함께 죽음에 도전할 수 있기를 바라며—스탄. 뭐, 이런 내용이었다. 허접하다는 걸 잘 알고 있었다. 하늘도 못마땅한지 잔뜩 구름이 낀 가운데 사십팔 시간 동안 애태우다가 결국 용기를 다 끌어모아 전화했다.

"여보세요?"

"루이종?"

"바로 전데요!"

수화기 저편은 정신없이 소란스러웠다.

"스타니슬라스야…… 잘 지내? 내가 방해한 건 아니고?"

"나 지금 밀라노에 있어!"

"뭐라고?"

"밀라노라고! 현대예술박람회에 왔거든…… 오, 디에고! 안녕! It's so great to see you(만나서 정말 반가워)!…… 스타니슬라스?…… A second, please(잠깐만)! 여보세요? 미안해, 전화 끊어야 할 것 같아, 미안……"

"언제 돌아와?"

"정확히 모르겠어. 전화할게, 알았지? 안녕!"

그녀는 전화를 끊었고 나도 끊을 수밖에 없었다. 나는 손에 휴대전화를 쥔 채 그대로 서 있었다. 사범대학에 갈 때를 빼놓고, 나는 비좁은 둥지 속에서 살았을 뿐 결코 문밖을 나서지 않았다. 내가 이탈리아에서 아는 데라곤 카탄차로밖에 없었다. 앙투안의 가족이 그곳 출신이었다. 그리고 그 지역에 대해 제대로 아는 사람이 하나도 없었다. 그래서 나는 여행을 즐기는 사람들과의 저녁식사 자리에서 그곳에 대해 아는 바를 오랫동안 우려먹었다. 그나마 세상 구경 좀 해본 사람으로 보일까 싶어서였다. 나는 여행을 거의 하지 않았고, 유럽을 떠나본 적은 전혀 없었다. 여권조차 없었다. 바욘에서 나고 자라 파리로 올라올 때까지 바스크 지방을 떠난 적이 없었다. 파리에 올라온 것도 앙투안이 페미스에 들어가는 바람에, 단짝 친구를 잃지나 않을까 기겁해서 따라온 거였다. 물론 몇 년 전부터 내 숨통을 조이고 있는 가족과 연결된 줄을 끊어도 그렇게 나쁘지 않을 거라는 생각이 기본적으로 깔려 있었다. 이런 자극이 없었다면 아마도 나는 고향 마을에 언제까지나 남아 있었을 것이고, 고향 여자와 결혼했을 것이고, 아름다운 지구별에 대해서는 우편엽서를 통해서만 알았을 것이다. 나는 머릿속과 책 속에서만 살았다. 솔직히 말하면, 그것만으로도 만족했었다. 그 점을 의식하지 못하다가 나중에야 알게 되었을 때는 너무 늦은 뒤였다. 이것이 루이종이 결코 나를 사랑할 수 없었던 이유 중 하나였다. 나는 한곳에 틀어박히는 성격인데, 그녀는 도전적이었다. 나는 습관대로 살았고, 그녀는 좀이 쑤셔서 한곳에 가만히 붙어 있질 못했다. 나는 무언가를 이루고자 했고, 그녀는 탐험하고자 했다. 그녀는 마치 영원히 살 것처럼 행동했고, 나는 죽어야 할 운명을 분명히 의식하고 있었다. 어떤 이들은 성격이 반대인 사람들이 서로에게 끌린다고 말한다. 아마 만남의 초기에는 맞는 말일지도 모른다. 하지만 나는 부모와의 관계와 마찬가지로, 얼마 지나지 않아 이 관계 역시 결코 충분하지 않다고 느끼게 되었다. 루이종은 무엇을 하든, 어디에 있든, 늘 다른 곳이 더 좋다고 믿었다. 그러니 시간을 비행기 타는 데 쓰지 않는 나는 그녀의 눈에 별로 기대할 게 없는 존재, 부딪쳐보기보다는 현실을 꿈꾸는 우둔한 겁쟁이였다. 많은 사진작가들이 그녀 같은 성격인 듯하다. 카프드비엘 또한 적어도 아내가 죽기 전까지는 비슷했다. 하지만 사진집에 실린 작품 중 더없이 멋진 것들은 그의 정원에서 촬영되었다.

물론 그녀를 위해서 나는 두려움과 맞서며 변할 수도 있었을 것이다. 그러나 그녀는 나를 사랑하지 않았다—사랑이 없는 경우에는 더이상 할 게 없다. 이후 나는 여행을 다녔다. 뉴욕에 가고 마라케시*에도 가고 로마에도 갔다. 멕시코에 가서 어머니가 걱정하는 돌연변이 벌레, 마약 딜러들과 용감히 맞섰다. 스스로 무언가를 증명하고 싶었던 건지, 아니면, 물론 그녀는 아무것도 알지 못했겠지만, 그녀를 놀라게 하고 싶었던 건지 잘 모르겠다. 어쨌든 지금 내게는 여권이 있다. 공항 스탬프도 찍혀 있다. 그것도 여러 개. 나는 혼자서 비행기를 탔고 낯선 사람들과 얘기를 나누고 알지 못하는 낯선 도시들을 돌아다녔다—혼자서. 그리고 내가 있는 지금, 여기에 세상이 있다고 확신한다.

내 나름의 방식으로 혁명파가 된 것 같다.

---

* 모로코 중부의 도시.

회사에서 R를 '출장' 보낸대.

그의 말로는 이삼일 정도 걸릴 거래. 자기가 없는 동안 내가 먹을 식량을 들고 내려왔어. 조리할 필요도 없고 데우지 않아도 되는 거지, 뭐. 비스킷이랑 토마토가 든 참치 통조림 같은 것들 말이야. 비스킷이라면 나야 좋지. 여기선 자주 먹을 수 있는 게 아니거든. 자니모스 초콜릿과 피골루(피골루는 별로 좋아하진 않지만 어쨌든 없는 것보단 낫지) 비스킷이 두 상자씩 있고, 바닐라 초콜릿. 또 우유 작은 병으로 둘에 핑크 레이디(겉에 붙은 분홍색 상표에 이렇게 쓰여 있었어) 사과, 말린 살구, 그리고 아주 큰 콜라 한 병. 책도 갖다주었어. 『피노키오』인데 특별히 멋진 삽화가 들어 있어. 물론 이미 읽은 책이고 지금 읽기에는 내가 너무 컸지만, 전에 피에게 선생님이 말씀하시길, 동화처럼 놀라운 이야기에서는 어느 나이든 읽을 때마다 새로운 면을 발견할 수 있대. 그러니까 지난번에 마지막으로 읽은 이후로 내가 얼마나 자랐는지 알게 될 거야. 벌써 오래전이거든. 아마 초등학교 2학년 때였던 것 같아. 아 참, 먼저 내 말 좀 들어봐. 드디어 알람 시계가 생겼어! 네모 모양에 분홍색 고무 테두리가 있고 숫자는 초록색인 디지털 시계야. 바늘 달린 시계를 가져다주면 어쩌나 걱정했는데. 왜냐하면 1) 시곗바늘이 똑딱거리는 소리가 완전 거슬리고, 2) 밤낮을 구분하는 데 전혀 도움이 안 될 테니까 말이야. 내가 "이제 크리스마스예요?" 하고 물었더니 그가 "거의 다 됐지" 하고 대답했어. R는 이런 식으로 대답하는 데 우주적인 전문가야.

그는 나를 혼자 두고 출장 가서 죄책감을 느끼는 것 같았어. 계속해서 미안하다 하고, 난쟁이 요정 말로 "잘 자!"라고 할 때는 눈에 눈물마저 그렁거렸어. 어떤 때는 꼭 흐늘흐늘한 걸레처럼 나약한 남자 같아. 하지만 난 좋아. 조용한 시간을 보낼 수 있을 테니까. 자물쇠를 따볼 생각이야(그가 들을까봐 겁나서 지금까지 한 번도 시도해본 적이 없어). 생각만 해도 엄청 흥분돼. 이런 걸 가리켜 대계획이라고 하지.

이제 널 혼자 놔두어야겠다. 생각을 좀 정리해야 하거든. 그리고 알다시피 네가 이제 두 장밖에 안 남았잖아. 그러니 정말 중요한 일이 생겼을 때에 대비해 아껴 써야 해.

(지금은 21시 35분, 시간을 알아서 너무 신나.)

그래, 이렇다 할 만한 일은 없었어. 아니, 이렇다 할 일은커녕 아무 일도 없었어. 오전(정확히 말하자면 10시 03분부터 14시 27분까지)을 결쇠질하며 보냈어.

칼로 열쇠 구멍을 쑤셔봤는데 끝이 뭉툭해서 전혀 효과가 없었어. 포크로도 해봤지만 역시 너무 굵더라고. 한심한 연예잡지 가운데서 빼낸 스테이플러 심을 가지고도 시도했는데, 그건 또 너무 작은 거야. 이어서 도라 볼펜 끝으로 시도해봤어. 탐험가 도라조차 열쇠 구멍 탐험에선 조금도 실력을 발휘하지 못했어. 이렇게 다 해보고 나서 나는 울었어. 분통이 터져서 문을 마구 두드렸어. 벌써 오래전에 아무 소용이 없다는 걸 알고 있었지만 살려달라고 소리를 질렀어. 내 방은 방음 장치가 특히 잘되어 있는 것 같아. 내 소리도 밖에서 안 들리겠지만, 바깥 소리도 하나도 안 들리거든. R가 올 때도 안 들려.

마음을 가라앉히기 위해 아주 크게 심호흡을 했어. 그리고 따뜻한 물로 샤워를 한 후 스테이플러 심을 가지고 다시 시도해봤어. 하지만 계속 똑같이 실패했어. 그러다 손가락을 찔렀고, 모자를 만들다 손가락을 찔렸을 때처럼 피를 빨아먹어야만 했어. 토마토 참치 통조림을 따는 따개로도 쑤셔봤어. 또 우유병 주둥이에 붙은 은박지를 돌돌 말아 뾰족하게 만들어서 드라이버처럼 써봤지만 아무 소용 없었어. 그때 머리빗이 생각났어. 그래서 철제 빗살 하나를 뽑아냈어. 이번에는 될 것 같은 거야. 굵기가 적당히 맞는 듯했거든. 하지만 결국에는 100만분의 1밀리미터도 움직이지 않았어. 내 스위스제 칼만 있었다면 문제없이 해냈을 텐데!

방 전체를 이잡듯이 뒤져보았지만 쓸 만한 건 아무것도 찾아내지 못했어. 정말이지 구글 검색창이 절실해. '연장도 도구도 없이 자물쇠 따는 법'을 검색해보고 싶어. 이런 문제는 학교에서 배우지 않거든.

새로운 아이디어를 찾는 중인데 정말이지 아무 생각이 안 나.

(그러니 내 기분이 어떤지 알겠지?)

오전 11시 26분. 잠을 제대로 못 잤어.

어젯밤에 알람 시계를 보며 분마다 바뀌는 숫자를 지켜봤어. 알람 시계의 초록색 숫자들이 밤에 켜놓는 작은 전등처럼 빛을 내길래 처음으로 천장의 전구 불을 껐어. 드디어 집에서처럼 정상적으로 휴식을 취할 수 있을 거라고 생각했지. 분홍색 고무 테두리 안에서 흐르는 일 분 일 분은 참 길었어. 결국 이런 생각이 들더라. 시계를 가지는 게 그리 좋기만 한 건 아니라고 말이야. 그러다 마침내 잠이 들었는데, 가위눌린 듯 지독한 악몽을 꾸었어. 움직일 수도 없고 말할 수도 없는데 주변 소리는 모두 들리는 거야. 천둥 번개가 칠 때, 조랑말들이 힝힝거리며 우는 것 같은 이상한 비명소리가 들렸어. 그림자들이 나를 스쳐서 침대 위로 지나가는 게 느껴졌어. 물론 몸을 돌릴 수 없었기 때문에 누구인지, 무슨 일인지 볼 수 없었지. 하지만 무지막지하게 나쁜 일이라는 것만은 알 수 있었어.

꿈을 꾸고 있는 건 아닐까 생각해봤어(까만 볼보의 트렁크에 갇혀 있을 때와 똑같이). 그런데 꿈속에서의 논리적인 대답은 '아니다'였어. 그래서 진짜 현실인 줄 알았어. 잠에서 깨어났을 때는 무엇보다도 몸이 정말로 마비되어 손가락 하나 까딱할 수 없었어. 생각해봐, 얼마나 끔찍했을지! 목소리도 나오지 않는 줄 알고 마구 울부짖었어. 내 비명소리를 들었을 때에야 비로소 다리를 들어올릴 수 있었지. 나는 몸을 일으켰어. 그리고 마비되었던 건 머릿속의 뒤죽박죽 엉터리 꿈임을 알았어. 새벽 5시 42분이었어. 용기를 내어 일어나기까지 한참이 걸렸어. 깜깜해서 무서웠거든. 이젠 깜깜한 것에 조금도 적응이 안 돼. 불을 끈 건 아주 좋지 않은 생각이었어. 두 번 다시는 불을 끄지 않을 테야. 결국 일어나서 전기 스위치를 켰어. 휘청거리는 다리가 모과 젤리 같았어(모과는 아주 좋아하지만, 다리가 휘청거리는 건 별로 유쾌하지 않았어). 마음을 진정시키기 위해 자니모스 초콜릿 한 상자를 다 먹어치웠어. 그런데 지금도 여전히 악몽이 돌연변이 뿔처럼 머릿속을 떠나질 않아.

언젠가 네게 이런 말을 쓸 거라고는 정말이지 상상도 못했지만, R가 보고 싶어. 그가 영원히 돌아오지 않는 건 아닌지, 또는 우연한 사고로 의식불명이 되어 내가 여기 있다는 사실을 알릴 수 없게 되는 건 아닌지 몹시 두려워. 그러면 나는 다시는 햇빛도 못 본 채, 불행한 고통 속에서 굶어죽게 될 텐데.

들려줄 이야기가 아무것도 없네. 하루하루가 똑 닮은 물방울 두 개처럼 그날이 그날이거든. 물방울 두 개조차 내 하루하루보다는 조금이라도 다른 점이 있을 거야. 분명해. 알람 시계가 있는데도 멈춰버린 시간 속에서 살고 있는 것 같아.

내가 느끼는 것

상자 안에 갇힌 나는
사과 세 알만하다고 하지만
그래도
내 안에 갇힌 나는
피와 살로 된
창살 우리 안에 갇혀 있는 것 같다

하늘아, 넌 어디 있니?
화난 엄마처럼 으르렁대는 천둥 번개야, 넌 어디 있니?

나는 미로처럼 복잡한
문제들 속에 갇혀 있고
나의 마음은 엉터리 옷을 입혀 만든
까만 어릿광대 인형처럼 뛰논다

태양아, 넌 어디 있니?

달려왔다 가버리는 바다야, 넌 어디 있니?
땅으로 가버렸니?

나는 상한 우유병 속에서 익사하는데

지금 너의 마지막 장에 쓰고 있어. 언제 다시 일기를 쓸 수 있을지 모르겠어. 나와 함께해줬던 모든 순간이 다 고마워. 너에게, 난 잘 지내고 있다고, 그리고 좋아질 거라고 말하고 싶었어. 물론 나는 아주 똑똑하니까 새 일기장을 얻게 될 거야. 여기서 나가는 날까지, 널 데리고 나갈 때까지, 굽도리널 뒤에 너를 감춰둘게. 지금까지의 모든 순간을 내가 어떻게 느꼈는지 기억하고 싶어. 지금은 R가 빨리 돌아오기만을 바라고 있어. 빠른 시일 내로 다시 보자. 메리 크리스마스. 마디손.

게타리

11월 5일

11도, 미풍, 조용한 바다

사랑하는 딸에게

나는 언제나 다른 사람들을 위해 살았는데, 이제는 누구를 위해 살아야 할지 모르겠구나.

어제저녁 라파엘과 싸웠어. 안에서 화가 치밀어 거의 미칠 지경이었어—그의 마음을 갈가리 찢어놓을 정도로.

내일 내 아버지 장례식이라 네 이야기가 나왔어. 할아버지와 네가 얼마나 가까운 사이였니. 할아버지가 돌아가신 걸 네가 안다면—알 수 있다면, 얼마나 망연자실할까. 나는 장례식에서 네가 쓴 시를, 예를 들면 금빛 나무에 대해 쓴 시를 낭송하면 좋겠다고 제안했어. 그러면 네가 돌아왔을 때, 함께 있지 못해서 할아버지한테 마지막 인사를 하지 못했음에 대해 느낄 아픔이 조금이라도 줄어들 거라고 생각했거든.

그런데 라파엘이 아무 말 없이 한참 바라보더니, 어쩌면 네가 다시는 돌아오지 않을 수도 있다는 생각을 가지고 사는 법을 배워야 할 거라고 말했어. 이 말이 면도칼처럼 내 명치에 꽂혔고, 너를 버렸다고 그를 비난했어. 포기했다고 비난했어. 그를 비겁한 인간, 살인자, 아주 형편없는 인간 취급을 한 거야. 그런 생각을 받아들이는 것은 너를 죽이는 일이나 마찬가지라고 울부짖으며 반박했어. 마디, 나는 그가 너를 죽이려 한다고 비난했어. 포기함으로써 그는 너를 죽인 거야! 알겠니? 아빠가 너를 죽였다고!

그를 때렸어. 가슴팍을 인정사정없이 쳤어. 그런데 그의 가슴은 커다란 바위같이 단단했고, 내 주먹은 파도처럼 부서졌다. 그는 내가 하는 대로 가만히 있었어. 얼마나 때렸는지 잘 모르겠지만—수도 없이 때렸어—그는 꿈쩍도 하지 않았어. 마침내 그만두었을 때, 나는 반쯤 무릎을 꿇고 주저앉았고, 너무 지쳐 몸을 떨었어. 눈물을 흘리지도 않았어—나는 눈물 너머에 있었어.

라파엘은 아무것도 하지 않고, 아무 말도 덧붙이지 않았어. 자리를 떠나 서재로 들어가선 문을 잠갔지. 그리고 다시 보지 못했어. 아마 거기서 잠들어버린 것 같아. 잘은 모르겠지만.

그런데 오늘 아침 부엌에 가보니, 식탁 위에 뭉크의 화집이 놓여 있고 〈사춘기〉 그림이 펼쳐져 있더구나.

네 나이쯤 되는, 긴 밤색 머리 소녀가 벌거벗은 채 침대 가장자리에 앉아 있는 그림. 소녀의 크고 어두운 두 눈이 나를 바라보고 있는 것 같았어. 아이의 몸은 말랐어. 아니, 거의 앙상했지. 기다란 두 팔은 넓적다리 위에 교차되어 아직 음모가 없을 치골을 가리고 있었어. 아이는 깨끗한 흰색 시트로 덮인 침대에 매우 반듯한—너무 반듯한—자세로 앉아 있었어. 그 하얀 시트와 대조적으로 소녀의 뒤편에는 무시무시한 갈색, 거의 지저분한 똥오줌에 가까운 색깔의 벽이 있었어. 등뒤로 까만 그림자가 아이를 떠나 날아가는 것처럼 보였어.

물론 내가 잘 아는 그림이었어. 하지만 난생처음 보는 것 같은 느낌이었어. 까만 그림자, 그건 소녀의 어린 시절이란다, 얘야.

너의 어린 시절.

너의 순진무구함.

그때 네 아빠를 비난하며 내뱉었던 말들이 틀렸다는 걸 깨달았어. 그는 내가 너를 생각하는 바와 똑같이, 즉 너의 성장을 상상하고 있었던 거야. 그래서 창피했어. 뭐라 말할 수 없이 창피했어. 갑자기 화가 가시고 오물로 막혔다 뚫린 개수대처럼 신경이 시원하게 뚫렸고, 결국 울었어.

그 역시 딸을 잃어버린 아빠라는 걸 나는 이따금 잊는 것 같구나. 그럴 때는 스스로가 괴물같이 느껴진단다. 그렇지만 마디, 그는 날 결코 비난하지 않았어.

다시 진정제를 복용하기로 했어. 약이 정말 싫어. 매일 조금씩 인간성으로부터 멀어지게 하니까. 물론 불행에 무감각하게 해주지만, 동시에 다른 것들도 더이상 느끼지 못하게 하기 때문에 마치 죽은 것 같은 기분이야. 고통과 죄책감과 공포 속에서는 적어도 내가 살아 있다고 느껴져. 그런데 만일 계속 이렇게 산다면, 라파엘이 나를 떠날 거라는 생각이 드는구나. 그가 짐을 싸서 떠나고 나면, 나는 너무 커다란 집에 달랑 혼자 남아 텅 빈 공간과 부재와 빛에 질식하고 말 거야. 다시 또 가족을 잃는다면 나는 살아가지 못할 것 같아. 아버지처럼—이기적이고 우스꽝스럽게—목을 매거나 아니면 피를 흘리며 죽어버릴 거야.

그래서, 얘야, 죽음으로 나를 증오하는 일에 종지부를 찍을 거야.

내가 널 사랑한다는 걸 결코 잊지 마라.

엄마가

일식의 계절

그날 저녁, 우리는 루이종의 친구인 피에르 마르샬슈메츠의 집에서 저녁식사를 했다. 그는 이름의 머리글자를 따서 '펩스'라고 불렸다. 나이는 루이종보다 열 살이나 많았고 인정받는 사진작가였다. 다른 손님들도 모두 우리보다 연장자여서 대화 내용은 대출 이율이며 부동산 가격 인상, 아이를 갖고 싶은 욕구에 대한 것이었다. 출산 주제는 샤를렌과 세드릭 커플의 영향으로 다소나마 의견을 나누게 되었는데, 이들은 저녁 모임 초반부터 서로 가시 박힌 말을 주고받으며 티격태격했다.

그날이 마침 밸런타인데이였던지라, 오후 여섯시쯤 휴대전화에 뜬 번호를 보았을 때 더욱더 놀랐다. 내 어리석음의 버뮤다 삼각지대에서 영원히 침몰한 줄 알았던 조난자의 번호였다. 루이종은 내게 밀라노에서 돌아왔다고 알렸다. 그리고 어느 '멘토'의 집에 초대받았는데, 같이 간다면 배울 게 많을 거라고 했다. 나는 배우는 일에는 탄자니아에서 고구마 재배하는 법에 관한 개론서만큼의 관심도 없었다. 대신 그녀와 함께 가는 데에는 관심이 있었다! 그래서 앙투안과의 선약을 취소했다. 원래는 그와 함께 목에 재스민 화환을 걸고, 레스토랑에 나타나는 모든 연인들의 파티를 망칠 목적으로 여는, 도수 높은 알코올을 제공하는 야회에 가기로 한 터였다. "너 진짜 역겹다!"라고 비난받긴 했지만, 물론 당연히 욕먹을 일이었지만, 삶이 주는 두번째 기회인 것 같아서 놓칠 수가 없었다. 그래서 밤 아홉시, 사크레쾨르성당 근처의 건물 앞에서 루이종을 다시 만났다. 그녀는 초록색 전나무 무늬 장식이 있는 화려한 양모 드레스를 입고 잘 어울리는 하이힐을 신고 있었다. 하이힐은 키 165센티미터의 그녀를 모델처럼 보이게 해주었다. 나는 붙박이장에 있는 것들을 모두 꺼내놓은 빈약한 옷더미 앞에서 한참을 망설이다가 청바지와 마린 티를 선택했는데, 그녀의 수준에는 어울리지 않았던 모양이다. 입을 비죽거리며 거만한 표정으로 "정말 귀엽네" 하고 큰 소리로 지적했으니 말이다. 그나마 외투를 걸치고 있어 다행이었다.

"뭐라고, 아이를 낳겠다고요?!" 그녀가 세드릭에게 물었다. 그는 냅킨 위에 떨어진 빵부스러기를 갖고 장난치고 있었다.

"내 나이에, 그게 뭐 그렇게 놀랄 일이라고……"

"무슨 말을 듣고 싶어서 그래요? 그건 놀라운 자기중심적 곡예라고요. 당신 유전자가 굉장한 것이나 되는 양, 이 세상 최후의 경이로운 존재를 낳을 거라고 생각하는 거잖아요."

“진실은 아이의 입에서 나오는 법이지!” 왼쪽에서 프랑수아가 빈정거리는 사십대 말투로 말했다. 그는 패션 잡지의 편집장이라고 했는데, 나는 한 번도 들어본 적이 없는 잡지사였다.

“내 나이가 당신 나이의 반이라고 해서 이 안에 든 것도 당신의 반인 건 아니죠!” 아이로 불린 여자가 까만 매니큐어를 바른 검지로 자기 머리통을 톡톡 두드리며 재빨리 반격했다.

“세상에나, 이 여자는 머리 모양을 루이즈 브룩스 스타일로 바꾼 뒤로는 더이상 화낼 줄 모른다니까!”

“그러니까 너희가 보다시피 우리는 소위 ‘의견의 불일치’라는 게 없어.” 세드릭이 샤를렌을 가리키며 말했다.

“얼씨구!” 테이블 저 끝에서 핍스가 소리를 질렀고, 모두가 웃기 시작했다. 당사자만 빼고.

유일하게 나보다 더 분위기에 적응 못하고 있는 사람은 트레이시라는 미국 여자였다. 이제 겨우 사춘기를 지난 듯 보이는 그녀는 멍한 표정이었다. 대화를 전혀 이해하지 못했다. 핍스의 오른쪽에 앉아 있었는데, 보아하니 핍스가 최근에 정복한 여자 같았다. 피에르 마르샬슈메츠의 비스킷 이름 같은 별명과 여피 스타일의 뉴욕 집을 보고 처음에는 그가 게이인 줄 알았는데, 사실은 루이종의 옛 애인이라는 것을 금방 알아챘다. 그리고 내가 바스크 지방, 정확히 말하자면 앞서 언급한 그 ‘서퍼’와 관련있는 곳 출신이라는 점에 그가 왜 흥분했는지 이해했다. 그저 ‘서퍼’라는 말을 상기시켰을 뿐인데도 우리가 만난 그날 저녁, 그의 눈에서는 빛이 사라졌다. 그는 서른셋, 그 자신이 즐겨 말하듯 부활의 나이였고, 패션모델처럼 골격이 좋았다. 짙은 파란색 눈가에는 잔주름이 있었는데 그 때문에 더 섹시해 보였고, 입을 열자마자 눈은 생기를 띠었다. 치아가 하얗고 코는 오똑하고, 섬세하게 손질한 갈색 머리는 귀 주변에서 컬이 졌다. 귀도 나머지 신체 부위와 마찬가지로 멋졌다. 가만히 뜯어보니, 그 남자는 완벽한 남성 생식의 선택 지표를 두루 갖추고 있었다. 섬세한 윤곽, 각진 턱, 공들인 턱수염, 마른 근육질의 185센티미터 키와 포스트모던한 댄디즘, 단성생식의 지배가 막을 내린 이후의 유성생식 존재 중 가장 공들여 만들어진 종족이었다. 양복 외투를 걸치고 와서 정말 다행이었다.

"물론 넌 아직 아기지. 아주 편안하게 삶을 즐기기만 하면 돼!" 세드릭이 루이종에게 말하면서 정중하게 나를 한 번 쳐다보았다.

"오, 날카로운 철침 같으니라고! 정말 신경 곤두서네! 당신은 어째 시간이 갈수록 싸가지가 없어진대요!"

핌스가 흥분한 사람들의 술잔에 생테밀리옹을 다시 따랐고, 그때까지 침묵을 지키고 있던 것에 용서를 빌기라도 하듯 트레이시가 소리쳤다. "피에르, 요리가 정말 맛있어!" 하지만 그 가상한 노력도 가벼운 침묵에 덮여버렸다.

"네 말이 맞아, 트레이시. 핌스는 아주 특별한 사람이야." 너그러운 마음이 동한 프랑수아가 마침내 말했다.

그날 저녁 모임에서는 모두가 영어로 말했다. 루이종이 앞장섰다. 하지만 아무도 그 불행한 여자가 이해할 수 있을 만한 언어를 사용하는 배려를 하지 않았다. 뿐만 아니라 루이종이 자기가 알고 있는 어휘 중에서 매우 숙고해서 선택한 표현들만 일부러 사용한다는 것을 나는 곧 알아챌 수 있었다. 그 잔꾀는 끈질긴 질투심을 보여주었다. 트레이시는 전체적으로 눈에 띄는 외모에 스핑크스 같은 몸매를 지녔다—풍만한 가슴, 큰 눈, 커다란 입, 붉은 기가 도는 금발, 개성적인 드레스. 바로 그 때문에 핌스는 손해를 보면서도 그녀에게 빠져든 것 같았다. 그리고 그 젊은 여자의 존재 자체가 루이종의 신경을 극도로 곤두서게 하는 듯 보였다. 물론 이 모든 것은 지금에야 분명하게 보였다. 당시만 해도 나는 누구를 그렇게 비꼴 줄 몰랐기 때문이다. 내 인생에서 스스로가 그렇게까지 촌스럽게 느껴진 적이 없었다. 루이종은 설욕전에 몰두한 나머지, 내가 그 자리를 편하게 느끼게 해주려는 배려는 조금도 하지 않았다. 그 사람들은 하나같이 비위에 거슬렸다. 체 바닥, 자갈들 사이에 끼어 보일락 말락 하는 사금 조각을 빼내듯, 그녀를 테이블에서 끌어내고 싶었다. 그러나 사실 그녀는 그 빛나는 속물 집단에 너무 잘 동화되었고, 당시만 해도 나는 그 점을 인정할 수 없었다. 루이종은 너무 아름다웠고, 그 때문에 나는 당연히 그녀를 고결한 영혼을 지닌 존재로 여겼다.

"그런데 스타니슬라스, 당신은 하는 일이 뭐예요?" 나를 대화에 끌어들이려는 양 샤를렌이 물었다.

루이종이 나를 대신해 대답했다.

"작가가 되고 싶어해요!"

"정말? 멋지다! 세드릭이 출판 에이전시에서 일하는 건 아나?"

"제 작업에는…… 에이전시 같은 건 없어도 됩니다."

"그런 말 마요, 앞일은 아무도 모르는 거거든! 이미 출판한 책이 있어요?"

루이종이 까만 건포도를 입술 사이에 넣었고, 나는 고개를 저었다.

"그냥 저를 위해 쓰는 겁니다. 일단 공부를 마치고…… 나중에 봐서요. 솔직히 말하자면, 아직 출판할 만한 걸 쓰지는 못했어요."

"넌 너무 겸손해서 탈이야, 스탄! 이 친구가 쓴 단편 하나를 보여주길래 읽어봤는데, 분명히 말하지만 문체가 아주 매력적이에요! 뭐랄까, 21세기에 다시 보는 일종의 고전주의랄까?"

"어쨌든 뭐라도 읽을 수 있다면 더없이 기쁘겠군요. 적어도 전문적인 충고는 해줄 수 있을 겁니다." 출판 에이전트가 친절하게 제안했다.

"참 친절하시군요. 네, 봐서요…… 제가 그 정도 수준은 아니라서요! 그냥 문장들을 덧붙이며 늘어놓는 정도입니다. 부정어를 남용하고, 안타깝게도 메타포를 여기저기 늘어놓는 경향이 있어요……"

"나는 네 메타포가 너무 맘에 들어!" 루이종은 이렇게 말하며 악마 같은, 치사량의 벤조디아제핀처럼 내 넋을 빼는 미소를 지었다.

"무슨 공부를 하는데요?" 탈모가 시작된 프랑수아가 사과 한 조각을 씹으며 물었다.

"사범대학에 다닙니다. 문과요."

"교사? 그렇군요! 나중에 당신 덕 좀 볼 수 있겠네요." 세드릭은 이렇게 말하고는 한숨을 내쉬면서 자기 아내를 쳐다보았다.

"어쨌든 여기 이 마마님께서 34 사이즈 옷이 더는 안 들어간다고 한탄하지 않는다면요……"

"좀 가만 내버려둬요! 각자 자신이 원하는 바를 하는 것 아니에요? 민주주의잖아. 젠장, 압박에 시달리는 건 보통 다 여자들 쪽이라니까! 우리 여자들 아드레날린 돌게 하려는 거야, 뭐야?!" 루이종이 말했다.

핌스는 웃음을 터뜨렸고, 루이종은—내 상상인지는 모르겠지만—의기양양한 승리의 눈빛으로 트레이시를 보았다. 그러나 심한 권태에 시달리는 듯한 미국 여자는 한층 노골적으로 하품을 했다. 핌스가 자리에서 일어나 음악을 켜고 보드카를 한 잔씩 돌렸다. 트레이시는 박수 치고 환호하며 왁스를 먹인 마룻바닥 위에서 몸을 움직이기 시작했다. 그러는 사이 그녀의 파트너는 간접 조명과 신나는 음악을 추가하며 열심히 실내를 디스코텍으로 바꾸어갔다. 루이종은 술기운에 반짝이는 눈으로 허리를 흔들며 무대로 나가 미국 여자와 춤 실력을 겨뤘는데, 자신의 주특기에 몹시 만족하는 듯했다. 어쩌면 나는 그때 그녀와 엮어가는 연애가 미요 고가교에서 줄도 안 매단 채 뛰어내리는 것만큼이나 비이성적인 일임을 깨달았어야 했다—그렇지만.

그날 밤, 루이종과 나는 죽음에 도전했다.

*

점들이 성좌처럼 퍼져 있는 그녀의 창백한 등이 규칙적인 호흡의 리듬에 따라 들썩였다. 나는 잠이 통 오지 않아, 하나의 섬처럼 정박한 이 낯선 육체의 미세한 떨림을 감상하고 있었다. 나는 이 섬이 무인도이길 바랐다. 팔 개월 동안 이어질 일식 현상이 시작되던 때였는데, 당시 내 기분은 몇 주를 꼬박 동상에 시달리며 냉동 식품으로 연명하다가 마침내 에베레스트산 정상에 깃발을 꽂은 산악인의 기분과 같았다.

우리는 카네트 거리에 있는 그녀의 방에 누워 있었다. 그곳은 내 아파트보다 핍스의 집에서 훨씬 더 멀었다. 핍스의 화려한 아파트에 내가 콤플렉스를 갖지나 않았을까 마음쓰며, 자기 집 또한 내 집보다 낫지 않음을 보여주기 위해 초대한 거라는 생각이 들었다. 나는 침대에 누워 그녀에 대한 관심을 놓지 않은 채, 호기심에 끌려 방안을 살폈다. 집에 들어섰을 때 몹시 다급하게 서로에게 달려드느라 하얀 피부 위에 걸친 검은 슬립 외에는 본 게 없었기 때문이다. 방안은 단출했다. 기껏해야 15제곱미터 넓이였고, 바로 옆에 좁은 욕실이 붙어 있었다. 책꽂이에는 예술 서적과 호화로운 잡지들이 쌓여 있었는데, 한 칸은 세심하게 분류된 신발 상자 여남은 개로 가득했다. 각 상자 앞에는 안에 든 구두를 보여주는 폴라로이드 사진이 붙어 있었다. 부엌 한구석에는 '빨간 두건 소녀'가 음산한 숲속 어귀에 서 있는 무늬의 구식 양탄자가 깔려 있었다. 냉장고 문에는 전 세계의 여러 수도에서 찍은 루이종의 사진들이 자석으로 붙어 있었다. (좀더 가까이서 보면 대부분의 사진에 핍스가 함께 있음을 확인할 수 있었다. 그런데 며칠 뒤 루이종은 이 사진들을 모두 없애버렸다—아마도 세심한 배려 같았다.) 정육면체 모양 콘크리트 위에 유리판을 깔아 만든 커다란 책상에는 데스크톱 컴퓨터와 다양한 크기의 카메라들이 놓여 있었다. 그리고 진홍색 문 하나가 방안 풍경을 완성했는데, 그 문이 붙박이장이라는 건 나중에 알게 되었다. 손바닥만한 공간이었지만 모든 물건이 제자리에 놓여 있었고 전체적으로 세심하게 선택된 것들이었다. 방을 둘러보며 좀 놀랐다. 나는 문학에 관한 한 달인이었고, 영화 마니아인 친구 덕에 영화사도 꿰고 있었다. 하지만 사진에 대해서는 아는 게 아무것도 없었다. 정원 한구석에서 카프드비엘이 아페리티프를 마시며 해준 그의 작업 얘기를 빼고는. 나는 배울 게 너무 많아서 인생이 한 번으로는 충분하지 않다고 씁쓸하게 생각했었다. 단지 문학 분야만 보아도 확인되는 그 사실에 맥이 빠졌다. 하지만 그때는 방안을 휘 둘러보며, 루이종이 내게 미지의 세계의 문을 열어주었다는 생각에 매우 흥분했던 것으로 기억한다. 얼핏 본 그 세계가 기대에 미치지 못했다 해도, 마디손의 할아버지가 얼마나 재능 있는 사진작가였는지 내가 확언할 수 있을 정도로는 충분했다.

예고 없이 날이 밝았고, 루이종은 이미 나가고 없었다. 부엌 식탁에 습관대로 목탄으로 끼적여놓은 메모가 있었다. 어젯밤 고마웠어—Xxx—바로 내가 씀. PS: 나갈 때 문 세게 닫아. 나는 소인국 물건 같은 욕조에서 샤워를 하고 옷을 입은 후 그녀의 부탁대로 문을 쾅 닫고 나왔다. 물론 냉장고 문에 붙어 있는 사진들을 자세히 들여다보는 것 또한 잊지 않았다. 메시지의 냉랭함과 번쩍거리는 종이에 남겨진 핌스의 키스마크 때문에 그녀에게 전화하기가 망설여졌다. 루이종의 태도 때문에, 보통 섹스한 다음날 아침 매우 불안해하던 여자들에 대한 나의 모든 생각을 재검토하게 되었다. 너무 흥분한 모습을 보이고 싶지 않았다. 초인적인 노력으로 안간힘을 다해, 내가 살아 있다는 신호를 보내지 않았다.

며칠이 지난 뒤 걸려온 전화 한 통이 내가 잘 처신했음을 알려주었다. 그녀가 저녁식사에 초대해주지 않겠느냐고 묻는 것으로 보아, 내 침묵이 자신만만하던 그녀를 흔들어놓은 게 틀림없었다. 나는 어리둥절한 기쁨을 애써 누르며 "그래, 좋아, 이 한몸 기꺼이"라고 대꾸하고는, 내가 사는 구역에서 가장 좋은 레스토랑의 이인용 테이블을 예약했다.

*

"벽에 페인트를 다시 칠했나봅니다, 아닌가요?"

루이종이 약속시간보다 이십오 분 늦는 바람에, 나는 다른 할일이 많은 종업원을 참고 기다리게 해야 했다. 맛집은 언제나처럼 손님으로 만원이어서 일정 시간이 지나면 예약이 취소되었다. 우리가 처음으로 갖는 단둘만의 저녁 시간을 다른 식당을 찾느라 지도를 뒤지면서, 게다가 추위 속에서 방황하며 낭비하고 싶지 않았다. 종업원이 나를 쫓아내기 뭣하도록, 나는 호감을 주는 단골손님 역할을 자처했다.

"색깔이 아주 따뜻하군요. '아늑한' 색깔 같아요! 석회를 사용하셨나요, 스펀지로 바른 거죠……?"

마침내 루이종이 나타났다. 그녀는 사과 한마디 없이, 도시를 불태울 것 같은 미소를 지었다.

"어젯밤 때문에 아직도 기진맥진인 거 알아? 자전거는 정말 못 타겠더라고, 그 정도로 엉덩이가 아파."

입맞춤 한 번으로 그녀는 내 입가에 맴도는 비난을 단번에 막아 버렸고, 기다리느라 날카로워진 내 신경은 마술처럼 순식간에 풀어졌다.

그녀가 외투를 벗으며 말했다.

"널 보니 정말 기분좋다. 오늘 얼마나 정신없이 보냈는지 몰라! 프랑수아 알지? 핌스 집에서 봤잖아. 그가 오늘 나를 촬영했는데 얼마나 오래 걸리던지! 게다가 늘 곡예를 하는 듯한 멍청한 포즈들을 시키거든. 말을 말아야지. 나 완전히 녹초야."

"너 모델이야?" 내가 놀라 물었다.

"지금 농담하는 거야? 이 키에 모델이라니! 아니, 나는 예술가들을 위해 포즈를 취해. 화가나 사진작가들…… 또는 설치미술에 참여하기도 해. 한번은 포장상자에 열두 시간 동안 갇혀 있었던 적도 있어, 상상이 돼? 보수야 아주 짭짤했지만 말이야. 어쨌든 서점에서 일하는 것보다는 나아!"

그녀는 꼬고 있던, 몸매가 드러나는 청바지를 입은 다리를 풀면서 그 위로 냅킨을 펼쳤다.

"포도주 주문했어? 나 갈증 나!"

"아니, 너 기다리느라. 네 취향을 아직 몰라서, 그러니까……"

"오오오, 그렇게 말하니까, 진짜 신사 같잖아! 그러면 너무 완벽한 것 아닌가요, 위알드 씨?" 그녀가 말했다.

나는 이 말을 칭찬으로 듣고 미소 지었다. 그녀는 잠시도 지체하지 않고 소믈리에를 소리쳐 부르더니 부르고뉴산 적포도주를 주문했다.

"괜찮아?" 그녀가 메뉴판을 닫으며 물었다.

"응, 아주 좋아. 완벽해."

그것은 사실이었다. 나는 부르고뉴산 포도주를 아주 좋아했다. 하지만 주문하기 전에 그녀가 내 의견을 묻지 않아서 조금 상처를 받았다. 그러나 다시 열띤 대화가 시작되었고, 나는 이 작은 사건을 잊어버렸다. 포도주가 맛이 좋아서 더욱 그랬다. 그녀의 가냘픈 실루엣이 촛불 빛에 흔들렸다. 그녀는 열정적으로 말했고, 자신이 가지고 싶은 직업에 대한 희망과 두려움을 털어놓았다. 일러스트레이터나 사진작가가 되면 좋겠어, 아니면 둘 다 못할 건 또 뭐야? 그녀는 자신의 여행, 아프리카, 스웨덴 등에 대해 이야기했는데, 나는 그 중에서 이탈리아 여행에 대해서만 그녀의 열광에 맞장구칠 수 있었다. 하지만 그녀가 단 한 번도 나에게 개인적인 질문을 하지 않았다는 걸 의식하지 못했다. 서로에 대해 아직 잘 모르지만, 서로에게 끌리는 두 사람의 기름을 칠한 듯한 기교로, 우리는 삶에 대한 몇몇 중요한 생각에 대해 의견을 나누었다. 애피타이저를 먹은 후, 우리는 서로가 비슷한 사회문화적 환경에서 자랐음을 깨달았다. 비록 내 쪽이 이론상으로는 상류 가정으로 보이긴 해도.

"우린 둘 다 촌뜨기야, 아가야! 파리는 촌뜨기로 가득하지. 그러니까 촌뜨기가 아닌 척하기만 해도 돼." 그녀가 술기운에 긴장이 풀려 소리쳤다.

나는 갑자기 불안감에 사로잡혔다.

"나도 그렇게 보여, 나도?"

"네가 그렇게 보이든 아니든, 하나도 중요하지 않다는 거 알지?"

"그럼 그렇다는 소리야?"

"아니, 그냥 놀리려고 한 소리야!" 그녀가 웃었다. "슬프지만 세상은 변했어…… 빈털터리 예술가라는 특이한 캐릭터는 이제 완전히 한물갔지."

주요리가 나왔다. 나는 고갯짓으로 종업원에게 고맙다고 인사를 했는데, 나도 모르게 나온 행동이었다. 루이종은 마치 그가 투명인간이라도 되는 양 말을 이었다.

"보자르에는 비트족들이 널렸어. 사람들은 그들이 퇴폐적인 분위기의 무단점유한 장소에서 그림이나 그리겠거니 생각하지. 석면의 독성 때문에 요절하기 전까지 말이야. 뛰어난 재능을 지닌 인간들은 아마 사후에야 명성을 얻을 거야. 하지만 난 성공하고 싶어, 내 말 이해하겠지……"

나는 음식이 다 식어버릴 것 같아 쇠고기 조각을 먹기 시작했는데, 루이종이 한숨을 내쉬었다.

"나는 그런 저녁 모임 딱 싫어, 가서 얼굴 내밀고…… 하긴, 피에르 덕분에 많은 사람들을 만나긴 했지." 그녀가 게 파이에 포크를 꽂으며 말했다.

"도움이 많이 됐어. 그가 프랑수아를 소개해주었고, 프랑수아는 많은 일거리를 찾아주었지. 그를 만나면서 아주 많은 걸 배웠어."

"둘이 오래 사귀었나봐?"

루이종은 음식을 조금 맛보았다. 입을 살짝 삐죽이며 생각하는 얼굴이었다가, 즐거운 표정으로 잠시 맛을 음미했다. 그러면서 침묵을 좀더 끌었다.

“거의 이 년. 학교 저녁 모임에서 만났어. 나는 1학년이었고, 그는 수업을 했어. 서로 첫눈에 반한 경우였지.”

나는 둘의 포도주잔을 채우며 재빨리 시간을 계산했다.

“그럼 한 일 년 전에 끝난 관계네?”

그녀가 흘겨보며 페이퍼나이프 같은 날카로운 투로 대꾸했다.

“그래, 그쯤 되지.”

그녀가 포도주잔을 입술에 갖다댔다. 입술에 자줏빛 얼룩이 졌다. 침묵이 흘렀다. 루이종은 레스토랑 안을 살폈다. 더이상 나를 보지 않으려는 명백한 목적으로. 나는 완두콩을 깨물었다. 대화를 다시 이어가기 위해 어떻게 해야 할지 난감했다. 루이종은 감정을 오래 노출하는 법이 없는 놀라운 능력을 발휘하며 다시 말을 이었다.

“있잖아, 어떤 이론에 따르면 여성은 출산으로 최후의 창조를 실현하기 때문에 여성 예술가는 더 적을 거래. 그림이나 조각, 글쓰기에 골머리를 앓아봤자 무슨 소용이야? 우리 여성들은 어쨌든 간에 후세를 이어갈 텐데.”

“맞아, 선사시대 이후 남자들은 출산을 할 수 없다는 것에 분풀이를 해오고 있지……” 나는 맞장구를 쳤다.

“하지만 내 생각에 우리 여성들은 이제 단지 그렇게만 존재하고 싶어하지 않아…… 내 말은, 어머니로만 존재하는 거 말이야. 있지, 난 오랫동안 외동딸로 지냈어. 남동생, 그것도 쌍둥이 남동생들이 태어났을 때, 나는 열세 살이 넘었어…… 내가 더이상 세계의 중심이 아니라는 게 충격이었지!”

“난 여동생이 하나 있어. 나이차는 별로 안 나지만 그 문제라면 나도 알지……"

"그래서 난 당연히 부모의 관심을 끌려고 애썼어. 아버지는 내가 목공일, 기능을 갖춘 장인 같은 직업에 관심을 갖기를 바랐지만, 엄마는 위험한 일이라고 생각했어. 이 점에 아버지는 있는 대로 상처를 받았고! 그런데 사실 엄마는 내가 예술 쪽으로 가서 만족하는 것 같아. 하지만 내 장래에 대해 걱정이 늘어지지……"

"아마 네가 공무원이 되었으면 하실걸!"

"맞아, 아니면 변호사면 더 좋고!"

그녀는 포크를 빈 접시 위에 내려놓았다.

"부모란…… 그분들이 이해하기는 어려운 일이지. 우리 아버지는 아마 쌍둥이 동생들을 기어이 설득하고 말 거야, 두고 보면 알겠지. 특히 콜랭은 집안을 수리하고 꾸미는 걸 좋아하거든."

"그래도 넌 고집불통이다. 날 봐봐, 단지 부모님을 즐겁게 해드리려고 선생이 되려고 하잖아!"

그녀가 어깨를 으쓱했다.

"내가 만났던 사람들을 보면, 교육부는 널 고용하게 된 걸 기뻐할 거야, 스탄. 중요한 것은 그 일이 네가 글 쓰는 데 방해가 되지 않는다는 거야…… 우리는 뭔가 대단한 일을 하려고 여기 있는 거잖아. 그러니까 생산제일주의가 우리 입에 재갈을 물려 판을 깨게 내버려두지는 말아야지!"

그녀가 잔을 들어올렸고, 우리가 차지할 세계 속의 드높은 지위를 위해 함께 건배했다.

"커피 드릴까요?"

애피타이저부터 디저트까지 식사는 훌륭했다. 아페리티프를 마실 때 그녀가 소감을 밝혔다.

"아주 맘에 들어. 이 식당 완전 좋아."

식사 비용이 그 시기의 내 형편을 한참 웃돌았음을 덧붙이지는 않겠다. 자리에서 일어설 때 나는 그녀에게 은밀하게 말했다.

"자주 오는 곳은 아냐. 중요한 때를 위해 알아둔 곳이지. 굳이 말하자면, 비장의 무기랄까."

"나는 그렇게 대단한 사람이 아닌데, 나 혼자, 단독으로 누군가에게 중요한 사람일 수 있다니 정말 뿌듯하네!" 그녀가 웃으며 말했다.

나는 카드빚이라는 피로 가득한 우물에 첫번째 돌멩이를 던지는 계산을 했다. 밖은 짙은 안개가 끼었고 냉동실처럼 차가운 공기가 살을 에는 듯했다. 루이종은 몸을 바짝 붙이며 내 어깨에 머리를 묻었다. 내 원룸 건물 로비에 들어섰을 때, 그녀가 계단을 오르기 전에 굽 높은 부츠를 벗었다. 발이 아프다고 했다. 그런 굽으로 어떻게 자전거 페달을 밟았는지 도저히 이해가 가지 않았다. 양말에는 심슨 가족 그림이 있었는데, 나는 완벽하지 않은 그녀의 모습에 안도감을 느꼈다! 나는 기회를 놓치지 않고 심슨 할아버지를 흉내 내며 말했다. "길바닥을 금으로 포장하던 시절이 기억나는구먼!" 나의 눈물겨운 연기에 그녀가 자지러지게 웃음을 터뜨렸다. 아마도 술에 취했기 때문인 것 같았다. 지구상에서 가장 재밌는 남자는 못 되는 나는 보드카를 한 잔씩 따랐다. 그 보드카가 그뒤로 습관이 되어갔다. 이어서 스테레오로 〈사형대의 엘리베이터〉를 틀었다.

테이레시아스*처럼 눈이 머는 대신 나는 예지력을 갖게 되었지만, 이성의 끈은 놓쳐버렸다는 사실은 전혀 고려하지 못했다.

* 그리스신화에 나오는 장님 예언자.

게타리
12월 26일
눈과 빙판

사랑하는 딸에게

네 할아버지의 장례식을 치른 그날 밤, 라파엘과 나는 사랑을 나누었어.

아주 오래전부터 없었던 일이지. 사실 그 일 이후로는 없었어. 우리는 다시 시작하지 못했었다. 종이학을 접으며 자신을 돌아보는 시간처럼 한동안 정지되어 있었지.

나는 그를 사랑한다, 너도 알지. 나는 여전히 그를 사랑해. 어두운 눈빛과 넓은 어깨를 가진 그가 내 눈에는 여전히 멋지게 보여. 하지만 너를 잃은 이후로는 내 몸의 이 부위가 끊임없이 아픈 것 같았어.

네 할아버지의 부재가 내 어린 시절을 망가뜨렸지만, 이제 그분이 정말로 떠났다고 마디 네게 말해야겠구나. 그분은 두 딸을 낳았지만, 오랫동안 딸들에게 일 년에 여섯 번 정도 모습을 보이는 일종의 산타 할아버지 같은 사람이었어. 마술사처럼 어디선가 홀연히 나타났는데, 늘 햇볕에 그을린 얼굴에 아주 멋졌지. 양팔에는 이국적인 선물들을 가득 안고 다정한 말투로 말을 걸었어. 그때마다 얼마나 기쁘고 가슴이 벅찼던지! 거의 숨이 멎는 것 같았단다!

그러나 그때 무니 할머니와 아멜리 이모와 나에게 필요했던 것은 그게 아니었어. 우리에게는 가족이 필요했어.

마침내 부모님이 늙어서 우리집 근처로 이사 왔을 때, 나는 어쩌면 우리가 잃어버린 시간을 만회할 수 있을지도 모르겠다고 생각했어. 나는 그분이 너 때문에, 마디 너와 가까이 있기 위해 이사 왔음을 알고 있었어. 말하자면 네가 나에게 아버지를 다시 데려다준 거였지. 하지만 잃어버린 시간은 결코 되찾을 수 없는 거란다.

나는 라파엘을 선택했어. 그는 착하고 신뢰할 수 있으며, 두 발을 현실에 굳건히 디디고 있고, 세상의 흉한 것을 보지 않도록 두 손으로 내 눈을 가려주는 사람이었기 때문이야. 그가 내 삶 속으로 들어왔을 때, 나는 그 관계가 영원히 계속되리라는 걸 단번에 알았어. 물론 그는 예술 서적 출판인이지만 예술가다운 면은 하나도 없어(너도 알고 있을 거라고 생각하지만 아무튼 아빠와 나는 이렇게 만났어…… 그가 할아버지의 두번째 사진집 『데카당스』를 출판했지. 너도 알지, 에스토니아에 관한 책, 표지에 어린 소녀가 올리브를 들고 있는 책, 네가 아주 좋아하는 책 있잖아). 나는 그의 취향과 교양이 풍기는 매력에 곧 사로잡혔지만, 라파엘은 꿈꾸는 몽상가가 아니라 언제나 무언가를 짓는 건축가란다.

그래, 내가 원했던 건 바로 이거였어. 결코 풍화되지 않는 바위.

네가 태어난 날은 우리 삶에서 가장 아름다운 날이었단다. 너는 우리 결합의 완전한 결실, 찬란한 상호보완적 관계가 완성한 성취였어. 너는 커서는 종종 동생을 갖고 싶다고 했지. 아빠는 네 소원을 들어주고 싶어했지만 나는 그러고 싶지 않았다. 이기심이 아니라 오히려 그 반대였어. 내 마음이 분산될까봐 두려웠단다. 내가 줄 수 있는 최대한의 사랑을 모두 너에게, 오로지 너 하나에게만 주고 싶었거든. 어린 시절 나 자신이 그렇지 못했기 때문에 네가 우리 사랑으로 가득찼으면 하고 바랐단다. 다행히도 타고난 둥글둥글한 성격과 우리의 교육 덕분에 너는 많은 외동아이들이 보여주는 까다로운 응석받이의 징후를 보이지 않았어. 너는 하나밖에 없는 외동딸이야. 그래, 마디 넌 유일한 딸이야. 하지만 형제자매가 없어서 유일하다는 게 아니야.

있는 그대로의 네가 이 세상에서 유일한 존재이기 때문에 유일하다는 거야.

아랫배에 통증을 느끼기 시작한 지 이 주쯤 되었어. 현기증이 났지만 날 삶에 붙들어매주는 진정제 때문에 종종 있는 일이야. 생리불순이 생긴 이후 이따금 약 먹는 걸 잊기도 했어. 매일 아침 삼켜야 하는 알약들 때문에도 그렇고.

혹시나 하는 생각이 들기까지는 시간이 좀 걸렸단다. 지난주에 의심하며 괴로워하다가 테스터를 사서 소변 검사를 했어.

딸아, 내가 임신을 했단다.

할아버지 장례식 날 밤에 우리는 사랑을 나누었고, 바로 그 밤에 생명을 잉태한 거지. 나는 불모의 몸이 되었다고 생각했는데, 바로 이곳에 생명이 생겼구나. 여기엔 아마도 시적인 게 있는 것 같아— 자연은 참 오묘해.

라파엘에겐 아무 말도 하지 않았다.

원했던 임신이 아니란다. 너를 대신할 아이? 도대체 누가 널 대신할 수 있을까?!

나는 이 아이를 그렇게 생각했어. 대체용 아기. 가짜. 너의 대용품. 얘야, 난 이 생각을 도저히 견딜 수가 없었어. 낙태술을 해주는 산부인과 병원으로, 모르는 의사에게 전화를 했어.

어른이니까 씩씩하게 혼자서 병원에 갔지.

보르도행 기차를 타고 갔어. 기차 안에서 내내 눈으로 널 찾았단다, 신이 매일 하시듯이. 하지만 너는 없더라.

너는 정말 없더라.

병원 대기실은 기차역 대기실과 비슷했어. 배가 쏟아져내릴 듯

불룩한 여자들이 있고, 사랑하는 연인들도 있고, 흰 가운을 입은 의사들이 번호가 붙어 있는 문을 밀며 드나들었어. 나는 소파와 한 세트인 아몬드 빛깔 탁자 위에 있는 잡지를 집어들었단다. 손이 하도 심하게 떨려서 잡지 책장이 진동하는 소리를 모두가 들을 것만 같았어. 너무 창피해서 잡지를 덮어 무릎에 올려놓았지.

『엘르』지 위에 두 손을 모으고 앉아서 기다렸단다.

어린아이들이 대기실 통로를 뛰어다니며, 회색 점무늬 타일 바닥의 커다란 사각형 위에서 돌차기 놀이를 하고 있었어. 다섯 살 정도로 보이는, 밀밭 빛깔 금발의 여자아이가 바로 내 앞에 있는 사각형으로 폴짝 뛰어들어왔단다. 아이가 깨금발로 멈춰 섰어. 그렇게 한 발로 꼼짝 않고 서서 내 얼굴을 뚫어져라 쳐다보았지. 우리는 한참 동안 그렇게 있었다. 서로의 눈을 들여다보며. 현기증이 나기 시작했는데, 아이가 마침내 말했단다. "하늘."*

아이가 하던 놀이를 멈추고 나에게 말을 건 거야. 나는 아이의 눈을 들여다보았어. 어쨌든, 그렇게 뱃속의 아이를 아주 생생히 느끼게 되었단다.

간호사가 내 이름을 불렀어. 자리에서 일어났는데, 그때 주변의 모든 게 비현실적으로 보이더구나.

그 순간, 첫 임신 때가 생각났어. 그때는 아빠가 옆에 있었지만 말이야. 그리고 네가 생각났어. 뱃속에 네가 있다는 걸 알았던 날,

---

* 프랑스식 돌차기 놀이판의 마지막 칸을 가리키는 말.

바로 그날이 생각났어.

그리고 차가운 진찰실에서 아이의 심장박동을 들었단다.

마디, 메리 크리스마스. 네 소원이 이루어졌구나.
너에게 여동생, 또는 남동생이 생길 거야.

내가 널 사랑한다는 걸 결코 잊지 마라. 그 어느 날보다도 오늘 더욱더 널 사랑한다.

엄마가

금빛 나무

내 창문 밖에 나무 한 그루가 있다
아주 높아서 거기 매달려
꿈을 꿀 수 있는 나무

계절은 가을, 나는 거기 매달려 있다
할아버지가 내 앞으로 다가온다
태양 속에서
할아버지의 큰 카메라의 이중 눈이
나의 한 모습을 포착한다(찰칵)

금빛 나뭇잎들 사이에서
나는 꿈을 꾸며 웃는다

높다란 나무 위에 걸터앉아
나는 사랑받으며 재밌게 논다.

M. E.

2부

6월 14일 21시 13분

그동안 꽤 많은 게 바뀌었어.

너는 새 공책이야. 보다시피 달력이 생겨서 이제는 날짜도 알아(그래서 벽에 줄을 그어 # 표시하는 것도 그만두었어. 정말 맥 빠지는 짓이었지. 지금은 달력의 날짜 칸마다 XXX 표시를 해). 오늘에 이르기까지 무슨 일이 있었는지, 너에게 들려줄 이야기가 너무 많아.

내가 R와 함께 지낸 지도 이 년이나 되었어. 이 년 전 바로 그날의 '기념일'에, 그러니까 내가 납치당한(내가 말했지, 그는 미쳤다고) 기념일에 너와 달력을 받았어. 우리 부모님과 마찬가지로 나 역시 단념한 것 같아. 물론 오래전부터 몸값 이야기가 엉터리로 꾸며낸 것임을 알았지만 그렇다고 해도 나나 부모님에게 달라질 건 없어. 어쨌든 그후로 부모님이 정말로 내가 죽었다고 생각하는 듯해서, 나도 '받아들이려고' 노력하고 있어. 하지만 너도 짐작하다시피 정말 쉬운 일이 아니야.

도라와 (도라는 여전히 굽도리널 뒤에 있어. 너도 감춰두는 곳이지) 너 사이에 일기장이 하나 더 있었어. 그런데 칠칠치 못하게 R에게 들키는 바람에 그가 세면대에서 태워버렸어. 내가 내 몸을 만지는 이야기를 쓴 걸 읽고 질색을 하더라고. 그의 말로는 치명적인 죄악이래. 하지만 지금도 종종 만지고 있어. 그가 신부님처럼 늘어놓는 지루한 설교는 정말 신경질 나. 아무튼 그 일 때문에 방 천장에 그을음 자국이 크게 났어. 기침도 많이 했고, 탄내가 몇 주 내내 갔어. R는 그래야 내가 잘못을 기억할 거라고 했어. 얼마나 울었는지는 자세히 말하지 않을래. 아무튼 니벨강이 범람하듯이 눈물이 넘쳤어...... 이후로 그가 방문을 두드리고, 내가 "들어오세요" 하기 전까지는 들어오지 않기로 합의하는 데 성공했어. 그렇게 해달라고 요구하는 이유는 그가 모르는 비밀을 만들려는 게 아니라 내 또래 여자애에게는 자기 방에서의 사생활이 필요해서라고 설명했지. 그는 결국 받아들였고, 지금은 그 합의를 잘 지키고 있는데, 아마도 내가 이곳을 처음 '방'이라고 불러줬기 때문인 것 같아. 너도 세면대에서 불타 없어지기를 원치는 않아. 고작 그거 태웠다고 호흡곤란 같은 매우 불쾌한 일이 생기는 건 차치하고라도.

이젠 내가 얼마나 살았는지 정확히 알아. 열세 살하고 두 달이야. 가슴이 커졌어(내 말은, 이젠 그렇게 작지 않다고!). 그리고 몇 주 전에, R가 쓰는 말로 '월경'을 시작했어. 이제 거의 진짜 여자가 된 셈이지. 생리가 시작된 날, 그가 방에 거울을 들여놓았어. 축하한다면서. 그한테는 대단한 사건인지는 몰라도 나는 끔찍했을 뿐이야(배가 너무 아파. 꼭 말굽 같은 쇳덩이를 삼키기라도 한 것처럼. 아무튼 넘어가자). 그런데 거울 속에 깡마르고 키 큰 여자애가 있는 거야. 붉은빛으로 반짝이는 아주 긴 머리에, 얼굴이 유령처럼 창백하고 광대뼈가 도드라진 여자애. 나는 소스라치게 놀라 R에게 질겁한 얼굴로 물었어.

"대체 저 여자애는 누구예요?"

웃자고 하는 말이 아니야. 정말 내 방에 다른 누군가가 있다고 생각했어. 도저히 믿기지 않고 이상했어. 순간적으로 이런 생각이 스쳤어. '혼자 살기에도 좁은데, 대체 이 안에 어떻게 둘이 있는담.'

너무 오랫동안 자기 모습을 보지 못하다가 갑자기 보게 되는 건 참 끔찍한 일이야.

나는 좀 귀여운 타입이거든, 특히 일광욕을 해서 얼굴빛이 좋을 때는. 그런데 거울에 불쑥 나타난 핼쑥한 얼굴을 보니 진짜 무섭고 겁이 났어. 이런 얼굴과 마주치기에 자연스러워지기까지 며칠이 걸렸어. 어쨌든 나는 이제 이전과 조금도 비슷하지 않아.

R가 태워 없앤 이전 일기장에 있던 중요한 내용을 여기 다시 적기로 했어. 언젠가 너희를 모두 스타니슬라스 위알드 선생님에게 건네주기 위해서야. 선생님에게 내 삶을 소설로 써달라고 하려고(언젠가 여기서 나가는 날, 그러기로 결심했어. 여기서 나가는 게 새로운 대계획이야). 뜬금없게 들릴지 모르지만 내가 언젠가 여기서 도망칠 거라는 걸 알아. 또한 내가 평범하지 않은 삶을 살고 있

으니까 결코 다른 애들처럼 평범한 소녀가 되지 못할 거라는 것도 알아. 분명 이런 일이 일어나지 않았다면 더욱 좋았겠지. 하지만 현실인 이상, 지금은 여기서 유익함을 끌어내려고 노력해야 해. 볼테르는 『랭제뉘』에서 이렇게 썼어. “불행도 어떤 것에는 좋다.” 볼테르는 아주 멋진 사람이니까(게다가 바스티유 감옥에 갇힌 적이 있잖아. 나와의 굉장한 공통점이지) 확실히 그 말이 옳아.

R가 마침내 출장에서 돌아온 날 밤, 나는 비참한 기분이었어. 그를 보고 안도해서 목에 매달리자 나를 꽉 안아주었어. 그는 나한테 선물을 가져다주었어. 일렉트로룩스 상표의 전기 포트. (그래서 그가 다닌다는 ‘회사’가 일렉트로룩스인가 하는 생각도 해봤어. 하지만 가만있는 편이 더 나은 것 같아서 아무 말도 하지 않았어.)

새로 들여놓은 기계로 커피를 내려 마시고 나서 우리는 오랫동안 대화를 했어. 나는 그가 다시 돌아오지 않을까봐 얼마나 걱정했는지 말했어. 그러자 그는 회사에 더이상 출장 보내지 말아달라고 요구하겠다고 약속했어(지금까지는 지키고 있지). 그래도 무슨 일이 생길 경우에 대비해 내가 여기 있다는 사실을 어디다 한마디 적어두라고, 편지든 뭐든 한마디만 적어두라고 간청했어. 하지만 그는 자신이 영화 〈하이랜더〉에 나오는 불멸의 사나이나 되는 듯 그런 일은 결코 일어나지 않을 거라고 우겼지. 맙소사. 마음이 진정되었을 때 한번 더 밖에 나가게 해달라고 요구했어. 그런데 그는 그것도 단순한 문제가 아니라며, 내가 아직 준비가 안 되어 있고 해결해야 할 일이 꽤 많다고만 했어.

그래서 내가 물어봤어.

"어떤 일 말인데요?"

"네 가족이 네가 죽었다고 생각한다는 사실을 잘 이해해야 한다는 거야. 그러니 그들을 만나려고 해봤자 아무 소용 없고, 그랬다간 그들에게 불행한 일이 생기리라는 것. 뿐만 아니라 네가 접촉하려고 시도하는 이는 누구든 불행한 일을 겪게 될 거라는 것. 알아들었니, 마디손? 내가 하는 일들은, 네가 이해하지 못할지라도, 다 네 행복을 위해서다. 그러니까 못된 장난 칠 생각은 하지도 마."

그 말을 듣고도 눈물은 안 났어. 내가 어디 있는지조차 전혀 모르는걸(지금 역시 좀더 알게 되었다고 말할 수 있는 게 아무것도 없어. 아무튼. 정말이지 그가 나한테 뻥을 칠 때 코가 길어졌으면 좋겠어! 확신하는데 라파엘이 그의 이름일 리도 없어, 아마도…… 물론 내겐 아무 증거도 없지. 인생이 『피노키오』 같지는 않으니까).

시간이 지나면서 완전히 미쳐버릴 것 같다는 생각이 들었어. 도라 일기장은 다 써서 기분을 풀 만한 곳이 더이상 없었으니까. 이런 말은 R에게 감히 할 수 없었어. 혹시라도 일기장을 들여다보고 싶어할까봐(도라의 후계자가 생겼을 때—이 공책에 여러 색깔의 동그라미가 있어서 '버블 일기장'이라고 이름 지었어—말 안 하기를 정말 잘했다!라고 생각했어). 내가 가지고 있는 책이라고는 어린이를 위한 동화들뿐이었어. 가끔 그가 저녁에 즐겨 읽어주는, 옛날옛적에 어쩌고저쩌고하는 책들이지. 책 읽어주는 그를 보면서, 그가 진짜 아빠인 양 행세한다는 생각이 들었어. 아빠라면 결코 나를 지하창고에 가둬놓지 않겠지만. 아빠로서는 도저히 이해할 수 없을 미친 짓이지! 새 잠옷도 생겼어. 이전 것만큼이나 기막힌 거야. 분홍색 푸크시아꽃과 여러 색깔로 수놓은 앵무새가 있는 면 잠옷이야. R는 내가 자라지 않길 바라나봐. 하지만 내가 생리를 시작해서 만족하는 걸 보면 그렇지 않은 것 같기도 한데. 뭐, 그는 제정신이 아니니까 푹 익은 수박 같은 저 머리통에 무슨 뜻이 담겨 있을 거라고 이해해보려는 건 소용없는 짓이야…… 커피를 많이 마셨더니 손이 막 떨렸어. 이 무렵, 나는 사람이 얼마나 불행하면 창문으로 뛰어내려 남의 집 테라스를 망가뜨릴 수 있는지, 얼마나 불행하면 그렇게까지 하는지 마침내 이해하게 되었어(그런데 물론 여기는 창문이 없지). 하지만 다행히 이젠 네가 있어. 다른 책들도 생겼고. 그리고 열두 살 생일 선물로 R가 드디어 백과사전을 주었어. 이때부터, 그러니까 십사 개월 전부터 매일 저녁 백과사전을 읽었고, 오늘은 P로 시작하는 단어들 중에서 '파그루스'(참도미의 학명이야)를 읽었어. 새로운 단어가 마음에 들면 수첩에 적어둬. 예를 들어 '말스트룀maelström'이라는 단어가 특히 좋아. '소용돌이'라는 뜻인데, 내 안에서 느껴지는 게 딱 그래.

그런데 몇 주 뒤 내가 절망의 수렁에 빠져 있을 때, 아주 놀라운 사건이 일어났어. 방에 불개미들이 침투한 거야. 새빨갛고 반짝반짝 윤이 나서 꼼치 알이 두 줄로 돌아다니는 듯 보였어. 상상해봐! 무더기로 켜켜이 쌓여 있는 개미들을! 정말 징그러웠고, 물려서 가려웠어. 그래서 피가 날 때까지 계속 박박 긁었어. 하지만 한편으로는 색다른 일이 일어나서 신기했어! 먹고 잠자고 제자리에서 빙빙 도는 일 말고 다른 일, 삶을 닮은 놀라운 일이 일어났다는 게. 나는 개미들이 무리지어 들어오는 모습을 온종일 관찰했어. 내가 너를 감춰두기 위해 벽 아랫부분 굽도리널 뒤에 만들어놓은 구멍을 통해 방으로 침입한 것 같아. 그보다 내가 표시한 #의 개수에 따르면 2월 중순이니, 계절이 아직 겨울이라서 아마 좀 따뜻한 곳을 찾아 들어온 것 같기도 해. 잘은 모르겠지만. 나는 곤충에 대해 아는 게 없어.

이 광경을 보고 R는 완전히 기겁했어. 급히 달려나갔고, 정확히 이십구 분 동안 자리를 비웠지. 이어서 다시 방문을 열고는 말했어.

"이리 와."

그가 내뱉을 수 있는 말 중 가장 믿을 수 없는 말이었어! 무슨 말인지 알아들어?! 방을 나간다는 거야! 그날은 화요일이었어. 바로 전날 벽에다 서른한 개째 줄을 그었거든. 팔 개월간 포로로 잡혀 있다가 처음으로 나가는 거였어! 그런데 이상했어. 어찌된 영문인지 그 순간 한 발짝도 뗄 수 없는 거야. 마치 초강력 접착제를 벽에 바른 듯 나는 구석에 붙어 있었어. 깜깜한 통로를 향해 문이 열려 있는데, 입구가 상상할 수 없을 정도로 무서워 보였어. 마치 나를 물어뜯을 날카로운 이빨을 가진 괴물이 입을 벌린 것처럼 보였어. 몸이 완전히 마비되어 움직일 수 없었어. 나탕 자조가 내게 입맞추던 날처럼. 그래서 R가 다시 들어와서 나를 데려갔어. 그가 우리 뒤로 문을 닫았어. 그제야 철제 빗장을 두 고리 사이에 끼워 잠그는 문이라는 걸 알았어. 그러니까 지난번에 하루종일 쑤시며 열려고 했던 열쇠 구멍은 쓰지 않는 것이었어. 그렇게 애썼건만!

"열쇠 구멍이 너무 닳아서 얼마나 갈지 모르겠네?!"

내 얼굴이 양귀비꽃처럼 새빨개졌던 것 같은데 다행히도 어두웠어. 도망치려 했던 것을 그가 눈치챘는지는 모르겠어. 그렇다면 정말 곤란해. 왜냐하면 날 더욱 믿지 못하게 될 테니까. 어쨌든 그렇게 해서 그 이상한 걸쇠 소리가 어디서 나는지 알게 된 거야…… 나는 가타부타 말도 없이 그의 손을 잡았어. 우리는 어두운 통로를 걸었어. 곰팡내와, 내 방보다 더 습한 냄새가 났어. 바닥에는 모래가 있었는데 한 치 앞도 보이지 않았어. 우리는 장님처럼 지하미로 같은 곳을 더듬어 걸었어. R야 늘 드나드는 길이라 속속들이 잘 알고 있겠지만. 나는 그의 손을 힘껏 잡았어. 다리가 후들거렸어. 그 시간은 길지 않았어. 일 분도 안 되었던 것 같아. 하지만 나한테는 몇 시간처럼 길게 느껴졌어. 통로 끝에 이르러 시멘트 계단 앞에 도착했어. 계단 위쪽에 노르스름한 불빛이 보였고 멀리서 음악소리가 들렸어. 순간 더이상 숨을 쉴 수 없을 정도로 갑자기 몸이 안 좋아졌어. 심장박동이 너무 빨라져서 무니 할머니의 심장처럼 갑자기 멈춰버릴 것만 같았어.

R가 몸을 숙이고 내 눈을 들여다보았어.

"괜찮아질 거다. 이제 드디어 집을 보게 되는 거야. 집이 어떻게 생겼는지 무척 보고 싶어했잖아. 그렇지, 마디손?"

나는 고개를 끄덕였어. 그가 다시 내 손을 잡고 계단을 올라갔어. 무서운 마음을 누그러뜨려보려고 머릿속으로 계단을 세었어. 하나. 둘. 셋. 넷. 불빛이 점점 선명해지고, 음악소리가 점점 커졌어. 다섯. 여섯. 일곱. 클래식이고 여러 대의 바이올린이 동시에 연주하는 음악이었어. 여덟. 아홉. 문이 있고…… 열. 열하나. 열둘. 음악소리가 폭발적으로 커졌어. 열셋. 가슴을 파고드는 현악기 연주가 몹시 슬픈 곡이었어. R를 뒤따라 불빛 속으로 들어섰어. 열넷. 모든 게 영화의 한 장면처럼 비현실적으로 보였어.

문 뒤에는 정말로 집이 있었어.

수도 없이 많은 것을 상상했는데, 지극히 평범한 집이었어. 다른 게 있다면 커튼이 모두 드리워져 있고 블라인드도 모두 내려와 있고 노란 카펫이 깔린 커다란 시골풍 식당에 바이올린 연주소리가 쩌렁쩌렁하게 울리고 있었다는 거야. 짙은 색 목재 가구들이 있고, 불꽃 모양 전등과 적갈색 가짜 촛대로 이루어진 샹들리에가 실내를 밝히고 있었어. 밤색 타일 바닥에 군데군데 구멍이 나고 올이 풀린 낡은 페르시아 양탄자가 깔려 있었어. 벽에는 흉한 풍경화들과 가족사진들이 걸려 있었는데, 사진 속의 사람들이 모두 죽기라도 한 듯 액자에 장식이 매우 많았어. R의 집을 보고 제일 먼저 떠오른 생각은 늙음과 고독과 슬픔의 냄새가 난다는 거였어. 하지만 나는 이렇게 말했어.

"아저씨네 집, 좋네요!"

그는 들키지 않으려 애썼지만 몹시 당황한 기색이 역력했어. 혹시 뭔가 잊은 것은 없는지, 덜 닫힌 창문은 없는지, 또는 접근할 만한 통로를 방치하지는 않았는지 걱정스러운 듯 주변을 두리번거렸어. 나도 잠시 방안을 샅샅이 훑어보았지만 불행히도 빈틈없이 단속해둔 것 같았어……! 방금 우리가 나온 문 오른쪽에 있는 노르망디식 장롱은 놓인 위치를 보아 문을 가리는 데 사용되는 것 같았어. 그러니 누군가 거실에 들어와도 장롱 뒤에 미로 같은 통로가 있고 그 끝에 여자아이가 있다는 생각은 꿈에도 못할 거야. 이 생각에 이르자 기분이 컨버스화 밑바닥으로 곤두박질쳤어.

R가 배배 꼬인 장식 술이 바닥까지 늘어진 낡은 노란색 벨벳 소파를 가리키며 명령했어.

"여기 앉아. 움직이지 마. 만일 움직이거나 소리치면 죽여버릴 거야. 알았지?"

나는 하라는 대로 했어. 대신 고막이 터질 듯이 시끄러운 음악소리를 약간 줄일 수 있을지 물었어.

"이 정도로 고막이 터지지는 않을 거다. 베토벤이야."

베토벤이든 누구든 너무 괴로울 정도로 시끄러웠어. 하지만 나는 입을 다물었어. 잠시 후 그가 다시 나갔어. 눈으로 실내를 재빨리 훑었어. 저기 전화기, 빨리, 저기가 출입문, 빨리, 컴퓨터는? 컴퓨터는 흔적도 보이지 않았어. 그리고 우리집에 있는 것과 같은 커다란 LCD 텔레비전이 있었는데 나머지 장식품들과 전혀 어울리지 않았어. 하이파이 스테레오도 최신식이었어. 창문 옆에 반짝거리는 작은 상자가 보였는데, 그건 십중팔구 경보 장치야. 같은 상표는 아닐지라도 게타리에 있는 우리집에도 있거든. 그런데 어떤 식으로 작동하는지는 모르겠어. 물건들은 하나같이 낡았지만 이루 말할 수 없이 깨끗하고 정리가 잘되어 있었어. 매우 인상적으로 미니카를 수집해놓은 진열장 옆에 책꽂이가 있길래 거기 꽂힌 책들을 훑어보았어. 물론 우리 할아버지 책을 찾아보았지. 그런데 없었어. 그냥 고전소설뿐이었어. 그 책들을 이제는 거의 다 읽었어. 『적과 흑』 『랭제뉘』 『캉디드』 『잃어버린 환상』 『파리의 노트르담』 『페르시아인의 편지』……(지금은 빅토르 위고의 『사형수 최후의 날』을 읽고 있는데, 특별히 놀라운 작품이라고 생각해.) 책마다 먼지가 쌓여 있고 안쪽 간지에는 보랏빛 잉크로 모나 뤼넬이라고 적혀 있었는데 오래되어 흐릿하게 바랬어. 그제야 R의 어머니 이름이 모나라는 걸 알았지. 뤼넬은 성일 테고. 하지만 원래 성인지, 결혼 후 R의 아버지 성을 따른 것인지는 모르겠어. 어쨌든 '라파엘 뤼넬'이라고 한다면, 라파엘, 뤼넬, 이렇게 첫 자음이 겹쳐서 진짜 바보 같은 이름이잖아!

그건 그렇고.

R가 급히 다시 식당으로 갔어. 내가 소리치지 않을 거라고 확신했는지 음악소리를 줄였어. 우리 둘 다에게 좋은 일이었지. 그가 개미 문제를 해결하기 위해 '방'에 약을 뿌리러 갈 거랬어. 그러면서 독한 약이니 그날 밤은 어쩔 수 없이 자신과 함께 자야만 한다는 거야. 내 표정을 보더니, 물론 그는 나를 감시하기 위해 소파에서 잘 거고 나는 침대에서 자라고 덧붙였어. 방에 R가 갈 거라고 생각하니 혹시나 굽도리널 뒤에 있는 도라 일기장을 찾아내지는 않을까 걱정됐어. 그런 일이 일어난다면 정말로 대재앙일 거야. 지난번에 개미들이 들어오는 통로라는 걸 알고 나무판의 위치를 원래대로 돌려놓아서 그나마 마음이 놓이긴 했지만.

그는 내가 어리석은 짓을 하지 못하도록 자기 방에 집어넣고 문을 이중으로 단단히 잠갔어. 그러기 전에 설명하기를, 어떤 식으로든 내가 도망칠 방법을 찾거나 자기를 죽일 계획을 세운다면 경보기가 돌아갈 거고 정원 가득 설치해놓은 함정 장치들이 작동할 거라고 했어. 매우 위험한 함정, 대인지뢰, 폭발물, 문 가까이 접근하면 발사되어 몸을 관통하는 화살 같은 거래. 덧붙이기를, 이곳은 들판 한가운데 있는 외딴집이니 계획을 꾸미거나 구조를 요청할 생각 따위는 다 소용없다나. 순조롭게 될 리 없다고. 그러고는 방에서 나갔어. 그때 그의 손목시계를 봤는데 저녁 여덟시였어.

나는 방안을 구석구석 샅샅이 살폈어. 도망칠 구멍을 찾겠다는 희망에서가 아니라(그의 함정 이야기에 적잖이 겁먹은 상태였거든) 그냥 호기심에. 그 방에 볼만하고 흥미로운 것들이 많았다는 말은 아니야. 있을 거라고 생각했던 거울조차 없었지. 하지만 마침내 새로운 장소에 와 있고, 못 보던 물건들을 볼 수 있다는 게 너무 신기하게 느껴졌어! 나는 물건 하나하나에, 자잘한 것들에 흥분했지. 새틴 누빔 침대보, 금빛 줄무늬 태피스트리를 씌운 낡은 나무 소파, 호두나무로 만든 침대 옆 탁자 두 개, 그 위에 놓인 보기 흉한 돛단배 모양 램프. 옆에 있는 서랍장을 열어보았더니 R의 속옷과 양말이 기막히게 잘 정리되어 있었어. 바닥은 다른 곳과 같은 밤색 타일에 양털 깔개가 놓여 있고 벽에는 금테 둘린 액자들이 걸려 있었어. 이번에는 좀더 가까이 가서 봤어. 바닷가에 있는 R와 어느 노부인. 성당 앞에 있는 R와 노부인. R와 노부인이 산책하는 사진…… 생각해봐, R와 그의 어머니 사진들만 있는 거야! 예외인 사진이 하나 있는데, 정원에 어린 남자아이가 서 있는 모습이었어. 내 생각에는 어렸을 때의 그가 아닐까 싶어. 나이는 여섯 살 정도 된 것 같고, 해면을 닮은 곱슬머리가 눈에 띄더라고. 그때부터 이미 믿을 수 없이 대칭적인 얼굴에 안경을 쓰고 있었어. 그리고 블루마린색의 짧은 벨벳 반바지에 무릎까지 오는 흰 스타킹, 겨자색에 가까운 노란색 스웨터를 입었어. R가 80년대에 청소년기를 거친 건 사실인가봐. 입은 옷을 보면 다 알 수 있어, 확실해. 그건 그렇고. 그의 어머니 머리는 푸른빛이 도는 회색인데, 아들 머리와 똑같이 솟아올라 구불거렸어. 사진 속에서도 그의 어머니는 젊지 않아. 얼굴에 탈곡기가 지나간 듯 주름이 가득해. 눈은 말할 수 없이 슬퍼 보이지만, 사나운 인상이야.

창문이 하나 더 있었어. 덧문이 닫혀 있고 블라인드도 내려져 있었어. 나는 한참을 망설였지만 결국 창문을 열어보지 않기로 했어. 집이 폭발하거나 할까봐 무서웠거든. R의 집을 살펴보면서 그가 내가 생각했던 것보다 훨씬 더 제정신이 아니라는 걸 깨달았어. 집이 너무 평범하고, 너무 깨끗하고, 너무 낡은데다, 사진들이 정말 놀라웠거든. 침대 옆 탁자 서랍에 들어 있는 『오토모토』 잡지들은 차치하고라도(잠을 청하려고 『오토모토』 잡지를 읽는 남자가 정말이지 정상일 리가 없잖아).

이십 분쯤 뒤에 R가 돌아왔어. 그리고 아주 자랑스럽게 말했어.

"내일부터는 개미가 없을 거야."

나는 펄쩍 뛰며 기뻐하지 않았어. 그 말은 분명 원래 있던 곳으로 되돌아간다는 뜻이니까. 그래서 '자유'의 밤을 최대한 이용하기로 했어.

"텔레비전 좀 볼 수 있어요……? 부탁이에요! 텔레비전이 너무 보고 싶어요! 제발 부탁이에요! 제발, R…… 부탁이에요!"

"뭐라고?"

"뭐가 뭐예요?"

"너 방금 나를 뭐라고 불렀니? R?"

"아뇨…… 나도 모르게 튀어나온 거예요." 나는 매우 당황해서 둘러댔어.

"아, 그래. 네가 나를 독일어로 부르는 줄 알았다."

"독일어 할 줄 몰라요. 나중에는 스페인어를 배울 거예요. 또 일본어도요. 어쩌면 러시아어도요."

"내 이름이 네 아빠와 똑같아서 나를 라파엘이라고 부르고 싶지 않은 거지, 그렇지?"

나는 얼굴을 찌푸리고 '너한테 대답해줄 줄 알고'라는 표정을 지었어. 그가 나를 쳐다보고 뱀 같은 표정으로 웃었어.

"그럼 DVD를 한 편 보여주지."

"정말요?!"

"뭘 보고 싶니?"

"서부영화요! 아니면 공포영화! 아니면 SF요!"

"내가 갖고 있는 건 〈E. T.〉야."

"그것보다 좀 덜 오래된 건 없어요……? 그 영화는 수도 없이 봤어요……"

"〈E. T.〉 말고는 없어."

"뭐, 좋아요. 그럼 〈E. T.〉요……"

나는 거실의 노란 소파에 자리잡고 〈E. T.〉를 봤어. 그 영화라면 속속들이 외우고 있었지만 영화를 본다는 것 자체가 이루 말할 수 없이 좋았어. 게다가 R가 팝콘도 만들어줬어. 영화관에 간 것처럼 말이야. 영화를 보는 동안 그는 담배를 여러 개비 피웠어.

"그렇게 줄담배 피우다간 죽어요." 나는 손을 내저어 얼굴 앞에 어른거리는 담배연기를 쫓았어.

"네 이모, 갈색 머리…… 그 이모도 담배를 많이 피우잖아."

"네. 하지만 이모는 슬퍼서 그런 거예요. 이모가 그러는데, 담배가 입맞춤을 대신해준대요."

"내 경우도 거의 마찬가지야, 알겠니?"

이어서 우리는 계속 영화를 봤어. 나는 팝콘을 먹고 그는 담배를 피우면서. 영화가 끝날 때쯤 외계인이 자신의 별로 돌아가려고 할 때, 늘 그랬던 것처럼 나는 또 울었어. R가 그걸 보고 놀렸어.

"너는 참 마음이 약한 것 같다."

"뭐가요, 슬프니까 그렇죠!"

"귀엽다. 내 어머니도 잘 우시는데."

"아저씨 방에 걸린 사진들 속의 부인이 어머니 맞죠?" 내가 물어봤어.

그가 그렇다고 대답했지만 표정이 이상했어.

"휴가를 어머니하고 함께 가면, 약혼자가 절대 생기지 않는다는 거 알죠?"

"왜 나한테 약혼자가 있어야 한다고 생각하는데, 젠장! 약혼자 따위 필요 없어!"

"약혼자가 생기면 아저씨한테 내가 더이상 필요 없을 테니까요."

"넌 이해하지 못해, 마디손. 전혀 이해 못해."

"설명해주세요! 내 머리가 좀 돌아간다는 거 알잖아요! 아저씨는 나쁜 사람인 척하지만 사실 좋은 사람이라는 거 잘 알고 있어요…… 제발 나를 돌아가게 놓아주세요! 모르겠어요, 그냥 내 눈을 가리고 까만 볼보에 태우고 나가 아무데나 내려놓으세요! 도롯가든 들판이든 아무데나요! 아무 말도 하지 않을게요, 정말이에요, 맹세할게요……"

"그만해……!" 그가 소파에서 일어나며 차갑게 명령했어.

나도 자리에서 일어났어. 그리고 이번에는 순순히 말을 듣지 않았어! 방밖에 있다는 사실에 지나치게 흥분했던 거야. 바깥세상이 코앞에 있는 게 느껴졌어. 블라인드 너머에 삶이 있는 게 느껴졌어. 그래서 더이상 아무것도 두렵지 않았어. 나는 점점 크게 소리치며 거실을 빙빙 돌기 시작했어.

"아무에게도 아무 말도 하지 않을게요! 모든 걸 잊은 듯이 살게요! 맹세해요, 기억상실이라고 할게요. 무슨 일이 일어났는지 모른다고 할게요. 그러면 사람들이 아저씨를 못 찾을 거예요! 결코 찾아내지 못할 거예요! 나는 지금 여기가 어디인지도 모르잖아요……!"

"마디손! 그만해!"

"제발 부탁이에요, 이제 그만해요, 지긋지긋해요, 집에 가고 싶어요! 제발 부탁이에요!"

"입 닥치지 못해!"

"그냥 집에 가고 싶다고요……! 제발 부탁이에요! 부탁이에요, 제발! 제발요!"

"친절을 베풀면 어떻게 되는지 제대로 알려주는구나, 젠장! 제대로 알았어! 손을 내미니까 그 손을 물어뜯고 있잖아!"

"집이 그렇게 외딴곳에 있다면, 아무리 내가 소리를 지른들 무슨 상관이겠어요, 네? 도대체 무슨 상관이겠냐고요?!! 아저씨의 그 거지 같은 볼보에 타지 말았어야 했는데! 그 재수없는 길로 지나가지 말았어야 했는데……"

R가 나에게 달려들어 손으로 내 입을 틀어막았어. 마구 발버둥 쳤지만 그가 나를 강제로 소파에 다시 앉히고, 내가 꼼짝도 하지 않을 때까지 붙잡고 있었어. 그리고 내 눈에 못을 박듯 뚫어져라 노려보며 작은 소리로 말했어.

"네가 그날 차에 오르지 않았다면, 그럼 다른 날 잡아왔을 거야. 너 자신을 원망해봤자 아무 소용 없어. 왜냐하면 너와 나는 필연적인 관계거든."

나는 그가 하는 이야기를 하나도 이해할 수 없어서 입을 막은 그의 손가락 사이로 울부짖었어.

"대체 무슨 생각을 하는 거야? 내가 그날 아침 잠에서 깨면서 '그래, 오늘 여자아이 한 명을 납치해야겠어', 이렇게 생각한 줄 아니? 나는 너를 선택한 거다, 마디손. 다른 애가 아니라 바로 너를. 어느 날 너를 길에서 봤고, 바로 너라는 걸 알았어. 너는 네 이모랑 생장 드뤼즈를 산책하고 있었지. 크리스마스를 며칠 앞둔 겨울이었어. 눈이 내렸고, 너는 장화에 방수 점퍼를 입고 빨간 모자를 쓰고 있었지. 이유를 설명할 순 없지만, 널 보자마자 알았어. 찰칵하는 신호 같은 거였지. 네가 도달해야 하는 목표라는 걸, 내 인생에 의미를 줄 아이라는 걸 알았어. 그래서 몇 달 동안 관찰했다. 네 테니스

실력이 느는 것도 지켜봤지. 렌터카를 타고 네 집 앞이나 학교 앞에서 바라보았어…… 그리고 너를 위해 은신처, 저 은신처를 만들었지."

R가 말을 멈추고 내 눈을 깊숙이 들여다보며, 나를 제압하고 있는 손을 치워도 될지 살폈어. 나는 눈물범벅이 된 얼굴로 이제 얌전히 있을 테니 풀어줘도 된다는 뜻으로 고개를 연신 끄덕였어. 그가 입을 막고 있던 손을 천천히 풀었고 나는 크게 숨을 들이쉬었어. 실내를 비추던 할로겐등 불빛이 눈앞에서 지그재그로 흔들렸어. 마치 밤에 자동차를 타고 달릴 때 차창 너머로 가로등이 줄지어 휙휙 지나가듯이 말이야.

그가 조용한 목소리로 말을 이어갔어.

"나는 네 습관들을 알아갔어. 시간표, 다니는 길, 취향도. 모든 걸 알고 있어, 알겠니? 너에 대해 모조리 다 알고 있기 때문에, 그날 네가 차에 탈 거라고 확신했어. 마음속으로는 하지 말아야 한다는 걸 잘 알면서도 그럴 거였지. 그리고 너는 차에 탔어. 왜냐하면 동물병원 수의사의 아들을 좋아하기 때문이지. 너는 차에 탔어. 왜냐하면 너도 얼마 전부터 새끼 고양이를 키우게 된 터라 내 고양이 카트린이 아프게 놔둘 수 없었기 때문이지. 그날 소나기가 내릴 것도 알고 있었어. 아주 세세한 부분까지, 위성사진을 하나하나 살펴보며, 그날 날씨에 대해 알아두었어. 모든 게 계획에 있었던 거야, 알겠니, 마디손? 모든 게 완벽하도록 말이야. 나는 그 어떤 것도 우연에 맡기지 않았어. 그날, 우연한 일은 없었어. 그러니 이제 날 바보 취급 하는 건 그만둬. 넌 바보는 아니지만, 나만큼 영리하다고는 생각하지 않아. 나는 너보다 훨씬, 훨씬 더 머리가 좋거든."

그날 밤 이후로 모든 게 달라졌고, 더이상 어떤 것도 예전 같지 않았어.

볼셰비키 혁명

“나 러시아에 가!” 루이종이 자리에 앉으며 외쳤다. 그녀가 사는 건물 아래층에 있는 이 카페는 우리 관계가 시작된 오 개월 전부터 일상적으로 드나드는 장소였다.

“뭐라고? 대체 언제?”

“일주일 안으로. 모든 일이 순조롭게 진행된다면.”

“난데없이 이런 소식을 알려도 되는 거야? 날 대체 뭘로 보는 거야? 벌써 차표를 샀다고. 우리 부모님은 기다리고 있고……”

“스탄, 그런 식으로 받아들이지 마, 난 지금 너무 기뻐! 너희 집에 가는 것도 좋지만 지금 이 기회를 놓칠 수 없다고, 이해하겠어?”

“아니, 이해할 수 없어. 아니, 정말 이해 못해, 베이비.”

그녀는 내가 방금 내뱉은 ‘베이비’라는 말을 힐난하느라 살의가 느껴지는 눈으로 나를 쏘아보았다. 나는 그 대단한 A. D. 라이터로 담배에 불을 붙였다. 바로 그녀가 내 스물네 살 생일 선물로 준 것이었다. 그녀가 커피를 주문하려고 주인에게 손짓을 했다.

"들어봐, 내가 바스크 해변에 갈 기회는 지금이 아니어도 얼마든지 있어. 그리고 거긴 내가 딱 싫어하는 곳이라는 거 너도 잘 알잖아."

"그럼 왜 나한테 간다고 했는데?"

"모르겠어. 그냥 널 기쁘게 해주려고 그랬나봐. 하도 가자고 하니까."

"그럼 '바로 나'는 얼마 동안 떠나 있을 건데?" 내가 마침내 물었다. 하지만 내 귀에 들린 말이 그녀의 대답이라고는 믿을 수가 없었다.

"한 달 반."

그녀가 입은 알록달록한 물방울무늬의 복고풍 원피스가 대규모 재난의 전조로 보였다. 상황에 대한 정보를 들었지만 내 얼굴은 창백하게 질려버렸다. 그녀가 한 손으로 커피에 설탕을 넣으면서 다른 손으로 테이블 위의 내 손을 잡았기 때문이다.

"헤어지자는 거지? 내가 제대로 이해한 거라면."

그녀가 눈썹을 찌푸렸다. 내 말을 전혀 이해할 수 없다는 표정이었다.

"아니, 왜? 어떻게 그 말이 되는지 모르겠는데."

"마지막 순간에 우리의 휴가를 내팽개쳤잖아, 세상 끝으로 떠나기 위해…… 그런데 누구랑 가는 거야?"

"내 폴란드 친구, 빅토르. 알지? 내가 전에 말했는데. 스웨덴 여행도 같이 갔어."

"그러니까 폴란드 놈이랑 러시아로 가서 여름 내내 있으려고 우리 휴가를 내팽개치는군…… 결론을 내리자면 우리 관계는 네게 그리 중요하지 않다는 거지!" 내가 다시 말했다.

"스탄, 그만해…… 내가 누군가와 이렇게 원만하게 지내는 게 얼마 만인지 모르겠어. 우리는 아주 많은 걸 공유하고 있잖아. 그리고 너 덕분에 일도 더 잘하고…… 지금껏 이렇게 좋은 사진을 찍어본 적이 없어. 너를 알게 된 후로 난 아주 유익한, 지적으로 고양된 상태에 있는 것 같아! 넌 내게 많은 걸 주고 있어, 너도 알잖아."

"내가 너에게 무언가를 주긴 하지, 루이종. 그건 맞아. 그런데 내가 너한테 중요하기는 한 거야?"

그녀가 손을 빼내며 신경질적으로 반격했다.

"있지, 내게는 이 여행이 중요하기 때문에 가는 거야. 여행에서 찍은 사진들을 장학금 신청하는 데 제출할 수도 있어. 어쩌면 전시회를 열지도 몰라. 러시아는 내가 늘 꿈꾸던 곳이야. 관계의 목적이 상대의 꿈을 부수는 것이어서는 안 되잖아, 안 그래?"

나는 입을 다물었다. 설득력이 있는 논리지만 문제는 그게 아니었다. 그녀에게 결코 기대할 수 없는 일임을 잘 알면서도, 나는 한 번쯤은 그녀가 나에게 함께 떠나자고 청해주길 바랐다. 우리가 서로 알게 된 이후, 그녀는 언제나 떠나려는 사람 같았다. 베를린에서 평일을 보내고 로마에서 주말을 보낸 후 브뤼셀에서 토론회가 있는 식이었다. 여행가방을 풀자마자 다시 쌌다. 그러면서 나와 함께 여행을 떠나려는 생각은 단 한 번도 해보지 않는 것 같았다. 나는 그저 그녀가 이런저런 여행에서 돌아와 잠시 휴식을 취하기 위해 일광욕을 하는 선창이었다. 불쾌감을 맛보며 끊임없이 열정을 감춰야만 했다. 내내 나를 실망시켰다 해도, 그 모든 것을 잊는 데는 그녀의 반나절 애교면 충분했다. 그리고 매 순간 나는 그녀를 조금 더 사랑하게 되었다. 기본적으로는 서로 다름에도 불구하고, 우리는 둘 다 열정적이고 속박을 싫어했다. 우리 성격은 신체 구조처럼 완벽하게 맞물리고 상호보완적이었다. 우리는 술 한 잔을 놓고 몇 시간이고 떠들며 책, 영화, 세상을 보는 관점을 나누었다. 그녀는 내 단편들을 읽고 평했고, 나는 그녀의 사진들을 보고 선별하는 일을 도왔다. 둘 다 상대의 참신한 시각으로 자신의 일을 풍요롭게 했다. 그리고 많이 웃었다. 정신적인 교환 사이사이, 어디서든 밤낮을 가리지 않고 아무때나 육체를 교환했다. 화가들 앞에서 포즈를 취하는 루이종은 유연하고 건강한 댄서 같은 몸을 가졌다. 남자들보다 더하지는 않아도, 그들만큼은 섹스에 관심을 갖는 여자 축에 속했다. 앙투안과 다른 몇몇 친구들의 말을 통해 이런 여자들이 있다는 건 알고 있었지만, 직접 만난 적은 없었다. 루이종을 만나기 전까지 나는 자유로운 쾌락의 유희에 거의 유리하지 않은, 내일이 없는 하룻밤 만남의 전문가였다는 사실을 고백해야겠다. 귀여운 얼굴의 알리스로 말하자면 교리 교육을 받으며 자란 조신한 아이였다. 그래서 내가 위에 있는 체위 말고는 불편해했다. 그런 만큼 첫 만남 때부터 자신의 자위행위를 털어놓은 루이종은 굉장한 발견이었다. 하지만 우리 사이에는 막연한 차이가 있었고, 그 때문에 나는 어쩔 수 없이 그녀 쪽으로 끌려갔다. 마치 그 신비를 꿰뚫고 싶었던 것처럼. 하지만 신비는 무슨 신비?! 신비 따위는 없었다. 그녀가 나를 사랑하는지 알기 위해서는 "날 사랑해?" 하고 묻기만 해도 족했을 것이다. 그러나 나는 물론 아무것도 묻지 않았다. 그녀를 잃을 수밖에 없는 대답을 듣게 되리라 확신했기 때문이다. 나는 잘못된 생각을 갖고 있었다. 즉 사랑은 결국 전염될 거라고, 어떤 경이로운 바이러스가 그녀의 불안을 깨끗이 지워주고, 내가 생각하는 합일의 순정적인 사랑을 위해 자리를 만들어줄 거라고. 나 또한 그녀가 더이상 멀리 가지 못하도록 지하에 그녀를 가둬두고 싶었다. 관자놀이에 총을 겨누고 나를 사랑하라고 강요하고 싶었다. 그녀 없이는 살 수 없다고 생각했다. 그러나 차츰 그녀를 알아가는 법을 배웠다. 그녀는 조수에 따라 뿌리부터 흔들리는 바닷속 해초들과 비슷했다. 파도가 실어가는 데로 향하고, 우연한 만남마다 상대방으로부터 진수를 빨아들였다. 상대가 나든 빅토르든 프랑수아든 다른 누구든, 모든 인간 존재는 그녀의 눈에 양식이었다. 애정적, 정신적, 재정적 양식과 섹스의 양식. 일단 뼛속까지 갉아먹고 나면 더이상 쓸모가 없었다. 그녀는 오직 핌스가 자신에게 보이는 상대적인 무관심 때문에 그에게 열중했다. 그녀는 자신의 화려한 오만이 남기는 거품 이는 항적에, 그가 사랑에 빠진 미물로 영원히 남아 있어주었으면 했지만, 번쩍거리는 사내는 다른 할일이 있었다.

궁지에 몰린 나는 결국 이렇게 말하고 말았다.

"그래, 좋아, 내가 볼셰비키 당원들을 당해낼 수 있을까 싶다. 그렇다고 널 기다릴 수 있을지도 확신이 없어."

약간의 자존심을 챙기기 위해 시도한 이 비장한 발언에 그녀는 살인적인 미소를 날렸다. 항상 드는 까만 가죽가방을 챙기며 말했다.

"넌 자유로운 남자야. 원하는 대로 해, 귀엽기는. '바로 나'는 이제 가야겠어. 비자를 찾아야 하거든."

그녀는 자리에서 일어나 내게 키스도 하지 않고 발길을 돌렸다. 나는 그녀가 생쉴피스광장 건너편에 세워둔 자전거를 찾으러 가는 모습을 눈으로 좇았다. 두 달간의 이별을 견뎌내기에 우리 관계는 너무 나약하게 느껴졌다. 루이종의 충실하지 못한 성격을 아는 나는, 바닷속 해초는 아마도 모험으로 가득한 모스크바 전장에서 굉장한 만남을 수없이 갖게 될 것이라고 생각했다. 사랑의 바이러스가 그녀의 몸에 침투하지 못했고, 화강암으로 만들어진 가슴에는 더더욱 침투하지 못했다는 명백한 사실 앞에 굴복하지 않을 수 없었다. 나는 괴로웠다. 문득 마틸드가 생각났다. 이별을 통보한 그날 밤, 그녀가 보낸 뜨거운 세 마디 열정을 내가 휴대용 소화기로 꺼버렸을 때 어떤 느낌이었을지 그제야 짐작이 갔다. 사랑…… 나는 사랑에 대해 생각했었다. 사랑과 그것의 비열한 요술을! 한 무리의 여행객들, 카메라를 든 경박한 젊은이들이 카페테라스를 사진에 담기 시작했다. 대단한 비극적 감성을 가진 나 역시 눈물을 흘리며 센강으로 달려가 물에 뛰어들 뻔했다. 내가 괜히 우리 어머니의 아들인 게 아니다. 정말로 기분이 암울했다. 담배에 불을 붙이려는데, 갑자기 A. D. 라이터가 말을 듣지 않았다. 그래서 바에 성냥을 달라고 해야 했다. 상징의 숲이 숨통을 조여왔다. 그때부터 보르시

수프 위의 체리처럼 겉돌던 나는 교원 자격시험의 결과를 기대하지 않았다. 혼란스러운 시기 동안 거의 집중하지 못했으니 무슨 기적으로 내가 합격할 수 있을지 자신이 없었다.

거리의 신문 장수가 소리를 지르며 지나갔다. 그는 여느 때처럼 상업적인 전략을 발휘했다. "외계인들이 들이닥쳤습니다. 그 일이 일어나고 말았습니다. 신사 숙녀 여러분, 외계인들이 들이닥쳤습니다. 오늘자 신문을 사세요. 외계인들이 들이닥쳤습니다!" 가난이 세계를 덮치듯 루이종의 통보가 나를 덮친 마당이라, 신문 장수가 떠드는 세계의 공포가 내게 와닿지 않을까 싶었다. 무엇보다도 신문 이름에 끌려 〈리베라시옹〉*을 샀고, 서둘러 기사를 훑었다. 일상의 잔인함이 언제나 커다란 위안이 되었는데, 그날 아침에는 특히 와인색 물방울무늬 원피스를 입은 테러리스트에 대한 생각을 머릿속에서 지워버릴 만큼 충분히 비열한 이야기가 실렸기를 기대했다. 그리고 찾아냈다. 사회면이 내가 너무도 잘 알고 있는 사진 하나를 토해내며 '바로 나'의 배신을 가려버렸다.

아키텐 지방 소녀 실종 삼 주년

에샤르 가족의 거듭된 수사 요청에도 불구하고 잠시 끓어올랐다가 시들해져버린 '마디손 수사'가 다시금 사건 초기의 들끓는 열기를 되찾은 터였다. 사건 발생 당시 열한 살이었던 소녀는 삼 년 전

* '해방'이라는 뜻.

6월 14일, 여전히 밝혀지지 않은 정황 속에 바스크 해변에서 사라졌다. 소녀가 마지막으로 목격된 것은 장로스탕중학교에서 비아리츠의 집(64번지)으로 가는 통학버스에서 내릴 때였다. 6학년을 마친 아이는 게타리 인근의 길에서 아무런 흔적도 없이 사라졌다. 사건을 맡았던 경찰들은 곧 유괴 쪽에 초점을 맞췄지만 유효한 단서를 모으지 못했고 모든 수사는 무용지물이었다. 현재에도 수사가 계속되고 있지만 이제는 경찰 여남은 명만 움직이고 있다…… 이들이 바로 얼마 전부터 다시 조사를 시작했는데, 영매이자 자기磁氣 감지 능력을 지닌 뮈리엘 B라는 부인이 그들에게 새로운 정보를 제공하면서부터다. 경찰에 따르면 매우 솔깃한 정보라고 한다. 사건 수사를 맡은 카를로티 경찰부청장은 이렇게 설명했다. "B 부인은 우리가 언론에 전혀 공개한 적이 없는 사건의 상세한 사항들을 실제로 언급했습니다. 우리 수사팀이 이런 특별한 종류의 전문가에게 도움을 받는 일은 거의 없지만, 이렇게 심각한 사건의 경우에는 어떤 통로든 열어놓고 싶습니다." 아무런 성과 없이 삼 년이 지난 지금, 소녀에게 무슨 일이 일어났는지 상궤를 벗어난 방법으로 알아보려는 수사가 재개되었다. 카를로티 경찰부청장이 말했다. "B부인은 수사 방향을 정확히 지시해주었습니다. 그녀에 따르면 아이는 지하에 있고, 살아 있으며, 여전히 이 지역에 있습니다. '니벨 부근 어딘가, 스페인 국경 가까운 곳이지만 그래도 프랑스 쪽에 있다'고 정확히 말했습니다. 또 검은색 차와 알파벳 R와 L이 보인다고 했습니다. 그러나 그 글자들이 마디손이 갇혀 있는 장소, 또는 유괴범의 이름이나 자동차 이름을 가리키는지는 특정하지 못했습니다." 경찰은 라부르 지방을 탐색하고 그 지역에서 집계된 검은색 승용차들을 살폈다(특히 르노 자동차를). 그리고 영매가 언급한 두 알파벳이 들어가는 이름을 가진 사람과 마을, 집들을 모조리 집중적으로 조사했다. 실종된 아이의 아버지 라파엘 에샤르는 약간 씁쓸해하며 말했다. "수사가 재개되어 물론 매우 기쁩니다. 하지만 나온 정보에 대해 헛된 기대는 조금도 하고 있지 않습니다…… 삼 년 동안 우리는 B 부인의 편지와 비슷한 것을 수백 통 받았고, 모두 경찰에 제출했습니다. 아내와 저는 마디손이 살아 있다고 여전히 확신합니다. 우리 희망을 확인하는 데 사기꾼은 필요하지 않습니다."

L자와 R자는 누구에게나 아무것이나 생각나게 하는 글자인만큼, 나는 루이종과 러시아가 생각났고, 까만 자동차는 언제나 나를 떠날 생각을 하며 그녀가 타고 다니는 커다란 자전거를 연상시켰다. 깜짝 놀란 나는 자초지종을 알고 싶어서 어머니에게 전화를 했다.

"얘야! 어떻게 지내니? 내가 통화 좀 하려고 사흘 전에 너한테 전화했던 건 알기나 하니? 언제 올 건지 알고 싶어서."

"엄마, 이 얘기가 다 무슨 소리예요?"

"무슨 얘기?"

"그 영매 얘기요, 마디손과 관련해서! 방금 신문에서 읽었어요!"

"맙소사, 이 구석에서 떠들어대는 소리 중 하나지. 말하고 싶지 않다!"

어머니는 목소리가 높아진 채로 한숨을 내쉬었다. 마치 그 불쌍한 사람들한테 한숨이 필요하다는 양.

"그래도…… 뭔가 도움이 되지 않을까요?"

"도움은 무슨 도움, 다 객쩍은 소리지! 어제는 엘로리라고 불리는 집 근처의 시부르 거리에서 여자아이 구두 한 짝을 찾아냈다더라. 그리고 그 집 마당에는 까만색 소형 트럭이 있었고…… 그 구두를 조사하다가 피를 발견했단다. RH^+ O형이었대. 마디의 혈액형이지. 그러고는 가버렸다!"

"그래서요?!" 내가 어리둥절해서 물었다.

"그래서는, 아무 일도 아니었지! 구두는 그 집에 살고 있는 가엾은 남자의 딸아이 것이래. 홀아비라나……"

"그럼 피는요?"

"피는 뭐, 아이가 자전거 타다가 다쳤었다나봐. 어쨌든 아이가 경찰한테 그렇게 말했단다. 꼬마 애가 무슨 이유로 거짓말을 하겠니……!"

"그야 그렇죠. 게다가 제일 흔한 혈액형이잖아요…… 그래도 경찰들이 DNA 검사를 할까요?"

"그럴 거라고 생각하지만 내가 경찰이 아닌 이상 어찌 알겠니? 얘야, 그런데 생각을 해봐라, 마디손의 부모가 어떨지? 자칫하면 그들에게 딸의 시신을 찾았다고 알릴 뻔했잖아……! 아이고, 불쌍한 애엄마! 상태가 말이 아니야!"

"보셨어요? 어떻게 지내요?"

"마디손 엄마는 통 외출을 안 해. 지난번에 자조 부인을 시장에서 만났는데, 레오노르가 지난 6월 말부터 몸져누웠다고 하더라…… 정말, 이젠 그이도 그렇게 젊은 편이 아니지, 어쨌든. 나도 생각나. 나도 네 동생을 낳고는 자리에 누워지내야 했었어. 아! 정말 쉽지 않은 일이지, 정말…… 그런데 별일 없이 잘 지내는 거지? 너희는 언제 오는 거니? 빨리 보고 싶어서 엄마는 애가 타는데!"

"갈 거예요, 엄마. 그런데 루이종한테 일이 좀 생겼어요."

"어머나! 그애를 만날 거라고 들떠 있었는데! 네가 누구를 그렇게 입에 침이 마르도록 칭찬하는 건 흔한 일이 아니잖아, 그것도 여자를!"

"그런데 엄마, 어쩌면 내가 잘못 생각했는지도 모르겠어요……"

"어떻게 '잘못 생각했다'는 건데? 아니, 그러지 마라, 그렇게 빨리 포기하면 안 돼, 스타니슬라스! 그게 문제야! 젊은 애들은 완벽한 사랑의 천을 짜다가 처음으로 걸리적거리는 장애물을 만나면 바로 죄다 찢어버린다니까! 얘야, 알지, 커플이 되려면 타협할 줄 알고 서로 맞추려고 노력해야 해…… 요새 젊은 애들이 왜 이혼하는지 알 만하지! 너희는 이겨낼 준비가 안 되어 있어!"

감당할 기분이 전혀 아닌데 어머니의 수다가 시작되려 하자 나는 입막음을 하려고 이렇게 말했다.

"엄마, 나는 21일에 도착해요, 알았죠? 아버지가 마중나오실 수 있나요?"

"물론이지. 네 시험 결과는 알려줘야 한다, 알았지?…… 21일에 온다고? 앞으로 열흘은 더 남았네! 그래도 엄마는 기쁘다! 먹는 건 잘 챙기고 있는 거지, 그렇지? 몸조심해야 한다, 알았지?"

"네, 엄마……"

"알지, 요즘 장염이 유행이라더라. 그러니까 손 깨끗이 씻어. 휴가를 코앞에 두고 병나는 건 정말 바보 같은 일이야!"

"엄마, 이제 정말 끊어야 해요. 지금 전화가 두 통이나 왔어요."

"알았다, 알았어. 많이 사랑한다, 아들아……"

"나도 사랑해요."

나는 전화를 끊고 신문에 실린 마디손에게 시선을 고정했다. 엘로리는 바스크 지방 말로 '가시'를 뜻한다. 공포의 집을 알리기에 완벽한 이름이다! 영매를 통한 수사는 우스꽝스러워 보일 뿐만 아니라 화까지 나게 했다. 그러나 지금 생각해보면 그 우연의 일치가 충격적임을 인정하지 않을 수 없다. B 부인이라는 영매를 만나 내 미래에 관해 몇 가지 묻고 싶기까지 하다……!

나는 매우 우울한 기분으로 카페테라스를 떠나, 흐리멍덩한 정신으로 길을 걸으며 자동차 배기통에서 나오는 희미한 냄새를 들이켰다. 초여름치고는 드문 날씨였다. 선선하다 못해 꽤 음산했다. 이런 날씨 탓에 파리 거리는 서커스처럼 요란한 옷차림으로 가득 차 있었다. 사람들은 우발적인 날씨를 인정하지 않으려 했지만 주변을 보면 분명 마디손이 맘에 들어할 만한 괴상한 실루엣들이 보였다. 귀여운 꽃무늬 원피스에 두툼한 누비 점퍼, 초미니스커트에 고무장화, 민소매 티, 맨발에 우산, 하늘거리는 블라우스에 모피 칼라가 달린 파카—가장 어울릴 성싶지 않은 옷들을 매치해 입는 패션이 이 불쾌한 7월의 특징으로 보였다. 조금도 이상할 게 없는 것이, 그때는 냉전 초기였다.

'냉하다'라는 표현이 딱 들어맞는다. 나는 루이종과 사귀는 내내,

그리고 헤어진 이후에도 단 한 번도 울어본 적이 없다. 아버지는 남자는 울어서는 안 된다고 가르쳤다. 하지만 나는 그녀와 만나던 수개월 동안, 말이든 눈물이든 조금도 배출할 수 없을 정도로 스트레스 상태였던 것 같다. 그날 아침 오데옹광장의 군중을 헤치고 나아갈 때, 나는 차가운 눈빛에 죽은 마음의 많은 유령 중 하나일 뿐이었다.

7월 17일 14시 38분

'처음 지하실 밖으로 나갔던 저녁'에 너무 흥분한 나머지 발작적으로 대소동을 벌이는 나에게 R는 느닷없이 잠잘 시간이라고 딱 잘라 말했어. 나는 난리를 치느라 완전히 헤까닥 돌아버린 상태여서 전혀 졸리지 않았어. 그래서 말했어.

"잠옷도 없고 칫솔도 없는걸요. 아이팟 없이는 못 자요. 게다가 씻지도 않았단 말이에요!"

"오늘은 그냥 씻지 말고 자라, 공주야. 내일 씻으면 되니까."

나는 '내 눈이 기관총이었다면 넌 이미 죽었어' 하는 표정으로 그를 쳐다보았어. 그는 내가 어떻게든 싸울 꼬투리만 찾고 있다는 걸 잘 알았지. 그래서 내 말을 무시했어. 노르망디식 장롱 안에 있던 총을 꺼내와서 지하실로 통하는 문 앞에 세워두더니 내 손을 잡고 자기 방으로 끌고 가 방문을 이중으로 잠갔어. 우리 둘 다 거기 갇혀 있게 됐지. 그가 총을 꺼냈을 때는 정말 무서웠어. 텔레비전에서 본 전쟁 장면 말고는 한 번도 본 적이 없었거든. 총을 드는 걸 보고 뒷걸음치자 그가 거북한 표정을 지으며 말했어.

"신중을 기하는 거야. 네가 무슨 수작을 부리거나 다시 고함을 지를 경우에 대비해서다. 이걸 사용할 생각은 없어…… 어쨌든 네가 말을 잘 들으면 말이야."

그뒤로 나는 조심했어. R가 갓이 씌워진 전등을 켰어. 그리고 서랍장에서 내가 잠옷으로 입을 만한 커다란 티셔츠를 꺼냈어. 옷을 갈아입는 동안 그는 돌아서 있었지. 나는 그날 입고 있던 꽃무늬 청바지랑 피스타치오색의 끔찍한 스웨터를 벗고 그 티셔츠를 입었어. 그러고 나자 그는 나를 위해 침대 시트를 갈았다고 강조하고는 침대로 가서 자라고 했어. 그는 옷을 입은 채 낡은 양탄자 위 안락의자에 자리를 잡았어. 그러고는 서부영화 속 보안관처럼 총부리를 계속 내 쪽으로 겨누고 있었어. 난 그게 무서웠어.

"총이 무서워요. 좀 내려놓으면 안 돼요? 도망 안 가요, 내가 어딜 가겠어요……?"

그가 잠시 생각하더니 총을 아래로 내렸어. 그러나 총을 지팡이처럼 쥐고 있는 한이 있어도 결코 손에서 놓지 않았어. 그가 내가 도망칠까 두려워할 뿐만 아니라 나를 무서워한다는 생각을 처음으로 하게 됐어. 바로 그런 이유로 식사를 줄 때도 플라스틱 접시에 플라스틱 잔, 끝이 뭉툭한 칼이랑 나이프를 가져온 거였고, 나머지도 모두 마찬가지였던 거야. 그제껏 내가 그걸로 자해하지 않을까 두려워서 그러는 거라고 생각했는데, 있는 대로 신경을 곤두세우고 총을 든 그의 모습을 보니, 나를 두려워할 뿐만 아니라 위험한 존재로 여기고 있다는 생각이 들었어. 길들여진 다람쥐라면 아무도 공격하지 않겠지만, 난 길들여진 다람쥐가 아니거든. 아무튼 내게 용기를 주는 매우 기분좋은 발견이었지.

"내 몸값 이야기, 엉터리로 꾸며낸 거죠, 그렇죠?"

그의 얼굴이 양귀비꽃처럼 빨개졌어. 잠시 뜸을 들였다가 말했어.

"그저 너와 함께 있고 싶었어."

"하지만 그때는 이미 내가 아저씨랑 함께 있을 때였잖아요! 그런데 왜 그런 뻥을 친 거예요?! 너무 한심한 짓이에요. 아저씨는 날 이미 포로로 잡았잖아요!"

"'포로'라고 하지 마라. 듣기 거북해."

"뭐, 그럴지도 모르죠. 하지만 내가 찾아낸 가장 적당한 말인걸요. 다른 말이 좋다면 '인질'도 있어요."

"나는 '손님'이라는 말이 더 좋은데. 또는 '친구'라든가…… '하숙인'도 있고."

"그래요, 하지만 그 말은 모두 자기 마음대로 오갈 권리가 있는 사람을 가리키는 단어잖아요. 나에게는 전혀 해당이 안 되죠."

"이봐, 마디손, 바로 이래서 너한테 사전을 안 사주려는 거였어."

그가 농담하듯, 동시에 점잖게 말했어. 그래서 나도 모르게 웃고 말았지. 아주 깨끗한 침대에 베개를 베고 누워, 아픈 아이의 머리맡 안락의자에 앉은 할머니처럼 앉아 있는 R랑 이야기하는 상황이 정말 우습게 느껴졌어. 실제로는 아픈 아이가 내가 아니라 R였지만 말이야.

품고 있던 의문을 접어둘 생각이 없었기 때문에 다시 물었어.

"그렇다면 몸값 이야기는 왜 꺼낸 거예요?"

그가 어깨를 으쓱하며 말했어.

"네가 질문을 쏟아냈으니까. 나는 불시에 질문받는 걸 좋아하지 않아. 그런데 넌 내가 널 데려온 이유를 듣고 싶어했지. 그래서 이유를 대주었을 뿐이야."

"아저씨는 별로 깊이 생각하지 않는 사람인가봐요!"

"사람들은 다 제 능력껏 사는 거야. 모두가 너만큼 영리할 수는 없지."

"아, 내 능력껏 생각한 거예요. 아저씨는 이상한 사람이라고."

그러고는 침묵이 흘렀어. 문제들을 되도록 분명히 밝히기 위해 이 특별한 순간을 이용해야 한다는 걸 알았지. 왜냐하면 내 충동적인 행동에도 불구하고 R의 기분이 좋아 보였거든. 마치 내가 거기 있어서, 그의 집, 그의 침대에 있어서 기분이 좋은 것 같았어. 팝콘을 먹으며 〈E.T.〉를 볼 때, 이미 그가 웃고 있던 걸 봤어. 너도 알다시피 그건 아주아주 드문 일이잖아. 진짜 웃는 거 말이야. 억지 웃음이나 내가 못되게 굴 때 이따금 짓는 비웃음이 아니라. 정말 행복한 사람의 미소 같았어. 하지만 내가 알고 싶은 것들은 하나같이 그를 불쾌하게 했지……

"그럼 얼마 동안 날 데리고 있을 건데요? 일 년? 천년?"

"필요한 시간만큼." 그가 대답했는데, 이 말에 엄청 짜증이 나는 거야.

"도대체 무엇에 필요한 시간인데요?!"

그가 고개를 숙이고 새끼손가락에 끼고 있던 M자 반지를 만지작거렸어. 나는 팔짱을 끼고 특기인 얼굴 찌푸리기를 해 보였어. 어느 정도 시간이 지나도 여전히 그가 대답하지 않길래 다시 다그쳐 물었어.

"무엇에 필요한 시간이냐고요?!!"

"네가 날 사랑하기 위해 필요한 시간."

"뭐, 그럼 난 여기서 죽어야겠네요."

나는 돌아누운 뒤 베개 두 개를 머리에 올려놓았어. 내가 그를 사랑하기 위해 필요한 시간이라니! 해도 너무한 말이지! 생각해 봐! 내가 그를 사랑하기 위해 필요한 시간이라니! 너무 기가 막혔어. 우리는 더이상 아무 말도 하지 않았어. 잠시 후 그가 일어서는 소리가 났어. 양탄자 위의 안락의자가 삐걱대는 소리가 났거든. 그가 전등을 껐어.

"다시 켜세요!" 내가 명령했어.

그가 도로 불을 켰어. 나는 자리에서 일어나 그를 쳐다봤어.

"이 집은 누구 거예요? 아저씨 부자예요?"

"아니. 이 집은 내 어머니 거다. 먼 친척 아주머니한테 유산으로 물려받은 거야."

"그러면 왜 아저씨 어머니는 여기서 안 살아요? 집주인이면서?"

"어머니는 여기서 오랫동안 살았어. 그런데 지금은 외딴곳을 무서워하고 시내를 더 좋아해. 여기서 사는 게 어머니한테는 너무 힘들거든. 늙으신 거지." 그가 설명했어. 그는 '외딴곳'을 힘주어 발음

했어.

"어머니가 여기 살지 않는 게 아저씨한테는 더 좋겠죠, 안 그래요? 늙은 어머니가 여기 있었다면 날 여기 가둬두기가 쉽지 않았을 테니까!"

나는 R의 손이 총 개머리판을 힘주어 쥐는 모습을 보았지만 신경쓰지 않았어. 왜냐하면 내겐 힘이 있었거든.

나는 그의 화를 돋우는 말을 했어. 사실이 아닌데 막 꾸며냈어.

"나는 엄청 부자인 남자하고 결혼할 거예요. 지붕이 접히는 파란색 자동차가 있고, 휴가 때 아주 멋진 섬으로 데려갈 수 있는 남자요. 거기 가면, 아저씨의 어머니가 보는 잡지 속 스타가 가진 것처럼 엄청나게 커다란 요트가 있을 거예요. 캐비아도 산처럼 쌓아놓고 실컷 먹고요. 그 남자는 나에게 아주 비싼 드레스를 사주고, 우리는 샴페인을 터뜨리며 파티도 할 거예요!"

"글쎄다, 샴페인은 냄새가 별로 좋지 않을걸."

"상관없어요. 하고 싶은 말은, 내가 아저씨를 좋아할 날은 절대 오지 않으리라는 거예요."

"알아. 너는 스타니슬라스를 사랑하잖아."

"맞아요. 스타니슬라스 선생님을 사랑해요. 그 마음은 평생 쭉 계속될 거예요."

"아, 그렇군! 너는 늙은이를 좋아하는구나." 그가 말하며 만족스러운 표정을 지었어.

"스타니슬라스 선생님은 늙지 않았어요. 성숙한 거죠. 하지만 아저씨는 늙었어요."

나는 다시 베개들을 머리에 올렸어. 등뒤에서 그가 한숨을 쉬었고, 우리는 더이상 한마디도 하지 않았어. 난 잠든 척했어. 물론 밤새도록 한시도 눈을 붙일 수 없었지. 그도 마찬가지였고. 이따금 나는 몸을 뒤척였어. 마치 '잠결에 그러는' 듯 말이야. 그리고 눈을 살짝 뜨고 그가 무슨 허튼짓을 하고 있지는 않은지 살폈어. 그는 안락의자에 앉아 있었는데, 나를 쳐다보는 일 외에는 아무것도 하지 않았어. 내 머리는 빛의 속도로 돌아가고 있었지. 그가 몸값을 요구한 적이 전혀 없다는 말을 정식으로 듣고 나니까 정말 끔찍했거든! 물론 짐작하지 못했던 건 아니지만 그래도 그가 몸값을 요구했던 게 사실이라고 믿고 싶었어. 왜냐하면 R가 나를 지하실에 가둬둔 이유가 몸값을 얻어내기 위해서가 아닌 다른 것이면 정말 너무 무섭거든. 그래서 그날 저녁에는 더이상 어떻게 생각해야 할지 갈피를 잡을 수 없었어. 언젠가 그가 "내 의도는 순수해"라고 말했었지. 그건 거짓말이었어! 하지만 동시에 사실이기도 해. 수상한 행동을 전혀 한 적이 없거든. 내가 이제 거의 진짜 여자 같아졌는데도 말이야(뿐만 아니라 내가 친동생이나 되는 듯 귀가 따갑게 잔소리를 했지!). 그가 왜 이런 짓을 저질렀는지 여전히 이해할 수가 없어. 왜 날 납치했는지 이해가 안 된다는 거야. 그래서 생각했지. 그는 너무 외로운 나머지 늘 옆에 있어줄 친구를 원했는데, 재수 없게도 내가 그의 맘에 들었던 거라고…… 그 빨간색 점퍼가 나한테 참 잘 어울린다는 건 알고 있었지만! 젠장, 때로는 내 패션 감각이 너무 좋다는 게 원망스럽다니까!

(문 두드리는 소리가 나. 또 쓸게.)

16시 13분

R가 좌골신경통에 걸렸대. 내 동정심을 사고 싶은 게 분명해! 우리는 언제나 똑같은 이유로 또 싸웠어. 그래서 방금 그가 문을 쾅 닫고 가버렸고, 그 바람에 내 바깥 외출이 갑자기 취소되었어. 자신은 내 행복을 위해 가능한 한 모든 걸 하고 있는데 나는 말을 잘 안 듣고 끊임없이 죄책감을 심어주려 한대. 그 말에, 내가 상자 속에 갇혀서 사는 한 행복해할 사람은 아무도 없다고, 그리고 매일같이 그의 낯짝을 보느니 차라리 죽어버리고 싶다고 쏘아붙였어(그런데 죽고 싶다는 건 사실이 아냐. 내가 이렇게 말하면 그가 아주 싫어한다는 걸 알고 한 말이지). 이런 상황을 가리켜 '하늘 아래 새로운 것은 없다'고 하는 거야(여기서는 이 표현이 특별히 상대적인 의미를 갖기는 하지만).

그건 그렇고.

내가 처음으로 지하실 밖으로 나갔던 다음날, 우리는 둘 다 잠을 못 자서 다크서클이 생겼어. 마치 누군가 중국 먹으로 눈가에 까만 테두리를 그린 것 같았어. 그가 앉아 있던 안락의자에서 삐거덕거리는 소리가 났을 때도 나는 계속 잠든 척했지. R가 방에서 나가고 빗장을 질렀어. 이어서 내 아침식사 쟁반을 들고 다시 들어왔어. 언제나처럼 플라스틱 잔에 뜨거운 코코아가 담겨 있고 버터를 발라 구운 빵 두 조각, 그리고 블루베리잼이 있었어(블루베리잼이 더 좋다고 말해주기 전까지는 살구잼을 주었지).

“잘 잤니?”

“너무너무 잘 잤어요! 아저씨는요?” 나는 빈정대면서 말했어.

그런데 그는 골을 내지 않았어. 내 머리 가까이 손을 가져오더니 머리를 다시 빗어주듯 쓰다듬었어. 그가 내 머리카락을 아주 좋아하고, 어떤 눈으로 보는지 잘 알아. 그의 말로는 내 머리카락이 ‘바닷새의 깃털’이랑 비슷하대. 하지만 이런 식으로 쓰다듬은 적은 전혀 없었어. 그런데 이상하게도 싫진 않았어.

“네가 잠에서 방금 깬 모습을 처음으로 보는구나……”

“뭐, 난 이게 마지막이길 바라요! 왜냐하면요, 머리맡에 총을 겨누고 있는 사람을 두고서 자는 게 그리 유쾌하진 않거든요. 내 말이 무슨 뜻인지 알겠죠.” 내가 말하며 몸을 뒤로 빼서 그가 손을 치우게 했어.

나는 아침식사 쟁반을 받아들고 의욕적으로 먹기 시작했어. 내가 맛있게 먹는 모습을 보고 그도 기분이 좋아졌나봐. 한 번 단식투쟁을 한 뒤로 그는 내가 또 그럴까봐 겁내. 하지만 이제 나는 아무것도 먹고 싶지 않은 우울한 때에도 억지로라도 먹어. 아프고 싶지 않거든. 내가 아파도, 그가 나를 의사에게 데려가면 너무 위험하기 때문에 데려가기가 쉽지 않을 거야. 그래서 심각한 병에 걸리면 안 돼. 병에 걸리지 않으려면 아주 조심해야 해. 첫번째 빵조각을 다 삼키면서 내가 말했어.

“이젠 진짜 그릇에 담아 먹어도 된다고 생각하지 않으세요? 설마 내가 접시 조각으로 아저씨 목을 베기야 하겠어요?”

“이 그릇은 아주 좋은 거야. 플라스틱은 위생적이라고.”

"아기가 된 기분인데요."

"넌 아기지, 그럼! 네가 어떻게 처신하는지 좀 봐. 아무것도 아닌 걸 가지고 늘 투정만 부리고 있잖아."

나는 잠시 생각한 뒤 물어봤어.

"만일 지금 선택권이 있다면요? 만일 시간을 되돌릴 수 있다면요……? 아저씨는 또 나를 선택할 거예요, 아니면 덜 성가시게 구는 여자애를 찾을 거예요?"

"네가 까다로운 성격으로 날 성가시게 하는 게 좋은데. 개성이 있다는 뜻이니까." 그가 친절한 미소를 지으며 말했어.

"날 다른 여자애랑 바꾸고 싶은 생각은 없어요?"

"전혀 없다."

"젠장. 내가 운이 좋은 거군요."

그가 웃었어. 그리고 내가 아침식사를 끝내자마자 개미를 치울 거라고 했어. 나는 빵을 코코아 잔에 담그며 말했어.

"지금 시작하세요. 기다릴 필요 없어요. 나는 아침을 아주 천천히 먹어야 해요. 안 그러면 뱃속에서 난리가 나거든요."

갑자기 그의 눈빛이 바뀌고 무서운 얼굴이 되었어. 나에 대한 의심이 머릿속을 스쳤나보다 싶었지. 나는 빵조각을 다시 접시에 내려놓으며 물었어.

"왜요? 뭐가 문젠데요?"

"어젯밤에 네가 친 난리를 생각해보니, 감시하지 않고 여기 혼자 놔둘 수는 없을 것 같다. 적어도 두 시간은 자리를 비워야 하는데 말이야."

"그래서요? 어쨌든 나를 가둬둘 거잖아요. 그러니 나야 뭐, 책 한 권만 있으면 좋을 것 같아요! 거실에 책이 있는 걸 봤는데."

"빵이나 먹어라."

"배불러요."

우리는 결투하는 카우보이들처럼 서로 삐딱하게 노려보았어. R가 한숨을 내쉬더니 서랍장으로 가서 머플러와 굵은 접착테이프를 갖고 왔어.

"뭐예요? 설마 날 묶어놓으려는 건 아니겠죠?!"

"어쩔 수 없구나. 나도 좋아서 하는 건 아니야."

"싫어요! 하지 마세요! 정말 역겨워요! 묶지 마세요!"

나는 침대에서 일어나면서 쟁반을 뒤집어엎었어. 양털 깔개 위로 코코아가 모두 엎질러졌고, R는 화를 냈지. 그가 내 손을 뒤로 돌려 붙잡았고, 눈 깜짝할 사이 입에 접착테이프를 붙였어. 발버둥치며 반항했지만 R는 나보다 훨씬 더 힘이 셌어. 불과 몇 초 사이에 나는 한마디도 할 수 없는 신세가 된 거야. 입이 막혔지만 그래도 있는 힘을 다해 울부짖었어.

"마디손, 널 다치게 하고 싶지 않다…… 진정해라, 제발. 이제 네 손을 묶을 거다, 알았지? 이렇게 할 수밖에 없어. 안 그러면 네가 이 테이프를 떼어버릴 거잖니. 발버둥치면 다칠 수도 있으니, 좀 얌전히 있어. 그러면 아무 문제 없을 거야. 알았지?"

그의 목소리는 평온했어. 마치 지금 벌어지고 있는 일이 전혀 심각하지 않은 듯 말이야. 나는 계속 발버둥쳤어. 아무 짓도 안 할 거라고, 소리도 안 지르고 도망치려는 시도도 안 할 거라고 설명하려 애썼어. 물론 그는 내 말을 알아들을 수 없었지. 알아들을 수 없는 괴성이었으니까.

"난 위험을 감수할 수 없다. 널 믿으려 해봤지만 실망만 했어. 그것도 두 번이나. 미안하다. 손 내놔."

하지만 나는 여전히 발버둥쳤어. 입을 막은 테이프 때문에 제정신이 아니었거든. 나는 그가 인내심을 잃었음을 알아차렸어.

"내가 널 때렸으면 좋겠니? 손 내놔, 마디손! 이런 식으로 나오면 첫날처럼 약품을 사용해서 재워버릴 거야."

하는 수 없이 손을 내밀었어. 더이상 버텨봤자 아무 소용 없다는 걸 알았거든. 그는 내 손을 등뒤로 돌려 머플러로 단단히 묶었어. 친절하게도 살을 파고들어 상처를 낼 가능성이 있는 끈보다는 천을 선호한다는 점을 분명하게 밝히면서 말이야. 나 참, 그렇게 말하면 고마워하기라도 할 줄 알아…… 뻔뻔하기는! 나는 "멍청이"라고 울부짖었는데, 물론 그는 무슨 말인지 하나도 알아듣지 못했지. 그냥 "으으으음므므므므르르르" 같은 소리로밖에 들리지 않았거든. 그는 "미안하다"고 하더니, 입이 막히고 몸은 인간 소시지처럼 묶인 나를 방에 두고 나갔어. 발만은 묶지 않고 자유롭게 놔두었어. 걸을 수 있도록 말이야. 나는 주체할 수 없을 정도로 너무너무 화가 났어. 진짜 폭발 직전인 압력밥솥 같았지! 몇 차례나 문으로 달려가 몸을 부딪치며 있는 힘을 다해 울부짖었어. 그런데 어깨가 아파서 그만둬야 했어. 화를 가눌 수 없어서, 침대 발치의 깔개에 쏟아진 코코아를 발로 마구 문질러 더 번지게 했어. 엉망으로 만들어서 다시는 못 쓰게 하려고, 그의 어머니한테 된통 혼나라고 말이야.

그러고 나서 침대에 누워서 울었어. 입이 테이프로 막힌 채 우는 건 정말 끔찍했어. 순식간에 더이상 숨을 쉴 수 없게 되거든. 코가 막히고 기침이 나왔는데 지독한 감기에 걸렸을 때보다 더 최악이었어. 꼭 내 안에 갇히고 잠겨서 죽어가는 기분이었어. 그래서 하는 말인데, 입이 테이프로 막힌 상태에서는 절대로 울지 말라고 충고하고 싶어. 최후의 순간이 온 줄 알았다니까. 그다음에는 생존 본능 덕분에 진정하게 되었어. 훌쩍이며 울고 나니까 좀 나아졌어. 그러느라 완전히 기진맥진해졌고 결국 잠들어버렸어(아니면 기절했거나, 나도 잘 모르겠어). 나를 깨운 건 R였어. 열쇠 돌리는 소리에 잠이 깬 거야.

나는 죽은 척했어. 그를 겁주려고 침대에서 완전히 뻿뻿하게 누워 팔은 몸을 따라 뻗고, 눈은 크게 뜬 채로 가만있었어. 십오 초 가까이 그가 꼼짝도 하지 않고 나를 쳐다보는 걸 봤어⋯⋯ 그러더니 그가 달려들었지. 그를 속이는 게 얼마나 쉬운지, 바보 멍청이 같으니라고! 그가 "마디손! 마디손!" 하고 부르며 내 어깨를 흔들어댔어. 그가 내 이름을 부를 때마다 신경질이 났어. 그의 입에서 나오는 이름이 욕처럼 들렸어. 내 머릿속에서 내 이름은 '트위스트'야. 그가 알지 못할 내 이름이니까. 그는 트위스트라는 이름은 결코 알지 못할 거야!

그가 내 입에서 테이프를 떼어냈어. 난 아파서 움직이지 않을 수 없었어.

"마디손, 너 때문에 깜짝 놀랐잖아! 괜찮니? 괜찮은 거야?"

"앞으로 두 번 다시는 이러지 마세요⋯⋯ 숨막혀 죽는 줄 알았다고요……! 아저씨는 정말 돌았어요! 제기랄!" 나는 작은 소리로 말했어. 다시 고래고래 소리지르고 싶었지만 목이 완전히 쉬어 있었어.

나는 다시 울기 시작했고 그가 사과했어. 묶인 내 손을 풀어주면서, 내가 자기를 그렇게 만든 거라고 했어. 내가 좀더 '협조적'이었다면 이런 일은 없었을 테고 다른 일들도 마찬가지라고. 나는 입술과 손목을 문지르고 눈물을 닦았어. 그는 정말로 미안한 표정이었어. 그래서 다시 말을 꺼냈어.

"제발 부탁이에요, 시원한 공기가 필요해요…… 제발 부탁이에요, 좀 친절하게 대해주면 안 되나요…… 몸이 좋지 않아요…… 아저씨도 알잖아요, 사람이 밖에 나가지 않고 안에만 있으면 제정신이 아니게 된다는 걸요…… 알잖아요, 네? 나는 미치고 싶지 않아요, 나는요…… 아저씨는 내가 아저씨 친구라고 했잖아요…… 친구한테는 이렇게 하지 않죠……! 친구가 미치도록 내버려두지는 않는다고요!"

그가 나를 친절하게 감싸안으며 이 문제에 대해 생각해보겠다고 했어. 아픈 마음이 약간 누그러지더라고. 그러고 나서 나를 다시 방으로 내려보냈어. 내가 범죄자라도 되는 양 총을 들고 안내했지. 지하는 아주 깨끗하게 청소가 되어 있고 바닥에는 새 양탄자도 깔려 있었어.

"네 생일 때까지 기다렸다가 깔아주려고 했는데, 마침 대청소도 하고 때가 때이니만큼 지금 깔았어."

아주 연한 파란색 대형 양털 양탄자야(R는 내가 좋아하는 색깔을 알아). 이번에는 정말 예쁜 거였어. 인정하는데, 그것 때문에 기분이 풀렸어. 콘크리트 바닥이 가려지니까 내가 사는 곳이 덜 싸늘해 보였거든. 그에게 고맙다고 했어. 잽싸게 굽도리널 쪽을 흘낏 봤는데 모든 게 평소와 다름없어 보였어. 단 하나 이상한 점이 있다면 벽을 따라 여기저기 레몬 조각이 널려 있었다는 거야. 정말이지 무슨 연결관을 설치한 줄 알았다니까! 그가 나갈 채비를 하길래 나는 조금만 더 문을 열어놓고 있어달라고 부탁했어. 그는 혹시라도 내가 도망치려 할까 두려워 절대 문을 열어놓지 않거든. 그런데 이번에는 내 청을 받아들여줬어. 개미약 때문에 여전히 냄새가 났으니까. 그리고 나는 도망칠 생각이 없었어. 때가 적당하지 않았고. 그가 나를 조금도 믿지 못하게 된데다 도대체 무엇으로 그를 공격해야 할지 전혀 떠오르지 않았어. 어떤 시도를 하든, 그전에 먼저 집에 설치된 모든 시스템, 경보 장치나 지뢰가 어떻게 작동하는지 알 필요가 있었지. 그러지 않으면 멀리 가기도 전에 잡히고 말 테니까. 그날은 그저 그가 잠시 더 있어주기만을 바랐어. 나는 마치 사람들에게 잡혀 보살핌을 받다가 다시 바다로 보내지는 물고기 같았어(언젠가 상어에 관한 다큐멘터리에서 이런 장면을 봤어). 상어를 자유로운 상태로 돌려보내기 전에 천천히 바닷물에 다시 적응시켜야 해. 그러니까 좁은 지하실에 다시 적응해야 하는 지금, 유일하게 도움을 청할 수 있는 이는 R뿐이었던 거지.

그는 전날 밤에 그랬듯이 총을 지팡이처럼 잡고 문 가까이 앉았어. 나는 레몬 조각에 대해 물었어. 최신 유행인 실내장식이냐고 말이야. 그랬더니 그가 막 웃으면서 개미들을 쫓아내기 위한 민간

처방이라고 설명해주었어.

"개미는 신맛을 싫어해. 이건 개미들이 다시 못 돌아오게 하는 거야. 며칠 있다가 치워줄게."

"아저씨는 별걸 다 아네요!"

"아, 우리 어머니한테 배운 거야. 정원 식물이나 곤충 분야는 어머니가 잘 알았었지."

"지금은 아니고요?"

"뭐라고?"

"지금 아저씨가 '알았었지'라고 말했잖아요……"

"어머니가 시내에 살게 된 뒤부터는 더이상 정원을 안 가꾸니까. 실내에서 화분 몇 개만 키우고 말이야."

총의 개머리판을 쥔 그의 손가락에 힘이 들어갔어. 나는 그에게 사냥을 하느냐고 물었어.

"아니. 사냥은 혐오스러운 짓이라고 생각해. 동물을 죽이는 건 나쁜 짓이야."

"아저씨는 정말 선악의 경계에 대해 잘 알고 있군요!"

"잠시라도 휴전할 수 없니, 삼십 초라도?"

"아저씨는 군대 갔어요? 우리 아빠는 군대 갔었고, 사뮈엘 삼촌도 갔다 왔는데."

"아니."

"왜 안 갔어요?"

"눈이 아주 나쁘고 등에 문제가 있어서 의병제대했어."

"아!"

"하지만 총은 완벽하게 사용할 줄 안다. 네가 알고 싶은 게 그거지? 놀라는 표정 짓지 마라, 마디손. 널 잘 알고 있으니까……! 동호회에서 사격을 배웠지. 이것 말고도 권총 두 자루가 더 있어."

나는 더이상 아무 말도 하지 않았어. 그냥 골이 난 상태로 있었지. 그가 내 속셈을 알아채서 약간 기분이 상했거든. 그가 먹고 싶은 게 없냐고 묻길래 고개를 내저었어. 그러자 갑자기 자리에서 벌떡 일어나 나가버렸어. 나는 그가 문턱을 넘어서기 전에 다시 간청했어.

"나는 운동을 해야 해요…… 더는 이렇게 갇혀 있을 수 없어요! 달리기도 하고 뛰어오르기도 해야 해요! 나는 어린 소녀라고요, 제기랄!"

"내가 생각해보겠다고 말했지. 물론 네가 얼마나 얌전하게 구느냐에 달렸다."

그렇게 해서 나는 '그림처럼 얌전한 시기'로 들어가게 된 거야.

게타리

7월 11일

7급 강풍, 맑은 하늘

사랑하는 딸에게

간밤에 네가 돌아온 꿈을 꾸었다.

나는 잠에서 깨어 드레스를 입었어—가지고 있지도 않은 진홍색 드레스를. 그리고 까만 하이힐을 신었지. 〈오전 열한시〉 그림에 나오는, 푸른색 안락의자에 앉아 있는 부인이 신은 구두와 비슷한 거였어.

시각은 오전 열한시, 부활절 종소리처럼 거실 시계가 정확히 열한 번 울렸어.

햇살이 너무 눈부시고 강렬해서 짙은 안개처럼 보였어. 손으로 가리며 복도를 지나 계단을 내려갔어. 햇빛이 여전히 눈부시게 찬란해서 앞이 보이지 않았지.

그런데 부엌에, 거기, 네가 있었어. 뜨거운 코코아를 앞에 놓고 식탁에 앉아 있었어. 너는 신문을 읽고 있었어. 이따금 그랬듯이 다 큰 어른처럼 진지한 표정으로, 마치 세상의 미래가 너에게 달려 있는 듯 집중해서 신문을 보았지.

네 아빠가 부엌으로 들어왔다. 시멘트 색깔 옷을 입고서, 부엌에 들어와서는 네 뺨에 입을 맞췄어.

모든 게 정상이었어. 그러니까, 모든 게 이전과 같았다는 거야.

나는 거기 있었지만 동시에 없는 거나 마찬가지였어. 태양이 나를 보이지 않게 지워버린 것 같아. 찬란하게 쏟아지는 강렬한 빛에 싸여 너와 아빠 눈에는 내가 안 보였어. 모든 게 정상으로 돌아왔는데, 그게 얼마나 놀라운 일인지 아는 사람은 오직 나 혼자뿐인 것 같았어.

마디손, 그건 기쁨 그 자체였단다!

찬란한 태양은 기쁨이었어! 기쁨이 극단적으로 구체화된 나머지 격하게 마비시키는 신비 차원의 무엇, 몰아적인 도취 상태가 된 거였어.

그렇게 네 빛에 잠겨 있다가 잠에서 깼어.

어슴푸레한 침실, 아빠의 숨소리가 들렸어. 얼마나 괴상망측하던지! 듣고 싶지 않더라.

그도 살아 있고, 나도 살아 있는데, 너는 죽었다니.

나는 네가 그저 부재하는 것이길 바라.

이렇게 깨어나는 일이 얼마나 끔찍한지, 아무도 상상할 수 없을 거야.

그 순간에는 실제인 줄 알았다가, 그저 간절한 바람이었을 뿐 모든 게, 네가 돌아온 게 현실이 아님을 깨달을 때는 얼마나 참혹한지……

결코 깨어나지 않으면 좋으련만.

네가 사라진 삼 년 전부터, 나는 모든 일상을 너와 함께한단다. 너와 함께 일어나고, 너와 함께 잠들고, 너와 함께 먹고, 너와 함께 마시고, 너와 함께 숨쉬고, 너와 함께 걷지. 결코 멈추지 않아, 결코.

지난번 저녁에 나는 막 웃었어. 아멜리 이모가 새 애인과 어떻게 만났는지 이야기하는데, 너무 재미있어서 박장대소를 했지. 마지막 저녁, 그래, 바로 그날, 나는 네 어두운 눈빛에서 위기의 사춘기에 으레 보이는 전조를 보았다. 네 얼굴을 보고 그 시기가 왔음을 느꼈지. 난 '걱정이네!' 하고 생각했어. 걱정이 됐어.

네가 사라진 이후 몇몇 일들이 내게 금지된 듯했어. 이모와 웃던 동안, 몇 분간 짧게 웃는 동안 너를 잊고 있었어. 뱃속에 누군가 있지 않았다면, 아마 너무 수치스러워서 죽어버렸을 거야.

다른 누군가.

어쩌면 네 꿈을 꾸게 된 동기가 이건지도 모르겠구나. 사람은 살면서 가장 바라는 바를 이따금 꿈으로 꾸는 것 같아. 이상하게 들릴 수도 있지만, 사실 네가 돌아오는 꿈을 꿔본 적이 전혀 없었단다. 네가 돌아오는 게 가능한 일이라고 생각했기 때문에 꿈을 꾸지 않았던 것 같아. 그래서 이 꿈이 신호가 아닐까 생각해. 나 역시 너를 포기한다는 신호. 이제 내게 꿈꾸는 일이 필요하다는 신호, 더는 희망을 가지고 있지 않기 때문에.

영매들의 이야기! 얘야, 그건 하늘이 무너지는 듯했어. 그들은 한숨 돌리게 한 뒤 어깨뼈 사이에 큰 칼을 꽂지. 심장에도 꽂고 양쪽 폐에도 꽂는단다!

깨진 어항 속의 금붕어 한 마리.

"희망을 갖지 마, 레오. 사람들이 우리 딸을 찾아낸다 해도, 저 점쟁이 덕분도, 다른 누구 덕분도 아닐 거야. 예지의 추라든가 투시 같은 바보 짓거리를 통해서가 아닐 거야. 그들을 믿지 마, 내 사랑. 희망을 가지지 마, 제발. 희망을 가지지 마."

아빠가 말했다. 물론 그의 말이 옳아.

하지만.

어떻게 희망을 막을 수 있을까, 희망을? 어떻게 희망을 막을 수 있겠니, 안 그래? 희망은 사람이 통제할 수 있는 것이 아닌데. 그건 삶 자체인데. 인간성 자체. 난 아직도 인간이구나, 고맙게도.

(내가 신을 믿을 수만 있다면! 아무것도 없다기보다 무언가가 있다고 믿을 수만 있다면 좋으련만!)

라파엘은 이성적으로 생각해. 이게 그의 역할이지. 내가 그에게 맡긴 역할. 바위. 암벽 같은 굳건한 존재. 내가 분해되지 않기 위해 뿌리를 내리고 있는 곳.

하지만 그 또한 희망을 품고 있어. 내가 잘 알지. 그의 실용적인 면은 그저 위장일 뿐이야. 나를 위해 버티는, 한계를 초과한 모습. 매일 불행의 제단에 몸을 바치는 확고부동한 사실주의 스펙터클—붉은 핏빛의 벨벳 벽지, 전기 조명, 인공 하늘.

아빠의 지갑 속에 들어 있는 네 사진. 마디, 그건 1123일 전부터 거기 들어 있단다. 그는 그 사진을 길에서, 바에서, 정거장에서 만나는 사람들 앞에 내민다. 사람들은 매번 고개를 내젓지. 마치 우리가 그들을 방해하고 공격하고 돈을 달라고 하기라도 한 것처럼…… 마치 우리가 너를 되찾기 위해 구걸이라도 한 것처럼! 단 한 푼도 우리 주머니에 들어온 적이 없는데!

그래, 이제 아기가 있구나.

그래, 얘야, 여자아이인 것 같아.

나는 남자아이였으면 했는데, 그러면 더 쉬울 테니. 적어도 나에게는 남자아이인 게 더 쉬울 것 같았단다. 그런데 모르겠어. 이제 쉬운 일은 아무것도 없구나.

아이가 움직이는 게 느껴진단다. 얼마나 힘찬지 몰라! 진짜 전사 같아! 아이가 너를 위해, 너와 함께 싸우고 있나봐. 아이가 너를 움직이는구나. 아이가 너를 안단다, 알지. 내가 너에 대해 말해줬으니까. 너에 대해 또 말할 거다. 말하고 또 말할 거야. 래리도 뭔가 느끼나봐. 늘 내 배에 와서 기대고 있어. 부드럽고 따뜻하고 편안한

배. 고양이가 머리를 아이한테 대고, 우리한테 대고 마구 비벼댄다. 래리는 아이의 심장소리를 들어. 우리는 래리에게 각자의 방식으로 너에 대해 말하고 있단다.

그래, 마침내 내가, 너를 모르는 누군가에게, 하지만 너를 알 자격이 있는 누군가에게 네 이야기를 하는구나. 이런 생각을 하기만 해도 벌써 기분이 좋아진단다. 만일 모르는 사람에게 이 이야기를 한다면 아마 충격적이라고, 지독하다고 할 거야. 어쩌면 황당하다고 할지도 모르지. 우리를 모르는 사람들은 이해할 수 없어.

살로메.* 이게 아기 이름이란다.

우리는 네 이름과 어울릴 만한 이름을 찾다가 이걸 선택했어.

마디손과 살로메. 살로메와 마디손.

시 같지. 네가 쓴 시들 중 하나. 나는 네가 쓸 법한 시들을 상상해봐. 조응, 변형된 거울, 변이형. 마디! 너희 둘은 앞으로 서로에게 없어서는 안 될 존재가 될 것 같은 느낌이야.

서로를 채워주는 자매.

대체하는 존재가 아니야. 대체물이 아니라고.

틀림없이 네가 돌아올 거라는 사실이 더 명백해질 거야.

그래서 나는 너희 이름을 반복해서 불러본다. 살로메, 마디손, 마디손, 살로메. 캐러멜처럼 입에 착착 달라붙는구나.

그래서 무척 행복해!

---

* 오페라 〈살로메〉에서 '일곱 베일의 춤'을 추는 인물.

이 행복감, 나는 이 행복이 수치스럽지 않아. 너도 이 행복을 함께하겠지, 너도 이 행복을 함께할 거야.

살로메가 태어날 날이 임박했어. 기다리는 중이야.
또다시 나는 기다리고 있단다.

내가 널 사랑한다는 걸 결코 잊지 마라.

엄마가

죽은 아이들의 선잠

여느 때와 마찬가지로 나는 미적지근한 태도를 취했다. 카네트 거리에 있는 루이종의 방이었고, 새벽 두시였다. 그녀는 마침내 여행가방을 다 쌌다.

"가지 마. 비행기 탈 때까지 같이 있어줘."

그녀의 요구에 나는 함께 있었다. 그녀에 대해 곰곰 생각하며 일분일초를 보냈다. 마치 고통의 시간이 줄어들고 있는 것처럼. 침대 위로 올라가 여행가방 내용물을 확인해야 할 정도로 방안은 잡동사니로 어수선했다. 카메라—'윌리엄 이글스턴*의 것과 똑같은' 라이카 카메라, 방사선 차단 봉투로 감싼 컬러사진 필름 1킬로그램. 배낭에는 등산화 말고 구두를 딱 한 켤레 더 넣을 수 있어서 무

* 미국의 사진작가.

엇을 넣을지 골라야 했다.

"추려봐, 스타니슬라스. 그러면 너도 내 원정에 동참하는 거야."

"헬륨 풍선 같은 빨간 부츠. 러시아는 추워, 여름에도." 내가 주저 없이 대답했다.

부츠는 제자리를 찾아 짐가방으로 들어갔고, 그렇게 모든 점검이 끝났다. 그녀는 떠날 준비가 되었고 내 꿈은 사라질 참이었다. 나는 그녀가 수건 뭉치에 콘돔을 슬쩍 넣는 모습을 보았지만 한마디 토를 달지도 못했다. 나는 패배를 인정했다. 나의 무지막지한 사랑에 전쟁은 잠재적이었고 그것에 대해 더이상 말하지 않았다. 그녀가 청해서, 그리고 내가 필요해서 그날 밤 함께 있었지만, 그녀를 보는 게 마지막이 되지 않을까 두려웠다.

그녀가 커피를 다시 내렸다. 그녀는 떠나게 되어 행복해했지만, 왠지 시선 어딘가에 슬픔이 어린 듯해서 어쩌면 나를 보고 싶어할지도 모른다는 생각이 들었다. 우리는 말없이 커피를 마셨다. 더이상 무슨 말을 해야 할지 몰랐다. 모든 게 오직 떠남을 가리키고 있었다. 그녀는 이미 거기 없었고, 내 마음은 무거웠다. 내 옆에 있는 손을 잡고, 체취와 두근거리는 심장박동을 느끼고, 커피 마시는 걸 보고 숨쉬는 소리를 들을 수 있었지만, 그녀는 이미 떠나고 없었다. 루이종은 동쪽 세상…… 저멀리 있었다. 그날 저녁, 물건들이 뒤죽박죽 섞이고 옷가지들이 어수선하게 널려 있는 이 집에 도착했을 때, 그녀는 샐리 만의 유명한 책 『직계가족』을 내게 선물로 주었다. 처음 만났을 때 그녀가 언급하고 내가 잘 아는 척했던 책이었다. 그러나 몇 주 뒤 처음으로 그녀의 집에 가게 되어 그 책을 뒤적였을 때, 내가 보인 반응이 진실을 드러내버렸다.

"이걸 보니 사진을 찍기 위해서라도 아이를 낳고 싶어져." 나는 앞서 했던 거짓말을 잊고 흥분해서 말했었다.

"당분간은 다른 사람의 아이들을 찍는 것으로 만족해야 하겠지만……"

루이종의 말로는 출산과 자유는 양립할 수 없었다. 하지만 그녀는 그 반대를 보여주는 작품을 가지고 있었다. 흑백으로 찍힌 샐리의 세 자녀—숨이 멎을 정도로 아름다운 아이들의 모습. 제일 어린 아이가 웃자란 수풀 가운데 죽은듯이 누워 있다. 풍부한 자연광에 그을린 피부, 흩어진 잎들 사이에서 거의 만져질 듯한 꿈. 제일 큰 아이는 발가벗고 도발적인 표정으로 흰색 가죽 롤러스케이트 위에 걸터앉아 있다. 소년의 등은 검게 아문 수두 딱지투성이다. 둘째 아이는 몸에 진흙으로 대리석무늬를 그렸고 곱슬머리가 바람에 날리며 속을 짐작할 수 없는 얼굴이다. 오줌싸개, 세탁해서 넌 홑이불. 할아버지의 죽음, 너무 많이 움직여서 금이 간 눈썹의 반짝거림. 아이들의 알몸이나 얼굴에 난 상처처럼 보기에 불편할 수 있는 부분이 더할 나위 없이 매력적으로 포착되었다. 사진작가와 그 대상 간의 완벽한 합치. 복합적인 성격, 가장 짓궂은 면까지 드러내는 아이의 자연스러운 모습. 샐리 만의 작업에는 사랑이 배어 있고, 피가 흐르는 아이의 얼굴은 변태적인 구경꾼을 절대적으로 부정하고 있었다—순진무구함과 햇빛 뜨거운 여름의 상징인 단순한 코피다. 그 이미지들은 충격적인 것과는 거리가 멀었다. 그것은 자라고 있는 자식의 모습을 영원히 잡아두고 싶은 어머니의 바람, 성장과정의 아름다운 모든 것과 보기 싫은 모든 것—자라는 아이의 순수한 현실, 삶이 자식에게 제공하는 기적—을 포착하고 싶은 어머니의 바람을 보여주었다. 이 책을 발견하고, 나는 마침내 사진 예술을 하나의 완전한 예술로, 그때까지 이해하지 못했던 힘을 지닌 것으로 느끼게 되었다.

그날 저녁 루이종이 선물한 책은 그녀가 다른 이에게 받은 것이었다. '어떤 시선에 담긴 애정은 사람을 앞으로 나아가게 해. 네가 나에게 주었던 시선이 고마워. Xxx. L.' 나는 물론 선물에 감동받았지만 키스를 뜻하는 X자는 더이상 참을 수 없었다. 내게는 X만 보였다. 그녀 없이 지내는 날들을 매일 표시하게 될 X, 너무 많은 사랑을 가진 사람들이 짊어져야 할 고통의 십자가, 내가 사랑에 빠지며 갇혀버린 우리의 창살이었다. 나는 책꽂이를 훑었다. 루이종은 여섯 주 동안 세상 반대편으로 떠나지만 『트위스트』는 여전히 거기 있었다. 다른 책들 사이에 잘 정리된 채. 나는 돌려달라고 하지 않았다. 그녀도 그 책을 나에게 돌려주어야 함을 알고 있었다. 책이 그녀의 방안에 있는 한, 그녀는 나를 다시 봐야 할 것이다. 마디손은 그녀와 나 사이에서 암암리에 인질 역할을 했다.

"추억을 위해!" 그녀가 갑자기 소리쳤다.

그리고 펄쩍 뛰며 폴라로이드 카메라를 내게 들이댔다. 그녀가 내 사진을 찍는 일은 처음이었다. 나는 사람들 앞에서 노래를 불러야 하는 수줍은 소년처럼 어색해했다. 아버지는 사진을 찍을 때 포즈 잡는 데 오랜 시간을 끌며 내게 상처를 주었다. 그렇게 시간을 들였는데도 결코 '훌륭한' 포즈를 취하지 못했다. 사진 속 우리는 물론 밀랍인형처럼 굳어 있고 못생겼다. 그런데 루이종이 갑자기 나를 순간적으로 포착한 것이다. 차가운 사각형 안에 얼굴이 정면으로 나왔는데, 잘 찍은 사진임을 인정하지 않을 수 없었다. 그녀는 하얀 여백에 지워지지 않는 펜으로 적었다. '내 부엌에 있는 스탄.' 그러고는 카메라를 내밀었다.

"네가 찍어."

나는 어떻게 해야 할지 몰랐지만, 그녀의 얼굴을 어디든 지니고 다닐 수 있을 거라는 생각에 마음이 동해서 사진을 찍었다. 사진의 구도는 늘 그렇듯이 형편없었지만, 그녀는 매혹적이었다. 그녀가 인화지를 빨리 말리기 위해 흔들었다. 그러고는 '바로 나는 전쟁 속으로 떠난다'고 적어 나에게 주었다. 사진 속에 고정된 그녀를 감상하고 있을 때 그녀가 손바닥으로 내 얼굴을 어루만졌다.

"네가 원하는 걸 내가 주지 못한다는 거 알아, 스탄…… 그런데 일부러 그러는 게 아니라 그냥 그런 거야. 난 그냥 이런 애야. 너에게는 앞뒤가 맞지 않는 듯 보이겠지만, 나는 너와 함께 시작한 이 길의 끝까지 가보고 싶어."

고통의 십자가, 길의 끝, 캠프파이어를 위해 주워모으는 작은 나뭇조각처럼 쌓인 희망의 조각들. 스스로가 거지처럼 느껴졌다. 그녀가 내 셔츠를 열고 가슴을 애무했다. 내 혀는 그녀의 입안에 있었다. 언제나 그렇듯 어쩌다 그렇게 되었는지는 알 수 없었다. 그녀가 떠나는 밤에는 내 짧은 삶에서 가장 폭발적인 체액의 교환이 있었다. 마치 침입자가 들이닥쳐 전쟁이 선포되고, 섹스 뒤에 곧 죽을 운명인 것처럼, 세상의 종말이 왔다는 절박함 속에서. 도중에 나는 "가지 마" 하고 속삭였다. 세상의 종말은 사랑과 잘 어울렸지만 우리는 한 시간 뒤에도 살아 있었다. 그녀는 완전하게, 나는 절반만 살아서 각자 택시를 타고 서로 반대 방향으로 새벽을 달렸다. 전나무냄새가 나는 택시 안에서 그녀에게 약을 먹이고, 때리고, 손발을 묶어서라도 떠나지 못하도록 막지 않은 것을 후회했다. 또한 형편없는 나 자신이 혐오스러웠다. 이런 생각을 해서가 아니라 생각을 행동으로 옮길 용기가 없어서.

루이종의 말이 옳았다. 나는 불알이 없었다.

*

그 다음날 교원 자격시험에 합격했다는 소식을 들었다. 하지만 전혀 자랑스럽지 않았다. 유일하게 이기고 싶었던 전투에서 나는 패배했다. 즐거운 놀거리를 찾으며 이번에는 내가 여행가방을 꾸렸다. 세상이 끝난 것 같은 파리의 날씨와 달리 대서양에 떠올라 있는 태양의 존재며, 벌써 몇 주 전부터 내려가 은둔해 있는 앙투안을 다시 만날 즐거움을 생각하며. 앙투안이 루이종을 싫어한다는 점을 언급할 필요가 있겠다. 그는 그녀를 이기적이고 허영심 많은, 요컨대 매우 어리석은 여자로 보았다. 그는 단지 머리 색깔 때문에 금발을 미워하는 짓은 오래전에 그만두었다. 도시의 모든 모델과 섹스를 하며 겨울을 나면서 '마음의 상처를 치유'했기 때문이었다. 그는 나의 금발이 내 마음을 짓밟고 있음을 직감했다. 아니, 알았다. 자신이 실연의 긴 터널에서 빠져나왔기 때문에, 순수한 우정에서 나를 불행한 재앙으로부터 구해주고 싶어했다. "애송이, 내가 얘기했잖아, 걔들은 기생충이야!" 물론 나는 그녀와 관련해서 누구의 말도 듣지 않았고, 매일 밤 항복하라고 청하는 내면의 목소리도 듣지 않고 있던 터라, 그의 말도 당연히 듣지 않았다. 좋은 한 때였다. 다시 말해 루이종은 더이상 없었다. 그녀가 남긴 공허감은 헤아릴 수 없이 커 보였지만.

나는 불행을 질질 끌며 몽파르나스역까지 가서, 기차에 오르자 즉시 잠이 들었다. 지쳤고 몸에서 열이 났다. 기차가 세 시간 정도 달렸을 때 루이종에게서 전혀 뜻밖의 첫 메시지를 받고 잠에서 깼다. 모스크바에 도착. 레닌 동상은 어마어마하게 커. 수미터는 되는 것 같아—도처에 있어. 길목마다 검문이야…… 바로 나는 불법 체류자가 된 느낌이야! Xxx. L. 다시 잠들 수가 없었다. 세상 저 끝에서 루이종이 나를 생각하고 있었다! 전투에서 패배했다고 생각했는데 어쩌면 아니었는지도 모르겠다…… 그 몇 마디에 용기를 얻은 나는 휴가를 최대한 누리기로 결심했다. 여름이 끝날 무렵에 맞을 화려하고 당당한 재회의 시간에는 나 또한 그녀에게 들려줄 이야기를 가지고 있어야 했다. 기차 여행이 끝날 때까지 나는 폴라로이드 사진 속 그녀의 얼굴을 바라보며 상념에 빠져들었다. 그녀는 눈부시게 아름답고 나는 우스꽝스럽게 나온 사진. 마침내 바욘에 도착했을 때는 장대비가 쏟아지고 있었다.

"네가 운이 없나보다. 몇 주째 비 한 방울 내리지 않더니, 하필이면!" 아버지가 차 트렁크에 내 짐을 넣으며 말했다.

기상 상황이 나아질 것 같지 않았다. 내가 도착하자마자 날씨가 아주 예외적으로 악화되었다. 하늘은 시커멓고 비가 억수같이 쏟아지고 치명적인 바람이 불었다. 바다의 수온은 하루 만에 2도 떨어졌다. 마치 내가 이곳으로 오면서 슬픔을 기상 관측용 풍선에 실어온 게 아닌가 하는 생각이 들 정도였다. 휴가를 망치지 않으려고 애쓰며 뒤집힌 우산을 들고 지나가는 행인들에게 큰 소리로 사과하고 싶었다. '내 잘못입니다! 용서해주세요, 모든 게 내 잘못입니다!' 역시 엉뚱한 생각으로 보이겠지만, 나는 이 폭우를 이렇게 느꼈다—어긋나 있던 내 마음을, 고향이 정상으로 되돌려놓았다고.

악천후는 엿새 동안 계속되었다. 어차피 도착하자마자 병이 났기 때문에 나는 거친 날씨가 조금도 불편하지 않았다. 몸에 오한이 들고, 침실의 푸른 천장 아래서 마음껏 헛소리를 하고, 목이 잔뜩 부어서 어머니가 정성 들여 끓여준 죽만 겨우 넘겼다. 어머니는 새로운 스타일, 잔뜩 부풀려 세운 머리 모양을 여봐란듯이 과시했다. 라스티리 의사 선생님은 박테리아성 급성 인후염이라고 진단했다.

"집에 돌아온 걸 환영한다, 아들아!"

나는 청소년기를 보냈던 침대에 누운 채, 항생제 치료를 받으며 유아기적 고독에 빠져 루이종의 다음 메시지가 언제 올지 기다리며 한 주를 보냈다. 그녀는 내게 규칙적으로, 대체로 이틀에 한 번씩 소식을 전해주었다. 검은 수말이 도시를 활보해. 빨간 원피스를 입은 소녀가 무너진 담장 아래서 뜨개질을 하고 있어. 나는 여기서 바라보고 있고. 깜짝 놀란 내 눈은 움직이는 세계를 지켜보는 중이라는 그녀의 메시지에 경쟁심을 느끼며 더 나은 답장을 보내려고 고심했다. 하지만 내 기질은 오히려 이런 종류의 시에 끌렸다. 나는 각혈하며 기침한다. 암소가 오줌 싸듯 비가 쏟아진다. 이것 말고는 특별한 게 없다. 그녀가 몹시 보고 싶었지만, 나중에는 창백하고 비참한 나를 그녀가 보지 못해서 다행으로 여겼다. 어머니는 내가 흔치 않은 폐병에 걸렸다고 생각하며 얼렀고, 여동생은 '적당히' 바에서 바로 돌아다니며 나를 비웃었고, 아버지는 하와이식 선탠을 즐기면서 남성우월주의 사고방식을 가진 친구에게 늘어지는 설교를 들은 뒤 내 미래를 걱정하며 질문 공세를 펼쳤다. 아버지는 나를 불쌍한 부진아처럼 취급했는데 그 생각이 완전히 틀렸다고 할 수는 없었다. 방탕한 자식은 확실한 미래 없이 귀가했다.

일단 자리를 털고 일어나자, 루이종의 부재에도 불구하고 휴가는 여느 바캉스와 조금도 다르지 않았다. 소설을 읽고, 수영하고, 서핑을 즐기고, 춤추고, 일광욕하고, (루이종이 닷새 동안 자신의 의무를 까먹고 메시지 하나 없이 감감무소식인 동안 러시아 남자가 그녀를 빼앗아갔다고 생각하며) 스트레스 받고, 테니스 치고, 펠로타 놀이를 하고, 발리볼을 하고, 요리를 하고, 단편소설을 쓰고, 여러 차례 만취하고(내 간은 필연적으로 적응해야 했다), 앙투안이 미아의 마음을 짓밟지 못하게 막고, 이 문제로 미아와 다투고, 다시 화해하고, 앙투안과 싸우고, 다시 화해하고, 바비큐를 굽고, 륀산을 오르고, 어머니를 안심시키고, 아버지를 안심시키고, 영어로 사랑의 중개자 노릇을 하고, 스페인어로 사랑의 중개자 노릇을 하고, 자전거를 타고, 요트를 타고, 수시로 열린 파티와 몇 차례의 가족 식사에 참석했다. 여기에 상세히 이야기할 만한 유일한 사건은 순전히 충동적으로 마디손의 부모를 방문했던 일이다.

내가 그들을 본 지도 이 년이 넘었다. 마지막으로 본 게 3월 21일, 봄날이었다. 에샤르 부인이 마디의 고양이를 데리고 아버지에게 진찰 받으러 왔었다. 진료를 기다리는 동안 그녀와 나는 몇 마디 주고받았다. 레오노르는 겉으로는 아무렇지 않은 척 마음을 감추려 했다. 평소에는 매우 아름다웠는데 그날은 창백하고 약간 무서울 정도로 앙상해 보였다. 마디손이 실종된 지 구 개월이 지난 시점이었다. 그녀는 하루하루 무섭게 살이 빠지고 있었다. 그다음 개강 때 나는 고향을 떠나 파리로 왔고, 이후로는 부모님이나, 더욱 안타깝게도 신문을 통해서만 그들의 소식을 들었다.

그해 여름 7월 29일 살로메가 태어났다는 소식을 들었고, 아기가 보고 싶었다. 그들도 보고 싶었다. 잘된 일이라고 생각했지만, 진심어린 기쁨과 동시에 이상한 감정…… 일종의 불가해함 같은 것이 함께 들었다. 그 아이가 선택에 의해서인지, 우연한 사고로 생긴 것인지 의문이 들었다. 모순된 감정으로 인해 왠지 불안하고 슬프고 호기심이 일면서도 혼란스러웠는데 지금도 그때의 기분을 설명하기는 쉽지 않다. 동기가 무엇이었든, 나는 매우 상징적으로 보이는 날짜인 성모승천일 아침에 에샤르 씨 집으로 가서 초인종을 눌렀다. 레오노르가 문을 열어주었다. 화사한 파란색 모슬린 원피스를 입고 아기를 안고 있었다. 마디손이 있던 시절에 알았던 여인, 언제나 매력적이고 내 친구들 모두에게 환상을 품게 했던 여인이 눈앞에 다시 나타났다. 라벤더와 재스민 향을 풍기며. 그녀는 처음에 나를 보고 무척 놀랐다. 그러더니 이내 반가운 얼굴로 '거실'이라고 부르는 곳으로 안내했다. 레오노르 에샤르의 몸짓과 우아한 말투는 어딘가 시대에 뒤떨어져 보였다. 향수에 젖은 어느 작가가 꿈꾸는 50년대 여자 같았다. 위엄 있는 이름과 예술가 아버지, 딸들을 교육하기 위해 희생한 어머니, 이 모든 것이 비극적인 소설의 여주인공 같은 특별한 매력을 부여했다.

그녀가 차를 내오더니 창가 옆 커다란 고리버들 의자에 앉았다.

"미안해요, 스타니슬라스. 아이한테 젖을 주던 중이라 여기 햇볕이 드는 곳에 앉으려고."

"네, 그러세요. 제가 연락도 없이 찾아와서……"

"미안해할 것 없어요. 이렇게 보게 되어 아주 반가운데."

그녀가 아기에게 젖을 먹이는 동안 나는 잠시 눈길을 돌렸다. 집 안은 거의 변하지 않았지만 기억 속의 공간보다 훨씬 커 보였다. 아마도 내가 이곳에 있을 때는 언제나 마디손과 함께였기 때문인지도 모르겠다. 자신이 '원자폭탄' 서브를 넣었다는 둥, 나를 이길 뻔했다는 둥—사실은 분명 그렇지 않았는데 아이가 너무 좋아해서 그렇다고 넘어가주었다—종알대며 소파에서 소파로 뛰어다니던 마디손, 우리가 무척 재미있어하며 습관적으로 즐기던 장난인, 겸손 떨고 잘못을 뉘우치는 척하기. 레오노르는 토요일 아침마다 아이를 아틀레틱 클럽에 데려다주었고 돌아갈 때는 내가 아이를 스쿠터—레오노르가 질색했지만—에 태워 집까지 데려다주었다. 걱정이 많은 성격에도 불구하고 레오노르는 나를 신뢰했고, 더군다나 마디가 바람 속을 달리는 그 산책에 너무나 행복해했기에 굳이 금지하려 하지 않았다. 점심식사에도 종종 초대받았다. 그러면 나의 어린 학생은 완벽하게 집주인 행세를 하며 레스토랑의 소믈리에 같은 몸짓으로 포도주를 내오고 크리스마스 요정처럼 여기저기서 분주히 움직였다. 가구들은 여전히 똑같은 자리에 있었지만 마디손이 없어서 텅 빈 것 같았다.

레오노르는 다정한 눈길로 둘째 딸을 바라보며, 손으로 아기의 발바닥을 어루만지면서 젖을 잘 먹도록 얼러주었다. 여름빛이 그녀의 머리 위로 뜨겁게 내리쬐어 머리카락이 진홍빛으로 변했다. 그리고 알 수 없는 미소가 얼굴에 맴돌았다. 한순간 그녀의 모습이 모나리자의 초상화를 연상시켰다.

"축하드립니다. 아기가 참 예뻐요." 내가 말했다.

"이렇게 먹고 나면 얼마나 순한지 몰라요! 배만 고프지 않으면, 진짜 아기 천사가 따로 없다니까. 우리가 운이 좋은 것 같아."

방금 자신이 무슨 말을 했는지 깨닫자 그녀의 반짝이던 눈이 갑자기 어두워졌다. 나는 안심시키려고 말했다.

"이해합니다, 마음쓰지 마세요. 마디손도 아주 기뻐할 거예요…… 동생이 있으면 정말 좋겠다고 저한테 종종 말했거든요. 언젠가 제 동생 미아를 보고, 자기 동생도 그렇게 예뻤으면 좋겠다고 한 적도 있어요…… 이 아기를 보니, 마디손이 바라던 동생일 거라는 확신이 드네요!"

레오노르가 살로메를 내려다보았다. 아기는 세상에서 자신의 존재가 부적절할 수 있음을 전혀 모른 채 잠들었다.

그녀가 속삭이듯 말했다.

"육 개월 전만 해도 사람들은 날 희생자로 봤어요. 그런데 지금은 이상한 괴물 보듯 하지. 어느 쪽이 더 나쁜 건지 모르겠지만."

"사람들이 무슨 말을 하든 신경쓰지 마세요. 할일이 그것밖에 없는 자들이니까요."

"사람들이 얼마나 심하게 구는지 스탄은 상상도 못할 거예요. 두 달 전인가, 하루는 어떤 남자가 내 사진을 찍더라고! 우리집 앞까지 와서, 이게 말이 돼요? 그리고 멀리서도 찍었지, 내가 무슨 시장에 나온 짐승이나 되는 것처럼! 뒤쫓아 달려가 잡고 싶었지만 그때는 배가 너무 불러서……!"

"경찰에는 연락했어요? 누구에게도 남의 사생활을 침해할 권리는 없어요."

"했죠. 하지만 뭘 어쩌겠어요. 경찰에게는 아마추어 파파라치들을 쫓아내는 일보다 더 급한 업무가 있는데…… 어쨌든 그 남자는 이미 멀리 가버린 뒤였고."

그녀가 자리에서 일어나 조심스레 아기를 요람에 눕히고 다시 내 쪽으로 돌아섰다.

"아이에게 편지를 썼어요…… 마디에게…… 바보 같은 짓이라는 거 잘 알아요. 유령에게 보내는 그 편지들에 주소를 적지 못했지만…… 하지만 난 편지를 써야 해요, 알겠나요? 아이에게 사랑한다고 말해야 하고, 사랑의 흔적을 남겨야만 하니까."

그녀가 갑자기 손목시계를 보았다.

"라파엘에게는 아무 말도 하지 마요, 알았죠? 편지에 대해…… 이제 곧 돌아올 시간이라. 조깅하러 나갔거든요."

"맹세!"

그녀가 미소 지었다. 다른 사람 입에서 나오는 마디손의 표현을 알아차린 것이다.

"아시는군요……" 내가 말문을 열었다가 멈추었다.

"무얼?"

나는 고개를 저었다.

"모르겠어요. 제가…… 어쩌면 무례해 보일지도 모르겠네요."

"마디가 스탄을 사랑하는 거 알죠?"

"네, 알죠. 어린 소녀다운 일이죠…… 제 동생 미아도 열 살 때는 스키 코치랑 결혼하겠다고 했어요. 이름이 파트리크였죠. 미아를 '무당벌레'라고 불렀어요. 미아의 털 귀마개 때문에요. 그런데 동생은 그 별명 하나에 그가 자신에게 얼마나 열정을 품고 있는지 다 알았다는 듯 굴었어요. 그애의 경우는 더 심각했던 게, 남자 나이가 서른다섯이었어요!"

그녀가 미소 지었다.

"내 말은 우리 아이가 스탄을 좋아했다는 거예요. 마디는 스탄을 신뢰했어요. 일종의 맹목적인 신뢰랄까. 나도 덩달아 믿게 될 정도로 대단했지. 세상에! 내가 스탄한테 애를 스쿠터에 태우고 다니게 한 적도 있으니……! 그러니 무슨 말을 하든 조금도 무례하게 들리지 않아요, 스타니슬라스. 어쨌든 나는 다 이해해요."

나는 차를 한 모금 마셨다. 담배를 피우고 싶은 마음이 간절해 안뜰로 나가도 되냐고 물었다. 밖에서 그녀는 난간에 팔꿈치를 괴었다. 나는 담배에 불을 붙였다. A. D. 라이터가 수명을 다한 이후부터는 '품위'를 잃고 바스크 지방의 십자가 모양이 찍힌 플라스틱 라이터를 썼다.

나는 담배를 한 모금 깊이 빨아들였다 내뱉으며 말했다.

"여자를 만났어요."

"그럼 이제 내가 축하해줄 차례네!"

"아니, 그건 아니에요. 그러니까 제 운명의 짝 같지는 않아요…… 좀 복잡해요. 그런데 사진작가예요, 그리고……"

내가 카프드비엘을 언급하려는 것을 문득 깨닫고는 기겁한 얼굴로 말했다.

"안타깝습니다, 어르신 일은요. 저도 마음이 많이 아팠어요. 알다시피 제가 그분을 굉장히 우러러봤잖아요."

그녀가 위로하는 어머니처럼 내 어깨에 손을 올렸다.

"당신 길을 택한 거지. 늘 그랬듯이, 다른 사람은 생각지도 않고. 그런데 어떻게 보면 나도 생각 이상으로 아버지와 비슷한지도 몰라요! 그런데 그 여자분…… 이름이 뭐예요?"

"루이종이요."

"루이종이 사진작가라고 했나?"

"네, 『트위스트』를 아주 좋아했어요. 엄청나게요. 그런데…… 모르겠어요. 저는 마디손에 대해 거의 희망을 가지지 않았는데…… 이런 말은 하지 말아야 한다는 걸 알지만…… 어쨌든 제가 이런 생각을 하든 하지 않든 전혀 중요하지 않죠. 그런데 사랑하는 여자가 제가 사랑하는 소녀를 바라보는 모습을 보면서, 모든 일이 잘 풀리리라는 확신이 갑작스레 생겼어요."

그녀가 나에게 시선을 고정했는데, 눈빛을 읽을 수가 없었다. 나

자신이 너무 어리석게 느껴져서 테라스의 가는 널판들 사이로 사라지고 싶었다.

"정신 나간 소리처럼 들릴 거라는 거 잘 알아요…… 죄송해요, 제가 왜 이런 말을 하는지 모르겠어요. 저도 부인의 생활을 망가뜨리는 돌팔이 점쟁이들보다 나을 게 없군요."

"그 반대인데. 얼마나 듣기 좋은 소리인지 모를 거야. 나는 직관을 믿기보다는 합리적인 사람이에요. 그런데도 아이가 우리 생각처럼 아직 어딘가에 있다면, 우리가 계속해서 아이의 존재를 믿어줄 필요가 있어요. 나는 신을 믿지 않아요, 스타니슬라스. 하지만 내 딸은 믿어요."

저멀리 라파엘이 티셔츠가 땀에 흠뻑 젖은 채 국도를 달려 돌아오고 있었다. 우리는 입을 다물었다.

"어이, 웬일이야! 스탄! 어떻게 지내?" 그가 내 손을 기운차게 잡으며 물었다.

"아주 잘 지내요, 감사합니다……"

"손이 땀범벅이라 미안하군, 10킬로미터를 달렸거든!"

"정말 스포츠맨이야!" 레오노르가 감탄하며 그의 목에 입을 맞추었다.

"이렇게 반가울 수가! 우리랑 점심 먹고 갈 거지?"

"감사합니다만, 아닙니다…… 부모님이 친척분들을 모두 부르셨어요. 집에 돌아가지 않으면 아마 상속권을 박탈당할 거예요! 그저 안부인사차 들렀습니다…… 살로메도 볼 겸요."

"아이가 성공작이지, 안 그래?"

“완벽합니다. 두 분이 훌륭하게 해내셨어요!” 내가 맞장구쳤다.

그는 난간에 등을 기대며 레오노르의 손을 잡았다. 내가 꽁초를 짓이기는 것을 보고 물었다.

“나도 하나 주겠어?”

나는 담뱃갑을 열어 그가 꺼내가도록 내밀었다. 내가 놀라는 모습을 보고 그가 미소 지으며 말했다.

“그래, 다시 시작했어. 이따금 조금씩 피우지. 몸이 안 좋아서 끊어야 했는데…… 망할 놈의 담배!”

나는 그의 담배에 불을 붙여주었다. 그가 만들려고 했던 모든 환상은 불타 재로 변했다. 라파엘 에샤르는 키가 크고 어깨가 딱 벌어진 건장한 체격이었다. 그런데 나는 작은 소년을 보는 듯한 인상을 받았다.

“그래, 그동안 어떻게 지냈어? 부모님을 통해 간간이 소식을 듣기는 했지만, 아무렴, 주변의 성인聖人들보다는 주님께 직접 묻는 게 낫지!”

“저, 교원 자격시험에 붙었어요. 그래서 내년에는 수업에 연수에…… 사회생활의 시작이죠, 뭐…… 죽음의 시작인 거죠!”

“잘됐네. 부모님이 자랑스러워하시겠군.” 그가 담배연기를 뿜으며 말했다.

“네…… 그러시겠죠.”

“그럼 논문은? 사드에 관한 거라고 했지?”

나는 잠시 뜸을 들이며 그들이 어떻게 받아들일지 생각해보았다. 그들에게 말하기가 정말 어려웠다…… 내 입에서 나오는 단어

하나하나가 실언일 듯한 느낌이었다. 요컨대 여자와 헤어지는 일보다 더 힘들었다.

"그 주제는 전에 선택한 거예요. 아시다시피…… 그러니까 사건 전에요……"

"알아, 스탄. 그런 걸로 걱정하지 마. 그래서 말한 건 아니니까. 아주 좋은 논문 주제지. 좀 잔인하지만 매우 풍부한 주제랄까. 어떤 각도에서 작품을 봤는데?"

"순환요. 동일한 장면들이 순환적으로 계속 반복되는데, 그것이 공포는 결코 끝나지 않을 거라는 느낌을 주죠. 동일한 것의 반복, 그게 바로 지옥이죠."

"동일한 것의 반복, 그게 바로 지옥이다." 그는 그저 되풀이해 말하더니 갑작스레 딴생각을 하는 표정이 되었다.

어머니가 초대한 손님들은 약속시간을 칼같이 지키는 사람들이라, 나는 작별인사를 할 시간이 되었다고 생각했다. 마디의 고양이가 난간 위로 뛰어올라와 나를 깜짝 놀라게 했다. 어디선가 나타난 유령 스라소니 같았다.

"여기 어떻게 왔어요? 전처럼 피아조 스쿠터를 타고?" 레오노르가 고양이 래리의 두 귀 사이를 긁어주며 물었다.

"아버지 차를 빌렸어요. 스쿠터는 안 타요. 너무 위험해서요!"

그녀가 내 뺨을 쓰다듬었다. 루이종이 떠나던 날 저녁에 그랬던 것처럼. 그러나 이 손길에는 교만은 없고, 오직 애정뿐이었다.

라파엘이 말했다.

"들러줘서 고맙네. 자넨 언제나 대환영이야. 알지?"

"고맙습니다. 부모님이 두 분께 축하드린다고 전해달라세요."

"가서 안부 여쭙겠다고 전해줘요. 이제 나도 방에 누워 있지 않아도 되니, 아마 시장에서 오가다 어머니와 마주칠지도 모르고!" 레오노르가 덧붙였다.

나는 그녀의 뺨에 입을 맞추고 라파엘과 악수를 나눈 후 그 집을 나섰다. 메간 자동차에 오르기 전에 마지막으로 바스크 지방의 전형적인, 눈부시게 하얀 건축물을 돌아보았다. 건물의 기둥들이 지나가는 행인 모두에게 붉은 입맞춤을 보냈다.

에샤르 집안의 집은 네구아*라고 불린다. 기온은 30도에 햇볕이 내리쬐고 있었지만 그 집에서 멀어지면서 내가 느꼈던 것은 이름 그대로 겨울이었다.

---

* 바스크어로 '겨울'이라는 뜻.

12월 22일 10시 14분

놀라울 뿐이야. 내일모레가 크리스마스라니! 너무너무 슬프면서도 몹시 들뜬 상태야.

슬픈 거야 당연하지. 가족도 생각나고, 친척들과 모여서 함께 식사하던 일도 생각나(종종 우리집에서 모였어. 우리집은 아주 멋지거든, 벽난로도 있고). 아빠는 크리스마스트리를 만들 때, 늘 고르고 골라서 가능한 한 가장 큰 전나무를 샀어. 썩 '자연을 보호하는' 태도는 아닌데, 아빠는 이 시즌이 일 년에 딱 한 번, 우리의 신념을 어길 수 있는 때라고 했어(아빠는 재활용과 자연보호 문제에 매우 엄격해. 그래서 쓰레기를 버릴 때는 각기 다른 색깔로 구분되는 분리수거함에 정확히 분류해서 버려야 해. 그리고 내가 목욕할 때마다 불만을 표하셨지. 내 생각에 아빠는 자기 직업이 너무 많은 나무를 파괴해서 죄책감을 느끼는 것 같아!). 내 아이팟에서 수프얀

스티븐스의 〈크리스마스를 위한 노래들〉이 나와. 매우 장중하면서도 밝은 음악이야. 내가 밖에서 보냈던 마지막 크리스마스에 사뮈엘 삼촌이 선물해준 거야(삼촌은 우리 아빠의 동생인데 음악을 너무 좋아해. 그래서 파리에 있는 녹음 스튜디오에서 일하지). 코러스도 있고, 기타소리도 나고, 화음 사이사이로 딸랑대는 작은 방울소리도 들려. 내 마음을 약간 달래주지. 분위기를 통해서 말이야.

들뜬 건 because(왜냐하면), R가 내게 올해 선물로 뭘 원하느냐고 물었거든. 당연히 이 기회를 놓칠 수는 없지.

"옷요. 꼭 내가 고르고 싶어요. 아저씨도 알다시피 내 기분이 완전히 바닥이잖아요."

R 말고는 나를 보는 사람이 아무도 없기 때문에 약간 맥빠지는 상황이지만, 그래도 그렇지가 않아. 거울이 생긴 뒤로는 이제 옷을 아무렇게나 입고 있을 수가 없어. 어쩌다 거울 속 나랑 마주칠 때마다 우스운 캐리커처가 된 기분이야. 무감각한 소녀가 손에 들고 있는 다 구겨진 낡은 인형이랄까. 이런 생각이 들면 기분이 신발 밑바닥으로 곤두박질쳐(내가 어떤 상태인지 짐작할 수 있겠지!). 그런데 옷을 고르는 문제는 생각보다 좀 복잡해. R가 정말로 나를 옷가게로 데려갈 수는 없나봐! 그래서 핑계를 대기 시작했지만 나는 원하는 것을 꼭 얻어내고야 말겠다고 굳게 결심했어. 할아버지가 그러셨는데, 나는 뭔가 한 가지에 꽂히면 오로지 그 생각뿐이래.

"그럼 카탈로그요, 카탈로그는 뒀다 뭐에 쓰게요? 개나 줘버리라고 있는 건가요?"

내가 보기 좋게 한 방 먹였지. 다음날 그가 라르두트의 카탈로그를 가져왔어. 나는 신경을 있는 대로 곤두세우고, 카탈로그를 샅샅이 훑으면서 온종일 시간을 보냈어. R는 예산이 100유로라면서 그 이상은 안 된다고 했어. 내가 불평하며 회사에서 크리스마스 보너스도 안 주냐고 했더니, 그는 그게 우리가 쓸 수 있는 전부라고만 말했어.

뭐, 하는 수 없지. 그래도 없는 것보다는 훨씬 낫잖아.

그런데 이 년 반 사이에 물가가 엄청나게 오른 것 같아. 이런 걸 가리켜 '인플레이션'이라고 하는 거야. 어쨌든 100유로를 가지고는 지금 세상에서 살 게 별로 없어. 하지만 가장 중요한 건 내가 컨버스화를 주문했다는 거야. 내 신발 사이즈는 이제 37이야. 쓸데없이 발만 커. 그냥 그렇다고. 주문한 운동화는 검은색 단색이야. 화려한 색상은 너무 비쌌거든. 또 브이넥 티셔츠도 골랐어. 앞에 노란색 기타 그림이 있는 짙은 회색이야. 그리고 청바지. 그야말로 청바지라는 이름에 걸맞은 일자 바지에 장식이 없는, 무엇보다 자수가 없는 진짜 청바지야. 드디어 내가 그리는 이미지와 비슷한 모습이 될 것 같아. 소포가 제때 무사히 도착하게 해달라고 하늘에 기도하고 있어!

주문을 넣으면서, R가 나에게 가명을 지으라고 했어.

"왜요? 아저씨 이름이랑 주소만 써도 되잖아요……!"

"이런 옷들이 우리집에 배달되는 게 이상해 보일 수도 있어서."

불현듯 나는 그 점에 의문을 품은 적이 전혀 없다는 걸 깨달았어. 그가 괴상망측한 옷들을 대체 '어디서' 사는지에만 집착한 나머지 '어떻게' 사는지에 대해서는 물어본 적이 없었던 거야.

"내가 온 이후로 아저씨가 여자아이 옷을 사는 걸 보고, 사람들이 진작 '이상하게' 생각하지 않았을까요? 그리고 '생리'용품을 살 때는 어떻게 해요?"

"너도 알다시피 대형 슈퍼에서는 돈만 내면 되지! 그리고 종종 가는 곳을 바꾼다. 걱정 마라, 내가 알아서 하니까."

어련하실까. 하지만 어쨌든 그는 바보 같아. 그래서 나는 커피를 준비하며 가명에 대해 생각해봤어. 마지막 커피 방울이 유리 주전자로 떨어질 때 내가 말했어.

"펑키 브루스터!"

그가 웃음을 터뜨렸는데, 그렇게 웃는 건 전혀 없던 일이었지. 완전히 빵 터졌어. 그래서 나도 웃기 시작했어. 왜, 더이상 멈출 수 없을 것 같은 미친 웃음 있잖아, 테니스를 너무 오래 쳤을 때처럼 배를 아프게 하는 그런 웃음 말이야. 우리는 지하실에서 라르두트 주문서를 앞에 두고 배꼽이 빠져라 웃었어. 얼마나 웃었는지 눈물이 떨어져서 내가 정성스레 적어놓은 상품 번호들이 흐릿하게 번졌어. 그렇게 웃는 게 너무 오랜만이라, 웃다가 죽는 게 아닐까 걱정될 정도였다니까!

웃음이 어느 정도 진정되었을 때, R가 그 이름은 너무 가명 같다고 했어. 그래서 내가 좋아하는 아멜리 이모와 좋아하는 친구 포레의 이름을 가지고 '아멜리 포레'라는 이름을 지어냈어. 그는 주문서에 그 이름을 적었어. 봉투에 주문자인 자기 이름과 주소를 적을 때는 당연히 내 방에서 나갔지.

크리스마스 저녁에 꼭 해야 할 일을 계획했어(나는 R를 대상으로 할 일을 만들어내는데, 그 일을 해낼 때마다 해방을 향해 한 걸음 더 가까이 가는 것 같아. 내가 착각도 하고 잘못 생각하기도 한다는 건 잘 알지만 그래도 사설탐정 놀이는 좋아. 네 안에 글을 쓰는 일과 좀 비슷하지). 그러니까 크리스마스 저녁에 수행할 임무는 그의 진짜 이름을 알아내는 거야. 확신하고 확신하고 확신하는데, 그의 이름은 라파엘이 아냐. 처음부터 모든 것을 계획했고 나에 대해 많은 걸 안다는 점으로 보아, 그는 일부러 우리 아빠 이름을 댄 듯해. 이름이 아빠랑 똑같으면 내가 자기를 좋게 생각하리라고 믿었던 거겠지, 뭐. 어쨌든 나는 그의 진짜 이름이 무엇인지 알 필요가 있어.

12월 23일 15시 11분

크리스마스니까 크리스마스 동화를 한 편 들려줄게.

제목은 '별을 느끼는 소녀 이야기'야.

이 동화는 실제 이야기에서 영감을 받아 지어낸 거야. 정확히 일 년하고 하루 전에 일어났던 일이야.

옛날 옛적에 열두 살하고 아홉 달 된 공주가 있었어. 그녀는 공주치고는 매우 세련됐어. 카우보이 부츠를 신고 보라색 태피터 천으로 만든 (짧은) 이브닝드레스를 입었어. 붉은색에 가까운 머리카락은 불꽃 화관 모양으로 올렸어. 공주는 정말 불행했어. 왜냐하면

일 년 반 전부터 꽃무늬 비늘로 뒤덮인 용에게 포로로 잡혀 있었거든. 그 용은 다른 용들이 불을 뿜어대듯이 거짓말을 일삼았어. 문도 창문도 없는 작은 탑에 갇혀 있던 어린 공주는 스탠리 경을 그리워했어. 스탠리 경은 매력적인 왕자님이야. 그녀는 왕자가 어느 날 화려한 푸른색 군마를 타고 구해주러 오기를 바랐지.

그때를 기다리면서 용과 협상해보려고 애썼어. 용은 용치고는 얼굴이 엄청나게 대칭적이었어. 사납지는 않았지만 별난 기대를 하나 갖고 있었어. 바로 공주가 자신을 사랑해주는 거였지(그런데 공주가 평생 스탠리 경만 사랑할 것임을 고려할 때 당연히, 완전히 불가능한 일이었지. 게다가 용은 엄청 늙었어. 적어도 이백만 살은 되었을 거야. 이마의 비늘도 벗겨졌지. 그런데 스탠리 경은 언제나 헝클어진 검은색 머리칼에 안색은 창백하고 도자기처럼 섬세했고 긴 매부리코는 맹금과도 같은 위엄을 풍겼어). 공주는 갑갑한 벽 안에 갇혀 죽을 듯이 따분했어. 가족과 사랑하는 이가 애타게 그리웠지. 또한 태양과 맑은 공기와 푸른 풀잎과 부드러운 바람이 그리웠어. 용은 공주가 도망갈 구멍을 찾지나 않을까 두려워, 공주를 잡아온 이후 전혀 바깥 구경을 시켜주지 않았거든. 게다가 성은 호수로 완전히 에워싸여 있었는데, 물속에는 폭발물을 매단 돌연변이 악어들이 헤엄치고 있었어. 그러니 도망칠 생각을 꿈에도 할 수 없었지. 게다가 용은 약간 미쳐 있었고 말이야.

스탠리 경은 늑장을 부렸고 공주는 습기 찬 작은 탑 안에서 지긋지긋해하며 시들어갔어. 몇 달 사이 그녀는 그림보다 더 얌전해졌어. 태도가 얌전해진 덕분에 간수의 신뢰를 얻게 되어, 성안을 산책해도 좋다는 허락을 받았지. 하지만 성문은 닫혀 있고 총안은 막혀 있었어. 공주가 열두 살이 되던 생일날, 용은 그녀에게 신기한 말들이 한가득 들어 있는 마법서와 혼잣말을 끄적일 수 있는 공책을 선물했었어. 하지만 이 모든 것에도 불구하고 그녀는 기력을 잃고 쇠약해졌어.

그러다 크리스마스가 되었어. 지난해 이맘때만 해도 용은 마치 아기 예수가 존재하지 않았던 듯 크리스마스를 무시했었어. 그래서 세상과 단절되어 있던 공주는 크리스마스 분위기를 거의 느끼지 못하고 그냥 보냈지. 그런데 이번에는 용이 크리스마스 파티를 하기로 정말 마음먹었던가봐. 공주에게 선물로 무엇을 원하느냐고 물었거든.

"밖에 나가는 거요, 바깥 구경요." 공주는 대답했어.

공주는 질문을 받을 때마다 매번 그렇게 대답했어.

그런데 모든 예상을 깨고 용이 이 청을 받아들였어. 아마도 공주의 안색이 벽돌 같은 회색으로 변해 벽과 구분되지 않을 정도라서 그랬던 것 같아. 공주는 소리도 안 지르고 얌전히 굴 거라고 약속했어. 밤이 되자 용은 갈고리 같은 발로 공주의 손을 잡고 감옥에서 데리고 나왔어. 성의 총안이 열려 있었어. 공주는 처음으로 성 뒤편에 무엇이 있는지 조금 볼 수 있게 되었어. 용이 육중한 문을 열었고, 성의 도개교가 내려왔어. 공주는 완전히 흥분했지만, (아무 소리도 내지 않은 채) 마침내 밖으로 나가게 되었어.

그곳은 성의 뒤쪽이었어. 용이 말했던 것처럼 정원이 있었어. 용이 말했어도 공주는 믿지 않았는데 말이야. 정원은 크지도 멋지지도 않았어. 정원이라기보다 그냥 마당 같았어. 땅바닥에 풀이 약간 있고 커다란 포플러나무들이 있었는데, 매우 촘촘한 철책을 가리기 위한 바리케이드 같았어. 괴물이 말하기를, 정원에는 백 년도 넘은 커다란 참나무가 있고 그 위에 정자가 있어서 하늘을 감상할 수 있다고 했었지. 당연히 뻥이었어. 그러나 공주는 그보다 더 놀라운 거짓말을 발견한 터라 나무에 정자가 없는 것쯤 그냥 무시했어. 다른 거짓말이란, 성이 매우 외딴곳에 동떨어져 있다고 늘 했던 말이었어. 그는 성이 아주 먼 곳에, 모든 문명과 마을, 사람들로부터 멀리 떨어져 있어서 아무도 그녀를 구하러 올 수 없다고 했었어.

'흥, 뻥일 줄 알았다니까!' 공주는 생각했어.

가로등도 보이고 길을 지나가는 마차소리도 들렸어. 고개를 드니 지붕들도 보였어. 성은 마을 한가운데 있었고, 돌연변이든 아니든 간에 악어 대신 이웃이 있었어. 공주는 자신이 완전히 외따로 있는 게 아님을 깨닫고 거의 기절할 뻔했어. 당연히, 쓰러지지 않고 버텼지. 공주는 아무 말도 하지 않았어. 왜냐하면 용이 몹시 거북해하는 듯 보였거든. 이 크리스마스 밤에 공주는 용이 자신을 문밖으로 내보내는 데 왜 그리도 오랜 시간을 끌었는지 이해하게 되었어. 공주는 이제 바깥바람을 쐬지 않으면 슬픔으로 죽을 지경이었는데, 용은 정말로 공주를 너무 사랑했기에 그런 일이 일어나게 할 수 없었던 거야.

공주는 더이상 서 있을 기력이 없어 풀밭에 누워 하늘을 바라보았어. 날씨는 엄청 추웠지만 속은 타는 듯 뜨거웠어. 하늘은 아주

맑고 굉장히 화려했어. 까만 밤하늘에 다이아몬드 목걸이가 매달린 듯 별들이 반짝였고, 극지와도 같은 거센 바람이 성게떼처럼 얼굴을 따갑게 때렸어. 그녀는 너무 행복한 나머지 울고 싶었어. 하지만 울지 않았어. 산소가 너무 많아서 눈물이 나오지 않았어. 용은 굵은 몸뚱어리를 떨면서 어색하고 불안한 얼굴로 그녀 옆에 누웠어.

"카트린은 어디 있어요?" 공주가 물었어.

카트린이 누구냐 하면 엄청 귀엽게 생긴 아기 용이야. 바로 그 아기 용 때문에 공주가 까만 마차에 탔고 그렇게 해서 작은 탑에 갇히게 되었던 거야. 그러나 사실 그 또한 거짓말이었지. 용은 이맛살을 찌푸렸어. 너무 힘주어 찌푸리다가 이마에서 비늘 몇 개가 떨어졌어.

"녀석이 도망가버렸어. 사방으로 찾아다녔지만 다시 찾지 못했어." 용이 우렁찬 목소리로 대답했어.

'또 뻥이지!' 공주는 속으로 생각했어. 이런 말은 당연히 밖으로 들리지 않게 속으로 하지. 공주는 용이 오로지 자신의 동정심을 얻기 위해, 그날 누군가로부터 카트린을 잠시 빌린 거구나 하고 생각했어. 그게 아니라면 떠돌이 아기 용을 데리고 있다가 그후에 다시 버렸거나. 아기 용은 먹이를 줘야 하고, 바깥으로 데리고 나가 산책도 시키면서 돌봐야 하는데 용이 공주를 납치한 뒤로는 할일이 너무 많아졌기 때문이지. 공주는 한숨을 쉬었어. 그때 갑자기 너무 추워졌어. 납치되기 전 집에 있을 때, 바닷가에서 스탠리 경과 펠로타 놀이를 하던 시절, 공주에게도 아기 용이 있었어. 이제 그 아기 용이 정말 많이 컸겠구나 하고 공주는 생각했어. 어쩌면 이미 불을 내뿜는 법을 알게 되었을지도 모르겠다고.

아무튼……

시간이 얼마 지난 뒤, 공주는 다시 성안으로 들어가자는 용의 말을 받아들였어. 뼛속까지 얼어붙을 듯이 추웠거든. 공주는 용에게 언젠가 태양과 하늘의 빛깔을 다시 볼 수 있을지 물었어. 용은 다시 한번 굵은 목소리로 말했어.

"그건 생각해봐야 해."

12월 24일 18시 12분

R가 점심식사를 가져다주면서 분명하게 말했어.

"오늘 저녁 여덟시에 데리러 올게."

그는 이렇게 환심을 사기 위한 약속을 이미 내 열세번째 생일에도 했었어. 그가 '버블 일기장'을 태워버려서 새 일기장을 사달라고 했는데 거절했었지("사줘봤자 일기장에다 또 내 험담을 하고 한심한 이야기나 적을 건데 뭐하러 사주겠니!"). 그래서 골이 나 있었어. 좀 심하게. 그때 그가 맛난 음식들을 사왔어. 다진 오리고기로 만든 리예트, 브리오슈, 딸기, 럼주를 넣어 만든 스펀지케이크 등등. 모두 몹시 먹고 싶었지만 손도 대지 않았어. 생일 케이크의 촛불도 끄지 않으려 해서 그가 화를 냈지. 난 선물로 일기장 대신 한심하기 짝이 없는 터틀넥 스웨터랑 브래지어를 받았어. 브래지어가 언제부턴가 내게 필요하다는 걸 그도 잘 알고 있었거든. 그걸

주면서 그의 얼굴이 양귀비꽃처럼 빨개졌는데, 특별히 재미있던 순간이었어. 물론 나는 터져나오는 웃음을 속으로 참고 있었어. 저녁 내내 그에게 한마디도 하지 않았어. (그래서 며칠 뒤 처음으로 생리를 시작했을 때, 난 그가 앙심을 품고 음식에 독을 넣은 줄 알았어. 그래서 몸속에서 엄청난 출혈이 생겨 피투성이가 되는 고통으로 온몸이 뒤틀리는 거라고. 말하자면 그래. 아무러면 어때. 두 달 뒤에 마침내 너를 얻게 되었는데. 짜잔! 박수를 받을 만한 또하나의 승리였지.)

그러니까 크리스마스라서 R가 내게 다시 환심을 사기 위한 약속을 한 거야. 그러면 내 기분이 풀어지니까.

우선, 어제 널 놔두고 지하실에서 나갔을 때, 드디어 정원으로 나갈 수 있게 되었어. 무척 화창한 날이었어. 하늘은 이 끝에서 저 끝까지 새파랬고, 태양은 붉고 둥글었어. 정말 스키의 계절인 거지. 나는 긴 의자에 누워 일광욕을 했어. 두 눈을 감고 아빠가 스노보드를 가르쳐주던 피레네 스키장을 머릿속으로 그려봤어. 눈앞에 페라귀드의 트랙이 펼쳐지고, 하얀 눈으로 뒤덮인 산꼭대기, 스키복을 입은 사람들, 축소한 모형처럼 작은 통나무 산장, 그리고 크레이프를 파는 작은 가게들이 보였어. 상상력을 있는 대로 발휘하면 누텔라의 달콤한 맛도 느낄 수 있을 것만 같았는데! 물론 R가 바로 내 뒤에 있음을 잊지 않고 있었지. 늘 그렇듯이, 그는 내가 조금이라도 수상한 움직임을 보이면 달려들 태세였어. 하지만 어쨌든 무척 즐거운 시간이었어. 그는 갈퀴 같은 연장을 들고 있었는데, 그게 무엇인지 물어보지도 않았어. 아무러면 어때. 그렇게 화창한 날 바깥바람을 쐬는 게 너무 오랜만이라서 그 시간을 한껏 누리고 싶었어. 이런 걸 가리켜 빈둥거린다고 하지. 이따금 R와 나는 같이 정원을 손질하거나, 호스로 물을 뿌려 까만 볼보를 세차하는 일 따위를 했어. 이번 여름에는 그가 이전보다 좀더 자주 정원으로 내보내주었어. 아마 내가 다시 기운을 차리기를 바라서였겠지. 처음에는 내가 다람쥐처럼 조용히 깡충거리는데도 왜 지뢰가 폭발하지 않는지 물었어. 그가 설명하기를, 정원에 둘러친 철책은 감전장치가 되어 있지만 치명적인 함정들은 집 앞에 있다는 거야. 그러니까 길에. 그런데 난 그쪽으로는 한 번도 가보질 못했어. 이따금 누군가 내 목소리를 들을 수 있다는 걸 알고, 살려달라고 소리를 지를까, 아니면 위험을 무릅쓰고서라도 철책을 뛰어넘어볼까 생각도 해봤어. 그런데 R는 늘 손에 총을 쥐고 있어. 나한테 쏜 총이 불발이면 우리 부모님이랑 아멜리 이모, 스타니슬라스, 그리고 내가 사랑하는 모든 사람들을 죽이러 갈 거래. 하지만 난 그가 나한테는 아무 짓도 하지 않을 거라는 거 알아. 그런데 다른 사람들한테는…… 그가 엄마의 몸이나 스타니슬라스의 얼굴에 총을 쏘는 모습을 상상만 해도, 그저 상상만 해도 토할 것 같아. 그런 상상을 하면 외할아버지가 전쟁이 난 체코슬로바키아나 코트디부아르에 가셨을 때 텔레비전에서 보던 뉴스가 생각나. 비록 그때 나는 그걸 볼 수 없는 나이였지만. 할아버지가 특별히 위험한 곳을 여행하고 있을 때, 집에서 금지하는 뉴스 채널이 있었어. 그렇다고 눈을 감고 못 본 척하는 것도 쉬운 일은 아니었지.

말하자면 그래.

그렇게 일광욕을 하니까 얼굴빛이 좋아졌어. 오늘 아침 거울을 보는데 내가 예뻐 보였어. R가 계속 나에게 듣기 좋은 소리를 했는데, 이런 일이 자주 있는 건 아니야. 그리고 아침을 가져다주면서 내가 주문한 크리스마스 선물을 우체부가 방금 놓고 갔다고 알려줬어. 그래서 너무 신나! 생각해봐! 제발 치수가 잘 맞았으면 좋겠어. R가 내 치수를 쟀는데, 별로 신뢰할 수가 없거든. 그가 줄자를 들고 있는 걸 네가 봤다면 웬 암탉이 칼을 들고 있는 것 같다고 했을 거야! 그래도 그로서는 친절을 베푼 거였겠지만. 라르두트의 주문서를 아무리 신중하게 처리했다고 해도 그한테는 위험한 일일 수 있거든. 이제 세상이 나를 찾는 데 더이상 시간을 들이지 않는다는 거 잘 알지만, 그래도 그의 편집증 증상을 보면, 누구나 그가 미쳤다고 할 거야. 그래서 고분고분하게 굴어서 그를 기쁘게 해주기로 했어. 그가 좋아하는, 까맣고 작은 꽃무늬가 있고 진줏빛 단추가 달린 원피스를 입었어. 그런데 그렇게 나쁘지만은 않아. 술 달린 내 인디언 부츠만 있으면 딱인데(그런데 그 부츠는 사이즈가 35였어). 반면 단화하고는 완전 꽝이야. 하지만 상관없어. 이제 두 시간만 지나면 새 컨버스화를 신을 텐데, 뭐!

내 이름은 마디손 에샤르이고 곧 마디손 에샤르의 모습을 되찾을 거야!

분홍색 고무 테두리 안의 시각은 19시 42분. 분의 숫자가 바뀐다, 바뀐다! 분의 숫자가 바뀌기를 기다리며 시계를 쳐다보고 있는 짓도 더는 못 하겠어. 분과 분 사이, 일 분이 넘어가는 데 몇 시간,

수시간이 걸리는 것 같아. 하지만 그래도 좋은 기다림이야. 애타게 기다리기는 하지만 이전처럼, 여기 처음 왔을 때처럼 걱정되거나 짜증나지는 않아. 지난번 불개미 사건 이후로 짜증이 많이 줄어들었어. 내가 '그림처럼 얌전한' 시기를 보낸 후, R가 날 집에 올라오게 하기 시작했어. 나는 텔레비전을 볼 수 있게 됐어(물론 생방송을 볼 수 있는 건 아니고, 그가 녹화해놓은 프로그램이나 틀어주는 DVD를 봐). 책꽂이에 있는 책들을 골라서 볼 수도 있고. 그리고 '별을 느끼는 소녀 이야기'의 영감을 얻은 밤 이후부터는 밖으로 나가 바람을 쐴 수도 있게 되었어. 언제나 엄격한 감시를 받고, 내가 착하게 굴 때, (이를테면 매일 그의 낯짝을 보느니 차라리 죽어버리겠다는 소리를 하지 않을 때) 한 달에 두세 번 정도이긴 하지만. 이제 시계도 있고, 달력도 있고, 책, 볼펜, 일기장도 있어. R가 그 커다란 총을 가지고 내가 사랑하는 사람들을 죽이는 상상을 하면서부터 종종 악몽을 꾸는 것만 제외한다면, 거의 정상적인 생활을 한다고 할 수 있지.

'거의.'

단어의 의미는 중요해.

화려하고 당당하게

바욘에서 출발하는 몽파르나스행 기차를 탔을 때, 나는 작년 방돌에서 돌아오면서 마르세유발 리옹행 기차를 탔을 당시의 우울감만큼이나 흥분한 상태였다. 멋진 휴가를 보냈고 몇 시간 후면 루이종과 재회할 참이었다. 정확히 말해 세상 그 무엇도 그녀와의 재회보다 좋을 수 없었다. 로또 1등이나 굉장한 명예, 또는 영원한 삶을 보장해준다 해도 이 만남과 바꾸고 싶지 않았다. '바로 나'를 사랑하는 것은 악마와의 계약보다 해로웠다. 휴가 동안 그녀가 보내오던 메시지는 시간이 갈수록 점점 뜨거워졌고, 나를 빨리 다시 만나고 싶어 안달난 듯 보였다. 나에게 그녀의 부재는 낚싯대에 매달린 채 오랫동안 흔들리는 고문과 흡사했다. 급성 인후염이 첫번째 증세였다.

9월 2일, 파리로 돌아갈 생각을 한 사람이 나 혼자만은 아니었다. 터질 듯한 여행가방에 아이들을 동반한 여행자 행렬을 본 나는 택시 잡기를 포기하고 전철 입구로 달려갔다. 전철 안은 숨쉬기가 힘들 정도였다. 겨드랑이 땀내가 진동하고, 배낭이 너무 무거워 어깨가 떨어져나갈 것 같았다. 8월 18일은 루이종의 스물세 살 생일이었다. 나는 그녀를 위해 카프드비엘의 유작 바로 전 책인 『검은 도쿄』를 챙겨왔다. 이 책은 『트위스트』 다음으로 흥미로웠다. 사진 자체에 대한 관심을 넘어, 『검은 도쿄』는 삼백여 쪽이 박편처럼 구성된 아름다운 오브제였다. 어떤 의미에서는 내가 그녀에게 달을 따다주는 셈이었다. 왜냐하면 책에 저자의 사인이 있었기 때문이다. 카프드비엘이 작가로서 유명하지 않을지라도 그녀는 내가 보인 관심을 알아줄 터였다. 그러길 바랐다. 만일 내가 세상을 가졌다면 세상을, 스페인의 성들과 북극성을, 그리고 아메리카를 그녀에게 바쳤을 것이다—하지만 그때 내가 준 건 책 한 권뿐이었다! 마침내 집에 도착했을 때 나는 땀에 푹 젖은 몰골로 쓰러졌다.

오후 여섯시였고, 루이종은 일곱시에 오기로 되어 있었다.

샤워기 아래서 나는 적당히 그을린 피부색과 빛나는 복근이 맘에 들어 뿌듯했고 따뜻한 물에 깨어나는 당당한 젊음에 자부심이 넘쳤다. 옷장 앞에서 셔츠를 고르며 한참 시간을 보냈다. 마치 줄무늬와 바둑판무늬의 차이가 삶과 죽음의 그것쯤 되는 것처럼. 정확히 일곱시에 모든 준비가 완료되었다. 나는 새 동전처럼 반짝였다. 조금도 괴상하다고 생각하지 않으며 향에 불을 붙이고, 조명을 만지고, 스테레오에 해리 코닉 주니어의 베스트 앨범을 올렸다. 그러고 나서 그녀를 기다렸다. 크리스마스 전날의 어린아이보다 흥분한 상태로 담배를 피우다 박하사탕을 먹기를 반복했다. 그녀가 나를 이렇게, 창녀처럼 만들었다. 손목시계 문자반 위에서 숫자들이 연체동물처럼 지나갔다. 일곱시 십분, 일곱시 이십 분, 바로 나는 지각이야. 자전거가 말썽이란다. 그래, 이건 발전이야, 적어도 미리 알려주잖아, 나는 생각했다—제기랄, 그 빌어먹을 자전거는 왜 아무도 훔쳐가지 않는담?! 그녀가 러시아로 출발하던 밤에 왜 라디에이터에 묶어놓지 않았는지 원망했듯이, 나는 어두운 밤을 틈타 그 빌어먹을 자전거를 완전히 망가뜨리지 않았던 자신에게 따귀라도 갈기고 싶었다.

마침내 한 시간 늦게, 그녀가 마트료시카 인형처럼 발그레하게 상기된 얼굴로 도착했다. "변하지 않았네" "너도 그래" 외에 다른 말 없이 우리는 문을 닫자마자 체액을 교환했다. 우리에게는 그게 말하는 방식이었다. 내가 되풀이해서 요구했음에도 불구하고 우리는 계속해서 콘돔을 사용했다. 그녀는 때로는 경구피임약의 자유 침해 측면에 대해 떠들었고, 때로는 기능상 자식을 낳을 가능성이 있는 관계의 '너무 강한 친밀함'에 관한 황당한 이론을 늘어놓기도 했다. 나는 정신 건강을 위해 그녀가 피임하는 가장 뻔한 이유를 생각하지 않으려 애썼다. 그날 저녁에는 적어도 빅토르를 죽일 것인가 말 것인가 하는 괴로운 물음으로부터 벗어날 수 있다는 이점이 있었다. 그녀와의 섹스는 지독한 병을 낫게 해주는 치유의 효과를 발했기 때문이다. 그런데 나의 완쾌는 어둑한 크렘린을 배경으로 서 있는 거구의 아리아인이 그녀와 후배위로 섹스하는 장면으로 위협받고 있었다. 몸이 풀어졌고 피가 원활하게 순환했다. 혈구

들이 잇꽃 빛깔 해파리의 행렬처럼 줄지어 기관지에 맑은 산소를 불어넣는 광경이 보이는 듯했다. 머릿속에 재즈 밴드의 〈꼭 당신이어야 했어요It Had to be You〉가 울렸고 모든 근육은 예술의 절정에 이른 거장처럼 지휘했다— 피아노를 두드리세요, 색소폰을 진동시키세요, 트럼펫을 울리세요! 뼛속 깊이 숨어 있는 악성종양 같은 루이종에 의해 조금씩 죽어가던 나는 그녀의 몸속으로 들어가자마자 치사한 기적을 일으키며 일시적으로 병세의 완화를 보였다.

아직 땀으로 젖어 있을 때 나는 책을 건넸다. 간지에 이렇게 써두었다. 나는 너의 눈에 되도록 오랫동안 붙어 있는 망막이고 싶다. 모든 사랑을 담아, 생일 축하해. 스타니슬라스. 재회에 흥분한 나머지 나는 앙투안의 마지막 충고를 저버리고 말았다. "무엇보다도 애송이, 사랑한다는 말은 그녀에게 하지 마. 그 말을 하면 너는 진짜로 현관에 까는 마지막 발 매트 신세가 되는 거야." 우리는 바로 그런 상태였다. 그녀는 땀을 닦으며 어색한 미소를 짓더니 시선을 돌리며 가방 속을 뒤졌다.

그녀가 까만 벨벳에 싸인 작은 케이스를 내밀며 말했다.

"A. D.가 다됐으니…… 상트페테르부르크 골동품 가게에서 발견한 거야. 진품인지는 모르겠지만 어쨌든 예쁘잖아."

라이터였다. 소련군의 붉은 별이 찍힌 굵직한 금도금 라이터. 세례를 하듯 담배에 불을 붙이며 루이종을 다시 한번 덮칠 생각을 하던 참이었는데, 그녀는 벌써 다시 옷을 입기 시작했다.

"뭐하는 거야?"

"내가 말 안 했나? 특별 초대전이 있다고…… 무슨 일이 있어도 꼭 가야 해. 전시된 게 바로 나거든. 귀찮지 않으면 너도 갈래?"

그녀의 물음이 귓속에서 붕괴되는 건물의 굉음처럼 울렸다.

"우리 방금 다시 만났어! 나는 너하고 있고 싶어, 그냥 너하고만…… 솔직히 말하면 그 사람들 하나도 보고 싶지 않고, 사교생활에는 조금도 관심 없어!"

"관심 없으면 꼭 갈 의무는 없어."

나는 그녀의 팔을 잡아 침대 쪽으로 끌어당기며 그녀가 입고 있는 미니 원피스를 벗기려고 시도했다.

"다음에 가자, 루이종. 너하고 계속 사랑을 나누고 싶어, 또 하고, 또 하고, 또, 또, 또……"

"스탄! 이건 특별 초대전이라고 했잖아……! 나는 갈 의무가 있다고! 중요한 일이야. 게다가 친구들을 못 본 지도 오래됐어! 거기엔 핌스도 올 거고 프랑수아도 올 거야……"

나는 유리잔에 담뱃재를 털기 위해 몸을 일으키며 말했다.

"그거 잘됐네, 지금까지 그리웠던 게 그 사람들뿐이지!"

그녀가 내게서 빠져나가 원피스 단추를 채우고 구두를 신었다. 그러고는 나를 쳐다보았다. 나는 여전히 침대에 있었고, 기분을 완전히 잡쳐버렸다. 오디오에서는 〈하지만 나를 위한 건 아냐But not for me〉가 울리고 있었고 머릿속에서 해변의 야자나무가 자라나는 듯했다.

"그래, 어떡할래? 갈 거야?"

그녀는 자전거를 타고 갔고 나는 전철을 탔다. 전철은 언제나 그렇듯이 불결한 무기력에 젖어 있었다. 센 거리에 도착하자마자 눈에 들어온 것은 〈내 문앞의 요정〉이었다. 발가벗은 2D의 루이종이 벽에 걸려 있었다. 3D 버전은 술잔을 들고 자신의 팬클럽에 둘러싸여 깡충대고 있었다. 나를 보자 그녀가 미소를 지었지만, 피에르마르살슈메츠가 나타나자 나는 갑자기 존재하지 않는 자가 되어 네온 조명과 콘크리트에 파묻혔다. 트레이시의 사진은 전시에 없었기에, 루이종은 만족스러움을 티나게 내비치며 우두머리 수컷에게 마구 애정 공세를 펼쳤다. 나는 다시 밖으로 나왔다. 길가에 몇몇이 모여 저녁 노을을 배경으로 담배를 피우며 내 애인의 가슴과 전시회에 대해 떠들고 있었다. 나는 러시아 라이터로 담배에 불을 붙였다. 화가 치밀어 라이터를 밟아버리고 싶은 마음이 없었던 건 아니다. 그런데 어째서, 어째서 나는 정상적으로 생겨먹은 남자들처럼 그녀를 미워하질 못할까? 이전에 난 정말로 치사한 놈이었다. 알리스, 마틸드 외에도 적지 않은 여자들의 마음을 아프게 했다. 많은 여자들과 섹스를 하고는 두 번 다시 전화하지 않았다. 만일 내가 신을 믿는 사람이었다면, 이 멍청한 중독을 지옥의 두번째 단계, 단테에 따르면 음탕함으로 죄를 지은 사람들과 사랑 때문에 죽은 사람들이 모여 있는 두번째 지옥이라 여겼을 것이다. 머리 위 하늘은 짙은 바다색을 머금고 묘비 같은 나무들 꼭대기에 비명을 새겼다. 나는 갤러리 안을 한번 들여다보았다. 루이종은 그 고난의 행렬 같은 전시를 책임지고 있는 이탈리아 사진작가와 얘기를 나누고 있었다. 서진 모양으로 수염을 다듬은 키 작은 사진작가가 용수철 위의 꼭두각시 같은 몸짓을 했다. 그녀는 내가 왔음을 겨우 알아챘던 것과 마찬가지로 내가 없어졌다는 사실을 의식하는 것 같지도 않았다. 그래서 밖으로 나와버렸다. 칠 개월 만에 처음으로 용기를 낸 기분이었다. 오데옹광장의 바에 들어가 맥주를 한 잔 주문했다. 그리고 두 잔, 세 잔. 그녀를 기다릴 생각은 아니었는데, 집으로 돌아갈 힘이 없었다. 흐트러진 침대와 아무렇게나 팽개쳐진 콘돔과 너무 무거워서 그녀가 챙겨가지 않은 『검은 도쿄』를 바라볼 힘이 없었다. 이 재회에 내가 갖다붙인 미사여구들! 얼마나 화려하고 당당했는지! 참으로 한심하다! 앙투안이 옳았다. 나는 발매트였다.

한 시간 뒤 그녀가 전화했지만 나는 받지 않았다. 그녀는 신경질적인 메시지를 날렸다. 어디로 사라졌느냐고 묻더니 순간 이타심이 일었던지, 핌스와 몇몇 친구들과 함께 근처 레스토랑으로 저녁 먹으러 갈 건데 마음이 내키면 오라고 덧붙였다.

나는 맥주를 다 마시고 집으로 돌아왔다.

12월 25일 10시 43분

R가 자기 어머니 집에서 점심식사를 하기 위해 '시내로' 나갔어.

어제저녁 그에게 물었어. 어머니가 다 큰 착한 아들이 지하창고에 어린 소녀를 포로로 가둬두고 있음을 알게 된다면 어떤 반응을 보일 것 같냐고. 당연히 그의 기분을 상하게 할 질문이었지. 어쨌든 그는 어머니 모나에 대해 절대로 말하려 하지 않아. 그도 외동이어서 그 주제로 대화를 나눠보려고 시도했던 건데. 그러니까 '난 당신을 이해해요, 우리는 같은 환경에서 자랐어요' 하는 식으로 말이야. 그런데 R는 자신이 태어났을 때 어머니는 이미 나이가 많았다고만 말했어. 외톨이여서 좋았고 지금도 좋다고 했어.

나는 늘 동생을 낳아달라고 졸랐었어. 이유는 잘 모르겠지만 엄마는 원하지 않았지. 엄마가 "절대로 안 돼"라고 말한 적은 없어, 그냥 "나중에"라고만 했지. 이런 걸 미루기procrastination라고 해. 최근

사전에서 이 단어를 '원삭동물procordé'(바닷속 벌레의 종류)과 자식을 낳은 사람을 가리키는 '생식자procréateur' 사이에서 봤는데, 지금 하는 이야기와 관련해서는 '생식자'에 훨씬 더 관심이 가. 그러니까 내 생식자는 다음으로 미룬 거야. 나탕 자조는 머리가 불타듯이 빨간 남동생이 있고, 사브리나는 집 나간 오빠가 있어. 그리고 스타니슬라스는 여동생이 있어. 여자인데도 키가 엄청 커. 적어도 1미터 75센티미터는 될 거야. 내가 『파리의 노트르담』을 읽을 때 상상한 에스메랄다와 닮았어. 염소와 금화 부분은 빼고 말이야. 그런데 내게는 아무도 없잖아. 그래서 그들이 좀 부러워. 난 사촌도 없거든. 아멜리 이모는 실연당해서 찢어지게 가슴앓이를 하는 중이고, 또 사뮈엘 삼촌은 남자를 더 좋아해. 그런데 지금은 이런 생각이 들어. 부모님한테 다른 자식이 있었다면 지금보다는 덜 불행할 텐데 하는 생각 말이야. 부모님은 내가 어디로 사라졌을까 생각하다가 분명 하느님한테 갔다고 믿을 거야. 사실 부모님이 하느님을 믿지 않는다는 건 잘 알고 있지만. 엄마는 내게 무슨 일이 생기지 않을까 늘 걱정했는데, 한번은 아빠가 엄마에게 이렇게 말하는 걸 들었어. 엄마가 영원히 날 보호해줄 수는 없는 거라고, 엄마가 보호해주지 않는다고 내가 어딘가로 사라져버리는 건 아니라고.

엄마는 날 보호할 수 없었지. 그리고 나는 더이상 존재하지 않아, 물론. 나는 내가 살아 있음을 알고 R도 알아. 하지만 부모님이 어떻게 알 수 있겠어……? 그러니 다른 사람들이 어떻게 내가 아직 살아 있다고 생각이나 할 수 있겠어?!

사라지다Disparaître – 자동사

1. 더이상 보이지 않거나 자취를 감추다.

2. 실재하거나 존재하기를 멈추다.

기분이 이렇게 바닥인 건 크리스마스 때문이 틀림없어.

어제저녁 여덟시 정각에 R가 데리러 왔어. 그는 칼같이 시간을 엄수하는 타입이야. 한껏 멋을 부렸더라고. 얼굴만큼이나 좌우대칭으로 칼처럼 줄을 세운 바지에 주름 하나 없이 말끔하게 다림질한 흰색 와이셔츠를 입었어. 그는 내가 구닥다리 영화에 나오는 약혼녀나 되는 듯 손을 잡았고, 우리는 깜깜한 지하 계단을 하나씩 올라갔어. 내가 영화 속 주인공이 된 기분이라고 말해줬어. 사실 기분이 좋아서 연기를 해준 거야. 스타니슬라스 선생님이 내가 테니스를 이긴 척 연기해줄 때처럼 말이야.

R가 내 옷차림을 칭찬해주길래 난쟁이 요정 말로 "고마워요"라고 인사하고 덧붙였지. "아저씨도 나쁘지 않네요."

그가 위쪽 문을 열었어. 거실에는 분위기를 살리는 배경음악 같은 클래식이 흘러나오고 있었어. 내가 누구 음악이냐고 물었더니 그가 '스카를라티'라고 했어. 음악가의 이름이라기보다는 소아병명같이 느껴졌어. 물론 이런 생각은 늘 그러듯 속으로만 하고 입 밖으로 내진 않아. 이어서 그가 음악가 중에서 스카를라티라는 성을 가진 사람이 두 명 있다고 알려줬어. 알레산드로 스카를라티와

도메니코 스카를라티. 이 곡은 도메니코 스카를라티의 피아노소나타 K141이래.

"도메니코 스카를라티가 작곡한 작품은 오백오십 곡이 넘어." 그가 만족스러운 표정으로 분명하게 말했어.

나야 클래식에 대해 아무것도 모르지만, 그가 자동차 말고도 좋아하는 게 있어서 기분이 좋았어. 음악을 틀어준 게 이때가 처음은 아니지만 나를 위해 선곡했다는 게 느껴졌어. 사실이야, 정말 예쁜 곡이었어. 그래서 말했어.

"피아노 건반 위로 난쟁이 요정이 뛰어다니는 것 같아요."

"그래, 아주 바쁜 것 같구나!" R가 맞장구쳐서 나는 웃음을 터뜨렸어.

그러고 나서 우리는 식탁에 앉았어. 식탁에는 금빛이 도는 붉은색 냅킨과 발레리나처럼 다리가 늘씬하게 쭉 뻗은 유리잔, 그리고 진짜 접시들이 놓여 있었어. 지금까지 한 번도 없었던 일이야. 열세 살 생일 때도 이렇지 않았거든. 내 진짜 접시 위에는 파란 종이로 포장된 꾸러미가 놓여 있었어. 좀 작아 보이긴 했지만 열어보고 싶어서 정말이지 견딜 수가 없었어. 내가 만약 가정교육이 잘된 아이가 아니었다면 아마 덥석 달려들었을 거야! R가 샴페인을 조금 마셔보겠냐고 물었어. 한 번도 맛본 적이 없었지만, 여기서 새로운 경험을 하는 게 날마다 있는 일은 아니기 때문에 좋다고 대답했어. 그가 병마개를 따기 시작했고 나는 늘 하던 대로 두 팔을 엇갈려 얼굴을 가렸어. 엄마가 샴페인 병뚜껑이 얼굴로 튀어 눈에 맞으면 실명할 수도 있다고 했거든. 뺑 소리가 났고, R가 조금 따라주었는데 거품이 아주 많이 일었어. 자신의 잔에는 내 것보다 약간 더 많이 따랐어. 우리는 "건배" 하면서 잔을 부딪쳤어. 금빛 거품이 빙빙 돌며 잔 위까지 올라오는 모습을 바라보다가 조금 마셨는데, 혀를 톡 쏘는 맛이었어. 좀 바보 같지만, 갑자기 좀더 어른이 된 기분이 들었어.

내 눈이 튀긴 대구 눈알처럼 접시 위에 놓인 선물 꾸러미만 계속 바라보고 있으니까 R가 마침내 말했어.

"자, 이제 열어봐라!"

물론 나는 그가 두 번 말하게 하지 않았지! 손이 흥분으로 떨렸고, 포장지가 구겨지고 찢어지는 잡음이 소나타 연주곡을 방해하며 끼어들었어. 그래서 그가 음악소리를 줄이러 갔어. 먼저 티셔츠를 펼쳐보았는데, 티셔츠 앞판에 있는 기타 그림의 노란색이 내 취향에 맞게 눈에 확 띄는 노란색은 아니었지만 그래도 꽤 좋아 보였어. 청바지는 카탈로그의 사진 그대로였어. 컨버스화가 없다는 것만 빼면 말이야.

R가 내 표정을 살피며 설명했어.

"재고가 없대. 이 주에서 사 주 정도 걸린다는 편지가 왔어. 미안해, 마디손. 어쩌겠니, 크리스마스 시즌이잖아. 기다리는 수밖에."

신고 있는 단화 속에 벌레라도 든 것처럼 발가락이 간지럽기 시작했어. 그래서 단화를 벗고 맨발로 있었어.

"그래도 청바지랑 티셔츠는 지금 갈아입어도 되죠?"

"지금 입고 있는 원피스가 더 예쁜데. 하지만 그러고 싶다면……"

"크리스마스잖아요!" 내가 그를 흉내내며 말했어.

"그래, 그렇지, 크리스마스지. 갈아입는 동안 나는 가서 애피타이저를 가져와야겠구나."

그가 부엌 쪽으로 멀어졌어. 나는 보기 싫은 원피스를 벗고 티셔츠를 걸쳤는데 너무 잘 어울렸어. 이어서 청바지도 입었어. 거실에 거울이 없어서 어떤지 볼 수는 없었지만 너무 큰 것 같았어(청바지가 헐렁하기도 했지만 내가 갑자기 훌쩍 커버린 이후로 해골처럼 앙상했기 때문에 청바지를 핑계 삼아 살을 좀 찌워야겠다고 생각했어). R가 꽃무늬 접시에 작은 적새우 요리를 들고 와서 서 있었어. 그때 내가 울음을 터뜨리고 말았지.

"왜, 새우 안 좋아하니……?" 그가 약간 당황하며 물었어.

나는 대답하지 않고 싸구려 장식이 달린 소파로 가서 머리를 처박은 채 울고 울고 또 울었어. 물의 요정 이백만 명이 물을 퍼붓는 듯 눈물이 펑펑 쏟아졌어. R가 접시를 식탁에 내려놓고 내 쪽으로 와서는 소파 저 끝에 떨어져 앉아 내가 울음을 그치기를 기다렸어. 그는 무슨 영문인지 전혀 이해하지 못해 어쩔 줄 몰라하는 것 같았어. 너도 모를 거야. 그런데 너한테는 꼭 설명해줘야 할 것 같아. 왜냐하면 스타니슬라스 선생님이 이 일기장을 읽게 되는 날, 나를 꼴 보기 싫은 응석받이 여자애로 생각하거나, 자신이 원하는 장난감을 산타클로스 할아버지가 잊어버렸다고 징징대는 공주님 정도로 생각할 수 있으니까. 사실 어른들은 자식에게 선물하기 위해 일 년 내내 뼈가 빠져라 일해야 하는데 말이야. 나는 전혀 그렇지 않거든. 그래, 사실 약간 귀찮게 하는 성격이긴 해도 변덕쟁이는 아니야. 다만 여기서는 모든 게 다 비정상적이야. 거의 아무 일도 일어나지 않으니까, 무슨 일이 하나 생기면 믿을 수 없게 굉장한 일로 느껴지거나, 아니면 반대로 특별한 재앙처럼 여겨져(이따금 불개미 사건처럼 둘 다인 경우도 있지만 말이야). 오늘 아침 맑은 정신으로 생각해보니, 컨버스화가 몇 주 뒤에 도착하는 문제는 그렇게까지 울 일이 아니었고, 내 반응이 좀 지나쳤던 것 같아(사실 볼테르의 논리에 따르면 컨버스화가 늦게 도착하는 건 오히려 좋은 일이야. 그럼으로써 즐거움이 연장되고, 내게 살아 있는 존재의 구실을 하는 시계, 그 분홍색 고무 테두리 안 시간의 미로 속에서 새로운 사건이 생길 테니까). 그러나 당장 그때는, 어제저녁 내가 파티에 걸었던 모든 희망이 빵가루처럼 바스러진 것 같아 마음이 아프고, 기분이 바닥으로 곤두박질쳐 엉망진창이 되어버렸어.

한참이 지나도 내가 그칠 줄 모르고 계속 울자, R가 작은 소리로 새우보다 굴을 더 좋아하느냐고 물었어. 그래서 눈물 대신 활짝 웃어 보였어. 왜냐하면 새우는 아주 좋아하지만 굴은 싫어하거든. 새우를 더 좋아한다고 말하고, 울어서 미안하다고 했어.

"컨버스화 때문에 실망했어요. 청바지는 너무 크고요……" 나는 훌쩍이며 설명했어.

"그래, 알아. 하지만 티셔츠는 정말 잘 어울려. 그리고 네가 새우를 먹고, 또 내가 부엌에 준비해둔 다른 음식을 모두 먹으면, 청바지가 딱 맞게 될지도 모르지."

그는 금빛 냅킨을 건네줬고, 나는 코를 풀고 새우를 먹었어. 얼마 전부터 R의 태도가 정말 친절해진 터라, 파티를 망친 나 자신이 원망스러웠어. 그래서 나머지 저녁식사 시간 동안 말을 잘 들으려고 노력했지. 그가 내 잔에 샴페인을 약간 더 따라주었어. 이어서 밤 퓌레와 닭고기를 먹고, 디저트로는 작은 플라스틱 마스코트 장식이 꽂힌 아이스크림 케이크를 먹었어. 그 장식들, 즉 톱을 함께 들고 있는 두 요정과 전나무와 귀여운 알광대버섯은 내가 가져도 된다고 했어. 식사하는 동안 나탕이 산타클로스 할아버지는 순전히 뻥이라고 했던 일을 이야기했더니, 그는 자신의 어머니가 산타클로스 할아버지 이야기에 반대해서 믿어본 적이 전혀 없다는 거야. 어떻게 산타클로스 할아버지를 '반대'할 수 있는지 생각해봤어. 나는 그렇게 생각하려고 해도 할 수가 없거든. 모나 뤼넬은 알면 알수록 아주 고약한 늙은 두더지처럼 느껴져. 아빠가 자조 부인을 슬쩍 평하듯이 말이야. 그렇다고 그게 R가 자기 집 지하창고에 나를 감금할 수밖에 없었다는 변명이 될 수는 없지. 하지만 솔직히 말해서 그는 겨자색 폴로 스웨터를 입던 시절에 매일 재미나게 지냈던 건 아닌 듯해. 뭐, 말하자면 그렇다고. 이 이야기를 하는 건, 내가 그에게 아들 집 지하에 여자아이가 감금되어 있다는 사실을 알면 어머니가 어떻게 생각할 것 같으냐고 물어보았다는 이야기를 하기 위해서야. 이 질문을 받고 그는 어느 때보다도 얼굴을 찌푸렸지.

"디저트나 마저 먹어라." 그가 말하고 식탁을 치우려 자리에서 일어났어.

부엌에서 접시 부딪치는 소리와 개수대의 물이 콸콸 흐르는 소리가 들렸어. 나는 부엌으로 갔어. 그를 귀찮게 하려는 게 아니라 오히려 화해하기 위해서 말이야. 그런데 부엌 쓰레기통에 라르두트 소포 봉투가 삐죽 나와 있더라고. 그걸 보자 할일이 생각났어. 말하자면 전략적으로 치명적인 무기를 빼들기 좋은 때 같았지.

"도와드릴까요?"

"아니, 됐어." 그가 시선 한번 주지 않고 차갑게 대답했어.

"나는 아직 아저씨한테 선물을 안 줬는데요." 내가 웃으며 말하면서 두 번 접어 뒷주머니에 꽂고 있던 시가 적힌 종이를 꺼냈어.

그러자 그가 나를 쳐다보았지. 수돗물을 잠그고 수건에 손을 닦았어. (R에게 냉동고가 있음이 분명해! 왜 냉장고에 대해서까지 거짓말을 하느냐고 물었더니 미스터 프리즈 아이스크림이 이를 상하게 하는, 거지 같은 화학제품이어서래. 너도 알다시피 그는 단것에 굉장히 엄격하거든……) 그가 가까이 왔을 때, 나는 시가 적힌 종이를 내밀었어. 우리는 좀더 차분한 분위기를 위해 거실로 돌아갔어. 그가 소파에 앉더니 내가 준 시를 아주 집중해서 읽었어. 나는 그의 등뒤에서 조용히 시구절을 암송했어. 물론 다 외우고 있지.

생각해본다
(크리스마스를 위한 시)

생각해본다, 왜 이제 더는 숲이 없는지,
위엄 있는 나무들도 불타는 가을도 없는 것인지

생각해본다, 왜 이제 더는 눈이 내리지 않는지,
둥글둥글한 눈사람들은 영원히 사라진 것인지

생각해본다, 왜 이제 더는 풀잎들이 그렇게 푸르지 않은지,
언제나 차디차고 생기 없는 콘크리트뿐인 것인지

생각해본다, 순록들이 다 어디로 갔는지,
꿀빛 썰매는 하늘로 사라져버린 것인지

생각해본다, 왜 착한 용들이
아무 짓도 하지 않은 공주들을 가둬두는 것인지

생각해본다, 태양은 저렇게 부드러운데
왜 항상 굴뚝 속으로 사라지는 것인지,

그리고 모든 게 타버렸을 때 그을음은 어디로 가는 것인지.

M. E.

고개를 들고 나를 바라보는 그의 눈이 반짝였어. 감동받은 듯 보였지. 불안, 슬픔, 놀라움, 감정의 소용돌이가 두꺼운 안경알 뒤로 지나가는 게 보였어. 그는 한마디도 하지 않고 자리에서 일어나 복도 끝에 있는 화장실로 갔어. 나는 그 틈을 타 까치발을 들고 부엌으로 달려가 쓰레기통에서 소포 봉투를 끄집어냈어. 꼭 액션영화에 나오는 비밀 요원이 된 기분이었어. 귀를 쫑긋 세운 채 R가 돌

아오는지 망을 보는 동시에 국가 기밀을 찾아내려는 비밀 요원 말이야. 비닐로 된 봉투에는 다음과 같이 적혀 있었어.

받는 사람: 레미 뤼넬, 아멜리 포레
수령 장소: 맘 베이비 / 벨젱스 쇼핑몰
64130 몰레옹리샤르

이럴 줄 알았어! 이름이 라파엘이라고 뻥치기는!

그리고 '몰레옹리샤르'는 내가 아는 데야. 우리집에서 별로 멀지 않을걸. 아마도 포 방향으로 50킬로미터쯤 떨어져 있을 거야. 그런데 쇼핑몰! 이건 생각 못했는데. 맞아, 집에서 물건을 통신판매로 사본 적이 없어서 그래(내가 가장 좋아하는 데는 구제 숍이었어. 아무도 입지 않는 옷을 찾아낼 수 있거든. 재활용을 하니 환경을 보호할 수도 있고! 엄마와 같이 나프탈렌냄새가 나는 오래된 가게들에 가서 옷을 뒤적이던 때가 그리워……). 화장실에서 물 내리는 소리가 들리길래 소포 봉투를 재빨리 원래대로 쓰레기통에 넣었어. 그리고 얼른 거실로 돌아가 시치미 뚝 떼고 아무 일도 없었다는 얼굴로 낡은 노란색 소파에 앉아 있었어. 하지만 심장은 미친듯이 쿵쾅거렸지.

그가 다시 돌아와 내 옆 소파에 앉으며 말했어.

"미안하구나. 아주 예쁜 시구나. 나한테 시를 써주다니 기뻐."

"그런데 얼굴이 왜 그래요?"

"정말 내가 '용'이라고 생각하니?"

"그건 은유예요. 시라고요. 그러니까 언짢아하지 마세요. 게다가 착한 용이라고 했잖아요." 내가 어깨를 으쓱하며 말했어.

"언짢기는…… 그보다는 서글퍼서 그러지. 네가 나를 알게 되면 사랑하게 되리라고 생각했어. 그렇게 불행할 거라고는 생각 못했어."

"아니, 나는 아저씨를 좋아해요…… 다만 아저씨는 늘 거짓말을 하니까. 거짓말쟁이와는 결코 친해질 수 없잖아요."

"그래, 처음에는 네게 거짓말을 했지, 그건 사실이야. 그땐 그럴 수밖에 없었어…… 하지만 거짓말 안 한 지 오래야. 네가 알아야 할 건 다 알고 있다고 생각하는데…… 더 알고 싶은 게 있니?"

나는 깊이 생각하는 척하다가 물었어.

"예를 들면 여기는 우리집에서 얼마나 멀까, 그런 거요?"

"한 300킬로미터쯤." 그가 눈썹도 까딱하지 않고 태연하게 대답했어.

사실일 리 없어. 그가 소포 하나 찾겠다고 그렇게 멀리까지 갔을 리 없거든. 말도 안 되는 소리지. 그래서 더이상 질문하지 않았어. 그는 그저 거짓말 샐러드, 물기도 안 빠진 거짓말 샐러드만 내놓으니까. 진실을 알고 싶다면 다 큰 어른처럼 나 혼자서 알아내야 해.

쓰레기통을 뒤지는 한이 있더라도.

게타리
8월 15일
별이 총총한 하늘, 검푸른 바다

사랑하는 딸에게

오늘 놀라운 일이 있었단다. 스타니슬라스, 너의 스타니슬라스 선생님이 우리집을 방문했어. 너는 지난 4월에 열네 살이 되었고, 그는 5월에 스물네 살이 되었지. 두 사람의 나이차가 열 살이구나. 그것도 모르고 있었네. 네가 성인이 되었을 때, 그때도 그를 변함없이 사랑한다면 그는 여전히 젊으니 모든 게 가능할 거란다. 이미 눈가에 잔주름 몇 줄이 생기고 어렸을 적 통통한 모습은 봄날 눈 녹듯 사라졌지만, 그때는 아마 더 멋진 모습일 거야—주름살이 생기면서 더 멋져지는 건 남자들뿐이란다! 내가 하려는 말은, 마디, 시간이 흐르면서 불가능하고 비현실적인 어린아이의 사랑이 실현될 가능성이 생긴다는 거야. 오! 물론 내가 눈치 못 챘을 리 없잖

니. 만일 지금도 여기서 우리와 살고 있다면 네 관심은 진작 다른 곳으로 옮겨갔을지도 모르지. (혹시 그렇니……?) 하지만 나는 너와 함께 네가 사랑하는 사람에 머물러 있단다. 네가 속바지와 운동화 밑창에 펜으로 적은 그의 이름 머리글자에, 참나무 책상에 스위스 칼로 새긴 그 머리글자에 머물러 있어. 그래, 그가 사위처럼 느껴지는 걸 어쩌겠니. 동화 속 사위, 네가 즉흥적으로 우리에게 지어준 동화, 훗날의 예비 사위. 짙은 색 청바지에 하얀 면티를 입고 도착한 그를 네가 보았다면 아마 왕자님의 모습이 저렇지 않겠느냐고 했을 것 같아.

다른 사람들처럼 그도 살로메를 보며 어색해했지. 그게 전부는 아니겠지만. 사건 이후로 그는 우리집에 오지 않았어. 그래서 그도 나와 똑같이 느끼고 있다는 생각이 들었어. 네 동생이 있고, 거실 가득 들이치는 햇살에도 불구하고 너무 넓게 느껴지는 공간이 왠지 숨막힌다고. 그는 매우 불편해하면서 행여 말실수라도 하지 않을까 전전긍긍했는데, 내겐 그 서툰 모습이 진실되게 보였어. 그런 태도는 이제 어느 누구에게서도 찾아볼 수 없으니까. 마음이 밧줄처럼 죄어들고, 그를 품에 꼭 안아주고 싶었어.

그는 사랑에 빠져 있었어—하지만 안심해라. 오래가진 않을 거야. 애야, 그의 눈에 어린 괴로움은 펼쳐진 책처럼 다 읽혔단다. 그는 젊고 뭘 모르지. 그 나이에는 아주 형편없는 상대에게 반하기 십상이야. 있잖아, 아빠 전에 만났던 어떤 남자가 있었어. 오, 그리 오래가지는 않았어, 겨우 몇 달 정도였지—한 걸음 한 걸음 내디디면서도 금방이라도 쓰러질 듯 불안한 관계였단다. 소르본대학에서 만났어. 중세사 교수님이었지. 이야기하기에 매혹적인, 흥미로운 얘깃거리가 아니라는 걸 나도 잘 알고 있어. 하지만 매혹에 대해 말하자면, 그는 충분히 매혹적이었단다, 정말이야! 나이든 남자, 힘의 매혹…… 나는 스물두 살밖에 되지 않았고, 아직 부모님 집에서 살 때였지. 우리는 열정의 광기를 경험했어. 수많은 호텔방—그가 생각하는 로맨스는 만날 때마다 침대가 바뀌고, 꽃병에 싱싱한 꽃이 꽂혀 있고, 아침의 호텔 룸서비스와 사랑의 유희로 구겨진 깨끗한 침대 시트, 그리고 매일 저녁 동네를 맴도는 일이었어. 우리가 사는 도시에서 여행자들처럼 지냈어. 그 혼란스러운 격정의 관계에 로맨스가 전혀 없음을 내가 깨닫기 전까지는. 그는 유부남이었어. 그러니까 얘야, 배신당한 거지! 내가 순진했다는 깨달음과 함께 아주 많은 생각이 한꺼번에 쏟아지더라! 그 연애 때문에 나는 내리는 비에 길가 웅덩이가 파이듯 마음이 푹 파였어. 그리고 삼 년 뒤 라파엘을 만날 때까지 더이상 아무도 사귀지 않았다. 할아버지가 『현인들의 데카당스』라는 책을 소개한 도서 전시회에서 아빠를 만났지.

그 첫 남자의 이름은 디미트리였다. 어찌됐든 그 남자 덕분에 나는 아빠를 사랑하게 되었어. 진정한 사랑, 나쁜 것보다 좋은 것을 더 많이 만드는 사랑을. 몇 년 뒤 내가 왜 그 남자에게 끌렸었는지 알게 되었어. 할아버지와 많이 비슷했기 때문이야. 평범하지만 무시할 수 없는 '오이디푸스콤플렉스'였지. 이 용어를 모른다 해도 너 역시 겪어봤을 거야. 네 눈에는 라파엘이 살아 있는 신으로 보이잖아!

너에게 이 모든 이야기를 하는 이유는 하나야, 얘야. 나는 루이종이란 여자는 모르지만 스타니슬라스는 알아. 그리고 그녀에 대해 말할 때 눈에 어리는 슬픔이 어떤 것인지도 알고.

불행, 잘 알지, 나는 이제 그 불행을 아주 쉽게 알아보게 되었단다.

네 여동생은 잘 지내. 힘도 세지고 눈에 띄게 자라고 있어. 래리가 그맘때 그랬듯이. 이 아기냄새, 오랫동안 잊고 있었어. 너도 똑같이 이 냄새를 맡을 수 있고, 아기의 완벽한 모습을 보고 함께 감탄할 수 있다면 좋으련만. 작디작은 손톱, 꼭 알맞게 빚어진 작은 발, 아주 작지만 욕심꾸러기 같은 입술! 아이가 태어나면 흔히 생김새를 보고 두 집안 중 어느 쪽을 닮았는지 찾아내는 놀이를 한단다. 너는 외가, 우리 카프드비엘 집안사람들을 많이 닮았지. 머리 색깔은 나를 닮고, 눈은 무니 외할머니를 닮고, 코는 외할아버지를 닮았으니까. 살로메는 이제 이 주밖에 되지 않았지만 내가 보기에 친가인 에샤르 집안을 더 많이 닮은 것 같아. 갓 태어난 살로메를 처음 보자마자 라파엘을 닮았다고 생각했지. 얇은 입술, 짙은 눈썹, 고집 세 보이는 턱 등. 너는 친할아버지 친할머니를 본 적 없지만, 친할아버지의 이마가 살로메와 꼭 닮았단다. 살로메의 눈은 아직 파란데 색이 옅은 것 같아. 사실 살로메의 눈이 우리 집안, 네 이모의 에메랄드빛 눈을 닮기를 간절히 바랐단다!

따지고 보면 살로메는 가족이 별로 없구나…… 엄마 아빠 말고는 달랑 아멜리 이모와 사뮈엘 삼촌. 그래도 외할머니와 외할아버지를 알았던 너는 운이 좋은 거야. 그래서 살로메를 볼 때 내 아버지를 향한 화가 속에서 치밀어올라. 아이가 태어나기도 전에 모든 걸 빼앗은 것 같아서 그래. 사진, 사진, 헤아릴 수 없이 많은 사진들—지금은 없는 다른 가족들을 사랑하는 법을 배우기 위해 살로메가 가진 것이라곤 이 사진들이 전부란다. 한낱 종이에 지나지 않지!

하지만 살로메 덕분에 나는 좀 나아졌어. 살로메와 너와 함께 일어나고, 너희 둘과 먹고 너희 둘과 숨을 쉬어. 거대한 허공에 현실과 비슷한 것이 세워진 거지…… 그런데 아빠는…… 부부 사이는 시소와 같은 구조인가봐. 나탕과 네가 서로 마주보고 앉아 균형을 맞추던, 정원에 있는 시소, 알지? 나는 나아졌지만 라파엘이 무너지고 있어. 아이가 태어난 후 초기는 아버지에게 언제나 힘든 시간인 것 같아. 엄마와 아이, 수유, 아빠는 함께할 수 없는 일, 느낌, 냄새, 매일 다시 시작하는 행동들, 한밤중의 울음과 아기 재우기—얘야, 이건 십사 년 전으로, 거꾸로 가는 시계처럼 요람을 따라 시간을 되돌리고, 벽에 비치는 작은 반딧불이처럼 반짝이는 기억을 되살리는 일이야. 네가 있는지 확인하기 위해 한밤중에 식은땀을 흘리며 깨어나곤 했는데…… 이제는 살로메가 있는지 확인하기 위해 잠에서 깨어나……

지난 삼 년 동안 두 팔로 나를 끌어안고 있었던 사람은 아빠였는데 이젠 내가 그를 안아줄 차례인 것 같아. 하지만 그의 옆에 있을 수는 있어도 무게를 감당하진 못해. 나는 바위가 아니거든. 얘야, 난 보잘것없는 존재야…… 내가 아주 천천히 침전한다면, 그는 너무 빨리 풍화되고 있어. 어떻게 해야 할지 모르겠어. 도와줘야 하는데, 어떻게 도와야 할지 모르겠다. 너와 살로메를 위해 살아남으려고 애쓰고 있지만 남편을 구할 힘은 없는 것 같아.

네가 돌아와야 해, 마디. 어디 있든, 그곳이 땅속이든 아니면 스페인, 벨기에, 페루든 내 기도를 들어다오. 이제 영적인 힘을 빌려 테이블을 돌리며 운명을 알아보고 싶지는 않고, 타로 카드로 점을 쳐보고 싶지도 않아. 경찰이 하는 말, 지워져버렸다는 흔적에 대한 그들의 이야기도 듣고 싶지 않아. 아이의 시신, 신발 한 짝, 스웨터, 가방 따위에 심장이 두근거리는 일도 이제 없었으면 좋겠고, '아들이 칠 년간 사라졌다가 다시 나타났다'는 유의, 우스꽝스럽게 절망적으로 쌓여 있는 신문 기사들도 더는 보고 싶지 않아. 먼지 쌓인 네 방에서 청소기를 돌리기도 싫고, 아무도 누운 적 없는, 어느 누구도 잠든 적 없는 침대 시트를 갈기도 싫고, 얼마 전 출간된 '해리 포터' 시리즈의 마지막 권이 새것으로 고스란히 네 침대 옆 탁자에 놓여 있는 모습도 보기 싫다. 그리고 백화점에 갔을 때 네 맘에 들 것 같은 원피스 앞에서 '치수가 몇이더라' 하는 생각이 반사적으로 떠오르는 일도 이제 싫다…… 치수가 몇이라니?!

이제는 이 모든 게 싫어. 그리고 아빠는 더이상 견디지 못하고 있어.

제발 부탁이야, 딸아, 네가 돌아와야 해. 우리를 구해줄 수 있는 사람은 너뿐이야.

내가 널 사랑한다는 걸 결코 잊지 마라.

엄마가

북부에서

오늘 4월 20일은 영원히 기념할 날이다. 오늘 오후 나는 빨간 머리와 이야기를 했다.

빨간 머리의 이름은 엘리다. 그녀에게 썩 잘 어울리는 이름이다. 캐나다 여자인데 특유의 억양이 없다.

빨간 머리는 시나리오작가다.

오 분도 채 지나기 전 그녀가 필립 로스를 인용해 말했다.

"자기 자신이라는 픽션과 타인이라는 정당하고 만족스러운 환상을 맞바꾸기로 했어요."

그녀가 커피를 샀고, 나는 그녀를 웃게 했다. 믿기지 않는 일이지만 그녀는 나를 재밌는 사람으로 보았다.

요즘 그녀는 흡혈귀영화 시나리오를 쓰고 있다. 요정처럼 생긴 여자가 그런 걸 쓴다는 점이 퍽 재미나다. 무엇보다도 그녀를 앙투안에게 보여줘서는 안 된다. 분명 그녀를 사랑하게 될 테니까.

그녀가 설명했다.

"빨간 머리는 마녀의 표시예요. 어차피 해야 한다면 존재하지 않는 사람들을 괴롭히는 게 낫죠. 그러면 실수를 피할 수 있어요."

빨간 머리는 작중인물이다.

그즈음 나의 금발 마녀는 골이 나 있었다. 아무 연락이 없길래 나흘쯤 지난 뒤 전화를 했다. 일단 화가 누그러지자—늘 그렇듯이—그녀가 보고 싶어 견딜 수 없었다.

"바로 나는 안 되겠는데. 약속이 있어."

이런 코미디가 삼 주쯤 지속되던 어느 토요일 밤 아주 늦은 시간에 만취한 그녀가 우리집 초인종을 눌렀다. 나는 그녀가 섹스 때문에 왔다고 생각했다. 왜냐하면 우리의 부수적인 문제에도 불구하고 이 부분만은 나무랄 데가 없었고, 그녀는 이 행위를 위해서라면 나를 다른 누구와도 바꾸고 싶어하지 않았기 때문이다. 섹스를 정복하면 사랑을 정복한다…… 그리하여 나는 거의 익사 직전의 조난자처럼 내 섬을 되찾았다. 혈관 속으로 루이종이라는 마약이 들어오고, 나는 다시 살아났다.

일이 끝나자 그녀가 팔꿈치를 괴고서 말했다.

"이건 예술이야. 성욕하고는 아무 관계가 없어. 적어도 그래. 이건 성욕의 이데아, 하나의 관점, 하나의 추상이야, 알겠어?"

"베이비, 네 가슴이 추상적인 것 같지는 않은데."

"가끔 넌 사람 신경을 긁을 때가 있어! 네가 섹스 장면을 쓰면 내가 신경 발작을 일으킬 것 같니?! 아니, 당연히 아니지. 왜냐하면 그저 우스꽝스럽기만 할 테니까."

"내가 섹스 장면을 쓴다면 영감을 줄 사람은 '바로 나'일 거야!"

"참 착하네, 귀염둥이야."

"그래, 나는 착해. 그래서 문제지. '너무 착한 건 너무 멍청한 거야'라고 할머니가 말씀하시곤 했는데."

"우리 할머니는 이렇게 말씀하셨지. '일단 말을 타면 자잘한 단점은 따지지 마라.'"

"무슨 관계가 있는지 모르겠는데."

"나도 그렇게 생각해. 그냥 아무 말이나 해봤어. 배고파. 뭐 먹으러 갈까?"

"새벽 네시인데……"

"그래서?!"

레알 근처에 있는 피에 드 코숑에서 루이종은 등심 스테이크를 먹어치웠다. 나는 맥주를 마시며 육식을 좋아하는 그녀가 어슴푸레한 불빛 아래서 즐거운 표정으로 고기를 써는 모습을 바라보았다. 우리 왼편에는 홀의 반을 차지하고 앉은 독일 사람들이 멋진 맥주잔을 높이 치켜들고 세게 부딪치며 건배를 했다. 쇼윈도 너머로 밤하늘이 열어지기 시작했고 나는 채점해야 할 답안지들—내 첫 답안지들!—을 생각하지 않으려 애썼다. 새벽 여섯시에 고기를 우적우적 입안 가득 쑤셔넣는, 하이힐 신은 피라냐를 쳐다보고 있을 게 아니라 학생들의 답안지를 채점해야 했는데 말이다.

"됭케르크에서 이글스턴 전시회가 있어." 그녀가 고기를 먹다 말고 말했다.

"언제?"

"내일. 그러니까 일요일에 시작이야. 내일, 일요일에."

"오늘이네, 뭐."

"그래, 맞다, 오늘이야." 그녀가 웃음을 터뜨리며 말했다.

"거기 가려고?"

"생각 있어?"

"뭐야, 내가 갔으면 하는 거야?"

"좀 돌아다니면 좋잖아, 날씨도 좋고. 이거 다 먹고 기차역으로 갈까?"

그게 루이종이었다. 내가 사랑하는 것은 바로 루이종의 이런 면이었다. 그녀는 못 견디게 못된 구석이 있지만 이따금 이런 능동적인 모습도 보여주었다! 내 방식과 정반대인 이 즉흥적인 아이디어에 다시금 깜짝 놀랐다. 아마도 어머니가 알았다면 노발대발했겠지만, 나는 못마땅하지 않았다.

일곱시 삼십분에 우리는 부랑자처럼 됭케르크행 테제베를 탔다. 나와 그녀는 짐 없이 오로지 영불해협 바다와 사진의 거장을 보고 싶은 욕구만 지닌 여행자였다. 이 즉흥적인 여행을 위해 역에서 비싼 값을 치러야 했지만, 기본적인 돈 문제를 걱정하기에 나는 너무 행복했다. 할머니는 이렇게 말하곤 했다. "행복은 부를 능가한다." 폴레트 위알드 할머니는 지식이 풍부했다.

루이종과 함께 어딘가로 떠나기는 처음이었다. 달리는 기차가 갑자기 지상에서 가장 아름다운 곳으로 보였다. 그녀는 내 어깨에 기대 잠들었고, 따뜻한 숨결이 목에 느껴졌다. 기차가 북쪽으로 달리며 펼쳐 보이는 조용한 풍경을 바라보았다. 일요일 이른 시간이어서 차내는 거의 비어 있었다. 시야에 들어오는 건 온통 주름진 얼굴에 트위드 모자를 쓴 왜소한 노인뿐이었다. 그 옆에는 낙태 전문 산파의 것 같은 까만 가죽으로 된 구식 왕진가방이 놓여 있었다. 피곤해서 거의 죽을 것 같은 표정인 그가 어딜 가는지 궁금했다. 새벽에 기차를 탈 정도로 중요한 볼일이 북부에 있는 것일까? 나는 그의 가방을 모티프로 슬픈 이야기를 지어갔다. 가방에 든 건 어쩌면 재, 유골 단지, 그것도 세상을 떠난 아내의 유골로, 아내와 첫사랑을 나눈 장소—호텔, 바닷가, 시간에 마모된 잿빛 방죽—로 그것을 뿌리러 가는 건지도 모른다. 그런데 내 옆에 있는 루이종은 얼마나 젊은가! 나는 그녀가 늙어가는 모습을 그려보았다. 그녀를 나이든 부인의 얼굴로 만들어보았다. 그녀의 부드러운 피부는 언젠가 사라지겠지만 카키색 초록빛 눈은 영원히 반짝일 것이다. 그리고 나는 준비되어 있었다. 그녀를 위해 성장할 마음의 준비가 된 것 같았다. 완전히 멍청한 생각이었다. 겨우 스물넷이었지만, 그녀를 잃지 않기 위해서라면 뭐든 할 수 있을 것 같았다. 결혼하고, 아이 낳고, 나이 서른에 빚내서 방 두 칸짜리 아기자기한 집과 라이트 밴을 구입하고 등등, 그녀의 아름다운 눈을 위해 내 인생에 박차를 가할 수 있을 것 같았다. 하지만 불행하게도 당시 그녀는 나하고도, 그 누구하고도 이런 열망을 공유할 생각이 전혀 없었다. 특히나 나하고는.

우리는 전속력으로 됭케르크에 도착했다. 날씨는 매우 화창했지만 도시가 비교적 음산해서 마치 무대장치 같았다. 기차역 앞에 구식 호텔이 있었다. 건물 정면은 누르스름하게 빛이 바랬고, 커튼은 매우 낡아 보였지만 플랑드르 건축양식의 위엄이 여전히 남아 있었다. 게타리 거리에서 늑대 같은 얼굴로 아이들을 겁먹게 하는 할아버지의 집, 일명 귀신 들린 집보다 훨씬 더 무시무시해 보였다. 나는 까만 가죽가방을 든 늙은 남자를 눈으로 좇았는데, 유령 중의 유령인 그가 그 호텔로 들어가지 않아 몹시 실망했다. 그는 그저 생니콜라행 버스에 올랐을 뿐이다. 거기서 상상 속 탐색을 멈추었다.

루이종과 나에게 낯선 도시였다. 전시회가 열리는 현대미술관 LAAC를 찾느라 길을 헤맸다. 그녀는 재빨리 하이힐을 벗고 맨발로 계속 걸었다. 자주 하는 일이었다.

"너의 갈 길을 알지 못하는 이에게 길을 묻지 마라, 그러면 길을 잃지 않을 것이다!" 그녀가 손에 구두를 들고 말했다.

"중국 속담이야?"

"아니, 유대인 속담. 아마 그럴 거야!"

라이카 카메라로 무장한 그녀는 길에서 사진을 찍었다. 내용물이 삐져나온 쓰레기통, 어두운 쇼윈도 너머의 조화, 두 조약돌 사이에서 자라난 작은 새싹. 루이종은 한곳에 가만히 있지 못하는 성격이었지만, 한 번도 본 적 없는 낯선 것을 단번에 전체로 파악하지 말라는 레오나르도 다빈치의 계율을 글자 그대로 따르고 있었다. 그래서 하나하나 주의깊게 머리에 새기기 전에는 다음으로 넘어가지 않았고, 세부 사항을 결코 저버리는 일이 없었다. 뛰어다니는 성격을 타고났음에도 불구하고 무너진 일부 담벼락 사이에, 기적적으로 살아남아 흔들리는 데이지 앞에 못박힌 듯 서서 십 분 이상 머물렀고, 윤곽이 뚜렷이 드러난 교회 종탑에 카메라를 고정하기도 했다. 그녀를 따라 어슬렁대는 일은 운전할 줄 모르는 사람이 차를 몰다 급회전하듯이 급변의 연속이었다. 빨리 걷다가 천천히 걷기도 하고 우뚝 멈춰서 빛과 냄새와 생기를 들이켜며 한없이 서 있었다. 그래서 나는 도롯가에 앉아 담배에 불을 붙이고서 그녀가 세상을 바라보는 모습을 바라보고, 그녀와 함께 세상의 틈으로 들어가 인내심을 배웠다. 됭케르크는 이상한 분위기에 젖어 있었다. 거리는 인적 없이 황량하고 상가는 문을 닫았으며 지나가는 자동차 한 대 없었다. 겨우 오전 열시 정도인데 태양마저 먼지에 싸인 듯 보였다. 거대한 산업 항구에는 주황색과 파란색 선체의 여객선들이 정박해 있었다. 배에는 아이들 놀이기구같이 알록달록한 거대 컨테이너가 층층이 쌓여 실려 있었다. 신바람난 부동산 개발업자들이 급조한 70년대 건물이 빨간 벽돌 건물, 멋진 신고딕 양식 건물과 나란히 서 있었는데, 그 기묘한 패치워크가 온종일 단념과 슬픔의 감정을 상기시켰다. 신나는 멜로디에도 불구하고 향수의 심연에 빠져들게 해 끝내 울게 만드는 노래처럼. 경계에서의 기다림에는 폭풍우나 실종자들, 있을 수 없는 장례식 같은 씁쓸한 무언가가 있다.

우리는 마침내 이 짧은 여행의 목적지인 '스피리트 오브 됭케르크'를 찾았다. LAAC 미술관은 말 그대로 환상적인 최신식 건물이었다. 매우 인상적인 조각상으로 가득한, 초록 무성한 정원 한가운데 하얀 타일 건물이 외계인의 비행접시처럼 서 있었다. 늘어진 풀잎 사이로 지나가는 오솔길, 군데군데 웅덩이가 파인 인도, 맥주병과 기름종이가 널려 있는 손질되지 않은 흙길까지 모두 해변으로 이어졌다. 현대미술관은 쓰레기 한가운데 우뚝 솟은, 세속의 때가 묻지 않은 에덴동산처럼 보였다. 미국인 사진작가의 작업은 여기서 진정한 매력의 진수를 뿜어냈다. 윌리엄 이글스턴은 기묘한 주제를 과감하게 다루어, 일련의 거대한 사물 가운데 갑작스레 두드러지는 도시의 개별적인 진수를 포착해 담아냈다. 순수한 터키석빛의 비사실적인 하늘을 배경으로 부각된 노란 황금빛 모래더미, 레고 같은 컨테이너, 마법의 상징처럼 아스팔트에 세워진 도로 표지판, 회전식 진열대에 걸린 낡은 우편엽서에 그려진 핀업 걸. 재미있고 시적이며 아이러니한 시선. 이 이미지만 봐도, 적자인 내 카드의 출혈이 헛되지 않은 것 같았다.

"아!" 그녀가 공격할 거리가 생각났다는 듯 외쳤다.

"갑자기 웬 '아'?!"

"나와 함께 와서 좋은 거지, 전시회는 별로 관심 없는 거 아냐, 내가 틀렸나?"

"너와 함께 있는 즐거움이 예술을 넘어선다고 해두자……"

"……그래도 전시회 짱이지?"

"그래, 짱이다." 내가 약간 비웃는 투로 대답했다. 그 말이 사실이긴 했지만.

좋은 교육의 산물인 그녀의 세련된 언어는 시대의 미성숙한 요구와도 같은, 파리 변두리 지역 청소년이 사용하는 단어로 장식되었다. '짱이다'는 그녀가 가장 잘 쓰는 말이었고, 그다음으로 '빡치는'이나 '야리꾸리한'도 자주 사용했다. 교사가 된 이후로 소녀들 입에서 나오는 속어가 훨씬 덜 이질적으로 느껴졌다. 루이종이 사용한 말은 지금뿐만 아니라 당시에도 이미 유행이 지나 있었다. 하지만 그런 지적을 했다면 그녀는 무척 못마땅해했을 것이다.

문화생활을 한 후, 우리는 손에 샌드위치와 콜라를 들고 말로 해변에 자리를 잡았다. 화창한 날씨여서 많은 가족이 피크닉을 나왔다. 드넓은 하얀 모래사장 위에 무대장치처럼 아이스크림 장수와 유모차, 파라솔이 서 있고 여기저기서 고함소리가 들렸다.

"수영복이 없어서 안타깝네." 루이종이 한입 남은 닭고기 샌드위치를 씹으며 말했다.

"네가 얼마나 뻔뻔한데, 저길 알몸으로 못 들어갈까?"

"오, 나야 그럴 수 있지……만, 네 표정이 어떨지가 문제지!"

"나를 일탈이라고는 모르는 불쌍한 인간이라고 생각하는 거 잘 아는데, 나 들어간다! 이래봬도 바다 사나이라고. 일단 물을 보면 못 참아. 거역할 수 없지." 내가 말하며 티셔츠를 벗어던졌다.

"뭐, 나랑 쬐끔 비슷하네!"

"바보!" 나는 그녀의 금발을 살짝 쳤다.

그러고 나서 나는 옷을 다 벗었다. 내 공격을 받은 루이종은 나를 따라 빛의 속도로 리바이스 청바지와 회색 실크 블라우스를 벗었다. 내 팬티는 그렇게 눈에 띄지 않았다—반대로 그녀는…… 선탠이 잘된 엉덩이에는 야한 수영복 자국이 나 있고, 팬티랍시고 입은 레이스 달린 가느다란 끈이 걸려 있었다. 모래사장에 있던 사람들 90퍼센트가, 여자들과 아이들까지 포함해, 바다로 달려가는 그녀의 조각 같은 몸을 눈으로 좇았다(나머지 10퍼센트는 얼굴을 모자로 가리고 무관심하게 코를 골며 자고 있었다). 나는 이미 몇 주 동안 시달려야 했던 질투심을 억제하고 루이종을 바다로 밀었다. 차가운 물속에서 그녀를 잡았지만, 그녀는 비누처럼 손에서 미끄러져나가 평형을 하는 나를 떨쳐버렸다. 나는 재빨리 그녀를 다시 잡았다. 그때 나는 때때로 다섯 살 꼬마보다 더 유치한 장난을 치며 노닥거리는 남자였다. 우리는 슬그머니 서로에게 안기며 숨이 끊어질 정도로 키스를 했다. 수건을 가져가지 않은 탓에 로빈슨 가족*처럼 모래사장에 누워 서로 포옹한 채 하늘을 쳐다보며 물기를 말렸다. 심장이 너무 빨리 뛰어 곧 터져버릴 것만 같았다.

'노닥거리다.' 얼마나 재밌는 말인가! 생뚱맞게도 이 표현은 내게 킨더 초콜릿 광고, 물개, 70년대 에로영화를 떠올리게 한다. 그녀 이야기를 할 때 내가 사용하는 어휘는 그때의 나만큼이나 한심하다는 것을 깨달았다. 루이종은 바버라 카틀랜드**의 소설 속 인물처럼 나를 얼간이로 만들었다.

몸을 녹이기 위해 바다를 정면으로 바라보는 카페테라스에서, 프로펠러 형태로 설치된 하얀 전등갓 아래 앉아 맥주를 마셨다. 일

---

* 동명의 월트 디즈니사 애니메이션 주인공.

** 영국 로맨스소설 작가.

상을 벗어난 그날 하루는 매우 신선하게 느껴졌고, 그때 루이종이 옳다고 생각했던 게 지금도 기억난다. 깊이 생각하지 않고 살기, 파리에서 한 시간가량 떨어진 곳에서 새로운 모험을 즐기며, 스스로를 의심하지 않고, 그날그날 손에 잡히는 대로 작은 것들을 얻고, 우연히 일어나는 사건이나 우연이 유발하는 일을 즐기며 살기란 그리 어렵지 않다고. 이 말을 하고 싶었지만 그녀에게 솔직해질 수가 없었다. 처음부터 내 감정을 감추려고 너무 애썼기 때문에 가장 사소한 것조차 말하기가 쉽지 않았다. 그래서 언제나 그랬듯이 우회적으로 표현했다.

"오늘밤 여기 머물지 않을래? 호텔방 잡고 내일 돌아갈까?" 내가 술기운에 대담해져 물었다.

"내가 너를 물들인 것 같아!"

"그게 무슨 뜻이야?"

"좋은 생각이라는 뜻이야. 내일 열시에는 파리에 있어야 하지만."

"나도 그래. 오후에 수업이 있어."

"그럼 여기, 짠!" 그녀가 인디언 여자처럼 손을 내밀며 말했다. 나도 손을 내밀어 그녀의 손에 맞부딪쳤다.

'바다 사람들'은 앙투안의 지타 고모가 보면 반색할 만한 70년대식 호텔이었다. 기차역에서 별로 멀지 않고 항구의 정박구가 잘 보이는 위치였으며, 무엇보다 키치 스타일이었다. 하얀 시멘트를 바른 건물 정면에 둥근 창이 두 줄로 나 있고, 우리가 들어간 방은 침대보부터 커튼까지 전체적으로 푸른 꽃무늬로 꾸며져 있었다. 호텔방에 들어서자마자 루이종은 창문을 열더니 청바지를 벗고 창턱을 잡고 서서 나를 기다렸다. 팽팽한 엉덩이 아래 그녀의 성기가 벌어져 있었다. 나는 그녀의 등에 배를 바짝 대고 우리 앞에 탁 트인 바다를 보며 방해받지 않은 채 그녀와 섹스를 했다. 태양이 닻을 올렸고, 영광의 빛이 하늘을 한가득 채우고, 마지막 자줏빛이 구름을 꿰뚫었다. 우리는 먼 곳에 왔다는 사실 그 자체에 흥분했다. 낯선 방, 해수욕, 모든 게 새로워 보였고, 소금기와 모래알이 붙은 남국의 육체 또한 다시 태어난 듯 전날보다 더 완벽했다. 그녀의 어깨에, 목덜미에, 머리카락에, 온몸에 입을 맞추었다. 배를 애무하고, 그녀가 벗어버리지 않은 실크 블라우스 속에 높이 매달려 흔들리는 둥근 젖가슴을 애무했지만, 옷감과 피부 중 무엇이 무엇인지 더이상 구분할 수 없었다. 모든 게 부드럽고 뜨겁고 땀에 젖어 있었다. 내내 등을 돌린 자세로 그녀는 내 엉덩이를 움켜쥐고, 내가 좀더 빨리, 좀더 깊숙이 몸을 놀리게 했다. 빨간 매니큐어를 바른 손톱이 마치 일부러 상처를, 악마의 표시를 내려는 듯 살 속으로 파고들었다. 그녀는 상체를 앞으로 숙이고 엉덩이를 더 내밀어 자기 안으로 내가 더 깊숙이 들어가게 했다. 그녀의 머리가 창틀에 여러 번 거칠게 부딪혔다. 손으로 그녀의 이마를 보호하려 했지만 그녀가 피했다. 그녀는 그렇게 짓찧기를 좋아했다. 그녀는 더 강하고 더 깊게, "안으로 더 깊이, 더 깊숙이, 안으로 더욱 깊숙이" 들어오길 원했다. 내가 그날 경험한 오르가슴은 다시 경험할 수 있는 종류가 아니었다.

우리는 저녁도 먹지 않고, 호텔방을 떠나지 않았다. 섹스는 네 번이나 반복되었다. 호두나무 무늬목 테이블 위에서, 파란 타일이 깔린 샤워실에서, 까칠까칠한 양탄자 위에서, 그리고 끝으로 침대에서—몇 시간만이라도 잠을 자겠다는 생각은 헛된 희망이었다. 나는 사랑을 찾았다고 결정적이고도 절대적으로 확신했다. 작고한 시인의 무겁고 낮은 하늘 아래에만 존재하고, 현실적으로 일반 대중은 접할 수 없는 사랑, 오로지 할리우드만이 몸값 높은 시나리오 작가와 바이올린을 동원해서 믿게 할 수 있는 사랑. 나는 섹스를 포식한 나머지 우스꽝스러운 정신착란과 탈진으로 경계심을 잃고 "너를 사랑해"라고 외칠까봐 두려워 감히 잠들 수가 없었다. 왜냐하면 그 모든 건 섹스일 뿐이었기 때문이다. 길고 강렬하지만 의미 없는 섹스. 하지만 함께 가자는 루이종의 초대는 내게 사랑의 바이러스가 그녀의 살 속으로 침투하기 시작했다는 부인할 수 없는 신호로 보였고, '길의 끝'은 어쩌면 올림포스로 향하는, 꽃이 만발한 긴 고속도로로 이어질 것만 같았다. 그 일탈이 금빛 무도화를 신은 어느 유력자가 무상으로 내려준 사면 중 하나라는 생각은 하지 못했다. 미처 모르고 있었지만, 내 입에 물린 그녀의 가슴은 사형수에게 내려지는 마지막 담배였다.

1월 21일 15시 11분

헤헤.

네게 일기를 쓰고 있는 사람이 지금 뭘 신고 있게? 까만 컨버스화—밑창은 흰색에, 고무테를 두른 가장자리, 사이즈는 37, GB 4, US 6—완벽하고도 완벽한 운동화야. 방금 밑창에 빨간 볼펜으로 'S.U.'라고 썼어. 옛 추억의 표시지. 그리고 청바지는 길이가 딱 맞는 편이라, 품이 그렇게 커 보이지 않아(어쩌면 내가 살이 쪘는지도 모르지. 영양사 용이 크리스마스 파티 이후 초콜릿 문제에 비교적 너그러워진 까닭에).

R가 점심식사를 가져오면서 운동화를 들고 왔어. 그가 바나나 스플릿 같은 미소를 지으며 "우체부가 다녀갔어!"라고 말했을 때, 나는 늦은 배송에 대해 이러쿵저러쿵하지 않았어. 왜냐하면 첫째, 그래봐야 말짱 헛짓이고 둘째, 너무 만족스러워서 문제를 일으키

고 싶은 마음이 조금도 없었거든. 나는 그를 계속 R라고 부르고 있어. 심지어 네 안에 쓸 때도 레미라고 부르지 않아야 실수할 확률이 줄어들 거야. 게다가 레미라는 이름은 그에게 전혀 어울리지 않아. 우리 반에 레미라는 아이가 있었어(그애 이름은 철자가 Rémy가 아니라 Rémi였지만). 키가 아주 작고 늘 흥분한 상태인 정신없는 애였어. 매주 교장실로 불려가 몇 시간씩 나머지 공부를 할 정도로 하루종일 말장난을 하며 까불었지. 그래서 내게 레미라는 이름은 유머와 장난을 의미해. 그런데 R는 유머와 장난을 대표적인 자질로 지닌 사람이 전혀 아니거든. 무슨 말인지 알겠지. 그에게 그나마 어울릴 만한 거라면, (도) 레미 (파솔), 정도지. 클래식을 정말로 좋아하니까. 잘됐지, 뭐. 그가 아무리 뻥을 쳐도 나는 늘 R라고 불렀으니까 그냥 R로 부를 거야. 이 년 반이나 그렇게 불렀는데, 엄마 말마따나 이제 와서 어쩌라고.

그런데 R가 이야기하길, 프랑스 기상청 예보에 따르면 곧 눈이 올 거래. 그래서 정원에서 눈사람을 만들 수 있을 정도로 눈이 내리면 나가 놀게 해주겠다고 약속했어(내가 쓴 시 때문에 좀 괴로워했던 것 같아. 좋은 일이지). 그래서 컨버스화를 신고, 가슴팍에 노란 기타를 달고, 청바지를 입고, 아이팟을 꽂은 채 거울 앞에 서서 내가 '눈꽃 속의 춤'이라고 이름 붙인 춤을 추었어. 완전 모던한 춤인데 재생 목록에 있는 피제이 하비의 옛날 노래랑 특히 잘 맞아. 아멜리 이모의 서른 살 생일에 들었는데, 완전 미치는 줄 알았다니까. 제목은 '가미카제'야. 허공으로 뛰어오르지 않고는 못 배겨. 내가 좋아하는 식으로 리듬이 점점 빨라져. 가사는 전쟁터와

야생마를 탄 가미카제 부대, 그리고 은하계에 있는 가미카제 우주선 수천 대에 대한 거야(어쩌면 섹스에 대한 것인지도 모르지만 확실하진 않아. 달라고 애원했는데도 해랩 영어 사전을 아직 되돌려받지 못했거든. 그리고 혼자 몸을 만지는 것 빼고는 나도 사실 섹스에 대해 잘 몰라, 쉿…… '버블 일기장'이 세면대에서 불타 사라졌기 때문에, 이 문제에 대해 감히 말을 못하겠어. 어쨌든 나는 가미카제가 아냐! 그냥 그렇다고). 적어도 '눈꽃 속의 춤'은 아주 맘에 들어. 정말로 눈이 빨리 내리게 하는 데 도움이 될지는 모르겠지만 적어도 운동은 돼. 매번 춤을 추고 나면 땀에 흠뻑 젖거든.

새 달력은 R가 소방관을 후원하기 위해 구입한 거야. 달력 사진 중에 고리버들 바구니 속 빨간 벨벳 쿠션 위에 누워 있는 스패니얼 강아지가 있어. 엉터리로 찍은 건 그렇다 치고 말할 수 없이 나른해지는 느낌이야. 어쨌거나 날짜를 알 수 있는 달력을 가졌으면 됐지, 뭐…… 이거 빼고는 할말이 하나도 없네. 백과사전을 넘기다가 우연히 '라클레트Raclette'*라는 단어를 보았는데, 그걸 먹는 게 나로서는 꿈같은 일이라는 것 빼고! R에게 조리기구를 갖고 있는지 물어봐야겠지만 내 생각에 그에게 이건 요리라기엔 너무 장난처럼 보일 것 같아. 사전에서 '라클레트' 바로 다음에는 '라클뤼르Raclure'**가 있고 또 그다음에는 '라콜레Racoler'가 있었어.

* 라클레트 치즈를 녹여 감자와 피클을 곁들여 먹는 스위스 요리.

** '부스러기'라는 뜻.

꾀다Racoler – 타동사

상대방의 자유의지를 은밀하게 침해하며, 강제로 또는 속임수로 꾀어들이다.

말하자면 R는 나를 꾀어들인 거야. 내가 좋아서 그의 집에 거주하는 '세입자' '손님'인 것처럼 생각하게 하려 애쓰면서. 마치 내가 이곳에 있기를 선택하기라도 한 듯, 마치 내가 '자유의지'로 그의 친구가 되겠다고 한 듯. '자유의지'는 전혀 없는데! 나는 전쟁터로 보내져 어쩔 수 없이 총을 쏘고, 처음부터 주입한 대로 생각하기를 강요당하는 경우와 같아. 하지만 나는 속일 수 없어. 나한테는 안 통해. 내가 R의 말을 잘 듣고 고분고분하게 군다 해도, R가 나를 친절하게 대한다 해도, 내가 그의 포로로 잡혀 있고 그가 뭐든 원하는 대로 할 수 있는 이 상황을 결코 잊지 않을 거야. 나는 그를 미워하지 않아. 이젠 그가 무섭지도 않아. 그저 불쌍할 뿐이야.

2월 9일 22시 32분

오늘은 '눈으로사람을만들었다'! (사전에 있는 단어를 거의 다 알기 때문에 새로운 단어를 만들어봤어. 너무 황당해하지 마.) R가 빌려준 정원용 장갑을 끼고 정원에서 엄청나게 큰 눈사람을 만들었어. 눈이 계속 내렸어. 작은 새털 같은 하얀 눈송이들이 머리 위로 떨어졌어. 나는 컨버스화가 아니라 고무장화를 신었어. 새 운동화를 눈밭에 마구 굴리고 싶지 않았거든. 못해도 두 시간 넘게 밖에 있으면서 열기구처럼 산소를 마구마구 들이켰어. 삼 년 만에 처음으로 눈을 보는 거라서, 맘껏 소리지르고 노래도 부르고 싶었어. 물론 그러면 곧장 감옥으로 돌아가게 되겠지.

그래서 스탠리 경이라고 이름 붙인 조각품을 만드는 것으로 만족했어. 코는 당근으로 만들었어! R가 눈을 만들라고 숯 두 개를 줬고, 입술은 잔가지를 사용했어(비록 스타니슬라스의 입술은 여자아이처럼 도톰하고 크긴 하지만). 너무 잘 만들었다며 그가 눈사람 사진을 찍고는 인쇄해주겠다고 약속했어(이 말은 곧 집구석 어딘가에 컴퓨터가 있음을 의미하지. 다만 그곳이 어딘지 내가 모를 뿐이고). 그가 내 사진을 찍으려 하는 줄 알고 깜짝 놀랐어. 카메라가 있다는 말을 들어본 적이 없었거든. 그런데 실제로는 나를 찍지 않았어. 어쩌면 내가 모르는 사이에 찍었을지도 모르지만, 그의 편집증을 생각하면 그랬을 것 같지는 않아. 사진은 증거로 남을 수 있거든! 내가 지하창고에만 있다가 처음 집안으로 올라간 날, 왜 그가 걸레를 들고 내 뒤를 졸졸 따라다니며 여기저기 닦는지 의아했어. 마치 내가 지저분한 강아지라도 되는 양 굴었거든. 그게 흔적을 남기지 않기 위해서였음을 오늘 이해했어.

너무 추워서 집안으로 들어갔어. R가 뜨거운 코코아를 만들어줬어. 거실에서 코코아를 마시며 일본에 관한 다큐멘터리를 봤어. 내가 녹화해달라고 부탁했던 거야. 일본에는 '히키코모리'(일본어로 '틀어박히다'라는 뜻이래. 해설자의 말에 따르면)라고 불리는 미친 젊은이들이 있대. 히키코모리는 어느 날 갑자기, 자기 자신의 의지로, 더이상 문밖으로 나가지 않고 방안에 처박히기로 결심한대! 그걸 보고 깜짝 놀랐어. 보니까 남자들(특히 남자가 그런대. 여자도 있긴 하지만 훨씬 드물어)이 하루종일 잠자고 아무거나 먹고 쓰레기를 치우지도 않고 옆에 그냥 쌓아놓고 지내더라고. 그리고 밤에는 비디오 게임을 하며 놀거나 만화책을 읽는대. R에 따르면 인터넷에서 야한 영상을 보면서 자기 몸을 만지며 비난받아 마땅할 짓을 한대. 일본인 친구 히카리한테 이들을 어떻게 생각하는지 물어보고 싶어! 해설자의 말로는 이들은 희생자, 그러니까 "현대 소비사회에서 가족의 개념이 없어지고, 고용 시장이 비정규직 위주로 바뀌고, 재미나 개인의 자발성 또는 창조성을 조금도 고려하지 않는 극단적으로 경쟁적인 교육을 받은 후, 그들을 기다리고 있는 실업에 대한 불안과 불만"의 희생자들이래. 그래서 책임지는 어른의 삶을 피하기 위해 시간을 멈추고 역행하는 거래. 이따금 아주 심하게 퇴행해서 거의 동물 상태가 되기도 한대. 부모가 방에 들어오려 하면 공격하고, 손으로 음식을 먹고, 자기 배설물과 함께 뒹군대(뭐, 이건 아주 극단적인 경우지!)—말하자면 그래. 이들을 '노라이프Nolife'라고 부르기도 한대. 이 현상은 산업화가 많이 진행된 모든 나라로 퍼져가고 있다나봐—프랑스도 거기에 속하는 것 같대.

흠. 그런데 난, 난 이런 걸 원한 적이 없거든, 난!

"일본의 몇몇 사례를 조사했는데 그중에는 히키코모리로 산 지 십이 년이 된 사람도 있다"고 해설자가 무거운 목소리로 말했어.

나는 R를 쳐다보고 물어봤어.

"아저씨, 아무리 그래도 설마 나를 십이 년씩이나 가둬두지는 않겠죠?"

"뭐라고? 너도 게임기를 가지고 싶다고?"

"농담하지 말고요!"

"내가 널 데리고 있는 건 바로 저런 일을 막기 위해서야. 저들은 기계처럼 공부해서 최고가 된 뒤 돈을 잔뜩 벌어 끊임없이 더 많은 것을 사들일 수 있는 사람이 되기를 바라다가 결국 저렇게 된 거야."

"그러니까 아저씨는 다 내가 잘되라고 이러는 거네요?"

"그렇지."

"음. 그런데 어느 누구도 만나지 않고 지하실에 갇혀 있기로 내가 결정한 적이 없다는 거, 이건 간과할 수 없는 문제죠. 게다가 나는 학교를 아주 좋아하고, 멋진 가족이 있고, 매우 창의적인 성격이라고요. 아저씨한테 벌써 말하지 않았나요, 내 모자에 대해서?"

"여전히 내게 말을 놓고 싶은 생각이 없니?"

"없어요."

"이유가 뭔데?"

"이유야 언제나 똑같죠."

"넌 참 고집쟁이구나, 마디손……"

"내가 모자를 만들 수 있는 것도 이 고집 때문일 거예요!"

그가 이해하지 못하는 듯해서 나는 천장을 쳐다보며 말했어.

"고집스럽다têtue…… 머리tête…… 모자. You see(이제 알겠어요)?!"

"아, 그래. 아주…… 재밌구나."

그때 어느 히키코모리의 아버지가 LCD 화면에 나타나 설명했어. 그는 삼 년 동안 매주 토요일마다 아들을 데리고 아무도 없는 공터로 가서 축구를 했대. 그것도 밤이어야 했대. 어린 아들이 다른 사람을 절대로 보지 않으려고 해서 말이야. 기운이 하나도 없어 보이는 아저씨가 뜨거운 눈물을 흘리며 울었어. 울고 있는 아저씨 뒤로 방이 보였는데 동물의 굴 같았어. 그 안에는 아들이 흐트러진 침대 위에 팬티 바람으로 책상다리를 하고 앉은 채, 엄청나게 멍한 눈을 하고 두 손에 조이스틱을 들고 있었어. 그런 걸 끔찍하다고 하지. 나는 목소리를 높여 크게 외쳤어.

"정말 끔찍해!"

"친구를 사귀는 일이 모든 사람에게 똑같이 쉽지는 않아. 자기 방에 완전히 혼자 있으면 종종 여러 문제를 피할 수 있지." 그가 음울한 표정으로 대꾸했어.

"아저씨는 학교 다닐 때 친구 없었죠?"

"다른 애들 역시 나더러 '끔찍하다'고 했어."

내가 웃으며 말했다.

"아저씨가 그렇다는 게 아니라 입고 있던 옷이 그랬겠죠! 노란색 멜빵 바지에 노란색 스웨터, 패션 감각이 참 별나게 특별하잖아요. 아저씨의 어머니한테 혹시 노란색에 얽힌 무슨 사연이 있는 건 아닐까요? 집구석이 다 노란색으로 장식된 게 참 놀라워요!"

"내 인테리어가 맘에 안 드나보구나?"

"이건 아저씨의 인테리어가 아니라 아저씨 어머니, 모나의 인테리어죠. 딱 보면 알아요. 형편없잖아요. 보통 할머니들 집처럼 보기 싫고 구식이에요. 여기서 아저씨 거라곤 저 텔레비전이랑 오디오, 음반…… 그리고 저기 있는 미니 자동차들뿐이잖아요."

그의 시선이 내 시선을 따라 책꽂이로 향했어. 거기에는 미니 자동차들이 각각 백만 달러의 가치가 있기라도 한 듯 착착 줄을 맞추어 진열되어 있었지.

"너 예리한 면이 있구나."

"달리 할일이 없으면 감각들이 쓸데없이 발달하게 되죠. 무슨 말인지 알 거예요. 나는 이런 식으로 아주 많은 것을 눈여겨봤어요."

"예를 들면?"

"예를 들면, 아저씨 아버지가 아저씨가 아기였을 때 집을 나가서 아저씨는 어머니 성을 따라야 했다는 거요. 또 어린 시절에 웃을 일이 그렇게 많지 않았다는 거, 그리고 확신하는데, 아저씨의 어머니 모나는 아저씨가 밖으로 나가 놀게 놔두지 않았을 거예요. 그래서 아저씨는 집안에 갇혀 있는 게 습관이 되었고, 바로 그 이유로 나를 여기 가둬두는 걸 그렇게 심각하게 여기지 않는 거죠. 그리고 아저씨가 전자나 전기, 가전제품 관련 회사에서 일한다는 것도요. 그래서 기술이 있기 때문에 경보 장치를 설치하고 지하실을 개조하고 집 안팎으로 지뢰를 설치할 수 있었어요. 또 아저씨는 믿을 수 없을 정도로 이 세상에서 완전히 혼자라는 거. 자신을 사랑해주는 이가 아무도 없다고 생각해서 어린 여자아이를 잡아다가 자기가 원하는 사람으로 만들 수 있다고 믿었던 거죠. 하지만 문제는 어린 여자애들도 곧 자란다는 거예요. 아저씨 계획이 잘 먹히려면 갓난아기를 잡아왔어야 했어요."

R의 얼굴이 새하얘졌어. 네가 봤다면 달빛 같다고 했을 거야!

"넌 심리학자가 되어야 할 것 같구나. 다른 사람을 기막히게 잘 이해해!" 그가 이를 갈며 말했어.

"아니요, 정작 아저씨를 결코 이해하지 못할 거예요. 누군가의 입장에 대신 서볼 수 없고 이해할 수도 없다면 그 사람을 사랑할 수 없어요. 누군가의 입장에 대신 서보고 이해하는 것, 이를 가리켜 '감정이입'이라고 해요, 알죠? 나는 아저씨 입장에 서볼 수가 없어요. 왜냐하면 아저씨가 한 짓, 그러니까 날 납치한 일을 전혀 이해할 수가 없거든요! 그리고 아저씨도 마찬가지로 나를 전혀 이해할 수 없을 거예요. 아저씨는 결코 열네 살 소녀였던 적이 없으니까요. 아무것도 할 수 있는 게 없어요, 아저씨도 잘 알다시피요. 이 게임은 이미 처음부터 진 거였어요. 이제는 멈춰야 할 때라고 생각해요. 내가 저들처럼 되기 전에, 아저씨의 손을 물어뜯는 미친 새끼 늑대가 되기 전에요." 내가 텔레비전을 가리키며 말했어.

R는 완전히 마비된 것 같았어. 벌어진 입을 다물 줄 몰랐지. 얼굴이 밤새 비를 맞은 골판지처럼 퉁퉁 부어 보였어. 다큐멘터리가 끝나서 나는 작은 테이블 위에 놓인 리모컨을 집어들고 텔레비전을 껐어. 그리고 자리에서 일어나 지하로 내려가는 문 쪽으로 갔고, 문턱을 넘어서기 전에 인사를 했어.

"안녕히 주무세요."

그러고는 문지방을 넘어 내 뒤로 문을 닫았어. 나는 R가 따라와 문을 다시 열 줄 알았어. 그런데 웬걸, 전혀 아니었어. 그래서 혼자 깜깜한 곳을 내려가 손으로 더듬어 지하로 갔어(할 줄 알면서도 그는 마치 불가능하다는 양 전깃불을 설치하지 않아!). 방까지 가서 굵직한 철제 빗장을 들어올리고 안으로 들어갔어…… 다시 지하로 돌아왔지.

스스로를 지하실에 가뒀어. 히키코모리가 된 거야.

문을 쾅하고 닫았어. R가 그 소리를 싫어하거든.

몇 분 지나자, 철제 빗장을 지르는 소리가 들렸어.

2월 14일 정각 0시 0분

잠이 오지를 않아. 지옥 같아.

R는 골이 났어. 그래서 이제 거의 보질 못해. 하루에 두 번 음식을 가져다주러 와서도 한마디도 하지 않고 곧장 다시 나가.

끔찍하게 버림받은 기분이야.

더군다나 오늘은 밸런타인데이인데. 스타니슬라스 선생님을 생각했어. 나는 곧 열네 살이 되고 선생님은 스물네 살이 될 거야(5월 16일에). 이제 우리도 나이깨나 먹었지, 아멜리 이모 말마따나! 밸런타인데이가 사람들 주머니를 털려고 대형 슈퍼와 레스토랑, 꽃장수와 초콜릿 장수들이 짝짜꿍이로 만들어낸 쓸데없는 기념일이라는 거 잘 알아(아빠가 밸런타인데이에 대해 종종 이렇게 주장했지!). 하지만 나도 언젠가 한번은 이 축제를 즐겨보고 싶어…… R가 뭔가 하고 싶은 마음이 굴뚝같아 보여서 뭐라도 준비할 줄 알았는데 아무것도 없었어. 내가 그에 관한 네 가지 진실을 말한 이후로 정말 나한테 화가 난 것 같아. 하지만 말한 걸 후회하진 않아. 왜냐하면 이제 이 비겁한 짓에 정말이지 넌더리가 나거든. 내가 완벽하지 않다는 것, 그의 미친 상상이 만들어낸 완벽한 소녀가 아니라는 것을 그가 이해했으면 좋겠어. 그리고 쬐끄만 복슬강아지처럼 길들이기에는 내가 너무 영리하다는 것도. 젠장. 어쨌든 이 점은 매우 분명해. 다음번에 밖으로 나갈 때는 주변을 살펴야 해. 어떻게 해서라도 집 앞으로 나갈 기회를 만들어서, 주변에 설치해놓았다는 함정이 뭔지 알아봐야겠어. 그리고 삼십 초 동안 그의 눈을 피할 방법을 찾아낼 거야. 그동안은 그가 총을 들지 않을 걸. 왜냐하면 나는 침대 아래 깔개처럼 순하고 얌전하게 있을 거니까. 그는 결코 나를 놓아주지 않을 거야. 이 점은 아주 분명하고 확실해. 난 이제 꿈꾸지 않아. 말하자면 난 그의 망가진 인생에서 유일한 흥밋거리야. 그러니 만일 내가 더이상 여기 존재하지 않는다면 그는 더는 아무 할일이 없어 목구멍에 총구를 처넣고 방아쇠를 당겨 머리를 박살내고 말걸. 그의 어머니 때문에 어쩌면 그런 짓까지는 안 할지도 모르지만 내가 없다면 더이상 살아갈 이유가 없다는 건 확실해. 사람이 이 정도로 절망적인 상태라면, 자신의 목숨을 유지해주는 유일한 것을 떠나게 놓아주지는 않겠지(아무리 내가 물건이 아니라 심장과 가슴, 감정을 가진 사람이라고 해도!).

젠장-또-또-또-젠장.

귓속으로 파고드는 플라시보의 음악 때문에 결국 울고 말았어! 그래서 네가 젖어 잉크가 번졌어. 정말 너무 엉망이야. 이제 너도 얼마 남지 않았는데…… 요즘은 모든 게 엉망진창이야. 불행한 와중에도 그나마 내가 운이 좋다는 건 잘 알아. 뉴스에서 끔찍한 이야기를 너무 많이 들어서 하는 말이야. 뉴스에 소녀들이 지하실에 갇혀 정신병자들한테 강간당하고 고문당한 얘기가 나왔어. 나도 한때는 R가 그럴까봐 무서웠어. 그런데 R는 나를 가만히 놔두었어. 앞으로도 쭉 건드리지 않을 거라고 생각해. 내가 보기에 그는 지금까지 살면서 한 번도 여자를 만져본 적이 없고 '사랑을 나눠' 본 적도 없는 듯해. 그는 그게 더럽고 타락한 것이라고 생각해. 네가 그를 본다면, 정말! 영화를 볼 때 키스하는 장면이 나오면 얼굴이 양귀비꽃처럼 새빨개지고 목구멍에 뭔가 걸린 듯 갑자기 마른기침을 하기 시작해. 그러니까 '유괴범'치고는 그런 문제로 불평할 게 없는 건 사실이야. 그렇다고 쉽지도 않지.

'사랑을 나누다.' 무슨 뜻인지 나도 물론 알아. 여기 오기 전부터 이미 알고 있었어. 어렴풋이, 대충. 지금은 좀더 잘 알아. 백과사전에 남녀의 신체와 생식기관을 보여주는 그림이 있거든(다행히도 R가 내게 백과사전을 주기 전에 뒤적여보지 않은 것 같아!). 어쨌든 '사랑을 나누다', 이 말은 반복하면 할수록 더 이상하게 느껴져.

스타니슬라스 선생님이 아직도 알리스와 사귀는지 궁금해. 물론 아니겠지. 아마 오래전에 끝났을 거야. 손톱에 매니큐어를 칠하는 또다른 바보 같은 여자를 만났을지, 그렇다면 지금 그녀와 밸런타인데이를 즐기고 있을지 궁금해. 그가 변했을까, 혹시 결혼했을까 생각해봤어(정말 끔찍해! 생각해봐!). 아직도 할아버지 이웃집에 사는지, 새파란 스쿠터를 타고 바닷가를 달리는지 궁금해. 바다가 사무치게 그리워! 머릿속 모든 게 점점 흐릿해지고 있어. 아빠, 엄마, 아멜리 이모, 사뮈엘 삼촌…… 그리고 그 사람, 스타니슬라스 선생님도. 그들의 얼굴이 점점 흐릿해지다가 어느 날 더이상 기억나지 않고, 집도 바닷가도 아무것도 기억하지 못하게 되는 건 아닌지 겁나. 또 사브리나가 어떻게 지내는지도 궁금해. 여전히 좋은 점수를 받는지, 수학 실력은 좋아졌는지(그애 역시 나만큼이나 숫자하고 안 친했거든!), 여전히 '빈대 살라냐'를 사랑하는지, 아니면 다른 사람과 사귀는지 궁금해. 또 그애도 자기 몸을 만지는지 궁금해. 아니면 내가 특별히 변태라는 R의 말이 옳은지. 그애 머리가 지금도 여전히 길고 기막힌 금빛인지, 위층에서 투신해서 그애 집 테라스로 떨어져 몸이 뒤틀린 채 죽은 아저씨를 아직도 생각하는지 궁금해. 그리고 할아버지도 무척 걱정돼. 무니 할머니가 너무 갑자기 돌아가셨으니까. 나이 많은 사람들에게는 무슨 일이 일어날지 아무도 모르거든. 할아버지도 어쩌면 태양계 속으로 증발해 버렸을지도 모른다고 생각하니 기분이 운동화 밑바닥으로 곤두박질쳐……

말하자면 그래. 보다시피 내 상태가 안 좋아.

완전히 '조울증 환자'가 되어가는 중이야, 이건 좋지 않은 신호인데.

게타리
11월 9일
6도, 맑은 날씨, 높은 파고

사랑하는 딸에게

대재앙.
너라면 이렇게 말했을 거야.

오늘 아침, 네 옷장을 청소했단다. 삼 년 반 전부터 매달 해오는 일이지.
좀이 옷장을 완전히 습격했어.
우리가 갔던 도시마다 구제 숍을 함께 돌아다니며 사 모았던 스웨터들에 구멍이 났어. 박쥐 모양 소매의 앙고라털 솔기에도, 너무 커서 네가 입으면 허우적거리는 것처럼 보이던 알라이아의 진한 파란색 니트 원피스에도. 네가 다음에 '커서라도' 꼭 입고 싶어했는데.

마디, 스웨터의 구멍은 말이지, 내 가슴에 난 구멍이야! 내 기억 속에 난 구멍, 올이 다 풀려가는 우리 인생에 난 구멍이야! 풀려버리는 한 올 한 올! 안다, 알아, 이건 상징이지, 나도 정말 내 아버지와 똑같구나…… 다 낡아빠진 천조각에 불과하지만 나에게는 너의 일부이고, 그래서 벌레들이 내 딸의 남은 것, 내 딸의 남은 전부를 갉아먹은 것만 같구나! 저 몹쓸 것들이 캄캄한 장롱 속에서 교활하게 내 딸을 몰래 먹어치우고 있는 듯 보여. 그것들을 모두 소탕해버리고 싶어—간단하게.

네게 고통을 주며 괴롭히는 것에게 죽음을 내려야지.

안다, 알아. 이렇게 말하면 안 된다는 거. 나는 사회주의자이고 휴머니스트이고 무신론자야. 단 일 초도 내가 한 말을 따라 하지 마라. 불행이 나를, 원치 않는 다른 누군가로 만들고 있는 것 같구나.

알고 보면…… 한낱 벌레일 뿐인데.

건질 수 있는 건 살려냈어. 네가 돌아올 때를 위해 파란색 니트 원피스는 기워두었어. 타원형 돋보기를 대고 올이 풀린 곳을 기웠는데 세밀한 작업이라 그런지 눈이 피곤하네. 살을 깁고 피를 벌충하는 게 그렇게 쉬운 일이 아니구나. 네 옷장을 구석구석 샅샅이 청소했단다. 청소기를 여덟 번 돌리고 락스로 다 소독했어. 구멍난 다른 옷들은 네게 너무 작을 거야. 열네 살하고 칠 개월. 지금쯤 넌 틀림없이 날씬한 소녀겠지! 이 원피스도 이제 잘 맞을 거야.

길에서 널 만나면, 어쩌면 못 알아볼지도 모르겠구나.

수십억의 아이들. 지구에는 아이들이 수십억인데, 하필이면 너여야만 했다니! 왜 너여야 했던 걸까?!

네 여동생은 기관지염을 앓고 있어.

매일 병원에 데려가는데 의사가 진찰할 때 보면 아이가 꼭 부서질 것만 같단다. 어쩜 그렇게 작은지! 울지 않으려 애쓰지만 매번 울고 말아. 하마터면 애먼 의사에게 달려들어 목을 조를 뻔했어. 꼭 아이를 죽일 것 같았거든. 알겠니, 의사가 아이를 꼭 죽일 것만 같았다고. 물론 그가 아이를 치료하고 아프지 않게 해줄 사람이라는 거 잘 안다—하지만. 다행히 내일은 아빠가 휴가야. 그래서 같이 갈 수 있어. 혼자 견뎌내기가 참 어렵구나.

라파엘이 살로메를 대하는 게 이상해. 차가워. 거리를 두지. 거의 안아주지도 않고 손도 대지 않으려고 해. 기저귀를 갈아준 적은 한 번도 없어. 살로메를 보면 어쩔 수 없이 네가, 네가 떠오르나봐. 그래서 설명해주려고 시도도 해봤어. "그건 아이 잘못이 아니야! 여보, 그애 잘못이 아니라고!" 물론 아빠도 잘 알지. 하지만 아이와의 거리는 아무리 노력해도 좁혀지지 않나봐.

이제 가을이다.

가을이 싫어.

지난주에 꽃을 가지고 할아버지 묘에 다녀왔어. 사방에 밤이 떨어져 있어서 초록색 성게 같은 밤송이들이 차바퀴 아래서 바스락 소리를 내며 으깨졌어. 이슬비가 계속 내렸어. 우비를 입혔는데도 아기가 감기에 걸린 것 같아. 묘지는 언제나 다른 곳보다 훨씬 춥단다.

넌 결코 아픈 적이 없었지. 소아병 빼고는. 넌 소아병에 속하는 병은 다 앓았어! 홍역, 유행성 이하선염, 성홍열, 풍진 순서로 말이야. 하지만 이것들 빼고는 전혀 병치레를 하지 않았어. 겨울에도 기침감기 한번 안 걸렸지. 강철같이 강한 내 딸! 네가 여전히 강하고, 정신력이 굳건하기를 바란다! 그리고 너를 내게서 멀어지게 하는 몹쓸 좀이 없어지면 좋겠어!

그래, 그래, 나도 알아.

네가 어디 있든, 무엇을 하든, 나는 네가 한없이 자랑스러워.

내가 널 사랑한다는 걸 결코 잊지 마라.

엄마가

하루 모자란 팔 개월

충동적인 도피 여행을 다녀온 이후, 우리는 일주일 내내 각자 너무 바빠서 만나지 못했다. 그 다음주 화요일에 루이종이 『검은 도쿄』를 가져가려 내 집에 들렀다. 나는 그녀가 어떤 사람인지 도무지 이해되지 않았었는데, 그날 밤에는 완전히 낯선 이를 보는 것 같았다. 됭케르크에서 우리는 연애 기간 중 가장 아름답고, 둘의 마음이 더없이 하나가 되었던 하루를 보낸 터였다. 그래서 그 짧은 모험이 우리 관계의 결정적인 전환을 상징한다는 환상을 갖고 있었다. 사실 결정적인 계기임은 맞지만 긍정적인 방향은 결코 아니었다.

의례적으로 보드카를 권했지만 그녀는 사양했다.

"포도주 한잔 할래? 아니면 차? 커피?"

"그래, 커피."

물이 끓는 동안, 전기가 위험하게 부글부글 소리를 내면서 원룸 전체를 끓이고 있는 기분이었다. 루이종은 급한 일이 있는 듯 보였다. 식탁에 엉덩이 한쪽만 걸치고 앉아 언제든 달아날 태세였다. 러시아 여행을 떠나기 전처럼 '이미 떠난' 상태인지도 몰랐다. 하지만 아니었다. 이날은 달랐다. 무슨 일이 있는 게 분명히 느껴지는데, 그 반대로 말했다. 목소리에서 무기력함 같은 게 묻어났다.

"그냥 피곤해. 아무것도 아냐. 화가를 위해 하루종일 포즈를 취했거든…… 독일 남자야. 전에도 일한 적이 있어."

말하는 방식이 좀 이상했다. "독일 남자야." 정신과의사처럼 담담한 어조는 더빙한 듯 부자연스럽게 들렸다. 마치 업무 보고를 하듯 어떠한 감정의 동요도 없이, 누군가의 죽음을 알리는 것 같았다. 뭔가 잘못됐다. 뭔가 틀어진 게 있는데 정확히 짚어낼 수 없었다. 만취한 다음날의 기억처럼 어렴풋한 불안감이 일었다. 커피를 내와서 함께 마셨다. 아무 말도 하지 않고, 서로 쳐다보지도 않으면서. 나는 음악도 틀지 않은 채 강렬한 조명의 함정에 걸려든 하루살이들처럼 침묵이 타닥타닥 타들어가는 소리를 들었다. 루이종에게 시선을 고정하고 있었지만 그녀의 눈빛이 불투명해서 읽을 수가 없었다. 갑자기 보이지 않는 손이 흉부를 도려내는 듯한 느낌이 들었다. 점점 숨쉬기가 힘들었다. 심장이 몸밖으로 터져나와, 피가 사방으로 튀고, 부엌이 온통 피로 물들지나 않을까 두려웠다. 이건 비유적인 표현이 아니었다. 실제로 아팠다— 공포의 엄습. 나는 벌떡 일어나 의자를 밀쳐내고 욕실로 달려가 자낙스를 삼켰다. 그 무렵 나는 불면증에 시달리고 있었다. 루이종은 이 문제를 조금도 해결해주지 못했다.

욕실에서 나오자 그녀가 식탁에서 일어섰다.

"가야겠어, 스탄."

"자고 가는 거 아냐……?" 대답이 어떨지 분명히 알면서도 나는 물었다.

"내일 일찍 일어나야 해. 할일이 너무 많아. 책 고마워."

그녀는 『검은 도쿄』를 팔로 겨우 감싸안고 문으로 향했다. 책이 그녀보다 더 큰 것 같았다.

"자전거로 가져가기 힘들 것 같은데……"

"전철 타고 왔어."

그녀가 문을 열고, 문간에서 내게 짧은 입맞춤을 했다. 거의 스치듯. 복도 불이 켜졌다. 그녀가 마지막으로 나를 보기 위해 돌아섰을 때, 내가 속삭였다.

"사랑해."

사랑의 선언이 아니었다. 기도였다. 그녀가 러시아로 떠나던 밤, 나는 이것이 마지막이 아닐지 두려웠었다.

그러나 이날 저녁은 그렇게 될 것임을 확신했다.

그뒤의 상황은 정확히 예상했던 대로였다. 나는 알고 있었다. 사실로 인정하기를 거부했지만 알았다. 이미 시작되었던 그 무언가는, 10월 13일 그날 저녁에 명시되어 소인이 찍히고 취소할 수 없는 것이 되었다.

밸런타인데이 밤으로부터 하루가 모자란 팔 개월.

그 다음날, 나는 결코 오지 않을 팔 개월 기념일을 축하하러 불로뉴 숲 장터 축제에 갔다. '뉴뉴 축제'는 나에게 안성맞춤이었다. 나는 구토를 일으키는 놀이기구에 올라탄 채 시속 140킬로미터로 허공을 오르내렸다. 도심 한가운데의 놀이공원은 고함을 지를 권리가 있는 유일한 장소다.

그다음 주, 나는 사범대학원 수업을 빼먹고 모 지방의 중학교에서 실시하는 의무적인 교생 실습은 유령처럼 이행했다. 언제 어디서든, 서른다섯 명의 학생들 앞에서 수업하는 교실에서도 받을 수 있도록 휴대전화를 내내 주머니에 지니고 있었다. 나는 전화를 하고, 문자를 남겼다. 그러나 그녀는 결코 받지 않았다. 메시지를 보내고, 이메일과 편지를 보냈다. 그녀의 집에도 여러 번 찾아갔지만, 절망적이게도 인터폰은 아무 응답도 들려주지 않았다. 침묵의 한 달이 지난 후, 그녀의 휴대전화 번호는 불통이 되었다. 나는 노숙자처럼 그녀의 집 정문 앞에서 꼬박 하룻밤을 보냈다. 그러다 새벽에 누군가 문을 열고 나오는 틈을 타 건물 안으로 들어갔다. 꼭대기 층으로 올라가 문을 두드렸다. 아무 반응이 없었다. 더 세게 문을 두드리며 그녀의 이름을 소리쳐 불렀다. 아무 응답이 없었다. 이어서 목이 터져라 이름을 불렀더니, 마침내 문이 열렸다. 그러나 그녀가 아니었다. 어느 동양인 청년이 하와이풍 트렁크 차림으로 자다 깬 듯 하품하며 나타났다.

"여기 사람 전부 깨워도 소용없어요. 루이종은 떠났어요."

"뭐라고요? 떠나다니, 그게 무슨 말이죠? 언제 돌아오는데요?"

"돌아오지 않아요. 말했잖아요, 떠났다고. 이사 갔어요. 거의 일주일은 된 것 같은데. 이삿짐 상자를 내가 내려다주기도 했는걸요. 그 사람 금발 남자친구랑 같이요. 상자에 죽은 당나귀라도 들었는지 엄청 무겁던데요."

나는 벌어진 입을 다물 수 없었다. 쓰러지지 않으려고 계단 난간을 붙잡았지만 나선 계단이 눈앞에서 최면의 심연처럼 빙글빙글 돌았다.

"이제 다시 들어가서 자도 되죠?"

청년이 문을 닫았다. 계단의 자동 조명이 꺼졌다.

어둠 속 계단에 앉아 다리에 힘이 다시 돌아오기를 기다렸다. 몸통의 털이 모두 가시로 변하는 듯 끔찍한 느낌이었다. 그러고 나서는 죽은 것만 같았다.

사실 몇 주가 지나서야 메일함을 열어볼 마음이 생겼다. 파리의 온 거리가 크리스마스 조명과 산타클로스로 온통 번쩍이고 있을 때였다.

발신자 : louison.g@hotmail.com 12/23 19:41

스타니슬라스에게,

어디서부터 얘기를 시작해야 할지 통 모르겠어.

아마도 현재 상황부터 말해야겠지.

나는 11월 초부터 베를린에 있어. 한스와 함께 떠났어. 한스 프롬, 화가야. 여기로 오자는 그의 제안을 받아들였을 때만 해도 내가 그를 사랑하는지 미처 알지 못했어. 바람피운 건 아냐. 러시아에서도 그런 적은 결코 없어. 네가 의심하는 것 같았지만. 모든 일은 순식간에 결정됐어. 너도 알지, 내가 극단적이란 거. 방을 빼고 책과 옷을 상자에 정리하고 가구는 이베이 중고시장에 팔았어. 한곳에 머물러 있는 성격이 아니니 물건을 쌓아놓고 살지 않아서 처분할 게 별로 없었어.

네게 어떻게 말해야 할지 모르겠더라. 우리가 됭케르크에 갔을 때, 나는 이미 떠날 것을 알고 있었어. 그 여행은 내게 '이별 세미나' 같은 거였어. 네가 여행을 즐겼으면 했어, 알지? 모든 걸 망치고 싶지 않았거든. 그것이 작별을 고하는 내 방식이었어. 잘한 짓인지 아닌지는 모르겠지만, 어쨌든.

내가 처음으로 베를린을 알게 된 것은 삼 년 전이야. 핌스와 함께 왔었어. 그리고 이 도시에 반해버렸어. 한스가 자신과 함께 베를린으로 떠나자고, 아니, 그보다는 이곳으로 돌아오자고 제안했을 때, 나는 받아들였어. 별로 생각하지 않고. 마흔 살 남자의 성숙함을 믿고 따라나선 거야. 지금 우리는 끝내주는 건물 맨 꼭대기 층의 멋진 아파트에서 살고 있어. 아파트가 120제곱미터야! 이 점이 나를 바꿔놓았어. 넓은 공간에 있으니 내가 더 커지고, 강해지고, 자유로워진 느낌이야.

더이상 파리를 좋아하지 않아. 파리를, 프랑스를 한 바퀴 돌았지! 프랑스는 이제 다른 모든 분야처럼 예술에서도 비정형적이고 과감하고 흥미로운 건 뭐든 불도저로 밀어버리려는 듯했어. 그런 면에서 드골이 옳은 말을 했지. "프랑스인들은 얼간이다."

더는 프랑스가 내 나라가 아닌 듯, 더는 거기서 내 자리를 찾을 수 없었어. 베를린에서는 모든 일이 가능해 보여. 베를린 장벽이 붕괴된 이후 모든 게 파괴되었으니 다시 지을 일만 남았지. 프랑스에서는 모든 게 손상된 상태 그대로인데. 오로지 쓰러질 일밖에 없는, 사용하지 않는 건물들을 유지하려고 절망적으로 애쓰고 있지.

그렇다고 내가 팔짱 끼고서 무너질 날만 기다리고 있을 순 없잖아. 그래서 재앙을 피해 도망쳐온 거야!

비겁하다고? 그럴지도 모르지.

너는 나를 몰라. 한 번도 이해한 적이 없어. 스타니슬라스, 너는 날 만들어냈어. 그런데 만들어낸 것은 사라져버려.

숨이 막혔어. 파리가 날 숨막히게 했고, 네 사랑이 숨막혔어. 그 사랑을 받을 준비가 되어 있지 않았어. 모르겠어, 다 혼란스러웠어. 너에게 예고했지만 들으려 하지 않았지. 나는 슬퍼, 그야 당연히 네가 날 미워할 테니까.

두렵긴 했지만 그래도 내 마음이 다시 열렸어. 새로운 삶도 만만치는 않아. 하지만 바람 부는 대로 몸을 내맡기고 있어. 나는 가능성의 바다를 직접 보며 항해하는 중이야. 그리고 여기서 멋진 작업을 하고 있어. '바다 사나이'인 네게 말하자면, 나는 '난파당하지 않기'를 바라. ;-)

내가 왜 자취를 감추었는지, 너도 마땅히 해명을 들을 자격이 있다고 생각했어. 어쩌면 이 해명이 부적절하게 들릴지도 모르겠어. 그런데 나는 그냥 이런 애야. 진작에 말했었지. 내가 일부러 그러는 게 아니라고.

언젠가 표지에 네 이름이 실린 책을 만나게 되길 바랄게.

XXX

L.

PS. 네 책 『트위스트』가 아직 나한테 있더라. 미안해. 깜빡했어. 시간이 되는 대로 우편으로 부쳐줄게.

3월 2일 15시 13분

너도 이제 얼마 남지 않아서 아껴 써야 해. 머지않아 생을 마감할 너를 대신할 새 일기장을 얻는 게 쉬운 일이 아니야. 공책을 미리 사주면 좋겠다고 R에게 말해봤는데 소용없었어. 그는 내가 글을 이렇게 많이 쓰는 걸 골칫거리로 여기는 것 같아. 자신에 대한 지독한 비난을 쓰고 있다고 생각하는 거지. 다 쓴 일기장들을 벽 굽도리널 뒤에 숨긴 건 정말 잘한 일이었어. 내가 그를 잘 알지. 그는 여기 들어오면 너희가 숨어 있을 만한 곳을 눈으로 막 찾아. 하지만 감히 뒤져보지는 못해. 그야 내가 어떻게 반응할지 잘 알기 때문이지. 그러고 보면 나를 어느 정도는 존중해주는 것 같아. 그래도 가끔은 총을 내 머리에 들이대고 강제로 너희를 꺼내놓으라고 협박할까봐 무서워. 이런 돌발 상황을 머릿속으로 상상하기만 해도 손에서 땀이 나고 심장박동이 빨라져. 당장이라도 토할 듯 무언가가 목구멍으로 올라오는 느낌이야. 그런 일이 생기면 너희를 넘겨주느니 차라리 내게 총을 쏘라고 할 테야.

난 생리중이야. 생리하는 건 딱 싫어. 앞으로 삼십 년 동안 매달 치러야 한다니, 생각만 해도 기분이 컨버스화 밑바닥으로 곤두박질쳐. 이게 아기를 낳을 수 있다는 뜻이라는 건 잘 알아. 하지만 여기서 나가지 않는 한, 이 고통을 견디는 게 무슨 소용이 있겠어. 아무튼 생리통 때문에 어제 하루종일 그리고 오늘 반나절을 침대에 누워 있었어. 오늘 아침 R가 일하러 가기 전에 찜질 팩을 가져다주었어. 배를 뜨겁게 해주는 빨간 고무 주머니인데, 그걸 대고 있으니까 한결 나은 것 같아. 골이 나 있던 그의 기분이 마침내 풀렸어. 이번 토요일(오늘은 화요일인데)에 날이 좋으면 바깥바람을 쐬게 해준다고 약속했어. 그리고 정원에서 '봄맞이 대청소'를 해야 할 것 같다고 했어. 그렇지, 너도 3월 6일 그날, 내가 뭘 할지 감 잡았구나……! 앞으로 얼마나 더 버틸 수 있을지 모르겠어.

일요일에 모나가 가져온 요리(올리브를 넣은 약간 짭짤한 케이크인데 맛이 괜찮아)를 먹을 때 그에게 라클레트 기구가 있느냐고 물었거든. 대답은 당연히 없다였지(그렇지, 만에 하나라도 있을 리가 없지). 그래서 내가 하나 사자고 했어. 물론 그는 그럴 마음이 조금도 없는 듯한 얼굴이었지. 아마 세일 기간이 지나서인가. 아무튼 그가 뭐라고 했는지 알아?

"다음 겨울이 되면 그때 가서 보자!"

생각해봐! 다음 겨울이라니!

만일 이 동굴 속에 일 년이나 더 있게 된다면 그의 손에서 총을 빼앗아 내 머리통을 쏴버리고 말 거야.

3월 7일 18시 42분

오늘은 네게 보고할 게 하나도 없어.

하루종일 비가 내렸고, '눈꽃 속의 춤'도 추지 않았어. 내가 굉장히 울적해 보였던지, R가 내 기분을 풀어주려고 DVD를 빌려왔어. 제목은 '가타카'. 공상과학영화를 부탁했거든.

영화에서는 사람의 흔적만 가지고 그 사람을 찾을 수 있어. 예를 들어 머리만 긁적여도 자신의 DNA를 남기게 돼. 배경은 미래야. 이 세계에서는 아이가 태어나자마자 성공적인 커리어를 쌓을 만한 유전자를 가졌는지, 아니면 형편없는 무능력자이니 청소나 하는 게 좋을지 검사해(물론 말도 안 되지. 왜냐하면 '뭐든 원하면 할 수 있는' 거잖아. 염색체만 가지고 천재인지 쓸모 없는 인간인지 결정할 권리는 누구에게도 없어. 우리 할아버지가 이 세계에 태어났다면 도로 청소부가 되었을 거야!). 간단히 줄거리를 얘기해보면, 열등생 반의 소년이 다른 우등생 반 아이의 신분을 빌려 일을 벌이는 영화야. 제롬은 휠체어를 타는 천재 아이이고, 열등한 유전자를 가진 빈센트는 우주여행이 꿈이야. 두 소년은 모두를 골탕 먹이기 위해 기막힌 속임수를 써. 천재 소년 제롬이 오줌과 피, 머리카락을 냉장고에 보관해두고, 빈센트는 제롬의 DNA가 든 그 증거물을 가는 곳마다 뿌리고 다니는 거야. 그 난장판을 상상해봐! 사실 매우 끔찍한 세계지. 다만 부러운 점은, 내가 가타카 세계에 있었다면 이미 오래전에 사람들이 날 찾아냈으리라는 거야. 움직일 때마다 생기는 비늘같이 사소한 흔적을 R가 분명 어딘가에 남겼을 테니까 (그리고 나 역시 기다란 머리카락을 어딘가에 흘렸을 테지). 뭐, 그렇다고. 좋은 영화였지만 내 임무를 진척시키는 데 도움이 될 만한 정보는 별로 없었어. 내 말이 무슨 뜻인지 알지.

그래도 어쨌든 생리는 끝났어.

3월 13일 18시 11분

까만 볼보에 물을 뿌려 세차했어—다시 한번 더!—그런데 아무것도 시도할 수 없었어. 즉 R의 시야에서 일 초도 벗어나질 못했지.

기권을 선언하는 건 아냐. 어느 정도 시간이 필요하다는 거지. 시간이야 남아돌 만큼 많으니까.

3월 22일 13시 55분

새 일기장을 얻기 위해 그를 또 들볶았어. 미리 서둘렀지. 네가 곧 끝날 거라는 사실에 너무 불안해. 네 안에 글을 쓰면서 손과 뇌를 사용하는 동안은 벽을 두드려대거나 더이상 서 있을 수 없을 때까지 빙빙 도는 짓을 안 하게 되거든.

(요즘 이 행동들이 다시 격해지고 있어. 이 얘기는 별로 하고 싶지 않아. 자기 오물 속에서 뒹구는 돼지처럼 불행 속에서 뒹굴고 싶지 않거든. 내 말이 무슨 뜻인지 알 거야. 순응해봤자 내게 도움

이 되지 않을 거야.)

미심쩍어서 하는 말인데, 그의 인색함과 고집불통 돌대가리를 고려할 때 되도록 너에게 쓸데없는 얘기를 너무 많이 하지 않으려고 해. 책꽂이에서 『죄와 벌』을 빼왔어. 보기 흉한 책꽂이의 책을 거의 모두 읽었어. 다음은 『오블라』인데, 이 집의 마지막 책이라 R를 살살 구슬려 협상을 해야 할 것 같아. 하지만 아주 두꺼운 책이니 일단 손에 들어오면 한동안 읽을거리가 될 거야.

일이 어떻게 될지, 새로운 정보가 생기자마자 말해줄게.

5월 8일 16시 14분

집중, 놀라지 말고 잘 들어.

a) 이 집에 위험한 함정 따윈 없어.

b) 집 앞의 철책은 자물쇠로 잠겨 있고 끔찍한 가시가 삐죽삐죽 무성하게 솟아 있지만, 못 넘을 만한 정도는 아냐. 감전 장치 따위 역시 없어.

c) 집 앞과 양옆, 사방에 집이 있어. 다만 R의 집이 비교적 큰 나무와 덤불로 빽빽이 둘러싸여 있어서 밖에서는 잘 보이지 않는 것뿐이야. 나는 더더욱 안 보이고. 내 키가 160센티미터밖에 안 되니까. 다리가 짧다는 얘기야.

d) 경보기는 실제로 있더라. 감시 카메라도 있고. R가 그것을 작동시키는 건 1) 밤, 2) 집을 비울 때, 3) 나와 함께 위층으로 올라가

자마자야. 설사 내가 지하실 문을 연다 해도 경보기가 작동하겠지. 그러니 밤에 나가는 건 불가능에 가까워. 문밖으로 세 걸음도 떼기 전에 R가 날 붙잡을 테니까. 그럼 그가 일하러 가는 낮시간에는 어떨까……? 이런 걸 가리켜 '러시안룰렛'이라고 하지. 어쩌면 모든 시스템이 보안 장치 회사나 경찰과 연결되어 있어서(우리집은 그렇게 되어 있어) 사람들이 구하러 오게 될지도 모르지만, R가 전기 기술자임을 고려할 때 이 집의 거지 같은 장치가 휴대전화와 연결되어 있어서 채 일 분도 안 되어 그가 커다란 총을 들고 나타나 나를 겨눌지도 몰라.

e) 네게 알려줄 몇 가지 사실이 있어. 모두 믿기지 않는 거야.

f) 언제까지 계속될지 모르겠지만, 외출을 금지당했어. 한동안 문밖으로 못 나갈 거야.

그러니까 우리는 정원을 손질하는 중이었어.

문제는 R가 총을 가지고 있었다는 거야. 아마도 내가 열네 살 생일 저녁에 일으킨 소동 때문인 것 같아. 그후로 그는 다시 나를 못 믿기 시작했어. 그날 샴페인을 너무 많이 마셨다가 이상한 행동을 했거든. 그가 수집한 미니 자동차들을 손등으로 단번에 쓸어 날려버리고, 미친 아이처럼 발로 짓밟으며 부쉈어. 그가 곧 울음을 터뜨릴 것 같은 얼굴이길래 너무 불쌍해서 그만뒀어. 최근 들어 계속 못된 말을 하긴 했어도(뭐, 사실 못된 말이 아니라 진실을 얘기한 것뿐이야) 매우 얌전하게 굴었기 때문에 그토록 폭력적인 행동을 보고 깜짝 놀랐던 것 같아. 어찌되었든 그는 오늘 총을 들고 있었어. 나중에는 손에 들지 않고 벽에 기대두었지만, 어쨌든.

너도 이 얘기를 들으면, 내가 왜 생일에 저지른 발작적인 행동을 살점이 떨어져나갈 때까지 주먹을 물어뜯고 싶을 정도로 후회하는지 단박에 이해할 거야. 물론 무슨 일이 일어날지 나도 예측하지 못했지만, 그래도 죽고 싶을 정도로 스스로가 원망스러워, 정말이야! 스스로에게 벌을 주기 위해 또다시 벽을 두들겨댔어. 그래서 이렇게 네 안에 글을 쓰고 있는 지금도 몹시 쓰리고 아파.

나는 정원에 쪼그리고 앉아 잡초를 뽑고 있었고, R는 여기저기 흩어져 있는 자갈을 쇠스랑으로 꼼꼼하게 긁어모으고 있었어. 한적한 정원 귀퉁이를 쓰레기 매립지로 만들 작정인 것처럼 말이야. 그가 나를 등지고 있었지만 어떻게 도망쳐야 할지 몰랐어. 화장실에 가겠다고 하자, 그는 두말할 것 없이 나를 따라오려 했지. 그다음으로는 아픈 척하거나 정말로 다친 척해보기로 했어. 전지가위 따위를 잘못 써서 어딜 다친 것처럼 말이야. 그가 상처를 치료할 도구를 찾으러 간 사이 혼자 남아 있게 될 상황을 기대하면서. 하지만 계획치고는 제대로 실현될 가능성이 희박함을 인정해야 했지. 어떻게 해야 할지 머리통이 터지도록 생각하고, 생각하고, 또 생각했어. 그러던 차에 갑자기 대문 초인종이 울렸어.

지금껏 이런 적은 전혀 없었어. R가 나를 밖으로 나가게 해주는 건 아무도 찾아올 사람이 없고 전화 한 통 걸려올 일도 없음을 아주 잘 알기 때문이거든. 토요일 오후 세시였어. 대문 초인종이 울릴 이유가 전혀 없었지. R에게는 지구상에 친구가 단 한 명도 없으니까. 그는 완전히 굳어 동상처럼 서 있었어. 쇠스랑질을 멈추고 손잡이를 허공에 세운 채, 잔뜩 겁먹은 눈으로 나를 바라보며 손가락을 입에 갖다댔어. 우리는 그렇게 그대로 있었어. 거기 없는 척하면서. 그런데 반대편에서 어느 부인의 목소리가 들려왔어.

"레미! 레미! 마리에트 아줌마야! 레미, 내 말 들리니?!"

한순간 살려달라고 소리쳐볼까 생각해봤어. 하지만 R가 총을 바라보았고, 이어서 나를, 그리고 다시 총을 바라보았어. 그래서 감히 아무것도 해볼 수 없었어. 진짜 이름이 불렸을 때의 표정이라니! 완전히 겁에 질린 게 훤히 보였다니까. 우리가 계속 없는 척하는데도 마리에트라는 부인은 끈기가 대단했어.

"레미! 거기 있는 거 다 안다! 돌아오는 거 다 봤어! 그러니까 빨리 문 열어! 너한테 줄 음식을 가지고 왔어, 레미!!!"

R가 벽으로 가서 총을 집어들고 내게 겨누었어. 나는 너무 겁먹은 나머지 반사적으로 작게 소리를 질렀어.

"레미? 무슨 일 있는 거냐? 아프니? 의사를 불러올까?"

"괜찮아요! 나가요, 기다리세요!" R가 마침내 대문 쪽을 향해 소리질렀어.

그러더니 이를 악물고 아주 작은 소리로 "빌어먹을, 노망난 할망구 같으니라고"라고 침을 뱉듯 덧붙여 말했어.

그가 욕하는 건 처음 들었어. 그래서 또 놀랐지! 그는 나를 위협하는 손짓을 한 뒤, 총을 쥐고 집을 돌아 대문으로 이어지는 길로 갔어. 한순간 그가 부인에게 총을 쏘지는 않을지 몹시 불안했어. 그래서 돌 밟는 소리를 내지 않으려고 조심하면서 살그머니 따라갔어. R가 총을 구석에 세워두었어. 나는 벽 귀퉁이에 몸을 숨겼어.

그리고 처음으로 집 앞쪽을 보게 되었어. 정원으로 드나드는 문은 뒤편에 있는데, 내가 거실에 올라갈 때는 유리창에 늘 커튼을 쳐두어서 밖이 보이지 않았거든.

R가 문을 열었고, 할머니가 나타났어. 하얀 휘핑크림을 얹은 듯한 머리에 분홍색 꽃무늬 원피스를 입은 아주 말쑥한 할머니로, 마치 크림을 뿌린 양배추 같았어. 손에는 포일로 싼 접시를 들고 있었지.

"아니, 얘야, 대체 무얼 하고 있었던 거야? 내 나이에 고래고래 목이 터져라 소리를 질러야겠니?" 할머니는 상냥하지만 신경이 약간 곤두선 목소리로 말했어.

"죄송합니다, 화장실에 있었어요."

"이런!"

마리에트 할머니는 터지는 웃음을 막기라도 하듯 입에 손을 댔지만 R는 그 상황이 조금도 우습지 않은 것 같았어. 정말로 '화장실'이 급한 듯 발을 동동거렸어.

"오늘이 아니에요, 마리에트 아주머니. 오늘은 일요일이 아니라니까요……" 그의 목소리는 할머니가 이렇게 찾아온 걸 전혀 이해할 수 없다는 투였어.

"하지만 너도 잘 알잖니! 내일이 바로 조조의 세례식 날이라는 거. 네가 지난주 일요일에 다시 말해줬잖아! 너에게 음식을 안 해주자니 마음에 걸려서 말이야. 하늘에 있는 네 어머니가 어떻게 생각하겠니? 아들이 일주일 내내 영양가 있는 집밥을 한 번도 못 먹은 걸 알면 얼마나 속상해하겠어?"

"참 친절하시군요, 마리에트 아주머니. 이렇게 폐를 끼치면 안 되는데." R가 이렇게 말하며 손을 내밀었다.

"도피네식 그라탱이야. 네가 좋아하는 대로 노르스름하게 잘 구웠어."

"고맙습니다."

R가 그라탱 접시를 받아들고 대문을 다시 닫으려 했지만 마리에트 할머니의 손이 열린 문 사이로 끼어들며 막았어.

"잠깐, 잠깐! 그런데 너 무슨 일 있니?! 오늘은 너희 집에 있는 내 접시 두 개를 무슨 일이 있어도 찾아가야겠다. 내일 먹을 케이크를 만들어야 하는데 그릇이 부족하거든."

R가 내 쪽으로 돌아섰을 때는 재빨리 뒤로 물러서서 나를 보지 못했어. 그는 양귀비꽃처럼 얼굴이 빨개지고 땀을 엄청나게 흘리고 있었어. 전혀 더운 날씨가 아닌데 말이야. 마리에트 할머니는 그가 돌아선 틈을 타 정원에 발을 들였어. 그리고 어린 소녀처럼 발돋움을 해서 R의 이마에 손을 갖다댔어.

"아니, 열이 있잖아?!"

R가 황급히 휙 몸을 돌리고 고개를 저으며 말했어.

"아니에요, 괜찮아요, 괜찮아, 괜찮아. 있잖아요, 마리에트 아주머니, 빈 접시는 제가 곧 가져다드릴게요, 아셨죠?"

"얘야, 무슨 안 좋은 일 있니? 방금 말했잖아, 그 접시가 필요하다고! 내일 새벽에 출발할 건데, 케이크를 다 만들려면 시간이 꽤 걸려서 말이다. 내일 새벽에 출발할 거야. 무슨 급한 일이라도 있는 거야?!"

할머니는 점점 더 의심스러운 표정이 되었고, R의 셔츠는 점점 더 땀에 젖었어. 그는 흘끔흘끔 뒤를 돌아다보며, 내가 어디 있는지, 혹시라도 내 모습이 보이지는 않는지 살폈어. 할머니는 집 쪽을 바라보며 마치 눈에 고무줄이라도 달린 듯 시선을 떼지 못했어.

"무슨 일이니, 레미? 너 혼자 있는 게 아냐?"

나는 벽에 세워둔 총을 잡았어. 몸이 전혀 보이지 않게 숨은 상태로. 그 총으로 뭘 할지 잘 몰랐지만 당장이라도 좋은 생각이 떠오를 것 같았어.

"알았어요, 접시를 찾아올게요!" 그가 화가 난 듯 말했어.

그가 멈칫거리다 다시 내가 있는 쪽을 돌아보았어. 그리고 또다시 멈칫거리다가 결국에는 좀더 부드러운 목소리로 말했어.

"저랑 같이 들어가시죠."

한순간 나는 희망을 품었지만, 그가 뒷문을 열쇠로 다시 잠갔어. 친절하고 착한 남자처럼 할머니의 팔을 잡아 부축하며 같이 집안으로 향했어. 할머니를 밖에 혼자 두면 아무래도 내가 튀어나와 도움을 청할 것 같았나봐. 그러나 자기와 같이 있으면 내가 아무것도 시도하지 못할 거라고 계산한 거지. 그리고 할머니를 인질로 쓸 수도 있고. 총을 가지고 있는 쪽은 나지만 마리에트 할머니는 너무 늙어서 그는 무엇으로도, 박살난 미니 자동차 하나만으로도 할머니를 죽일 수 있을 거야. (이렇게 이따금 그의 입장에 서보게 돼. 이게 나도 그처럼 미쳐가고 있다는 뜻은 아닌지 두려울 때가 있어…… 아니면 프로파일러가 되어 FBI에서 일해야겠어. 참 멋지겠지! 그냥 그렇다고.) 그래서 문제될 만한 행동은 전혀 하지 않았어.

그가 할머니한테 나쁜 짓을 할까봐 너무 겁이 났거든. 나는 '만약을 대비해서' 총을 들고 있었어. 어깨에서 허리로 비스듬히 둘러메고 문으로 뛰어갔어. 지뢰가 터져 죽는 일은 일어나지 않았어. 아무래도 리모컨으로 원격조종하는 지뢰는 아닌 것 같아. 담쟁이덩굴 안쪽까지 사방을 샅샅이 살펴봤지만, 활이나 화살이 딸린 시스템도, 그 비슷한 것도 전혀 보이지 않았어. 그렇다고 내가 겁먹었다는 말은 아니야! 다음으로 철책에 손가락 끝을 살짝 대봤어. 전기가 끊임없이 흐르고 있다고 R가 늘 말했는데, 아무 일도 없었어. 문에 올라가 길을 살폈어. 사방에 새 집들이 있는 말끔한 골목길인데, 불행하게도 길에 아무도 없었어. 앞집 정원에는 바퀴 세 개 달린 푸른색 철제 수레가 있었어. 어떻게 설명해야 할지 모르겠지만, 이 모든 것을 보자 한마디로 기분이 바닥으로 곤두박질쳤지. 이어서 마리에트 할머니의 목소리가 들렸어. 나는 재빨리 아래로 내려와 집 귀퉁이로 돌아가 몸을 숨겼어.

그러다 R에게 내 모습을 들킨 것 말고 다른 문제는 없었어.

할머니는 등을 돌리고 있어서 나를 보지 못했어. 나는 반사적으로 총을 힘주어 끌어안았어. 그가 마리에트 할머니를 배웅했는데(밖으로 내몰았다고 말하는 게 더 맞겠다) 할머니는 그라탱 그릇을 든 채 여전히 뭔가 석연치 않은 듯 살피는 눈치였어. R가 할머니를 내보내고 문을 다시 닫은 후 내가 있는 곳으로 뛰어왔어.

나는 몸을 일으켜 세우고 총부리를 그에게 겨누었어.

총은 믿을 수 없을 정도로 무거운데다, 정작 어떻게 사용하는지도 몰랐어. 알았다고 해도 그에게 총을 쏘지는 못했을 거야. 내가 그럴 수 있었다면 진작 아주 오래전에 갈퀴나 접시, 전지가위로 그를 공격했겠지. 이런 내가 원망스럽지만, 그를 아프게 할 수는 없어. 어쨌든 신체적으로는 아니야.

R는 내게서 총을 빼앗고, 손으로 입을 틀어막은 채 집안으로 끌고 들어가 지하실로 향했어. 추가요금 없는 편도로.

19시 29분

방금 잘난 토론이라는 걸 했어.

R가 노크를 하고 내가 "들어오세요" 하니까 철제 빗장이 미끄러지는 소리를 내며 움직였어. 그는 총을 가지고 들어왔어. 손에서 결코 총을 놓을 줄 모르는 그가 뒤편의 침대 위에 그것을 내려뒀어. 나는 파란색 양탄자에 주저앉아 『죄와 벌』을 읽고 있는 척했어(사실 이미 오래전에 다 읽었지만).

그가 아무 말도 하지 않길래 계속 책을 읽는 척했어. 내 눈은 한 문장에 고정되어 있었지.

"아, 너무도 괴롭구나! 소냐는 고통스럽게 비명을 질렀다."

"그래, 이제는 무얼 해야 할까요, 말해봐요! 그가 갑자기 고개를 쳐들고 그녀를 보았다. 그의 얼굴은 절망으로 일그러져 있었다."

이번에는 내가 절망으로 일그러진 얼굴을 불쑥 쳐들고 그를 쳐다보았어.

"지금까지 아저씨가 말한 것 중에 단 하나라도 진실인 게 있나요, 레-미 아저씨?"

그는 눈살만 찌푸리고 대답하지 않았어. 나는 다시 도스토옙스키 책에 코를 박고는 이어지는 문장들을 목청껏 읽었어.

"일어나! 지금 당장 사람들이 모인 광장으로 가, 가서 먼저 네가 더럽힌 땅에 절을 하고 입을 맞춰. 그리고 이 땅 위, 어디서든 만나는 모든 사람에게 인사하고 아주 큰 소리로 말해. 나는 사람을 죽였습니다! 그러면 신이 너에게 다시 생명을 돌려줄 거야. 그렇게 할 거지?"

나는 고개를 들어 그를 쳐다보며 다시 말했어.

"그렇게 할 거지?"

그가 두 손으로 머리를 감쌌어. 손가락이 절벽 같은 이마 위의 부스스한 갈색 머리를 쓰다듬었어. 그때 머리카락 사이 그의 새끼 손가락에서 반지의 M자가 태양처럼 찬란하게 빛났어. 그가 무슨 말을 했는데 너무 우물거려서 조금도 알아들을 수 없었어.

"뭐라고요?!"

"나는 사람을 죽이진 않았어! 아무도 죽이지 않았다고!" 그가 고개를 들고 더 크게 말했어. 그리고 조용히 덧붙였어.

"약간의 거짓말을 했을 뿐이야."

"약간의 거짓말이라고요?! 그렇다면 내가 그 '약간의 거짓말'이 뭔지 말해주죠! 아저씨 이름은 라파엘이 아니고, 철책에 설치되어 있다는 감전 장치도 없고, 이 너절한 집에는 폭탄 역시 하나도 없다는 거예요. 그리고 사방에는 셀 수 없이 많은 이웃집이 있고, 또 아저씨의 어머니는 이미 죽었다는 거죠!"

"어머니에 대해 말하지 마!"

"좋아요, 내가 좀 참아보도록 하죠!"

나는 참을 수 없이 화가 치밀어서 자리에서 벌떡 일어났어. 극도로 흥분한 상태라서 그가 겁을 먹을 정도였지. 총구를 내게 겨눌 정도로. 아무리 그래도 나를 죽이지 않으리라는 걸 알아. 그렇지 않다면 아마 조금 전 같은 상황에서 위험한 일이 생기기 전에 나를 죽여버렸을 거야. 내가 마리에트 할머니한테 도와달라고 달려들 수도 있었으니까.

"그러니까 저 할머니예요? 일요일마다 아저씨한테 맛있는 음식을 가져다주는 사람이?"

그는 대답하지 않았어. 그래서 더 화가 났어. 나는 엄청난 잘못을 저질러놓고 끝까지 솔직하게 털어놓지 않으려는 아들과 승강이 하는 엄마처럼 그의 어깨를 마구 흔들어댔어.

"레미 아저씨! 대답 좀 해보실래요?! 여보세요오오오……! 자, 그럼 이제 어떻게 할까요, 말해보세요! 아저씨의 엄마, 모나는 어디로 갔나요?"

"사실이야, 어머니는 돌아가셨다. 사실이야……"

그의 얼굴이 다섯 살 반 정도 된 아이처럼 보였어. 정말 기가 팍 죽은 것 같았어.

"언제요?" 나는 권위적인 목소리로 물었어.

"네가 여기 오기 전이야."

"그게 언젠데요?!"

"그러니까 네가 여기 오기 전해 10월에……"

"돌아가신 지 거의 사 년이 되었는데, 계속해서 엄마가 살아 있는 것처럼 굴다뇨?! 대체 왜 그런 거예요……?"

"어머니가 살아 계신 것처럼 군 적 없다…… 그냥 네게만 그런 거야. 왜인지는 모르겠지만, 나한테 엄마가 있다고 하면 네가 안심할 거라는 생각이 들었어."

"어머니가 돌아가시기 전까지는 여기서 함께 살았겠네요, 당연히. 그런데 어머니한테 무슨 사고가 났었나요?" 내가 물었어.

"아니, 아무 일도 없었어. 그러니까, 특별한 사고는 없었다고. 뇌 속에 혈전이 있었나봐. 어느 날 갑자기 쓰러지셨고 그대로 돌아가셨어."

"아저씨가 떠밀었죠?"

"아니, 결단코 아냐! 지금 무슨 얘길 꾸며내려고 그러니?"

"음, 그야 나도 모르죠. 끊임없이 다 죽여버리겠다고 협박하며 총을 들이대는 게 아저씨잖아요! 그러니 정말로 라스콜니코프 같은 사람인지 아닌지 알 게 뭐예요?! 내가 아저씨를 좀 알잖아요?!"

당연히 그는 무슨 말인지 이해하지 못했지. 평생 읽은 책이라고는 『오토모토』 잡지 말고는 없을 테니까. 그가 멍청하게 자신의 발을, 흉측하고 커다란 구두를 내려다보았어. 그러다 벌떡 일어나더니 나를 거칠게 벽 쪽으로 밀어붙였어.

"난 아무도 안 죽였어, 젠장! 아무도 안 죽였다고, 알겠니?! 아무도 안 죽였어, 아무도, 아무도!"

그가 버럭버럭 소리를 질러댔어. 그제껏 전혀 본 적이 없는 모습이었어. 하지만 나는 침착했어.

"그래서, 어머니가 없어서 심심했나요? 어머니를 누군가로 대체하고 싶었어요? 내가 아저씨 어머니를 대신할 만하던가요? 끼고 있는 반지, 그거 어머니 거죠?! M은 '마디손Madison'이 아니라 '모나Mona'라는 뜻이잖아요!"

"이젠 아무 말이나 막 지껄이는구나! 아무 말이나, 나하고 아무 상관 없는 말을!" 그는 이렇게 말했지만 목소리는 반대를 의미하고 있었어.

나는 더이상 아무 말도 할 수 없었어. 그가 내 따귀를 한 대 갈기고 나가버렸거든. 바로 십 분 전만 해도 마리에트 할머니가 가져다 준 도피네 그라탱 한 조각을 따뜻하게 데워서 들고 내려왔는데 말이야. 알고 보면 완전히 인정머리없는 사람이라고 할 수도 없는데. 하지만 내가 밖으로 코빼기를 내밀 날은, 언제가 될지 몰라도, 이제 더 멀어졌어. 그리고 내가 알게 된 이 모든 사실을 적느라 너도 이제 두 쪽가량밖에 안 남았어.

지난 생일에 난리를 치지 않았다면 그가 총을 들고 다니지 않았을 거야. 그리고 그가 총을 들고 다니지 않았다면, 마리에트 할머니가 대문 밖 인도로 안전하게 나갔을 때 살려달라고 도움을 청할 수 있었을 거고, 그랬다면 이 넌더리 나는 일이 끝장났을 거야. 그랬다면 지금 경찰서 어디선가 사탕이랑 초콜릿, 오랑지나 등을 먹으며 따뜻하게 있을 텐데. 엄마와 아빠는 나를 찾으러 차를 타고 올 테고, 경찰은 R를 체포했을 거야(그를 다치게 하지 않고). 그리고 미치광이를 전문으로 치료하는 의사들이 그를 떠맡을 거고, 마침내 너무 익어버린 그의 수박통 속에 무슨 문제가 있는지 알 수 있었을 텐데.

내가 생일에 그렇게 날뛰지 않고, 그래서 그가 총을 들지 않았다면 말이야.

5월 17일 12시 12분

즐거울 일이 없어. 밖에 코빼기도 내밀지 못할 뿐만 아니라 위층으로 올라가는 일도 없어. 이제 문밖으로 나가는 일이 전혀 없어.

새 일기장은 아직도 얻지 못했어. 놀랍지. 읽을 새책도 없어. 상황이 이래서 『오를라』를 다시 가져오지도 못했어.

그래서 『사형수 최후의 날』만 읽고 또 읽고 있어.

5월 24일 1시 44분

아무 일도 없어. 이제 더이상 못 견디겠어. 난 어쩌면 너무 작아진 잠옷처럼 찢어지고 있는지도 몰라.

시간이 멈췄어.

아무 일도 없어, 아무 일도, 아무 일도, 아무 일도, 아무 일도 없어.

R가 너무 겁을 먹은 나머지 모든 게 처음으로 돌아갔어. 까만 볼보의 날 직후, 초창기처럼. 나는 다시 격리되었고, 언제 끝날지 모르겠어. 이젠 글을 쓰고 싶은 마음도 없어. 어쨌든 너는 거의 끝나가고 할말이 하나도 없어. 할말이 없는데 쓰는 건 쓸데없는 짓이야. 장황한 말로 빈칸을 메우는 짓이지. 피에게 선생님 말씀이, 칸을 채우려는 목적의 장황한 글이야말로 이 세상에서 가장 형편없는 거래.

내가 여기 갇혀 있은 지도 얼마 있으면 삼 년이야. 그동안 내게 무슨 변화가 있었는지 궁금하다고? 아무 변화도 없었어, 아무것도.

6월 14일

죽지 않기 위해 너의 마지막 쪽을 무참히 죽이는 중이야.

삼 주년 '기념일'에 R가 복수했어. 사소한 게 아냐.

기억하지? 지난겨울 내가 눈사람을 만들었다고 했잖아. 그날 R가 사진을 찍었어. 그 사진을 준다고 해놓고 지금까지 약속을 안 지키고 있었어(하긴 마리에트 할머니 사건 이후 우리 사이가 아주 안 좋았으니까).

오늘 아침에 그가 봉투를 내밀었어.

열어보니 먼저 스탠리 경의 사진이 보였어. 아주 잘 나온 거였지.

그리고 또다른 사진이 있었어.

엄마의 사진.

사진 속 엄마는 배가 엄청 불러 있었어.

내가 쳐다보자 R가 말했어.

"내가 돌아가신 어머니를 다른 사람으로 대체한 것처럼, 너희 엄마도 없어진 너를 다른 사람으로 대체한 거야."

그리고 그는 나갔어.

사진 오른쪽 아래에 '06. 11.'이라고 표기되어 있었어. 그 붉은색 날짜는 자동으로 찍힌 거였어. 즉 사흘 전이지.

당연히 기뻐해야 하는데.

실은 죽어버리고 싶다는 것만 빼면.

3부

게타리
4월 14일
19도, 잔잔한 파도

사랑하는 딸,
내 큰딸에게

열다섯 살!

그날, 네가 열다섯 살이 될 때까지 네게 무슨 일이 벌어졌는지 소식을 전혀 모르고, 다시 볼 수도 없으리라는 걸 알았더라면, 아마 나는 가지고 있던 수면제를 한입에 털어넣고 지금쯤 지하에 잠들어 있겠지.

물론 이제는 그런 짓을 할 수 없어. 살로메에게 내가 있어야 하고, 라파엘, 네 아빠에게도 내가 있어야 해. 나는 죽고 싶지 않아. 다만 알고 싶어. 모른다는 게 견딜 수 없이 괴롭단다. 마디, 그래서 우리 모두 절망하게 돼. 지금 하려는 말이 끔찍하게 들리겠지만 그래도 말해보자면, 이따금 네 시신이라도 찾았으면 하는 마음이 들어.

물론 내가 진짜 하려는 말은 이게 아니야. 너는 아주 재능 있고 영리한 딸이었어. 나이에 비해 생각이 얼마나 깊었는지 몰라! 이제 똑똑한 아가씨가 되었을 게 틀림없어. 내 마음을 스치는 모순된 감정을 이해해줄 거라고 믿어.

마디, 기다림은 정말 끔찍한 거야. 이따금 너를 애도할 장소가 어딘지만 알아도 좋겠다는 생각을 해.

보다 즐거운 소식을 전해볼게. 이건 꼭 얘기해야 할 것 같아.

믿거나 말거나, 아멜리 이모에게 약혼자가 생겼어!

바댕과 헤어진 이후 모든 게 끝난 듯 보였는데, 서른다섯 살이 되기 전날 마침내 위대한 사랑을 찾았단다! 시간이 오래 걸려도 상대가 좋은 사람이라면—네 아빠도 좋은 사람이었단다—괜찮아. 어쨌든 나도 마흔을 넘기고 살로메를 낳았잖니! 무엇보다 놀라운 점은 이모가 이 남자를 오래전부터 봐왔는데도 관심을 둔 적이 전혀 없었다는 거야. 떠나버린 사랑의 슬픔에 잠겨 눈이 멀었던 거지, 어쩌겠어. 아멜리 이모도 나와 다르지 않은걸. 너하고도 다르지 않고. 우리는 모두 비슷해.

이 남자도 해양박물관에서 일해. 동물에게 먹이 주는 일. 오랫동안 카운터 뒤에 앉아 있는 이모를 지켜봤대. 물론 이모는 해양 연구자나 생물학자, 조류학자, 수족관 안의 대양 전문가, 동물 우리 안의 학자한테만 마음이 끌렸었지. 우리 아버지와 다르지 않고, 낯설고, 이국적이고, 신비함을 후광처럼 두르고 있는 먼 곳의 사람들을 더 좋아했던 거야! 그런데 이 남자는 동향 출신에다 손에 곡물을 묻히며 일해…… 또한 상어에게 먹이를 주고 바다표범을 쓰다듬는 남자이기도 하지! 상상이 되니?! 나는 〈타잔〉의 조니 와이즈뮬러가 떠올랐어. 그래, 나도 잘 알아. 내가 구세대인 거.

몇 주 전 공사 때문에 박물관을 잠시 폐쇄한다고 공고했대. 공사 기간은 석 달이었어. 그런데 그 남자, 마티스는 이런 생각이 들었대. '석 달……! 석 달을 기다리다간 죽을 것 같아!' 그래서 진실을 이모에게 털어놓았대. 공사 발표가 난 그날 저녁 이모를 찾아가 눈을 똑바로 보고 말했지.

"아멜리, 석 달이나 당신을 보지 못하면, 난 죽을 것 같아요."

그리하여 처음으로 아멜리 이모가 그에게 눈길을 주게 되었지.

가끔은 사물을 정면으로 바라보기만 해도 충분할 때가 있어. 그러면 그것이 존재하기 시작하지.

가끔은 불가능해 보이는 것이 손에 잡히기도 해.

그래서 큰딸아, 나는 네가 집에 오는 모습을 정면으로 바라보고 있어.

오늘부터 기적을 믿기로 결심했단다.

마디, 생일 축하한다.

아빠와 동생도 너를 사랑해, 모두 한마음으로.

엄마가

7월 24일 15시 34분

석 달 전 나는 열다섯 살이 되었어. 바깥세상의 열다섯 살 소녀는 어떻게 사는지 궁금해.

아주 오랫동안 일기를 쓰지 않았어. 상황이 정말 복잡했어. 내 얘기는 상세하게 하지 않을게.

내 이름은 마디손 에샤르.

이건 분명하게 말하고 싶어.

청바지는 길이가 너무 짧고(이제 키가 166센티미터야) 품은 너무 커서 몸이 바지 안에서 따로 놀아. R가 새 옷을 사주었지만 다 보기 싫은 것이라 입고 싶지 않아. 다행히도 컨버스화는 여전히 잘 어울려. 비록 엄지발가락 끝이 꽉 끼기는 하지만.

일기 쓰기가 힘들어. 맨 처음보다도 더. 손가락이 할머니처럼 둔하게 굽았어.

사진 사건 이후로 나는 앓아누웠어. 엄마가 임신했다는 사실 때문인지는 잘 모르겠지만, 아주 힘든 시간을, 아마 여기서의 사 년 중 최악의 시간을 보냈던 것 같아(도라 일기장을 쓰기 전, 도대체 무슨 일이 일어났는지 전혀 이해하지 못했던 초창기를 빼고). 심각할 정도로 열이 높이 올랐고, 쉽게 내려가지 않았어. R가 갖다준 약도 별 효력이 없었어. 몇 주가 지나도록 고열이 이어졌어. '주'라는 시간 단위는 정말 아무 의미가 없었어. '날'도, '달'도, '시간'도. 이런 일이 일어난다면 아마도 그게 끝일 거라고 늘 생각했었어. 그런데 다행히 의식이 명료하지 않은 상태였어. 그 기간 동안 많은 이들이 방문했어. 이름이 사미라는 난쟁이 요정이 화장실 변기 위에 앉아 있기도 했고, 고양이 래리가 오기도 했어. 래리는 덩치가 아주 커졌고 말을 할 줄 알았어. 그때는 내 정신이 완전히 나갔다고 생각하지 못했어. 방에 사람들과 이상한 동물들이 가득하고 쉬지 않고 동시에 떠들어댔어. 그게 너무 괴로워서, 떠드는 소리를 멈출 수만 있다면 몸을 벽에 짓찧고 싶은 심정이었어. 피부는 누렇고 낡은 종이처럼 구깃구깃해지고 붉은 반점들이 생겼어. 나는 갈가리 조각났어.

10월쯤 되어서야 겨우 몸이 나아지기 시작했어. R가 제대로 겁을 먹어서 나는 밖으로 나갈 권리를 아주 빨리 되찾을 수 있었어(처음에는 밤에만 나갔는데, 그가 마리에트 할머니를 두려워했기 때문이야. 그러다 나중에는 낮에도 나갈 수 있게 되었어. 감시하는 건 말할 것도 없지.)

몸은 이제 기운을 회복했어. 하지만 머릿속은 여전히 뒤죽박죽 대재앙 상태야. 앓아누워 있는 내내 달력에 X 표시를 안 해서 계절을 완전히 잊어버렸어. 다시 밖으로 나가게 되었을 때 발밑에서 바스락거리는 낙엽이 어찌나 이상하던지. 어둠 속에선 마치 수많은 죽은 벌레처럼 느껴졌어.

조울증Cyclothymie - 여성명사

흥분(불안정, 행복감)과 우울감(무기력, 침울)의 시기가 번갈아 찾아오는 정신적 기질이나 비정상 상태. 참조: 조울증의 정신이상.

내가 걸린 병은 조울증이야. 앓고 난 이후 내내 무기력했어. 가장 끔찍한 점은, 사전이 정의하는 바에 따르면 조울증이 기질적인, 구조상의 증상이라는 거야. 그러니까 내가 보이는 비정상적인 모습은 상황의 산물이야. 그냥 그렇다고. 내가 다시 '정상'이 되는 데는 그렇게 오랜 시간이 걸리지는 않았어. 몇 달 전부터 널 가지고 있었어. R는 글쓰기가 내 상태가 호전되는 데 도움이 되리라고 생각했나본데 나는 글을 쓸 수 없었어. 머리가 그뤼에르 크림치즈가 된 듯했어. 원하는 건 그저 잠자는 일뿐이었어. 올해 내 삶은 닫힌 문 저편의 깜깜한 지하실과 같았어.

몇 주 전부터 다시 빛을 알아봤어. 사미가 나타나지 않은 지도 한참 됐어. 이제 어둠의 세계에서 쫓겨난 느낌이야. 아주 특별한 일이 일어난 거지. 내가 하늘이라면, 내면에서 그칠 줄 모르는 엄청나게 강력하고 긴 폭풍우가 몰아쳤던 것 같아. 그런데 어느 날 짠! 하고 단번에 바람에 휩쓸려 사라져버린 거야. 그래서 지금 느낌은 정확히, 맑게 갠 하늘이야.

8월 12일 11시 02분

내가 거기 없는 건 분명하니, '나'를 대신할 아기에 대해 새로운 관점에서 다시 생각해봤어.

첫째, (접이식 책상 위, 눈사람 스탠리 경 옆에 압정으로 고정해놓은) 사진에서 엄마는 아주 예쁘고 건강해 보여. 걱정을 많이 했는데, 사진 속 모습은 참 보기 좋아. 게다가 사진에는 우리집도 보여. 어떻게 생겼는지 거의 잊고 있었는데 말이야……!

둘째, 지금 쓰고 있는 너 말고 그전 일기장에, 내가 사라진 뒤에 부모님을 위로해줄 다른 자식이 있었더라면 이 사건으로 받을 충격이 훨씬 덜했을 거라고 적었었어.

셋째—이게 가장 중요해—지금 남동생 또는 여동생이 생겼다는 사실에 더욱 화가 나.

바로 알려줄게. 난 지금 미쳐가는 중이야.

나는 다른 것으로 대체될 수 있는 존재가 아냐. 그러니까, 엄마 아빠에게는 어느 누구도 나를 대신할 수 없다는 거야. 한순간 머릿속으로 누군가 나를 대신할 수도 있다고 생각했지만, 기운을 회복한 지금 다시 생각해보니 정말 터무니없는 얘기였어. 물론 R는 이해 못하지. 왜냐하면 그에게는 올바른 부모가 없었거든. 나는 그의 생각이 잘못되었음을 알아. 그리고 그 사실을 증명해 보일 거야. 그는 이 사진을 보여주면 내 기분이 다시는 좋아질 수 없을 정도로 신발 밑바닥에 처박히고 기가 꺾여서 자신이 원하는 대로 뭐든 고분고분 따를 거라고 생각했나봐. 정말로 그 기대대로 될 뻔했는데, 정작 그가 그런 모습을 그다지 좋아하지 않았어. 그 인색한 사람이 이런저런 것을 사다주면서 내 기분을 풀어주려고 애썼거든(안목이 형편없어서 안타까웠지만!)…… 하지만 다 소용없었어. 방안이 무덤 속 같았으니까.

한 가지 중요한 점은, R가 나를 모른다는 거야. 그는 트위스트라는 내 이름을 알지 못해. 그래, 트위스트는 방금 에스컬레이터를 타고 다시 산 자들 가운데로 올라왔어.

내 말 잘 들어. 나는 여기서 나갈 거야.

언제, 어떻게 나갈지는 아직 모르지만, 지금 당장 너에게 맹세할 수 있어. 나는 여기서 나갈 거야.

10월 26일 23시 57분

오늘 R가 서른다섯 살이 되었어.

여태껏 그의 생일 파티를 한 적이 없는데, 이번에는 꽤 나이를 먹어서인지 그가 중요한 날이라고 선언했어. 이 모든 '기회'는 내가 버티고 서 있도록 받쳐주는 척추 같아. 날짜로 이뤄진 척추가 시간을 구성하고, 잔뼈와 뼈대가 박힌 에스컬레이터처럼 나도 모르는 사이 삶으로 데려가주거든. 그래서 나는 매번 밝은 표정을 지어. 이것들이 내 존재가 가루처럼 바스러지지 않도록 막아주니까.

우리는 거실에서 함께 저녁식사를 했어. R가 나를 기쁘게 해주려고 라클레트 요리기구를 빌려왔어('대여했다'고 설명하는 모습이 정말 웃겼어! 진짜야). 나는 많이 생각한 뒤 마치 선심을 쓰듯, 집안을 다시 꾸미는 일을 돕겠다고 제안했어.

"어머니가 살던 집에서 계속 이렇게 사는 건 좋지 않아요. 나에게도 그렇고요. 나는 아저씨의 어머니 집에서 살고 싶지 않아요. 멋지긴 해요, 이 집이. 벽을 흰색으로 다시 칠하고 낡은 그림들을 버린다면 한결 아늑한 공간이 될 거예요."

"그렇게 하면 넌 여기서 사는 걸 받아들일 거니? 내 말은, 그러면 정말로 네 맘에 들 것 같니?"

나는 접시에 담긴 익히지 않은 햄 위로 가루가 정확히 떨어지도록 신경써서 치즈를 갈며, 어깨를 으쓱했어.

"부모님이 나를 다른 존재로 대체하기로 한 이상…… 별수없죠. 먼저 태어난 아이가 없어졌다고 또 아기를 낳는 게 좋은 방법이라고 생각하진 않아요. 내가 볼 때는 너무…… 도덕적으로 문제가 있는 것 같아요. 모르겠어요. 어쨌든 어쩌면 둘 다 잘 지낼 수 있겠다는 생각이 들기도 해요. 언젠가 내가 정상적인 생활을 할 수 있게 된다면요…… 그러니까 내가 자발적으로 여기 남아 있는 경우에요."

"네가 말하는 '정상적'이 무슨 뜻이지?"

"못 알아듣는 척하지 마세요, 무슨 말인지 잘 알잖아요!"

"집밖 길에 나가고, 혼자 산책하고, 이런 걸 말하는 거니?"

"네, 그런 거요. 진짜 삶이란 그렇잖아요. 자유롭게 움직이는 거예요. 이전에 부모님과 살 때는 학교 가는 건 물론이고 영화관이든 어디든 마음대로 돌아다니다가 저녁이면 언제나 집으로 돌아갔어요. 알겠어요? 우리 둘이 살면서도 그럴 수 있다는 거예요."

쥐죽은듯 고요한 순간 후에 R가 말했어.

"그러려면 넌 내게 말을 놓아야 해."

나는 그를 뚫어져라 쳐다보았어. '그게 지금 여기서 무슨 상관이죠?'라는 식으로.

"만일 네가 말을 놓는다면, 난 널 믿을 만하다고 생각할 거다. 네가 두 번 다시 날 골탕 먹이는 짓은 하지 않을 거라고."

나는 아주 진지하게 말했어.

"레미 아저씨, 우리가 서로 알고 지낸 지 이제 꽤 오래됐어…… 말하자면 내가 아저씨를 못 보게 된다면 보고 싶을 정도라고."

당연히 나는 그를 골탕 먹일 궁리를 하고 있었어! 그래도 완전히 거짓말은 아니었어. 물론 좀 정신 나간 소리처럼 들리겠지만, 단 한 명의 살아 있는 존재하고만 접촉하며 지내다보니 그가 결국 약간은 가족처럼 느껴져. 밀림에 버려져 늑대들의 보살핌을 받고 자란 아기 이야기를 생각하면 이해될 거야. 그러니까 아무리 늑대라고 해도, 무서운 동화에서 할머니를 잡아먹는 커다란 이빨을 가진 끔찍한 동물이라고 해도, 아이에게는 진짜 사람 부모만큼이나 중요한 존재가 된다는 거지.

여기서 중요한 차이가 있다면, 난 결코 아기가 아니라는 거야.

다시 말해 이 거지 같은 집구석에서는 상황이 달라. 히키코모리에 대한 다큐멘터리를 보던 저녁에 이 점을 설명해주었는데도 R는 알아듣지 못하는 척했지. 실제보다 더 바보인 척하면서. 그래서 난 새로운 전략을 택했어. 대청소. 대청소를 하면 집안을 온통 들쑤셔놓아야 할 거고, 그러면 꼭대기부터 아래까지 드나들 수 있어. 어쩌면 컴퓨터를 숨겨놓은 곳까지 몰래 들어갈 수 있을지도 몰라(하지만 이건 정말 운이 좋아야 일어날 수 있는 일이지!).

어쨌든 그는 내 제안을 받아들였어. 물론 자기도 집이 칙칙하다고 생각했기 때문이겠지. 순순히 제안을 받아들이도록 하려고 내가 얼마나 전심전력을 다했는데! 나는 지나치지 않을 만큼, '장밋빛 얼굴의 꽃 같은 아가씨'식으로 예쁘게 꾸미고 치장했어. 그의 어머니가 보던 한심한 잡지들에서 본 모델을 흉내낸 거였지(그런데 알고 보니 그의 어머니 것이 아니라 앞집 할머니가 무니 할머니처럼 "쓸데없어!" 하면서 쓰레기통에 내다버린 걸 주워온 거였어). 열네 살 생일에 나는 화장품을 사달라고 했었어. 처음에 그는 화장품이라는 말에 화를 냈어. 내가 "훔친 자동차" 꼴이 될까봐 걱정돼서 그렇다는데, 지금까지 살면서 그런 표현은 처음 들어봤어. 하지만 화장품을 사달라고 한 건 잘한 일이었어! 몇 달 동안 바깥에 코빼기도 내밀지 못해서 얼굴이 창백했는데, 색조 화장 덕분에 그나마 숨쉬는 미라보다는 좀 나아 보였지. 말하자면 그렇다고. 화장을 한 후 검은색 꽃무늬 원피스를 입었어(이제 짧아졌어, 그래서 '섹시'해졌지). 머리는 풀어서 바다 요정처럼 어깨 위에서 찰랑이게 했는데, 내 눈에도 정말 예뻐 보였어. 그런데 R가 바로 그렇게 말했어.

"너 정말 예쁘구나!"

그 결과, 이번 주말에 그가 집수리에 필요한 도구를 사러 가기로 했어.

11월 6일 20시 31분

이런 상태를 가리켜 녹초가 되었다고 하나봐.

내 몸은 지금 엉망진창이야. 집안 대청소는 여기서 지내는 사 년 동안 몸을 움직인 일 중에서 유일하게 활동이라고 할 만한 것이었어. 말하자면 내 능력을 넘어서는 일이었어. 이제는 팔을 들어올릴 수조차 없어! 하루종일 벽과 굽도리널, 천장에 페인트를 칠했어. 먼저 거실을 칠하고 그다음으로 R의 방, 이어서 모나의 방을 칠했어. 그런데 다음 주말에 또 칠해야 해. 모나의 방에는 처음 들어가봤는데, 방이 완전히 노란색이었어. 넌 상상도 못할걸. 말할 수 없이 흉측한, 오줌 같은 누런색이었어. 지금은 모두 사라졌지. 다 하얘졌으니까. 정확히 말하자면 '달걀 껍데기'처럼 반들반들해졌어.

R가 아주 큼직하고 낡은 멜빵바지를 줬어. 나는 바짓단을 접어 올리고 클립으로 고정했어. 네가 내 꼴을 봤다면 웃었을 거야! 오후 두시쯤 거실로 가서 바닥에 깐 방수포 한가운데서 점심을 먹었어. 하이킹을 갈 때 엄마가 했던 것처럼 직접 샌드위치를 만들었

어. 빵을 자르고 안쪽에 버터를 바른 뒤 햄 조각과 오이피클을 적당히 끼워넣었지. 정말 묘했어. R와 나는 마치 낭만적인 미국영화에 흔히 나오는, 집수리를 하는 신혼부부 같았어. 다만 다른 게 있다면 페인트 롤러를 서로 바꿔가며 칠하지 않았다는 거지(정말 다행이야!). 일을 너무 많이 해서 기진맥진했지만 아주 기분좋은 하루였어. 전략적으로 그의 환심을 샀을 뿐만 아니라 정원에서 풀을 뽑고, 검은 볼보를 세차하고, 내 방에 청소기를 돌리는 등 몸을 움직이는 일을 해서 아주 상쾌했어. R도 기분이 좋았고 나도 그랬어. 그가 내 기분을 더욱 띄워주려고 일렉트로팝이나 랩 같은 요즘 노래가 나오는 라디오방송을 틀었어. 비록 그가 이천오백 살은 먹은 듯 찬물을 끼얹는 구닥다리 평을 끊임없이 늘어놓기는 했지만. 어쨌든 새로운 노래를 아주 많이 들었어. 놀라웠던 것은 진행자들이 노래에 대해 한마디도 하지 않는다는 점이었어(너무 놀랍더라고, 그렇지만 그냥 넘어가자). 그동안 영화와 다큐멘터리 녹화본을 보기는 했지만, 내가 보이지 않는 시간 속에 혼자 존재하는 게 아니라 모두가 함께하는 현재를 살고 있다는 느낌이 정말 오랜만에 들었어. 저 너머 바깥세상이 정말로 계속해서 돌아가고 있구나 하는 느낌. 내 말은, 물론 그렇다는 걸 알고는 있었지만, 라디오를 들으며 특별히 구체적으로 느꼈다는 뜻이야……! 다시 말해 바깥세상을 의식하면서 내 임무를 실행해야겠다는 결심이 더욱더 굳어졌다는 거야. 물론 R는 내내 경보기를 작동시켰고 문들은 열쇠로 잠갔어. 그리고 두 눈은 최고로 정밀한 카메라처럼 나에게 고정되어 움직임을 감시했지. 페인트냄새를 빼느라 창문을 열어두었지만 덧문은 반쯤 내려와 있었어. 그의 말로는 사둔 DVD 중에 소녀가 "살려주세요" 하고 울부짖는 장면이 나오는 영화가 있대. 만일 내가 소리를 지르면 이웃사람들한테 그 영화에서 나오는 소리라고 할 거래. 어쨌든 나는 소리를 지를 생각은 없었어. 그다지 좋은 전략이 아니거든. 게다가 위험하고. 모나의 방에서 뭔가를 발견했는데, 거기서 기찬 아이디어를 얻었어. 아주 분명하게 말할게. 크리스마스를 기대하시라.

이제 그만 쓸게. 정말로 자야겠어.

11월 11일 19시 9분

"내가 증언을 해도, 아저씨한테 유리하게 하리라는 거 알지……? 지금 여기서, 모든 일을 그만둔다면 말이야. 아저씨는 날 고통스럽게 한 적이 없어, 그건 사실이야…… 게다가 내가 아플 때 목숨도 구해줬잖아! 그러니까 아저씨는 감옥에 그렇게 오래 있지는 않을 거야…… 그리고 내가 면회 갈게…… 편지 쓰고 시도 써서 보낼게…… 그리고 특별히 모자를 만들어줄게! 감옥에서 나오면, 그때는 우리 좋은 친구가 될 거야. 같이 영화도 보러 가고, 우리집 와서 식사도 하고…… 싫어?"

그는 대답하지 않았어. 이제 더이상 나하고 말을 하지 않아. 내 임무를 망치지나 않을까 걱정되어 더는 강요하지 않았어. 말하자면 모든 일을 잘 끝내보기 위한 마지막 시도였어. 하지만 잘 끝날 수가 없지. 그는 미쳤어, 미쳤다고. 그러니 어쩌겠어.

11월 21일 2시 47분

모파상의 단편집을 읽었더니 밤이 무서워. 그런데 이 책이 책꽂이에 남아 있던 마지막 읽을거리야. 이게 일종의 신호로 여겨져. 계획을 밀어붙어야 해.

12월 16일 21시 11분

나탕 자조가 말했듯이, '이제 됐어'. 마침내 집안 대청소가 끝났어. 편하게 전문가들에게 맡기자고 제안했더니 그의 표정이 어땠는지는 말할 필요도 없겠지. R의 회사 때문에 주말밖에 일할 시간이 없어서 꽤 오래 걸렸어.

오늘은 일요일이야. 마리에트 할머니가 가져다주는 '맛난 음식'을 기다렸어. 그리고 할머니가 다녀간 뒤(이탈리아식 파이를 주셨어), 내가 '토 나오는 물건 선별하기'라고 이름 붙인 일을 시작했어. 처음에 R는 그 말이 상스럽다며 싫어했어. 그래서 쏘아주었지. 나는 적어도 손수 만든 맛난 음식을 주는 할머니를 '지랄맞은 늙은 할망구'라고 부르지는 않는다고. 그러자 그는 화를 내야 하는지 아닌지 어쩔 줄 몰라 멈칫거렸어. 하지만 내 말이 농담조였기 때문에 그냥 무시하고 '토 나오는 물건'을 선별하는 작업에 협조했어. 순서는 이렇게 진행했어.

1) 구닥다리 풍경화들을 쓰레기통에 처박기.

2) 벽을 도배하다시피 한, 쇠시리 장식이 지나친 액자 속 고인의 사진을 모두 떼어내어 앨범에 정리하기(아무리 그래도 추억을 버릴 수는 없으니까).

3) 플라스틱 그릇 버리기. 내가 진짜 식기들을 사용하는 데 익숙해졌고, 또 앞으로 이런저런 이유로 생활이 다시 뒷걸음친다는 건 말도 안 되니까(이 문제를 두고 약간 의견의 충돌이 있었어. 그는 낭비라고 했고 나는 "전혀 그렇지 않아. 이건 청소야"라고 했지. 그래도 그는 낭비가 "맞다", 나는 "아니다" 하면서 서로 계속 우겨댔지만, 결국 너도 알다시피 요즘 늘 그렇듯 상당히 철학적인 토론에서 유리한 쪽은 나였어).

4) 갓을 씌운 전등들과 코코아 자국투성이인 양털 깔개 버리기(절대 이전처럼 깨끗한 상태로 되돌릴 수 없거든!).

5) 나머지 물건들을 셋으로 분류하기.

① 괜찮은 것

② 쓸 만한 것

③ 형편없는 것

①은 집에 남겨둘 것, ②는 의논해봐야 할 것, ③은 200유로에 팔 수도 없으니 곧장 쓰레기통으로 들어갈 것들. 당연히 ③이 제일 많았어. 그래서 적잖이 소리질러가며 다투었는데 두말없이 받아들일 수 있는 물건은 아주 적었어. 자세한 얘기는 생략할게. 대청소의 목적은 오로지 딱 맞는 물건 하나를 얻기 위함이었어(단 한 순간도 '초원의 작은 집'과 같은 R의 집에 눌러살겠다는 생각을 해본 적이 없기 때문이야). 이 딱 맞는 물건이 딱 맞는 쓸모가 있고, 딱

맞는 계획에 쓰일 거라고는 그가 짐작도 못할 거야.

모나의 방에 대리석으로 만든 소녀의 흉상이 있었어. 머리에서 어깨까지, 대리석으로 된 가짜 책 위에 놓여 있었지. 조각상이 다 그렇듯 엄청 무거운데, 그래도 내가 들어올릴 수는 있어. 그리 크지는 않거든. 역시나 조각치고는 말할 수 없이 무척 못생겼지만, 나는 그걸 ①에 넣었어.

"아, 정말?" R가 약간 놀랐지.

"응, 멋져 보여서. 내 친구 사브리나하고 꼭 닮았거든."

나는 그의 마음을 약하게 하기 위해 덧붙였어.

"사브리나는 가장 친한 친구였는데."

우리는 계속해서 물건들을 선별했어. ②에 해당하는 물건들을 두고 여러 번 다투었어. 그러고 나서 대청소가 완전히 끝난 것을 축하하며 거실에서 저녁을 먹었어. 스카를라티를 들으며 커피를 마실 때 내가 말했어.

"내 크리스마스 선물로 좋은 생각이 있어."

"뭔데……?" 그가 안경 너머로 눈썹을 찌푸리며 물었어.

내가 뭔가를 요구하면 매번 귀찮거나 돈이 든다는 것을 그는 잘 알고 있었거든. 대부분 둘 다였지. 이 점에서 볼 때 내 계획은 완벽했어.

"조각상…… 아저씨 어머니의 조각상. 마음에 쏙 드는데. 그걸 내 방에 놓아도 돼?"

(그에게 말을 놓는 게 진짜 곤욕스러웠어.)

12월 17일 13시 55분

석실묘Syringe - 여성명사 고고학 용어.

고대 이집트 왕의 지하 무덤. 회랑 형태로 바위에 판다.

백과사전 끝부분을 탐독하는 중이야. 이제 2209쪽을 보고 있어. 이 책을 완전히 끝낼 때, 내가 결심한 일을 마침내 과감히 실행할 거야.

그때를 기다리며 팔굽혀펴기를 하고 있지.

마침표

경찰이 마디손의 편지를 전해주기 위해 찾아왔던 4월 4일, 나는 엉덩이를 걷어차여 과거 속으로 떨어진 느낌이었다.

물론 편지를 읽기 전까지 그랬다는 것이다.

일 년 넘게 우울증 약에 취해 살던 나는 루이종과 동시에 트위스트를, 책, 사건, 아이 등 온갖 형태의 트위스트를 지워버리기 위해 갖은 애를 썼다. '스타니슬라스에게'로 시작되는 루이종의 편지 이후 내 삶에 활기를 주었던 자질구레한 사건에 대해서는 여기서 언급하지 않겠다. 실연의 슬픔을 겪어본 사람이라면 누구나 그다음이 어떤지 알 것이다. 나는 부모에게 우울함을 내비치지 않았고, '잠재적인 자살 시도'를 피하기 위해 방음이 되는 방안에 있지 않으려고 했다. 그러다 지난겨울부터 좀 나아졌다. 크리스마스 연휴 동안에는 완전히 속마음을 감추고, 먹고 마시고 즐겁게 농담도 하며 지냈다. 모 지방에서 보낸 학기는 순조로웠다. 어쨌든 작년보다는 나았다. 그렇게 힘겹지 않았다.

이제 더이상 사랑에 대한 얘기는 듣고 싶지 않았다. 앙투안은 나를 밖으로 끌어내려 애썼고, 그게 안 되면 테스토스테론이 넘치는 액션영화들을 보여주었다. 이 정력적인 치유법이 결국 효과를 보인 모양이다. 앙투안이 일주일에 한 번씩 나가는 술자리에 나를 억지로 끌고 갔을 때 '빨간 머리'가 생각났으니 말이다. 기적의 알약으로 증폭된 무절제한 맥주의 효과에 힘입어, 급기야 나는 그녀를 '만나고' 싶은 욕망이 든다고 말하고 말았다. 이번에도 그 상대가 말 한번 걸어보지 않은 여자임을 알고 앙투안은 나를 '엄청난 변태' 취급했지만, 그래도 애정이 어려 있었다. 그의 관점에서 보면 '바로 나'가 아닌 다른 누군가에게 관심이 생겼다는 사실 자체가 내가 곧 나으리라는 명백한 신호였기 때문이다.

빨간 머리 엘리가 먼저 커피를 산 이후, 우리는 여러 번 저녁식사를 했다.

그녀와는 모든 게 간단했다. 분명하고, 수월했다.

나는 그녀가 아름답다고 생각했지만, 그 점이 나를 자극하지는 않았다.

그녀는 내가 잘생겼다고 했다. 그리고 내 해상 취미활동을 아주 맘에 들어했다.

나는 그녀에게 잘 보이기 위해 내가 아닌 다른 사람 흉내를 내지 않았고, 그녀는 내가 다른 누군가이기를 기대하지 않았다. 내 말에 그녀는 귀를 기울였다. 나 역시 귀기울여보면 그녀의 이야기가 흥미로웠다. 나는 그녀의 대답에 들어 있지 않은 의미를 찾으려 하지 않았고, 말하기 전에 미리 계산하지 않았다. 마디손식으로 말하자면, 이런 걸 일컬어 '대화'라고 한다. 이 주 전부터 그녀를 만나왔는데, 그 시간은 투명하다.

뤽상부르공원에서의 일 이후 4월 4일까지 삼 년 동안, 내 것이 아닌 심장박동을 들으며 살았었다. 마디가 이렇게까지 내 인생을 변화시킬 줄은 몰랐다. 그렇지만…… 한 달 전 마디의 편지를 열었을 때 어떤 변화가 일어나기 시작했다. 거세고, 빠르고, 결정적인 변화였다.

스타니슬라스 선생님!

제 소식을 듣는다는 게 선생님한테는 너무 이상하게 느껴질 것 같아요. 서로 보지 못한 지 오 년 가까이 되니 말이에요.

염려하지 마세요. 모두가 이상하게 느낄 만한 일이니까요.

선생님은 이제 파리에 산다는 얘기를 부모님한테 들었어요. 선생님도 알다시피 우리 사뮈엘 삼촌도 파리에 살아요. 그래서 종종 삼촌 집을 방문하곤 하죠. 어쩌면 언젠가 다 같이 팔레루아얄공원으로 소풍을 갈 수도 있지 않을까요? 이 세상에서 제가 본 공원 중 가장 아름다운 곳이에요(제가 아직 세상을 많이 보지는 못했지만요). 그런데 저는 당분간 여행을 해서는 안 된대요. 요즘 늘 코가 막혀 있는데, 의사 선생님 말로는 몸이 너무 '허약'해서래요.

지난 몇 년 동안 공원이 무척 그립고 가보고 싶었다는 얘기를 하고 싶었어요. 레미 뤼넬의 집에는 마당밖에 없었어요. 집을 더 좋아 보이게 하려고 무척 애썼지만요. 사물이 있는 그대로보다 더 낫다고 믿게 하는 게 그의 특기였는데, 스스로도 그렇게 믿었던 것 같아요. 하지만 대체로 사물은 정확하게 겉으로 보이는 그대로, 형편없어요. 다만 자기 자신이 그렇다는 걸 인정하지 않는 거죠. 현실에 대한 존중심이 부족해서예요. 제가 하고 싶은 말을 선생님이 잘 이해했는지 모르겠지만, 그냥 넘어가요.

매일이 쉽지 않았어요(이런 걸 두고 '완곡어법'이라고 하죠). 그래서 매일같이 선생님을 생각했어요. 물론 가족도 생각했고요. 친구들도, 고양이 래리도, 할아버지도. 할아버지는 아주 집중해서 생각했어요. 그리고 아직 보지 못한, 새로 태어난 동생 살로메도 생각했어요. 하지만 선생님에 대한 생각은 유독 특별했어요. 언젠가 선생님이 이런 말씀을 했었죠. 글쓰기는 자기 삶을 구원하는 일이라고. 그 말을 들었을 당시에는 아직 너무 어려서 잘 이해하지 못했어요. 하지만 그곳에서 지내면서 느끼는 바를 단어로 표현하니, 힘든 생활이 갑자기 참고 견딜 만해졌어요. 선생님을 본받으려고 본격적으로 글을 쓰기 시작했는데, 선생님 말씀이 옳았어요. 예전에는 주로 시를 쓰곤 했어요. 시 형식으로 쓰는 게 재미있었거든요. 모자 만들기와 약간 비슷했어요. 일종의 이어붙이기였죠. 하지만 레미 뤼넬의 집에서는 이야기하기가 필요했어요. 정말로요. 일어난 사건을 문장으로 옮겨놓으면 덜 심각해 보였거든요. 말하자면 일어난 일을 종이 위에 펼쳐놓으면 고약한 햄스터처럼 마음을 갉아먹는 불안이, 손으로 잡아 찢어버릴 수 있는 물질적인 것으로 변하는 듯했어요. 어쨌든 그럴 수 있을 것 같았어요. 제가 무얼 말하고 싶은지 선생님은 정확히 이해하리라 확신해요.

저는 신을 믿지 않지만, 지난 오 년 동안 신을 믿는 사람을 더 잘 이해하게 되었고, 특히 고해성사의 원리를 깨닫게 되었어요. 심리치료사를 찾아가는 일과 약간 비슷한 것 같아요, 사실…… 저도 지금 심리치료사를 만나고 있어요, 아시죠? 라모 박사님이라고, 여자분이세요. 박사님은 친절하시긴 하지만 일기장보다는 효과가 덜한 것 같아요. 이 이야기는 그만할게요, 죄송해요. 제가 자꾸 옆길로 새네요.

늘 이런다니까요.

마침내 모든 일이 끝났을 때, 경찰서에서 질문 공세를 받았어요. 선생님도 신문을 읽었다면 알고 있을 테니 더 드릴 말씀이 없네요(신문에서 떠드는 이야기 때문에 매우 혼란스러워요. 이 사건이 믿을 수 없게 보일 수 있다는 건 이해하지만, 저는 그 일들에 매우 화가 난 상태거든요……).

저는 정직하니까 수사관들에게 일기장 이야기를 했어요. 선생님에게만 줄 거라고요. 그들은 그걸 '증거물'로 취급하면서 흥분했어요. 하지만 저는 아무 말도 듣고 싶지 않았어요. 다른 어려움도 많이 겪었는걸요! 경찰이 그런 태도를 보인다고 겁먹을 제가 아니죠. 언제나 고집쟁이였던 저는 고집쟁이를 싫어하는 이들에게 악몽 같은 존재가 되어버렸어요! 일기장은 어딘가에 감춰두었어요. 일기장의 존재를 알게 되면 모두 가지려 들 거라고 생각했기 때문이에요. 저는 머릿속에 생각이 떠오르면 바로 실행에 옮기거든요. 그러니까 그들은 제 동의를 얻어야 해요. 선생님과 제가 일을 매듭지은 뒤에 일기장을 감춰둔 곳을 말해줄 거예요. 그들이 가택수색이라는 말을 꺼내자 라모 박사님이 도와주셨어요. 박사님은 저의 '안정'과 '회복'을 위해 제 의사가 존중되어야 한다고 하셨어요. 그래서 우리는 한 가지 합의를 했어요. 즉 제가 일기장을 선생님께 드리면 선생님이 제일 먼저 읽은 뒤 경찰에게 넘겨주기로요. 그리고 선생님과 저의 대계획을 위해, 경찰이 사본을 선생님에게 주는 걸로요.

지난 몇 년 동안 선생님한테도 아주 많은 일이, 행복과 불행이 엇갈리며 일어났을 거라고 생각해요(저는 행복한 일만 있었기를 무척 바라지만요). 선생님이 국어 교사가 되었고, 작가가 되기는 포기했다고 엄마에게서 들었어요. 분명히 말하는데, 작가의 길을 포기한다는 건 한마디로 있을 수 없는 일이에요. 이 대계획을 머릿속에 품은 지 아주 오래되었어요. 제가 아직 살아 있고 정신도 거의 멀쩡한 것(어쨌든 어렸을 때보다, 그리고 테니스를 쳤을 때보다 머리가 그렇게 많이 이상해지지는 않은 것)은 모두 이 계획 덕분이에요. 즉 선생님 덕분인 거죠. 제가 선생님께 걸었던 희망, 밖으로 나가게 되는 날 만나게 될 우리에게 걸었던 희망 덕분이에요. 저도 잘 알아요. 선생님은 곧 스물여섯 살이고 저는 아직 어린 여자애라는 거요. 그러니 제가 말하는 건 남녀의 사랑에 관한 게 아니에요(그래도 분명히 말해두는데요, 사람 일은 결코 알 수 없는 거예요. 선생님이 제 마음속을 차지하고 있음을 잘 아실 테니까요).

저는 한 권의 책에 대해 말하려고 해요. 책들이 제 목숨을 구해주었어요, 스타니슬라스 선생님.

선생님이 제 일기장을 받아서 다 읽고, 제 이야기(그리고 선생님의 이야기도요)를 글로 써주시면 좋겠어요. 사람은 누구나 자기만의 이야기가 있는 법이잖아요. 모두 이야기 하나씩은 갖고 있죠. 이야기가 없는 사람들은, 그들은 죽은 거예요. 선생님께서 쓰실 책은 제가 여전히 살아 있다는 증거가 될 거예요. 그리고 제 동생(정말 대단한 애예요!)이 자기가 태어났을 때 언니가 어디 있었는지 그 책을 보고 알았으면 해요. 제가 직접 들려주고 싶지는 않아요. 해야 할 말은 모두 일기장에 썼으니까 이제는 그저…… 살고만 싶어요.

우리 엄마에게도 엄마만의 이야기가 있어요. 제가 없는 동안 줄곧 제게 편지를 썼다고 지난번에 털어놓으셨어요. 하도 애원하니까 결국 그 편지를 보여주셨죠. 그런데 읽는 건 허락하지 않고 불 속에 집어넣으려고 했어요! 제가 다시 부탁하고, 얼마나 원하는지 이해하고 나서야 엄마는 편지를 태우지 않고 어딘가에 정리해두셨죠. 아직 찾아내지는 못했어요(포기한 건 아니에요!). 하지만 엄마가 기력을 회복한다면 분명 우리의 대계획에 동참할 거예요. 만일 선생님께서 청한다면 편지가 든 작은 나무상자를 맡길 거예요(그 상자를 아빠도 모르게 감춰두었다니, 생각해보세요! 엄마와 저 둘 다 남몰래 글을 쓰고 있었다는 걸 알고 기분이 너무 좋았어요…… 사람들이 말하기를 엄마하고 저는 물방울 두 개처럼 닮았대요. 유전자는 정말 신기해요).

어쨌든 책처럼 쓰인 편지라, 한 편의 소설이 되겠지요. 그리고 소설은 모든 사람이 읽을 수 있잖아요.

선생님이 괜찮으면 이번 5월 8일, 종전기념일을 축하하는 의미에서 만나자고 제안할게요. 이날 하루는 제 인생을 선생님 손에 맡길게요. 선생님이 제자들을 저버리지 않아도 되도록 일부러 공휴일을 선택했어요. 아무리 그래도 선생님한테도 생각할 시간이 필요할 것 같았어요. 제 제안이 완전히 정신 나간 것처럼 보일 수 있으니까요. 저는 이제 자유로운 상태에 다시 적응해야 하는데, 확실히 그렇게 쉬운 일이 아니더라고요. 뭐, 그렇다고요.

경찰이 이 편지를 선생님에게 직접 전달하고 싶어했어요. 마치 백만 달러의 가치가 있기라도 한 듯, 우편으로 보내면 너무 위험하다면서요. 불쾌한 소란에 대해 미리 사과드릴게요. 3월 29일 전까지는 모두가 잊고 있었던 어린 여자애에 대해 묻기 위해 갑자기 경찰이 집으로 들이닥치는 일이 그렇게 유쾌하지 않을 것 같아서요.

그래도 선생님은 저를 잊지 않으셨기를 바라요.

선생님의 답장을 기다릴 거예요(경찰도, 라모 박사님도, 제 변호사님도, 그리고 부모님과 아멜리 이모와 사뮈엘 삼촌도 기다릴 거예요. 모든 사람이 기다리는 듯해요!). 아무에게도 말하지 말라고 경찰이 선생님에게 미리 말해뒀겠지요. 마치 제가 영화 스타라도 되는 양 기자들이 쫓아다녀요. 그래서 아빠는 이사 가자는 말까지 꺼내셨어요(하지만 그런 일은 꿈도 꿔서는 안 돼요).

먼 바닷가에서 선생님에게 수없이 입맞춤을 보내며.

M. E.

마디의 말이 옳다. 종종 사물은 겉으로 보이는 것만큼이나 형편없다. 루이종과 나의 이야기도 정확하게 겉으로 보이는 그대로 형편없었다.

마디손은 이제 겨우 열여섯 살인데, 내가 애써 이해하지 않으려고 외면하고 있던 것들을 단 몇 마디로 까발려주었다. 나는 자존감이 없었다. 신기루에 눈이 멀어 인생을 헐값에 넘겨버렸다.

마디는 그 남자한테 인생에서 오 년의 시간을 빼앗겼고, 그동안 아무것도 할 수 없었다. 오 년 동안 아이는 살아남기 위해 몸부림쳤다. 아이는 강제로 감금되었다. 완전히 갇혀서 유폐 생활을 했다. 그런데 난? 나는 그동안 무얼 했던가? 나는 내 안에 갇혀 있었다. 감옥은 바로 나 자신이었다. 나약함 때문에, 그리고 거짓 때문에. 슬픔은 이기적이고 자기만족은 쉽다. 불행한 채로 있는 것보다 더 비겁한 일은 사실상 아무것도 없다. 편지를 읽으며 나는 부끄러웠다. 그리고 오늘 아침 우편함을 열었을 때, 잃어버렸다고 생각했던

『트위스트』를 발견했다. 독일에서 발송된 것이었다. 루이종이 약속을 지키는 데 십육 개월이 걸렸다. 옅은 보랏빛 봉투가 책갈피 사이에 끼어 있었고, 그 안에는 퍼즐의 마지막 조각, 사랑의 완전한 실패를 가리키는 최후의 마침표가 들어 있었다.

스타니슬라스에게

현실이 허구를 초월한다고 나는 늘 생각했어.

여기서도 그 사건은 신문에 대서특필되었어. 그걸 보고 마디손의 책을 '테니스 코치들 중 가장 특별하게 멋진 선생님'에게 돌려주어야겠다고 생각했어.

이제 네 느낌을 짐작할 수 있어. 왜냐하면 오늘에야 비로소 네 입장에 서볼 수 있었거든. 몇 달 전 임신 사실을 알게 되었어. 쌍둥이야, 남자아이와 여자아이. 올여름이 끝날 때까지는 아이를 가지지 않으려 했는데 한꺼번에 둘씩이나! '자식 낳을' 생각이 없던 내게 이제 둘이나 생긴 거야. 아이들이 있어서 행복해. 너도 알다시피 내가 적응력이 좋잖아…… 언젠가 아이들 사진을 보내줄게. 네 말이 맞더라. 자기 아이들 사진을 찍는 일은 정말 좋아. 남의 아이를 촬영하는 것과는 전혀 달라.

한스의 사업은 순조로운 편이야. 나는 몇몇 잡지와 일하기 시작했어. 사실 난 독일어를 잘 못해. 이 언어는 너무 어려워! 그런데 베를린에서는 영어만 유창하게 하면 얼마든지 살 수 있어. 내 아이들은 요람에서부터 삼 개 국어를 배우게 되리라는 게 실감이 나니?! 널 아프게 하려고 아이들에 대해 말하는 건 아냐—아직도 나로 인해 고통스러운 점이 있겠지만—이 얘기를 하는 이유는 임신을 하고 내가 변했기 때문이야. 너에 대한 내 행동은 옳지 않았어. 그리고 이따금 비난했던 너의 비겁함은 내 것이기도 했어. 너는 내가 기대하던 사람이 아니었는데, 안타깝게도 자제할 수가 없었어. 네가 나한테 일종의 기분풀이 대상으로 이용당했다고 생각하리라는 것, 짐작하고 있어. 그런 면도 있었음을 부인하진 않을게. 하지만 너는 내가 그러도록 내버려두었지. 종종 피해자는 가해자에게 동조하기도 하니까. 사실 나는 우리 관계가 그렇다는 걸 네가 늘 알고 있었다고 생각해. 나는 너와 사랑에 빠진 적이 없어. 결코 없었어. 그리고 너는 그 점을 알고 있었어. 물론 너를 좋아했어. 넌 당시 내가 스스로에게 원했던 모습으로 있게 했어(바로 나로!). 스타니슬라스, 네가 사랑했던 사람은 내가 아냐. 네가 사랑한 것은 사랑의 관념, 낭만적이고 열정적인 관념, 침대에서 너 혼자 연출하는 내면의 영화일 뿐이었어. 너는 나를 책 속의 인물처럼 겪었지만 나는 허구 속 여주인공이 아니야. 스탄, 나는 그저 자기도취적이고 미성숙하고 잔인한, 오점투성이 여자일 뿐이야—적어도 그때는 그랬어.

지난 일을 결코 '바로잡을' 수 없다는 걸 잘 알아. 그럼에도 불구하고 우리의 이야기에서 네가 뭔가 배우길 바라. 네게 교훈을 주려는 맘은 없어. 내 말을 그런 식으로 받아들이지 않았으면 좋겠어. 연인 사이는 상호적인 관심의 결합이라는 걸 이제 잊지 마. 늘 삐걱거리는 어려운 관계—너와 나의 관계가 이렇지 않았나 싫어—는 겪을 만한 가치가 없어. 스타니슬라스, 상대를 포로로 잡아둔다고 사랑의 이야기가 시작되는 건 아니야. 나는 그때 우리의 관계가 균형이 맞지 않다는 걸 알고 있었어. 하지만 너와 나, 우리는 너무 편했지! 벽난로 앞에 편히 자리잡은 안락의자를 놔두고, 누가 추운 곳으로 나가려 하겠어……?

어쨌든 다시 말하지만, 그때 내가 잘못한 건 사실이야. 난 고통을 주고 싶지 않았어. 그래서 아무 말도 하지 않았던 거야. 이게 당시의 진실이야. 일부러 그랬던 건 아니야. 하지만 스타니슬라스, 지금 네게 용서를 구한다.

(뉘우치고 있는) 루이종

그날 아침, 나는 우체통 앞에서 결국 울고 말았다. 『트위스트』를 가슴에 안은 채 마디손의 품에 안겨서.

12월 21일 19시 12분

"레미 아저씨……?"

"왜?"

"내가 없어지면 아저씨는 어떻게 할 거야?"

"어떻게 그런 일이 생겨?"

"몰라…… 하지만 혹시라도 내가 죽는다면?"

"넌 죽지 않아, 이제 겨우 열다섯 살인데."

"뭐, 가끔 어린 나이에 죽는 사람도 있잖아."

"왜 그런 말을 해? 그런 말 하면 못써."

"알아, 하지만 그래도 말해봐, 아저씨, 어떻게 할 거야?"

"그럼 당연히 나도 죽겠지."

내가 생각했던 바로 그대로야.

12월 25일 0시 12분

소녀가 저기 있어.

움푹 들어간 차가운 눈매에 영국인처럼 굳은 표정으로 나를 바라보고 있어.

벌써 나에 대한 판단을 내리는 것 같아.

아기 예수는 이 모든 일을 어떻게 생각할지 참 궁금해.

1월 13일 11시 23분

2289쪽.

짜다Tramer – 타동사

1. 날실과 씨실을 교차하면서 천을 만들다. 동의어: 직조하다.

2. 감춰진 술책으로 치밀하게 구상하다. 동의어: 궁리하다, 조장하다, 꾸미다, 엮다.

백과사전은 총 2432쪽이야.

1월 22일 15시 15분

방금 전 〈가미카제〉 노래에 맞춰 '눈꽃 속의 춤'을 한 번 추었어.

그랬더니 얼굴이 새빨갛게 달아올랐어.

오늘 아침 여러 각도에서 가슴을 살펴보았어. 영 커질 것 같지 않아! 그때는 내가 어렸잖아, 처음 도라 공책을 일기장으로 썼을 때만 해도 정말 어렸지. 지금처럼 컸다면 R가 아프지도 않은 고양이를 가지고 내게 거짓말하지는 못했을 거야. 나이를 천 살은 먹은 기분이야. 영국인처럼 굳은 표정의 대리석 소녀상처럼 말이야.

무니 할머니는 늘 이렇게 말씀하셨어. "젊은이가 안다면, 늙은이는 해낼 수 있단다." 방금 이 말이 무슨 뜻인지 이해했어.

얼마 전까지만 해도 R는 석유와 이슬람 테러리스트 문제 때문에 바깥세상에 3차대전이 터졌다고 나를 속이려고 했어.

물론 믿지 않았어.

그는 거짓말, 거짓말, 거짓말만 해.

그렇지만 그런 말을 들으면 약간 불안해.

전쟁이 무서워. 할머니가 되어도, 난 정말이지 사람들이 왜 별로 중요하지도 않은 일로 서로 싸우고 죽이는지 여전히 이해하지 못할 것 같아. 내가 말하는 별로 중요하지 않은 것이란 석유나 권력, 국경선, 신을 말하는 건데, 왜 그런 걸 놓고 전쟁을 하는지 모르겠어. 게다가 신들은 이름만 다를 뿐 하나같이 똑같은데 말이야. 할아버지는 '그게 인간의 내재된 본성'이라고 말씀하시곤 했어. 또 우리는 단지 즐거움을 위해 생명을 죽일 수 있는 지구상의 유일한 종족이라고 하셨어. 할아버지는 전쟁을 싫어했지만 이상하게도 그것을 이해하는 듯 보였어. 한번은 독일 철학자 니체에 대해 설명해 주셨는데, 그는 모든 위대한 일은 선과 악을 넘어서 이루어진다고 말했대. 다만 문제는 이론을 글자 그대로 받아들인 이들이 강자로 남으려면 어쩔 수 없이 남을 짓눌러야 한다고 생각하는 거래. 할아버지 말씀에 따르면 바로 그 이유로 전쟁이 벌어지고 테러, 강간이 일어나고, 하다못해 버스 안에서도 싸움이 벌어지는 거래. 그 말을 들었을 때 리오넬 달랑트가 떠올랐어. 그애는 언제나 반에서 일등을 하고 싶어하고 아무에게도 친절하지 않아. 선생님들은 빼고 말이야. 선생님이라면 혀로 구두라도 핥으며 아부할 아이거든. 그래서 내가 "그러면 남을 누르는 게 강자의 조건이 아니에요?" 하고 물었어. 그랬더니 강자는 끝까지, 그리고 어떤 상황에서도 자기 자신으로 남는 사람이라고 하셨어. 이것이 남을 지배하는 걸 의미하지는 않는대. 오히려 반대로 남의 판단과 훈계, 지배로부터 자유로워지는 것을 뜻한대. 나는 이해가 잘되지 않았어. 그런데 아멜리 이모가 할아버지를 툭 치면서 가만히 있으라고 했지. 내가 열 살밖에 안 됐다면서. 그래서 할아버지가 골이 났었어(할아버지가 좀 예민하신 편이거든). 나는 이걸 수첩에 적어두려고 내 방으로 올라갔어. 할아버지의 모든 말씀이 그렇듯 중요한 내용이라고 여겨졌거든. 니체는 이렇게도 썼어. '신은 죽었다.' 바로 이 말로 전 세계의 스타가 되었지. 아, 내가 R에게 니체 이야기를 했을 때 그도 '신은 죽었다'는 말을 인용했어. 그만큼 유명한 문장이라는 거지.

'대단한 인물'이 되기 위해 나를 강제로 붙잡아두는 건 소용없는 짓이라고 그에게 말하고 싶었어. 지하창고에 여자애를 가둬두지 않고도 얼마든지 강한 사람이 될 수 있다고. 왜냐하면 우리 모두가 그렇듯 그의 힘도 내면에 있기 때문이지. 자신이 진정 어떤 사람이 되고 싶은지 아는 것만으로 충분해. 스스로 원한다면 필연적으로 그렇게 될 수밖에 없어. 왜냐하면 인간의 힘은 온 우주를 통틀어 가장 강하니까.

"레미 아저씨, 나는 아저씨가 진짜 범죄자가 되기를 원한다고 생각하지 않아."

이번에도 그는 아무것도 이해하지 못했어. 나이가 서른다섯이나 되었으면서 말이야! R는 '선과 악을 넘어선' 것 같아. 부정적인 의미로 말이야.

말하자면 그렇다고.

물론 이 모든 얘기를 네게 하는 건 나를 변호할 거리를 찾기 위해서야. 백과사전에서 '니체'를 찾아봤는데, 이런 글귀도 있었어.

'도덕을 향해 총을 쏴야 한다.'

그보다는 자신에게 총을 겨누는 게 분명 더 낫겠지.

2월 4일 16시 42분

잠시 다시 펜을 잡았어. '남성적'이라는 단어의 진짜 의미를 읽었거든. '남성적'은 '남성의 특성'을 의미해. 할아버지 말씀처럼 '강하다'는 의미지. 그 말은 결국 모든 남자는 강하고 여자는 전혀 강하지 않음을 뜻해. 왜냐하면 여자는 '남성적'일 수 없잖아.

그러고 보면 할아버지도 뻥을 친 거네.

뻥은 남성적인 게 틀림없어.

2월 11일 16시 29분

2432쪽.

지지직 - 부사.

가볍게 지속적으로 나는 바람소리 따위를 가리키는 의성어(곤충이 윙윙대는 소리, 채찍을 내리치는 소리). "부인은 모자에 긴 핀을 찔렀다. 머리에서 직직 소리가 났다!"(쥘리앵 그린).

백과사전은 이제 다 읽었어.

2월 14일 23시 45분

마음먹은 바를 실행하기로 결심했었어.

밸런타인데이에 스타니슬라스 선생님, 할아버지, 아빠, 엄마, 그리고 내가 사랑하는 모든 사람을 품에 안아보고 싶었어. 왜냐하면 사랑의 대축제 날이니까. 그리고 남동생 또는 여동생을 만나고 싶었어. 새로 생긴 동생이 내가 살아 있음을 모르는 채로 너무 커버리기 전에.

나는 결심했었어. 하지만 결심하는 것만으로는 충분하지 않아. 그러고 보면 니체도 다른 이들과 마찬가지로 아무 의미 없는 말을 한 거야.

내 계획은 완벽해. 문제는 오로지 타이밍. 두 달 전부터 기회를 노리고 있지만 언제나 타이밍이 안 좋아.

제에-에-기랄.

또 제기랄.

앞으로 어떻게 진행될지, 틀림없이 일어날 일을 이제부터 너에게 그대로 말해줄게. 실제로 일어난 듯 이야기해줄게. 이건 미래에 일어날 일에 대한 예견이기도 하지만, 반드시 실현될 일이니까. 원한다면, 말로 하는 예행연습이라고 불러도 좋아. 일종의 모의 탈출이지.

이게 바로 이 보 전진을 위한 일 보 후퇴라는 거야.

토요일이야.

나는 접이식 탁자에 앉아 시를 쓰고 있어. 제목은 '무표정한 소녀'야. 이따금 정원에 있는 엄마가 보여. 엄마의 부른 배가 보이고, 우리집도 보여. 우리집은 네구아라고 해. 바스크 지방 말로 '겨울'이라는 뜻이야. 요즘 굉장히 추워. 모든 게 꽝꽝 얼어붙었어. 그래서 밖에 나갈 수가 없어. 내가 다시 앓아누울까봐 R가 몹시 걱정하거든.

내 앞에는 움직이지 않는 대리석 책에 올려진 움직이지 않는 소녀상이 있어. 나는 소녀의 머리를 만져. 잘 빗긴 채 영원히 단정한 머리, 입가에는 묘한 미소가 떠올라 있어. 그래서 약간 무서워 보여. 얼굴은 차가워. 나는 눈을 감고 맹인처럼 소녀의 얼굴을 더듬어봐. 코는 아주 작고 진짜 살아 있는 사람 같아.

나는 기다리고 있어. R가 곧 점심을 가져올 거거든. 12시 29분. 일하러 가지 않는 날, 이 사람의 시간표는 오선지처럼 규칙적이야.

시계 장식의 분홍색 고무 테두리 안에서 분의 숫자가 바뀌고, 철문 뒤 걸쇠에서 덜거덕거리는 소리가 나. R가 나타나. 기분이 좋은지 미소를 지어. 작은 파란색 꽃무늬 셔츠 위에 파란색과 초록색 마름모무늬가 있는 스웨터를 입었고, 초록색 마름모무늬와 세트인 듯한 전나무색 코듀로이 바지를 입고 있어. 그는 자기 옷차림이 '조화롭다'고 생각해. 옷차림에 대해 잔소리하던 일도 오래전에 그만두었어. 그래봤자 아무 소용이 없으니까. 내 생각에 좋은 안목은 타고나는 것 같아. 어쨌든 다시 교육을 받기에 그는 너무 늦었지.

나도 그에게 미소를 지어 보여. 한술 더 떠서, 그를 봐서 기쁘다고 말해줘. 주중에 그가 일만 하느라 통 볼 수가 없어서 보고 싶었다고도 말해주지.

"회사가 요즘 구조조정중이야. 쫓겨나고 싶지 않거든."

나는 그의 입장에 서서 이해한다는 태도를 보이며, 그가 그런 마음가짐을 갖추고 있어서 매우 자랑스러워하는 체해. 그가 정확히 무슨 일을 하는지 아직도 알지 못하지만, 사실 관심도 없어. 나는 그의 기분을 맞춰주느라 사근하게 수다를 떨면서도 움직이지 않는 소녀상을 여전히 슬그머니 곁눈질해.

내가 말해.

"수도관에 문제가 생겼어. 샤워실 하수구도 완전히 막힌 것 같고. 미안, 머리카락 때문인 것 같은데. 내 머리가 너무 길어서."

그는 내 머리칼을 아주 좋아하기 때문에 죽어도, 절대로 내가 머리를 짧게 자르기를 원치 않아, 나는 알지. 그러니 자기가 배관공 노릇을 하겠다고 할 거야.

일기장들은 내가 빨리, 아주 재빨리 손에 쥘 수 있도록 침대 매트리스 밑에 감춰두었어.

R는 내게 음식이 식으니 얼른 먹으라고 해.

그래, 달걀은 식으면 먹기가 정말 곤욕스럽지.

그래서 나는 접이식 탁자에 앉아 점심을 먹어. 그가 방에서 나가고, 등뒤로 다시 방문이 잠겨. 오 분 뒤 그가 집게와 플라스틱 대야를 들고 다시 와. 나는 계속 식사중이야. 여전히 미소를 띠고 있고. 지나가면서 애정어린 몸짓으로 장난스럽게 내 머리를 헝클어뜨려. 나는 웃어. 빵조각을 들고 접시에 묻은 달걀노른자를 싹싹 잘 닦아 먹어. 심장박동이 너무 빨라져서 바닷가를 달리는 말의 발굽소리처럼 들려. 숨이 차오르지만, 물론 그가 알아채게 해서는 안 돼. 빵이 목구멍에 걸려 내려가질 않아. 명치에 걸렸는지 좀 아파. 나는 소화시키려는 듯 자리에서 일어나. R가 나를 쳐다보고, 나는 내내 미소를 지어 보여. 그리고 말해.

"아저씨는 정말 친절해, 이런 일도 해결해주잖아." 내 목소리는 지하동굴이 뱉어낸 죽음의 껌 같아.

R가 집게를 들고 네발로 엎드려. 작은 세면대 아래로 몸을 숙이고 배수관의 트랩을 살펴봐. 모든 일이 천천히, 아주 천천히, 느릿느릿 일어나는 것 같아. 내 몸은 너무 무겁고 납덩이처럼 둔해. 두 손이 움직이지 않는 소녀상을 움켜쥐고, 소리 없이, 접이식 탁자 위로 들어올려. 곧 죽어버릴 것만 같은데, 내 두 팔은 잘 버티고 있

어. 나도 모르게 움직이지 않는 소녀상이 R의 머리 쪽을 향해. 나는 무성한 머리카락 숲 가운데 숱이 성긴 정수리를 바라보고 있어. 심장이 튀어오르는 공처럼 너무 세게 내려치다가 산산조각 나지 않을까 하는 두려운 생각에, 숱이 성긴 정수리를 집중해서 바라봐. 그러다 갑자기 움직이지 않는 소녀상이 둔중한 소리를 내며 고뇌의 입맞춤을 하지.

처음에는 아무 반응이 없어. R는 움직임이 없고, 배수관 트랩 앞에 여전히 무릎을 꿇은 상태야. 꼭 잉카의 우상 같아.

그러다 몸이 쓰러지며 그의 이마가 천천히 시멘트 바닥에 부딪혀.

움직이지 않는 소녀상도 이제 바닥으로 떨어져. 그러면서 긴 머리카락 한쪽이 깨져나가. 나는 침대 매트리스 밑에 넣어둔 너희 일기장 세 권을 꺼내들고 문으로 달려가. 문을 열어. 문을 통과하고 다시 닫아. 이어서 커다란 철제 빗장을 채우고 돌아서.

이제는 넘을 수 없는 문. 나 혼자 바깥에 나와 있어.

나는 R가 죽지 않기를 빌어. 살인자가 되고 싶진 않으니까.

나는 빛의 속도로 재빠르게 계단을 뛰어올라가. 그러면서도 머릿속으로는 끊임없이 R가 죽지 않기를 빌어. 확인하러 가면 안 된다는 걸 알아. 속으로 수없이 되뇌지. "트위스트, 피가 나온다 해도, 소녀상을 너무 세게 내리쳤다 해도, 트위스트, 너는 확인하러 가면 안 돼." 이 말을 되뇌고 또 되뇌어. 나는 확인하러 가지 않아.

위로 올라가면 햇살이 가득해. 덧문이 전부 열려 있어. 난방기가 켜져 있고, 유리창들이 뿌예. 크리스마스 때 예쁘게 장식하기 위해 창문에 그려넣은 성에처럼.

예상했던 대로 경보기는 작동되지 않아.

나는 문을 열어. 집의 현관문을.

그리고 철문 쪽으로 가.

날씨가 정말 추워. 치마를 입고 있지만 몸에서 열이 많이 나.

철문은 잠겨 있어. 흔들어보지만 소용없다는 걸 알아. 그래서 그 위로 기어올라. 미늘창처럼 하늘을 향해 삐죽삐죽 치솟은 철제 꼬챙이가 무섭긴 하지만, 머릿속으로 수없이 연습해두었기 때문에 괜찮아.

뛰어내렸어. 치마가 찢어져도 아무렇지도 않아. 지독하게 보기 흉한 치마거든.

나는 달려가. 마리에트 할머니 집을 향해 달려가. 할머니네 집의 정원 어딘가에(돌덩이든 풀숲이든, 아니면 담벼락에 난 구멍이든 아무데나) 일기장을 감춰. 그리고 집의 문을 두드려. 머리에 휘핑크림을 얹은 듯한 할머니가 사탕무늬 투피스를 입고 나타나. 나에게 인사를 해.

"안녕!"

나는 안으로 들어가. 거기서 R의 집을 바라봐. 그 빌어먹을 끝장난 집을. 거기서 보니 집이 달라 보여.

마리에트 할머니가 전화기를 든 채로 따뜻한 코코아를 준비해. 왜냐하면 내가 이젠 견딜 수 없이 춥거든. 오븐에는 케이크가 들어 있어. 나는 냄새를 음미해. 사과시럽 케이크야. 정말 얼마나 맛있는 냄새인지 몰라!

할머니가 경찰에 전화로 어떤 여자애가 있다고 알려. 이름은……?

마디손. 마디손 에샤르.

경찰이 곧 도착할 테니 걱정하지 말라고 해. 모든 게 끝났다고.

나는 울면서, 움직이지 않는 소녀상을 너무 세게 내리쳐 R가 죽었을까봐 무섭다고 말해.

그러자 휘핑크림 같은 흰머리의 마리에트 할머니가 농담을 해.

"있잖니, 얘야, 그애는 머리가 아주 단단해! 그러니 걱정 마라!"

그리고 곧 햇살 아래 사이렌이 울려.

지금까지의 이야기가 바로 틀림없이 일어나야만 하는 일이야.

앞으로 꼭 일어날 일이야.

맹세할게.

내 말이 거짓이면, 난 지옥에 갈 거야.

게타리

5월 1일

맑게 갠 하늘, 투명한 바다

스타니슬라스에게,

이제 글 쓰는 일을 그만둬야 할 것 같았어요.

아이가 돌아왔으니 단어들은 더이상 의미가 없거든요. 중요한 건 오로지 우리의 재회, 피부와 체취가 맞닿는 생생한 접촉, 따뜻한 체온, 그리고 신이 아닌 이상 어떤 식으로도 표현할 수 없는 그 모든 느낌이니까.

하지만 딸아이와 스탄, 두 사람이 내게 계속 써보라고 했지요. 나는 두 사람을 존경해요. 마디손이 말했어요, 어떻게 보면 자신이 살아 있는 건 스탄 덕택이라고. 사실 난 오로지 그애 자신의 힘 덕분이라고 생각하지만. 그애가 얼마나 자랑스러운지 몰라요. 스탄은 상상도 못할 거예요.

아직 우리 딸을 만날 기회가 없었죠? 내가 아는 바가 맞는다면, 아마 머지않아 그럴 기회가 생길 거예요.

모든 사람이 알기로, 라파엘과 내가 잃은 자식은 어린 딸이었죠. 그런데 다시 나타난 딸은 이제 거의 여자가 되어 있었어요. 사람들은 그애가 내 딸이 아니고, 모르는 낯선 아이라고 생각했죠. 그들이 잘못 생각한 거였어요. 스타니슬라스, 믿거나 말거나 우리는 아이가 결코 집을 비운 적이 없었던 것만 같아요.

오 년 동안 우리는 아이가 금방이라도 돌아올 것처럼 살았어요. 전화벨이 울릴 때마다 심장이 마구 뛰었죠. 희망의 소식일까, 아니면 재앙을 알리는 신호일까? 병원 영안실, 차가운 백색 쇠붙이 속에서 확인해야만 했던 작은 시신들. 아니, 아니에요. 우리 애가 아니에요. 분명히 말하지만 우리 아이가 아닙니다! 비닐봉지에 든 구두 한 짝! 제발 그만, 우리 아이 것이 아닙니다. 티셔츠 한 조각, 얼룩진 팬티…… 제발 부탁입니다. 우리 아이를 죽이지 마세요! 희망을 깨뜨리지 마세요! 제발, 몇 분만 더, 며칠만 더, 몇 달만 더…… 시간을 좀더 준다고 변하는 건 없겠지만요! 몇 분만 더 주세요! 단지 몇 분만요!

그 순간에서 벗어나면 희망이 다시 돌아왔어요. 일종의 경직된 희망이었죠. 그게 우리를 아프게 하고, 손상된 영화 필름 속 망가진 시계처럼 시간과 공간 속에 굳어버리게 했어요.

그렇게 몇 년을 현장에서 보냈죠.

그러다가 전화벨이 울린 거예요.

바로 그날, 3월 29일 18시 34분에 전화벨이 울렸어요.

라파엘은 기절했어요. 그저 몸이 풀어졌던 거죠.

내가 달려가 끌어안자 그가 눈을 떴어요. 그 눈에는 꿈에서 깨어났다는 절망감이 떠올라 있었죠. 이번에도 역시 한낱 꿈일 거라는 두려움, 내가 너무도 잘 알고 있는 나락으로 떨어지는 절망감.

"사실이야! 여보, 사실이야! 이번에는 정말 사실이야!" 내가 울부짖었어요.

그러고는 울었어요. 서로에게 기대어, 아플 정도로 세게 부둥켜안고 울었어요.

그때 내가 느꼈던 마음을 어떻게 말할 수 있을까요?

그 느낌을 표현할 만한 말은 없는 듯하군요.

경찰이 문을 두드렸어요. 우리는 천천히, 사람들이 빽빽이 들어찬 어느 집으로 들어갔어요. 우리 아이가 거기 앉아 있었죠. 볼품없는 청바지에 수박색 스웨터를 입고서요. 맨 처음 든 생각이 뭐였는지 알아요?

쟤는 초록색을 싫어하는데.

한참 동안 손가락 하나 움직이지 않고 서로 바라보았어요.

그 '한참'이 얼마나 길었는지는 모르겠어요—엄마에게는 그저 오랜 시간이었죠.

그러다 갑자기 마디손이 벌떡 일어나 달려왔어요. 마치 짐승처럼 있는 힘을 다해 세차게. 바짝 마른 몸 어디서 그런 힘이 나왔는지. 아이의 몸이 너무 앙상해서 품안으로 끌어당기면서도 부서지지나 않을까 두려웠어요.

아이가 흐느껴 울었어요. 마치 천년만년 전부터 참고 있던 울음이 터진 것 같았어요.

울음과 눈물의 홍수였죠.

그러고 나자 그들이 나와 남편에게 나가 있으라고 했어요. 라파엘이 나가지 않으려고 버티며 막무가내로 울부짖었어요. 마디손은 울면서 갓난아기처럼 두 팔로 우리에게 매달렸고요. 하지만 많은 사람들이, 형사 두 명과 변호사, 의사, 심리학자 모두 달려들어 아이를 말렸어요.

우리 딸을! 우리 딸이 따라나오지 못하게 말이에요!

우리는 밖으로 떠밀려나왔어요. 초벽이 벗겨진 긴 복도에서 경찰들 몇 명이 애아빠를 통제했고, 나는 옆에서 그를 진정시켰죠. "쉿…… 쉿…… 괜찮을 거야…… 쉿……" 하고. 하지만 나도 그와 똑같은 마음이었어요. 딸아이를 두번째로 빼앗기는 기분이었죠.

처음 며칠은 아이가 아주 천천히 걸어다녔어요. 어찌 보면 이제 막 깨어난 병아리처럼.

정원 한가운데서 아이가 갑자기 말했어요.

"엄마, 머리 좀 잘라주세요."

딸을 아무리 바라봐도, 보고 또 봐도 질리지 않아요. 그러고 있으면, 처음엔 열여섯 살 여자아이로 보이다가, 곧 열한 살 반 정도의 아이로 보이죠.

아이가 아빠 품에 안겨 있을 때는 딱 열한 살 반으로밖에 보이지 않아요.

집으로 돌아와서 아이는 이 방 저 방을 돌아다녔어요. 예전과 달라진 것들 앞에서 마구 흥분하며 관심을 보였고, 조금도 서운해하지 않았어요. "이 스탠드 예쁘다! 어, 새로운 커튼이네! 정말 더 넓어 보이는 것 같아!" 오 년이라는 시간이 단 하룻밤이었던 듯 아무것도 변하지 않은 익숙한 자기 방에 들어가서는 무척 행복해했어요. 옷장을 열고, 이젠 너무 작아진 옷들을 만져보았어요. 아이의 눈빛에 우수 같은 것은 보이지 않았어요. 알라이아 원피스에 둘린 허리띠를 보고는 놀라며 풀어내더니 자기 허리에 두르고 거울 앞에 섰죠.

"아직도 나한테 잘 어울리는데!"

그때부터 그 허리띠를 몸에서 끌러놓지를 않아요.

고양이 래리를 보았을 때는 얼굴을 찡그리며 말했어요. "어머, 여전히 살아 있네." 고양이가 곧장 아이에게로 달려가, 성냥개비처럼 마른 다리를 기어오르며 야옹거렸죠. 천진한 사람들이 보았다면 고양이가 아이를 알아본다고 믿었을 거예요.

무릎 위에 살로메를 안고 있다가 할아버지가 돌아가셨다는 소식을 듣고, 아이는 눈물을 흘렸어요. 장례식 날, 할아버지에게 존경을 표하기 위해 아이가 쓴 시를 대신 읽었다고 말해주었죠. 그랬더니 동생을 바라보다가 동생 귀에 대고 소곤거렸어요.

"너도 할아버지를 만났다면 좋았을 텐데……"

매일 아침 눈을 뜰 때마다 이 모든 일이 현실이라는 게 믿어지지 않아요.

처음 며칠 밤 라파엘과 나는 손을 잡고 아이 방에서 아이가 자는 모습을 지켜보았어요. 그러다 어느 날 밤, 아이가 자다가 깨어 미소를 지었죠. 끔찍하고 공포스러운 수년을 보냈음에도 변하지 않은 상냥한 미소를. 다른 많은 미소 중에서도 내가 알아볼 수 있는, 내 딸아이, 내 어린 딸의 미소였어요.

"난 이제 다시 없어지지 않아요. 돌아왔어요. 이제 떠나지 않아요. 그러니까 엄마 아빠도 주무셔도 돼요."

1780일 동안 인위적인 코마 상태의 밤을 보낸 후, 라파엘과 나는 천천히 꿈 없는 깊은 수면 속으로 빠져들었어요. 우리의 가장 지독했던 악몽은 바로 옆방에서 평화롭게 잠들었고요.

당연히 하와이다.

아침 아홉시, 밀물. 눈부시게 화창한 날씨다. 나는 차가운 모래사장에 앉아, 현기증 나는 삶 전체가 내 앞으로 되밀려오는 것을 바라보고 있다. 그애가 어느 쪽으로 도착할지 알 수가 없다. 마디. 그래서 물거품으로 뿌예진 곳에 시선을 두고 있다가, 문득 스스로가 다시 살아났음을 깨닫는다.

게타리의 우측 바다는 세상 모든 서퍼들이 선셋 비치와 비교하는 그 신화적인 파도가 이는 곳이다. 화창한 날씨에는 멀리 보이는 바위를 배경으로 긴 파도가 250미터가량 이어진다. 테이크오프를 하는 곳은 바다 한가운데, 파도가 좋을 때는 하강이 이십 초 이상 이어진다. 첫번째 구간은 약간 완만하다가 빠르고 속이 파인 인사이드 구간이 온다. 튜브형 파도다. 파도의 끝은 빠르고 견고하며,

물결치는 중심은 완충지대다. 사람들은 존재하기 위해 여기로 온다.

마디손은 만남의 장소로 서해안을 통틀어 가장 멋진 곳이자 상징적이기도 한 이곳을 택했다. 자기 할아버지처럼 그애도 늘 표징을 좋아했다. 어렸을 때부터, 테니스를 칠 때도 서브하기 전에 온갖 마법 의식을 치르곤 했다. 한가하게 이야기를 나눌 때도 운동장의 선이 줄타기 곡예사의 로프라도 되는 듯 신중히 밟으며 걸었다. 선을 벗어나면 소원이 이뤄지지 않는다며. 그걸 믿기에는 너무 똘똘한 아이였는데도. 그저 놀이였지만 그애에게는 사람을 끌어당기는 무언가가 있었다. 마디손과 함께 있으면 그애의 튜브 구간에 빠져들게 되고, 세상 그 무엇을 위해서라도 그애를 놓고 싶지 않아진다.

내가 무엇을 기대하고 있는지 알지 못했다.

그 토요일에 나는 알리스를 산세바스티안에 데려가 점심을 사주느라 나도 모르게 소녀를 놓쳐버렸다—이 단어가 지니는 모든 의미에서 그랬다. 그리고 나를 결코 사랑한 적 없는 여자의 손아귀에서 놀아나던 수개월 동안, 나는 마디손을 개인적인 목적을 위해 이용하려고 『트위스트』를 무용한 저당물 삼아 더할 나위 없이 비겁하게 굴었다! 그사이 소녀는 다른 사람이 되었다. 나는 스스로에게 이야기했다. 아이 덕분에 스스로에게 이야기하게 된 지 한 달이 더 되었다. 고름 주머니를 째고, 아제르티 자판을 두드리며 피를 흘렸다. 루이종을 사랑하고, 루이종을 미워하고, 루이종을 부정하고, 루이종을 용서했다. 나는 루이종에게서 벗어난 자유로운 존재인 동시에 그녀의 존재를 입증하는 증거였다. 스스로에 대해서는 그럭저럭 쓸 수 있었다. 할 수 있는 한 성실한 자세로, 내가 지닌 유치하고 비굴하고 어리석은 점과, 별로 내보이고 싶지 않은 모든 면모에 대해서.

그런데 그녀에 대해서는? 그녀에 대해 이야기할 수 있었던가?

가장 믿기지 않는 건 내가 이야기할 수 있는 게 아무것도 없었다는 점이다.

무언가가 시야를 가로막는 것이 느껴졌다. 봄날의 햇살이 내 동공 앞에서 벌어진 손가락 사이의 얇은 피부를 투명하게 비추었다. 돌아보니 어른거리던 것이 없어지고 그애가 거기, 내 앞에 서 있었다. 무척 아름다웠다! 어엿한 여인처럼. 날씬하고, 야윈 볼에 동그랗게 오른 광대뼈, 유연한 몸, 볼록하게 솟은 가슴. 용기를 내어 이 말을 적어본다. 볼록하게 솟은 가슴, 볼록한 엉덩이, 백옥 같은 피부, 불꽃처럼 반짝거리는 짧은 머리! 그 순간 알아볼 수 있는 건 오직 그애의 눈뿐이었다. 깜짝 놀란 동시에 어색해하는 내 표정을 보고 재미있다는 듯, 그애가 미소 지었다. 내가 자리에서 일어나는 것을 돕기 위해 손을 내밀었고, 나는 그 손을 잡았다. 너무 연약해서 도자기처럼 깨질 것만 같았다.

"어때요? 저 정말 많이 컸죠?"

우리가 나눌 수 있는 말은 그게 다였다.

우리는 해변을 따라 한참 걸었다. 어느 결에 그애가 내 손을 잡았고 나는 그대로 가만히 있었다. 가벼운 사랑의 몸짓이 아니었다. 유대감 같은 뭔가 따뜻한 것이었다.

"스탄 선생님, 선생님도 많이 늙으셨네요."

"참 친절한 말이네……!"

나는 이제 사춘기 전의 소녀가 환상을 품을 만한 대상이 아니었다. 그저 남자였고, 그애는 여자였다. 해변에서 점프 슈트를 입은 또래 아이들이 물속으로 들어갈 준비를 하고 있었고, 그 모습을 보는 그애의 시선에는 식탐 같은 갈망이 어려 있었다. 물론 그것은 지금까지 누려보지 못한 청소년의 삶 전체에 대한 욕망…… 따라잡아야 하는 시간! 알아야 할 많은 것들! 거식증을 겪은 뒤에 게걸스레 해치워야 할 삶 전체에 대한 욕망이었다!

그애는 몸에 착 달라붙는 선명한 푸른색 니트 원피스를 입고, 어렸을 때처럼 카우보이 부츠를 신고 있었다. 어깨를 포근하게 감싸는 짙은 회색빛 점퍼 때문에 머리카락이 더욱 붉어 보였다. 부츠가 모래사장 위에 특이한 발자국을 남기자 사람들의 시선이 수평선 위 배를 좇듯 그녀를 좇았다. 그들이 알아본 건 아니었다. 신문에 사진이 전혀 실리지 않았던 것이다. 사진이 공개되는 일을 막기 위해 상당히 비싼 값을 치러야만 했다. 들리는 말로는 몇몇 기자가 이 문제로 몹시 곤란해했다고 한다. 그래도 그애를 바라보는 구경꾼들이 있었다. 해변에서 마디손은 태양을 무력하게 만드는 별이었기 때문이다.

언젠가 그애를 위해 유치해지고, 비굴해지고, 유순해지며, 생각이 모자라는 바보가 될 남자가 나타날 것이다. 이런 걸 일컬어 안 봐도 뻔하다고 한다. 나는 그 남자가 원망스럽다…… 또는 그 남자들이. 그리고 이 모든 가혹한 사랑의 슬픔에도 불구하고, 그들이 존재할 수 있다는 게 너무나 행복해서 나는 속수무책이 된다.

"마디손, 네가 살아 있다니 행복해서 쓰러질 것 같아!"

이렇게 말하고 싶었다. 하지만 그러지 않았다.

내 표정이 나 대신 말했을 것이다.

우리는 '지난 일'에 대해서는 말하지 않았다. 금속 광택이 나는 커다란 푸른색 가죽가방에 (정말 상기된 얼굴로 "지난 생일들을 뒤늦게라도 축하하려고요!"라고 선언하듯 말했다) 그애는 자신의 삶을 담아왔다. 그애가 보여주는 신뢰에 울음이 나올 것 같았다. 기나긴 시간이 지난 뒤에도 닳지 않은 신뢰, 옛날 피아조 스쿠터를 타던 시절에 가느다란 팔로 내 몸에 매달리며 보여주었던 신뢰와 같은 것이었다. 내가 선택되었다는 게 참 이상하게 여겨진다……

이따금 뿌연 막이 그애의 눈시울에 어렸다. 순간적으로 내비치던 슬픔, 나는 그것을 이해할 수 없었다. 그런데 오늘 나는 그애가 그를 생각하고 있었음을 깨닫는다. 그애에 의해 죽은 게 아니라 스스로 죽음을 선택한 그 남자. 용은 그애가 도망쳐나온 저녁, 자기 손으로 지하에 불을 지르고 죽었다. 감옥은 천장부터 바닥까지 모조리 재로 변했다. 마디손이 '방'으로 쓰던 곳에 더이상 아무것도 남아 있지 않아 수사관들은 큰 곤란을 겪었다.

아이의 일기장 외에는 아무것도.

어린 시절에 쓰던 약간 낡은 내 방에서 마디손의 일기들을 읽었다. 세 권 모두. 순서대로. 어떤 페이지들은 찢겨나갔는데 그에 대해서는 통 말해주려 하지 않는다(그저 어깨를 으쓱하며 "뭐, 그림이나 시 따위였을 거예요, 이젠 잘 모르겠어요"). 많은 새로운 사실과 이해할 수 없는 점들이 드러났지만 그게 뭐 중요한가? 믿기지 않을 정도로 즐겁게 글 속 사람들의 이야기를 읽으며 그들 때문에 웃고, 그들을 위해 울었다. 오 년 전, 내가 전에 그렇게 잘 알고 자주 만났던 사람들, 마디손, 레오노르, 카프드비엘, 친근한 이들이 내 기억 속에서보다 한층 생생하게 살아 있는 인물로 느껴졌다. 일종의 마법 같았다. 마지막 일기장의 마지막 장을 넘기며, 몇 주 뒤 실제로 일어나야만 했던 일을 상세히 '그려보았다'.

그리고 나 또한 '감정의 소용돌이'에 휩싸였다. 까만 볼보의 날이 조금은 내 잘못으로 인해, 또다른 사랑 이야기로 인해 벌어진 재난이었다는 생각에 끔찍해했다.

일기장을 덮었다.

모든 것이 끝나고 거의 슬플 정도로 깊은 감동에 사로잡힌 채 나는 일기장 겉장에 손바닥을 가만히 올려놓았다. 놀라운 소설을 다 읽고 났을 때처럼 오랫동안 그렇게 머물러 있었다. 꼼짝 않고 흥분에 싸인 채 내 앞에 있는 명백한 사실을 직시했다.

작가가 탄생했다. 그런데 그게 나는 아니었다.

움직이지 않는 소녀

소녀는 대리석으로 만들어진 것 같지만, 그렇지 않다.
소녀는 이런저런 말을 속삭인다. 아무도 듣지 못하는 말을.
소녀의 목소리가 깊은 호수와도 같이
—귀머거리인—당신과 나의 주변으로 퍼져나가기 때문이다.

소녀는 보지 않는 것 같지만, 장담하건대
돌 눈꺼풀 너머로 꿰뚫어보고 있다.
소녀는 세상이 사람들이 믿던 세상과 다르다는 것을 깨닫고
속임수와 거짓과 늘 존재하는 비참함을 지켜본다.

소녀는 폐가 없는 것 같지만
사람들이 열 수 없는 어느 책 속에 감춰져 있을 뿐이다.

최악을 위해 선과 악이 서로 포옹할 때
당신과 나의 귀에는 소녀의 숨소리가 들리는 듯하다.

소녀는 몹시 슬픈 듯 보이지만 잘 보아라, 소녀는 미소 짓는다!
오! 그렇게 선명하지는 않지만, 어쩌면 약간 흐릿하기도 하지만.
다만 대리석 뒤의 혀가 모든 것을 말해줄 것이다.
그러니까 적어도 말할 수 있는 것을.

소녀의 굳어버린 머리카락 속에는 뇌가 없는 듯 보이지만
음침한 폭풍으로 인한 일시적인 침잠일 뿐.
넋이 나간 듯한 표정에 속지 말기를.
차가운 얼음 아래 지평선이 만들어지고
어느 날 저녁, 당신은 문구멍 안에서
자라고 있는 소녀의 모습을 보고
깜짝 놀랄 것이다.

마디손 에샤르,
3월 29일 셰로트(64번지)에서

옮긴이 **유정애**

덕성여대 불어불문학과 및 동 대학원을 졸업하고 파리 8대학 여성연구소에서 박사과정을 마쳤다. 현재 전문번역가로 활동하고 있다. 옮긴 책으로 『그래서 나는 억만장자와 결혼했다』 『페르디낭 할아버지 너무한 거 아니에요』 『더 라이언』 『헬』 『제3의 여성』 『개미: 말의 가치를 일깨우는 철학동화』 『소년들』 등이 있다.

문학동네 세계문학

트위스트

초판 인쇄 2020년 6월 19일 | **초판 발행** 2020년 6월 30일

지은이 델핀 베르톨롱 | **옮긴이** 유정애 | **펴낸이** 염현숙

책임편집 손예린 | **편집** 신선영 양수현 | **독자모니터** 조혜영
디자인 김현우 최미영 | **저작권** 한문숙 김지영 이영은
마케팅 정민호 정진아 함유지 김혜연 김수현
홍보 김희숙 김상만 지문희 우상희 김현지
제작 강신은 김동욱 임현식 | **제작처** 한영문화사

펴낸곳 (주)문학동네
출판등록 1993년 10월 22일 제406-2003-000045호
주소 10881 경기도 파주시 회동길 210
전자우편 editor@munhak.com | **대표전화** 031) 955-8888 | **팩스** 031) 955-8855
문의전화 031) 955-8862(마케팅) 031) 955-2654(편집)
문학동네카페 http://cafe.naver.com/mhdn | **트위터** @munhakdongne
북클럽문학동네 http://bookclubmunhak.com

ISBN 978-89-546-7282-5 03860

잘못된 책은 구입하신 서점에서 교환해드립니다.
기타 교환 문의 031) 955-2661, 3580

www.munhak.com